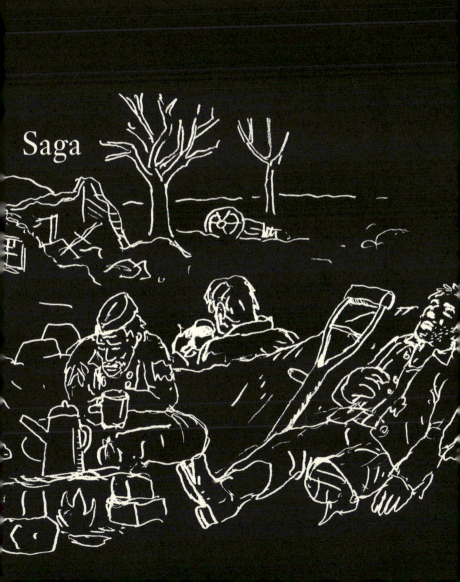

Saga

2005
CENTENÁRIO DE

Erico
Verissimo

Erico Verissimo

Saga

Ilustrações
Rodrigo Andrade

Prefácio
Flávio Aguiar

COMPANHIA DAS LETRAS

A dois amigos,
Henrique e Luiza.

Ao ex-combatente da Brigada Internacional que me deu o roteiro de Vasco na jornada da Espanha, além de muitas outras sugestões valiosas; e ao sr. Jesus Corona, a quem devo um punhado de notas sobre o campo de concentração de Argelès-sur-Mer, a minha homenagem e os meus agradecimentos.

10 Prefácio — Romance entre dois mundos

  16 O círculo de giz
 153 Sórdido interlúdio
 163 O destino bate à porta
 302 Pastoral

 317 Censo de personagens do ciclo de Porto Alegre
 331 Crônica literária
 335 Biografia de Erico Verissimo

Prefácio

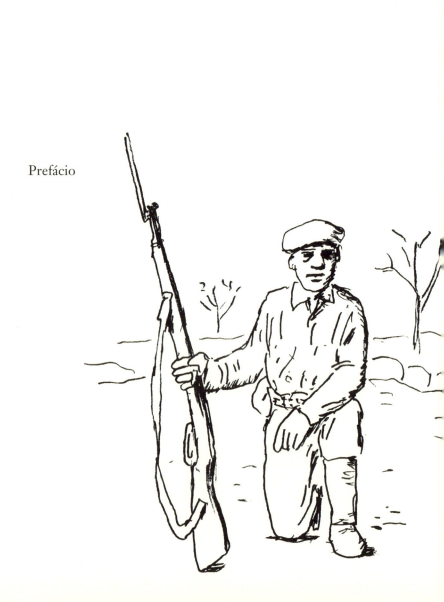

Romance entre dois mundos

Erico Verissimo dedicou a *Saga* algumas das palavras mais amargas a respeito de um livro. Chamou-o de seu "pior romance", de "monstro". E disse que o final é inteiramente "falso", referindo-se ao momento em que Vasco Bruno, depois de se casar com a prima Clarissa (o que certamente todos os leitores esperavam), vai viver com ela num sítio na serra gaúcha, tornando-se agricultor e pintor bucólico.

Há exagero. *Saga* não está entre seus melhores romances, como as três partes de *O tempo e o vento* (ainda que *O Continente* sobressaia) e as obras *Caminhos cruzados*, *O resto é silêncio*, *Música ao longe* e *Incidente em Antares*. Mas tem interesse, não só histórico, pela Guerra Civil Espanhola, como por aquela atmosfera de angústia que antecedeu e se seguiu à abertura da Segunda Guerra Mundial, quando os nazistas tomaram o porto de Danzig, na Polônia, em 1939. Interessa, ainda, por ser o desfecho das aventuras de Vasco e Clarissa, Fernanda e Noel, Eugênio Fontes e o dr. Seixas. Por outro lado, o romance tem páginas argutas sobre as transformações por que passavam a cidade de Porto Alegre, o Rio Grande do Sul e a paisagem social brasileira no início dos anos 1940. As páginas sobre a Guerra Civil Espanhola são pungentes; denunciam as atrocidades que toda a guerra contém, de ambos os lados das trincheiras.

Em seus escritos sobre *Saga*, Erico lembra que o romance desagradou tanto a esquerda como a direita: aquela por não ser um canto de louvor à luta dos republicanos, esta por não fazer o elogio de Franco e sua Falange. Pode-se dizer sem risco de erro que *Saga* é um livro antifascista, mas foi escrito, como o autor assinalou várias vezes, num momento em que ele, como muitos liberais (os de verdade, não os que se refugiam atrás das ditaduras para depois posar como democratas) e socialistas, estava deprimido pelos acontecimentos na Europa. Em 1940, o quadro era sombrio: os nazistas arrasavam a França; Hitler celebrara um pacto de não-agressão com Stálin; a Inglaterra estava isolada na luta; no Brasil, dentro e fora do governo federal, muita gente não escondia suas simpatias pelo Reich e pelo fascismo de Mussolini, e o Estado Novo cerceava as liberdades, censurava a imprensa e perseguia os opositores, com apoio dos reacionários de plantão.

Isso ajuda a entender o clima de desilusão e desistência que toma conta do romance. Vasco Bruno, depois de lutar heroicamente na Espanha em defesa do governo republicano, ao voltar derrotado para Porto

Alegre torna-se pintor de retratos para a burguesia local, entre senhoras e senhores que querem perpetuar sua vaidade e moçoilas decididas a seduzi-lo. Na Espanha, tivera um envolvimento amoroso com uma mulher que jamais reencontrará e que suspeita ter deixado grávida. A situação se configura como uma derrota moral inaceitável.

Nesse cenário, o esperado casamento com a prima não é para Vasco uma realização amorosa, mas uma tábua de salvação, assim como a vida bucólica lhe parece mais fuga do que opção de vida. Erico Verissimo nunca se conformou com esse final. Voltou a Vasco Bruno várias vezes. Escreveu-lhe cartas em *A volta do gato preto* (1946), livro em que narra sua segunda viagem aos Estados Unidos. Anotou sua insatisfação em prefácios e comentários sobre *Saga*, para afinal dizer em suas memórias (*Solo de clarineta*, vol. 1, 1973) que está certo de que Vasco abandonou o campo e voltou à cidade, para lutar por um mundo melhor. Ainda menciona o personagem em *O arquipélago*, publicado em 1961-62, quando Arão Stein, freqüentador do Sobrado, também vai lutar na Espanha e é confundido com o futuro esposo de Clarissa.

Essa participação de brasileiros na Guerra Civil Espanhola merece comentário. Hitler e Mussolini apoiaram os falangistas e Stálin o governo republicano, em favor do qual organizaram-se Brigadas Internacionais, a elas acorrendo militantes de mais de uma centena de países. Sessenta mil combatentes foram para a Espanha, e desses pouco mais de mil eram latino-americanos — os maiores contingentes vindos do México, da Venezuela e de Cuba. As Brigadas lutaram em todas as frentes, mas foram retiradas do país antes do fim da guerra, numa decisão até hoje criticada.

Do Brasil, foram para a Espanha quarenta e poucos homens, muitos deles imigrantes judeus, italianos ou espanhóis recém-chegados ao país. Havia também dezesseis brasileiros natos, catorze militares e dois civis. Desses brasileiros, sete eram gaúchos: seis militares e um civil. Ao contrário do que se passa com Vasco Bruno, sua ida nada teve de decisão pessoal e romântica: eram militantes comunistas e foram para a Europa enviados pelo partido, como parte da solidariedade internacional ao governo republicano.

O mais famoso deles foi Apolônio de Carvalho, que depois se tornou oficial da resistência francesa contra o nazismo. Na Espanha, todos se notabilizaram, recebendo promoções e elogios pela atuação em combate. Vários foram feridos gravemente. Dos dezesseis brasileiros, três morreram na Europa: Alberto Bomilcar Besouchet, em circunstâncias não esclarecidas; Enéas Jorge de Andrade, aviador morto em combate, e Hermenegildo de Assis Brasil, morto por doença quando já estava refugiado na França. Os outros voltaram para o Brasil. Um deles, Roberto Morena, morreu no exílio, em Paris, em 1978, depois de fugir da ditadura de 1964.

José Gay da Cunha publicou o único livro completo de memórias sobre o episódio, *Um brasileiro na Guerra Civil Espanhola*. Homero de Castro Jobim, depois de voltar ao Brasil e a Porto Alegre, entregou seu diário a Erico para que o escritor, quem sabe, o aproveitasse em alguma obra: esse foi o ponto de partida de *Saga*.*

A Guerra Civil Espanhola é o cenário da primeira parte do romance, dividida em dois segmentos: o primeiro chama-se "O círculo de giz", o segundo, "Sórdido interlúdio". A segunda parte, quando Vasco Bruno retorna a Porto Alegre, também se divide em dois segmentos: "O destino bate à porta" e "Pastoral".

"O círculo de giz" é a imagem que o pai de Vasco, Álvaro Bruno, pintor italiano nômade, usa para incutir-lhe o desejo de aventura, no romance *Um lugar ao sol*. O complemento do círculo é o famoso peru, que uma vez no centro não consegue sair dele. Na ironia de Vasco cair no círculo justamente ao tentar sair dele, há uma das obsessões de Erico Verissimo: o pacifismo ardente e militante e o ódio veemente à violência como solução para os conflitos.

Vasco sai duplamente derrotado da guerra. A primeira derrota é coletiva: os republicanos, divididos e enfraquecidos pelas disputas internas e abandonados à própria sorte pelos países do Ocidente, são derrotados pelos falangistas de Francisco Franco. A segunda derrota de Vasco ocorre no plano pessoal. Como busca de um destino, sua viagem é um fracasso. Na guerra ele se reúne a uma pequena Brigada Internacional particular, de que fazem parte alguns espanhóis e norte-americanos, um palhaço italiano, judeus expatriados — gente que se bate por uma causa e também soldados do destino, aventureiros sem rumo. Alguns morrem, outros desaparecem, e tudo isso expõe o desconexo e o deslustre de uma guerra perdida, que na visão

---

* Ver o detalhado artigo de Paulo Roberto de Almeida, "Brasileiros na Guerra Civil Espanhola: combatentes na luta contra o fascismo", publicado na *Revista de Sociologia e Política*, nº 12, junho de 1999, Universidade Federal do Paraná, pp. 35-66. Segundo Almeida, a informação lhe foi confirmada por Luis Fernando Verissimo.

de Erico acaba sem vencedores reais: o que resta é o silêncio que cobre o cadáver estraçalhado e insepulto de um país que fora maravilhoso e agora está devastado.

Vasco encontra refúgio na companhia de uma mulher, Juana, com quem matém um envolvimento breve, abandonando-a à própria sorte quando deixa a Espanha, e também no convívio com um médico canadense, o dr. Andrew Martin, que o opera quando está gravemente ferido no hospital em Barcelona. Mas o sentimento de impotência o esmaga, e é assim que ele retorna a Porto Alegre.

Ao tentar reconstruir sua vida na capital gaúcha, Vasco passa por um doloroso período de ascese moral até casar-se com a prima Clarissa. Erico Verissimo faz então um balanço final de sua primeira série de romances e dos personagens que criou, reunindo todos no final. O nome com que o escritor abre essa segunda parte — "O destino bate à porta" — aponta um tema que será retomado no próximo romance, *O resto é silêncio*, quando o protagonista, o escritor Tônio Santiago, ouve a *Quinta Sinfonia* de Beethoven no Teatro São Pedro, evocando as célebres notas iniciais da peça.

Saga é um romance entre dois mundos, tanto no plano ficcional como na vida do escritor. A ação se passa entre a catástrofe espanhola e a Porto Alegre provinciana, onde se prenunciam profundas transformações culturais e sociais: a consolidação de uma burguesia ávida por "sentimentos fortes", a organização da classe média pela disputa de espaço político e a luta mais visível das classes pobres pela sobrevivência. O tempo no romance é literalmente cortado ao meio quando a Segunda Guerra Mundial se inicia e Vasco está de volta a Porto Alegre. É um momento de transformação radical em todas as dimensões da vida humana. Com *Saga*, Erico conclui seu processo de formação como narrador: agora está pronto para os grandes vôos que se seguirão, com *O resto é silêncio* e, sobretudo, com *O tempo e o vento*.

No entanto, não se deve ignorar o valor de *Saga* em si mesmo. Com essa obra, Erico Verissimo desenha para a posteridade o momento capital da ficção daquele momento. Quase todos os grandes poetas do Brasil e do mundo escreveram sobre a Guerra Civil na Espanha e a trágica morte de Federico García Lorca, assassinado pelos falangistas.

Em 1940, ano em que *Saga* foi publicado, foi lançado outro importante romance sobre a Guerra Civil: *Por quem os sinos dobram*, de Ernest Hemingway. O melancólico herói Robert Jordan tornou-se o mais famoso combatente ficcional do confronto — sucesso que se deve também à adaptação cinematográfica, feita em 1943, com roteiro de Dudley Nichols, direção de Sam Wood, e Gary Cooper no papel principal, além de Ingrid Bergman e Akim Tamiroff, entre outros grandes artistas. *Saga* não alcançou a repercussão mundial que tiveram o romance de Hemingway e o filme de Wood, mas ajudou — e ainda ajuda — a manter viva entre nós a chama da inquietação e da luta pela liberdade.

Flávio Aguiar
Professor de literatura brasileira
na Universidade de São Paulo (USP)

O círculo de giz

I

O homem me pede fogo. Ergo para ele o isqueiro aceso e noto contrariado que minha mão treme um pouco. Seus olhos cor de zinco se fixam nos meus dedos.

— Nervoso?

Sacudo a cabeça negativamente, odiando-o como se pode odiar a pessoa que nos descobre o segredo que mais queremos ocultar.

É verdade que meus nervos estão retesados. Mas não é medo, não. Apenas a ânsia da expectativa, o desejo de que esta espera acabe. Quero me atordoar na ação. Preciso apagar as doces e amoletadoras visões da saudade, espantar os fantasmas familiares, esquecer os mornos hábitos do conforto — tudo quanto ficou para trás. Estou tentando passar na memória uma esponja embebida em vinagre. A vida é um grande jogo e o destino, um parceiro temível que só aceita grandes paradas. Está bem. Ponho na mesa todos os meus sonhos. Não basta? Jogo então a vida. Do outro lado daquelas montanhas ficam a Espanha e a guerra. Caminho ao encontro de novas sensações. Ou da morte. Que importa? A morte também é uma aventura, a definitiva, a irremediável. Mas o essencial é que aconteça alguma coisa.

O homem que se acha na minha frente está encarregado de nos fazer passar a fronteira. É um tipo de estatura mediana e deve ter perto de cinqüenta anos. A pele do rosto descarnado e oblongo, dum moreno lívido, lhe cai em pregas flácidas e melancólicas que lembram o focinho dum perdigueiro. Vejo na sua fisionomia desagradável a expressão de permanente e mal-humorada vigilância que têm os cães dessa raça.

Chama-se Rodríguez e é capitão das forças governistas espanholas. Trata os outros voluntários com uma afabilidade que vai até onde lhe permite a máscara canina. Anima-os com palavras de entusiasmo em torno da nobre missão dos *internacionales*, fala-lhes em vitória e no advento de um mundo melhor. Não sei por que não simpatizou comigo. Há coisas inexplicáveis que nos fazem pensar em vidas passadas. Talvez esta mútua repulsa não tenha surgido agora à primeira vista, mas venha de muito longe, sombra de algum mundo perdido. Tolice! A verdade pura e simples é que este tipo não simpatiza comigo nem eu com ele.

— *Gracias* — diz com voz rouca, atirando-me no rosto uma bafarada de fumo.

Apago o isqueiro e meto-o no bolso. Estamos na área dum pequeno café de Cerbère, povoação francesa dos Pireneus Orientais. Somos um estranho bando. Vinte e poucos homens de nacionalidades diversas que se destinam à Brigada Internacional.

Faço menção de me afastar, mas Rodríguez me detém com uma pergunta:

— O seu nome?
— Vasco Bruno.
— Nacionalidade?
— Brasileiro.
— Idade?
— Vinte e seis anos.

Para encurtar o interrogatório, entrego-lhe com maus modos o passaporte, que ele examina superficialmente e depois me devolve.

— Guarde isso. Vão todos passar como espanhóis repatriados pelo governo republicano. As coisas estão arranjadas. Portanto é bom ficar de boca fechada.

Meus companheiros fumam, bebem e conversam ao redor das mesas. Os castanheiros lançam sombras móveis no chão, agitados pela brisa que vem do mar. Alguém canta uma canção saltitante numa língua que não consigo identificar. Polaco? Russo? Húngaro?

O perdigueiro me examina da cabeça aos pés.

— Idealista, não? — ladra ele de repente, arreganhando os dentes amarelos e graúdos.

Sou tomado de súbito acanhamento. Não sei que responder. Limito-me a dar de ombros. O ar entre desdenhoso e autoritário de meu interlocutor me irrita. Viro-lhe as costas sem dizer palavra e vou apanhar o saco de roupas.

Dirigimo-nos para a estação de Cerbère. O sol doura a encosta dos Pireneus, onde escurejam as sombras das anfractuosidades. Fico a pensar em que tintas teria eu de misturar para obter o azul fluido e fresco daquelas manchas.

A meu lado caminha um jovem chileno que não cessa de falar. Chama-se Carlos García, adora Cervantes e parece saber de cor quase todo o *Dom Quixote*. Quando lhe pergunto por que vai lutar na Espanha, responde com sua voz oleosa, de modulações musicais:

— Você sabe, amigo, que esta é uma época utilitária. Não há mais cavaleiros andantes. Sou filho de um homem que enriqueceu à custa desses pássaros que há milhares de anos transformaram a costa do

Peru em wc. Negócio de guano, compreende? Ora, a gente fica cansada de ver excremento, de pensar em excremento, de viver de excremento. De vez em quando é preciso ressuscitar Don Quixote para novas andanças, não é mesmo?

Sacudo a cabeça e sorrio, achando a explicação mais pitoresca que convincente. Olho de soslaio para García. O rapaz tem cabelos pretos e lisos, uma larga cara trigueira onde vislumbro traços de algum longínquo antepassado araucano. Creio que vamos ser bons camaradas.

Estação de Cerbère. Seis horas da tarde. Esperamos o trem de Perpignan que nos levará a Portbou, já em terras da Espanha. A pequena plataforma está apinhada de gente. Vejo mulheres e crianças sentadas no chão ou deitadas nos bancos. São fugitivos de Irun e San Sebastián, criaturas magras, pálidas e apalermadas, que trazem no rosto a marca da guerra. Algumas sobraçam os grandes pães que lhes deram os campônios franceses. Muitas delas estão de luto. A poucos passos de onde me encontro, sentada num baú de folha, uma mulher escaveirada, de olhos muito negros, aperta contra o peito a filha de dois anos, cujo rosto está todo cheio de feridas inflamadas. As moscas voejam em torno da pobre cabecinha e a mulher procura espantá-las com a mão magra, num desânimo. A criança choraminga.

Os guardas móveis franceses caminham por entre a multidão. Um deles se aproxima de mim e pergunta à queima-roupa:

— *Donde nació usted?*

— Em Málaga — respondo sem pestanejar.

Não sei por que me ocorreu tão depressa o nome dessa cidade. Lembro-me de que no Brasil, quando menino, eu comia gostosas passas de figo fabricadas em Málaga.

O guarda sacode a cabeça, sorrindo, e me deixa em paz.

Agora é a vez do sueco louro e silencioso que de braços cruzados fuma o seu cachimbo. Chama-se Axel não sei de quê, e desde que nos encontramos não lhe ouvi mais de meia dúzia de palavras. É um belo tipo de homem. Terá quando muito vinte e cinco anos e fala um francês horrendo.

O guarda planta-se-lhe na frente e pergunta:

— *Y usted, amigo, de donde viene?*

O sueco começa a olhar dum lado para outro, num silêncio atarantado. O outro repete a pergunta e Axel se limita a sacudir a cabeça devagarinho, pondo à mostra os dentes muito brancos e apontando ao mesmo tempo para o nosso guia com a haste do cachimbo. Rodríguez fuma tranqüilo o seu cigarro e não lhe noto no rosto a menor sombra de emoção. Os guardas móveis sabem de tudo e vão nos deixar passar: o que estão fazendo é pura brincadeira. O embaraço de Axel, porém, aumenta e esse homem grandalhão ali está a passear em torno os olhos azuis de menino, a pedir um socorro que ninguém lhe pode prestar. O guarda o contempla com ar divertido e ao cabo de alguns segundos cantarola, sorridente:

— *Tout va très bien, madame la marquise... Allez!*
Risadas.

Faz calor. O sol declina e a sombra dos Pireneus avança na nossa direção. A demora do trem nos deixa impacientes. Meus companheiros conversam como podem: gestos, frases soltas em francês, inglês e espanhol, sinais de cabeça, sorrisos, movimentos de ombros... Carlos García me conta passagens de sua vida no Chile. Não consigo achar interesse na narrativa. Meu espírito já se encontra do outro lado das montanhas. A ansiedade chega a me dar ao corpo um adormecimento de febre.

Ouço gritos. Volto-me brusco. Vejo uma das refugiadas a gesticular diante dum grupo de voluntários. Está agitada, a espuma lhe brota dos lábios descorados, os olhos lhe saltam das órbitas. Atira os braços para o ar e exclama, cuspinhando:

— *Ustedes están locos, locos, locos!*

Os guardas correm para ela e a muito custo conseguem acalmá-la. Faz-se um silêncio pressago. Mas a voz dolorida continua a ecoar dentro de mim. *Están locos, locos!* Sim, estamos todos loucos. O mundo inteiro é um vasto hospício. O bom senso desapareceu da Terra. Os homens se estraçalham. É a guerra.

Lembro-me dos meus velhos sonhos pacifistas e há um confuso momento em que me é custoso convencer de que estou prestes a pegar em armas para matar. E matar quem? Homens que nem sequer conheço. Por que motivo? Por uma nevoenta razão que nem a mim mesmo agora consigo explicar. Já disse que tenho de esquecer tudo quanto deixei para trás: confortos familiares, amigos e ilusões. Repito interiormente: vou lutar do lado de um povo barbaramente agredido. Eis a fórmula que eu procurava. Sou um idealista. Estranha palavra esta... branca e remota como a neve que coroa aqueles cimos. Seja como for, o principal é não pensar. Avisto daqui a algumas centenas de metros o túnel de Portbou. Para além dele, a Espanha. O começo de uma vida nova. Mas quando chegará esse maldito trem?

Ponho-me a caminhar dum lado para outro na plataforma. As refugiadas me olham com expressão enigmática. Pena? Ódio? Talvez nem me enxerguem. Estão decerto a pensar na pátria, nos que ficaram, nos que tombaram... Ou então esses olhos vazios de visão refletem apenas a atonia do sofrimento.

Finalmente se ouve um apito. Alvoroço na estação. Surge o perdigueiro, com as orelhas em pé, como se tivesse farejado caça. O trem pára junto da plataforma. Num dos vagões vejo pequeno grupo de voluntários que assomam às janelas. Alguns mostram-se alegres, gesticulam e gritam. Em muitos rostos julgo ver a sombra da apreensão. Há também caras neutras e impenetráveis. Dois italianos cantam uma canção guerreira que mais tarde venho a saber que se chama "Bandiera rossa".

García murmura:

— Pensam que vão para algum piquenique.

Mandam-nos embarcar. No vagão onde entro com o chileno e o sueco, somos recebidos com efusões de simpatia. Um italiano muito vermelho se precipita ao meu encontro e num entusiasmo torrencial e viscoso me prega dois beijos nas faces.

O trem se põe em movimento. Atiro-me num banco. A estação de Cerbère vai ficando para trás... Percorro as caras com o olhar. Cada uma delas me pode contar a sua história. Não fosse a canseira, a excitação, eu procuraria descobrir o que elas estão dizendo na expressão dos olhos, no formato do nariz, no desenho da boca. O hábito de desenhar cabeças humanas me deu o gosto da análise dos traços fisionômicos. Mas tenho o corpo quebrantado de fadiga, a cabeça num redemoinho, e só agora descubro que estou com fome. Cerro os olhos e me deixo levar ao ritmo das rodas. A algazarra ao meu redor não cessa. Palavras de várias línguas se cruzam e misturam no ar. Um espetáculo para os olhos, uma festa para os ouvidos. Há também uma "festa" internacional para o olfato. A atmosfera está impregnada do cheiro de corpos humanos suados. Resmungo alguma coisa a esse respeito a García, que me retruca imediatamente:

— Se você pensa que na Brigada Internacional os legionários cheiram a Coty ou Caron, é melhor ir desde já perdendo a ilusão.

Abro os olhos e volto-os para a janela. Anoitece. Continuamos a avistar montanhas. Têm elas um repousado ar de eternidade, a serena imponência das coisas antigas. Restos de luz alaranjada tingem-lhes os cumes nevados.

Um doce fantasma me vem agora assombrar a memória. Clarissa... Tento tibiamente afugentá-lo. Inútil. Lá está ela sorrindo para mim, com os olhos úmidos de lágrimas, a me acenar do cais. Foi assim que a vi pela última vez. Saudade. Moleza brasileira. Que teria sido de mim se ficasse? O casamento, uma vida medíocre, a luta sem glória de todos os dias à sombra ameaçadora do caderno do armazém. Depois, o envelhecimento precoce, a amargura, o tédio. E no entanto eu sei, eu sinto que amo Clarissa. Mas não devo pensar mais nisso. Para essas doces feridas, uma esponja embebida em vinagre. Está acabado.

Entramos no túnel, penetramos nas entranhas dos Pireneus. Diga adeus à França.

Escuridão quase completa aqui dentro. As lâmpadas elétricas estão apagadas. São carros muito danificados; os vidros das janelas se acham partidos, efeitos de bombardeios aéreos. A noite artificial, porém, dura pouco. O trem logo emerge do outro lado do túnel. Tornamos a ver a luz da tarde. E é bastante estranho pensar em que este sol já é o sol da Espanha.

2

Portbou. A povoação foi quase toda destruída pelos aviões inimigos vindos da base aérea de Maiorca. A estação se acha muito danificada. Uma bomba abriu enorme rombo na plataforma, fendeu uma das paredes da casa e fez voar o pequeno sino. Quem me descreve o bombardeio com abundância de onomatopéia e de gestos é o próprio estacionário, um sujeitinho baixo e magro, de bigode híspido. Enquanto revistam as nossas bagagens — precaução que não posso deixar de achar ridícula nestas circunstâncias —, fico à espera da minha vez. O estacionário me puxa pela manga da camisa, aponta para a povoação destruída e começa a falar com a naturalidade e a confiança de um velho camarada.

É curioso: tenho notado que as pessoas em geral simpatizam comigo à primeira vista. No entanto, sou um tipo arisco e distante. Não que eu queira mal aos homens ou que os tema a ponto de procurar fugir-lhes ao contato. Alguém já disse que na minha atitude para com o mundo há muito de orgulho. Engano. Não tenho atitude nem orgulho. Uma paisagem bela tem a força de me comover até as lágrimas. Mas a paisagem humana é a que mais me interessa. O mistério das almas me seduz. Esta vaga sensação de desconfiança que me envolve quando estou em companhia dos homens vai por conta de velhas decepções. Sinto que tenho ternura suficiente para beijar a testa daquele legionário mulato que agora está escalando a plataforma. Mas temo que se o cenário de repente mudar e vier a luta, um demônio surja dentro de mim e eu seja então capaz até de uma crueldade. Chorarei mais tarde por causa dela, arrependido, quando voltar a calma e o amor. Sou um instintivo. Deixo-me levar pelos impulsos. Foi por causa dum impulso que atravessei o oceano em terceira classe e vim parar na Catalunha. Herdei esse traço de meu pai, um aventureiro sem lei. É verdade que no sangue de minha mãe me vieram as qualidades de equilíbrio e sóbria bondade de meu avô. Só elas conseguem dar alguma estabilidade a este complicado edifício interior. Mas é preciso prestar atenção ao estacionário que fala um espanhol para mim quase ininteligível. Consigo entender vagamente que a noite passada vieram aviões italianos e lançaram bombas sobre Portbou. O velho sino da estação foi pelos ares badalando "como um passarito ferido".

— Amigo — conclui o meu interlocutor, atirando para a nuca o boné vermelho agaloado de ouro, que ele ainda traz com certo orgulho —, eu lhe digo que esse sino era como uma pessoa de minha família. Tinha um som tão bonito... — Sacode a cabeça vagarosamente, suspirando. — Quando eu batia os sinais, *dlem-dlem*, ele parecia dizer "papai, papai...". Franco me pagará.

Ergue para o céu o punho fechado. E, sem me lançar o mais breve olhar, sem dizer mais nada, afasta-se de mim e vai repetir a outro a sua história.

— Eh, brasileiro! — grita García, fazendo-me sinal de longe. — Venha cá mostrar a estes senhores os perfumes, sabonetes e cigarros que trouxemos da França!

O exame das malas e sacos de viagem é rápido. Somos também obrigados a trocar por pesetas o dinheiro francês que trazemos.

É quase noite fechada quando nos dirigimos para a velha casa onde estão alojados os voluntários da Brigada Internacional. Pelo caminho encontramos soldados. Não trazem uniformes. Estão armados de fuzis, pequenas metralhadoras portáteis e fuzis-metralhadoras. Parecem mais bandoleiros, com suas roupas desiguais, bornais de pano, camisas de mangas arregaçadas, pés metidos em alpercatas e boinas ou gorros de dois bicos nas cabeças.

Pela primeira vez em toda a minha vida vejo uma cidade bombardeada. É indescritível. As casas parecem criaturas humanas mutiladas, com as entranhas à mostra. A pequena população se refugiou no túnel que fica do lado espanhol, para se abrigar dos bombardeios. Foge assim à ação das bombas, mas não consegue escapar a outros perigos e misérias. A promiscuidade sórdida em que essa gente vive gera toda a sorte de doenças. O tifo dizima os habitantes do túnel. Fico a pensar que por causa do avião, uma expressão do progresso, essas criaturas são obrigadas a voltar à vida primitiva e animalesca das cavernas. O diabo queira entender o mundo em que estamos vivendo!

A comida que nos dão é farta: ovos, legumes e sardinhas. Cada homem ganha um canecão de vinho.

— Boa vida! — exclama García.

Um argentino de aspecto tristonho e grossas costeletas negras nos explica que esta refeição só é possível aqui nas proximidades da fronteira francesa por causa do contrabando. E com um sorriso apagado acrescenta num murmúrio medroso:

— Nas trincheiras passa-se mal. É melhor aproveitar agora.

Estamos numa grande sala que em outros tempos deve ter sido o refeitório duma hospedaria ou coisa que o valha. Cerca de duzentos voluntários comem, falam, fumam e cantam. Os lampiões de querosene enchem a sala de uma luz amarelada e frouxa.

— Viva a Espanha republicana! — berra alguém.

Segue-se um clamor prolongado de vivas. Tomo um largo gole de vinho, estalo a língua e depois bato com a caneca na mesa. Alço os olhos e neste momento acontece alguma coisa cuja importância só mais tarde é que posso avaliar. Na minha frente um negro sorri para mim. Parece um convite à amizade. É um esplêndido tipo espadaúdo, de feições puras e grandes olhos líquidos. Sua pele, duma tonalidade repousante e enxuta, é dum belo negro azulado e fosco. Lembro-me imediatamente do Brasil e quase sem sentir jogo estas palavras por cima da mesa:

— Como vai?

Ele estende para mim a mão forte e fresca, que eu aperto, e sussurra:

— Sebastian Brown.

Digo-lhe o meu nome. Entabula-se um diálogo numa mistura de espanhol e inglês. Temos de gritar por causa do barulho. García me bate nas costas.

— Parabéns! Fazes amigos, não? Quem é a Branca de Neve?

Venho a saber que Sebastian Brown é norte-americano, da Geórgia. Veio no nosso trem e vai seguir também amanhã para Figueras, onde fica o primeiro posto da Brigada Internacional.

Termina o jantar. Esta noite estamos livres. García interpela o argentino das costeletas:

— Não há mulheres nesta terra, amigo?

O outro faz uma careta:

— Pensas que estás em Paris? É a guerra! — exclama. E sai palitando os dentes.

O chileno esvazia o seu caneco de vinho.

— Eh, brasileiro! Vamos ver Portbou. Deve haver por aí algum bordel. — Olha para Brown. — Não vens também, amor?

Saímos os três. É noite de lua cheia, mas o céu está quase todo coberto de nuvens. Axel fuma solitário o seu cachimbo junto do portão. Ao passar, García puxa-o pelo braço.

— Vem, Viking do meu coração. Vamos nos emporcalhar um pouco. — O outro se deixa levar, transformando a sua incompreensão num sorriso. — Não gosto dessa tua pureza nórdica. Nós os mestiços sentimos a vida aqui... — Bate no peito com o punho fechado. — Não temos medo das coisas e muito menos das palavras.

Pára um instante e começa a gritar para a noite toda a sorte de palavrões. As casas destruídas parecem escutar.

— Sabes? — diz depois o chileno a Axel, em tom mais calmo. — A melhor das tuas sagas não vale um capítulo de Cervantes. O maior dos teus heróis não tem a metade da estatura moral de Don Quixote.

Axel sacode a bela cabeleira loura que o vento do mar faz esvoaçar. E eu sinto a beleza grave e absurda desta cena. Um chileno, um sueco, um negro norte-americano e um brasileiro a caminhar numa noite de primavera pelas ruas duma povoação bombardeada da Catalunha.

Por trás dos Pireneus, feixes de luz branca, azul e vermelha se entrecruzam no céu. São os holofotes de Cerbère que na sua linguagem luminosa advertem os aviões italianos: "Cuidado! Não larguem bombas aqui. Estas são terras de França".

Sebastian Brown sacode a cabeça devagarinho.

— Portbou fica às escuras por causa dos aviões — diz ele. — Mas é inútil. Aqueles holofotes denunciam a povoação. Os aviadores sabem que basta jogar as bombas a um quilômetro e pouco para a esquerda...

Axel detém-se por um momento para contemplar o Mediterrâneo. Sebastian também faz alto ao lado do sueco e ficam ambos, um muito branco e outro muito preto, a olhar as ondas que se espicham na areia. García quebra o silêncio:

— Os aviões vêm aí. É noite de lua. Eh! Que é isso? Não me ouves? Estás também atacado de melancolia aguda? Vamos!

Retomamos a marcha. Vemos alguns homens entrar numa casa de onde saem os sons roucos dum gramofone. As janelas e portas conservam-se fechadas e estão pintadas de preto.

— Música! — murmura Brown, segurando-me o braço. Sua voz é grave, redonda e macia.

— Vamos entrar? — pergunto.

— Que dúvida! — grita García.

E avança, de braço dado com Axel.

Entramos. Somos envolvidos por uma onda quente que cheira a humanidade e a álcool. O ar enfumaçado é tão espesso que dá a impressão de que pode ser cortado em fatias.

Muitos internacionais estão aqui a beber e a conversar. Vejo poucas mulheres. No meio da balbúrdia o gramofone rouquejava um *ragtime*. Caminhamos os quatro por entre as mesas, procurando um lugar. Ninguém parece dar pela nossa presença. Mas de repente ergue-se um homem alto e moreno, de sobrancelhas espessas e dentes podres, e planta-se esplêndido diante de García, barrando-lhe a marcha. Leva a mão ao gorro numa continência teatral e exclama com voz trêmula:

— *Ave, Caesar, morituri te salutant!*

García empurra-o para um lado com decisão mas sem brutalidade, dizendo:

— Não sou César, sou García. E tu estás bêbedo, meu irmão.

Vamos sentar-nos a uma mesa no fundo do salão. Trazem-nos vinho.

— Quero mulher! — berra o chileno.

Quem nos serve é o proprietário, um sujeito gordo de cara amarga.

— As que temos aqui estão ocupadas — resmunga ele. — No túnel encontrarás raparigas de quinze anos que se vendem por um pedaço de pão. Por que não vais para lá? Farás bom negócio.

García cerra os dentes, agarra o copo com fúria e joga o vinho na cara do outro.

— Toma a resposta, porco!

Há um princípio de tumulto. O catalão, possesso, com o rosto a pingar vinho, os olhos piscos e chispantes, apanha uma garrafa pelo gargalo e ergue-a sobre a cabeça do chileno. Ponho-me de pé num pulo e seguro-lhe o braço, impedindo o golpe. Sebastian e Axel saltam ao mesmo tempo e me ajudam a imobilizar o homem. García continua sentado e agora despeja de novo todo o seu repertório de nomes feios. Conseguimos arrastar o proprietário da casa para longe dali e a muito custo o convencemos de que García não deve ser levado a sério. Quando voltamos para a nossa mesa, dez minutos depois, encontramos lá uma mulher. É uma rapariga nova que à primeira vista não me parece feia.

O chileno nos recebe recitando um verso de Don Quixote:

> *Nunca fuera caballero*
> *De damas tan bien servido*
> *Como fuera Don Quijote*
> *Cuando de sua aldea vino:*
> *Doncellas curaban de él,*
> *Princesas de su rocino.*

Axel e eu tornamos a nos sentar. Mas Sebastian Brown permanece de pé, embaraçado e silencioso. Tenho de obrigá-lo a ocupar a cadeira a meu lado.

— Amigos, esta é a Dulcinea del Toboso — diz García mostrando-nos a companheira.

Sorrio para ela e aperto-lhe a mão franzina. Não me parece uma profissional experimentada. Terá no máximo dezessete anos e nos seus olhos não descubro sensualidade nem malícia: apenas uma espécie de espantada resignação. Traz uma flor vermelha enfiada nos cabelos. Estou apostando todas as minhas pesetas em como foi uma companheira mais solerte que lhe sugeriu esse enfeite. A criaturinha tem um aspecto comovente. Neste momento não existe no mundo inteiro coisa mais tristemente convencional do que essa pobre flor encarnada. Amanhã tanto ela como a rapariga estarão esmagadas e cobertas de poeira no chão de Portbou.

— Como é o teu nome? — pergunto por pura falta de assunto.

Ela sorri. Vejo que não me entendeu. García lhe repete a pergunta. A resposta vem pronta, a colegial sabe a lição na ponta da língua:

— Sofía Martínez da Gaviria.

Tem uma voz fina e um pouco fanhosa. Sorri, mostrando dentes miúdos e limosos.

O olhar de Axel pousa em Sofía. Vejo neles uma remota luz de compaixão. Admiro essa gente que sabe ser sentimental duma maneira seca, higiênica e discreta.

Bebemos à saúde da menina. Ela beberica a sua cidra, sorri das macaquices de García e de quando em quando olha, curiosa, para Brown.

O gramofone pára de repente. Ouvem-se os sons duma guitarra. Uma voz quente e sentida enche a sala. Uma jota aragonesa. A princípio há entre os homens um intervalo de silêncio atento. Depois recomeçam as conversas. Mas a voz do cantor domina o zunzum geral. Olho para Sebastian e vejo que ele está maravilhado. Que lembranças lhe passarão pela mente?

Sinto-me deprimido. O vinho nada consegue contra o meu estado de espírito. As recordações batem à porta do café. Não devo deixá-las entrar. Que fiquem lá fora! As bombas aéreas não lhes podem fazer mal, ao passo que aqui, neste ar viciado, elas correm o perigo de se contaminar.

Não sei por que a gente se entrega com tanta facilidade ao sentimentalismo. Vício, talvez. Se ao menos esse tipo parasse de cantar... Olho para García e num relance julgo descobrir-lhe o segredo. Ele não passa dum homem que está procurando esquecer alguma coisa. Essa sua atitude desligada, os desabafos pornográficos, a pretensa falta de sensibilidade nada mais são que um escudo. Neste momento vejo-lhe no rosto a sombra de um pensamento triste.

O cantor se cala. Estralam palmas. O gramofone recomeça. Agora é uma valsa. Volto a cabeça e olho em torno. Uma assembléia difícil de descrever. Homens de diversas raças e tipos, entre os quais a gente vê logo que predominam os italianos. Um espanhol com quem pouco depois entabulamos conversação mostra-nos, ao redor de uma mesa, um grupo de ex-oficiais russos, franceses e alemães. O governo espanhol precisa muito dos serviços de técnicos militares, visto como a melhor e a maior parte do exército está com Franco. O novo camarada é um homem de pele curtida, testa impressionantemente alta e cabelos grisalhos. Conta-nos que no túnel mulheres e crianças morrem à míngua de recursos médicos.

Um velho de barbas brancas e sujas que anda de mesa em mesa pedindo cigarros e dinheiro, aproxima-se de nós. É um pobre farrapo de vida. Dou-lhe uma peseta. García oferece-lhe vinho: ele bebe, limpa os lábios com a manga do casaco seboso e puído e depois aponta para Sofía:

— É minha neta, sabem? Está prostituída, está perdida... Tudo está perdido.

Faz um movimento de ombros e sai arrastando os pés. Dá alguns passos, pára e volta-se de novo para nós.

— Deus é grande e poderoso — acrescenta, fazendo com a mão um sinal na direção do alto. — Mas tem má memória. Fez o mundo e esqueceu-se dele.

E se vai. Ficamos num silêncio difícil. Sebastian Brown me interroga com os olhos. Sofía sorri e García lhe pergunta:

— Então, pequena, esse tipo é mesmo teu avô?

A rapariga sacode a cabeça negativamente.

— Meus avós já morreram há muito tempo. Esse velho é dom José, o coveiro de Portbou. Enlouqueceu durante o último bombardeio.

O tempo passa e meus olhos começam a ficar pesados de sono. García tem Sofía sobre os joelhos, beija-lhe os cabelos, a testa, a boca. Ela se entrega passivamente, num desajeitamento enternecedor.

Uma mulher loura de seios fartos que há já alguns minutos está a olhar insistentemente para o sueco, ergue-se de sua mesa e vem sentar-se no colo dele. Segura-lhe ambas as orelhas com força e procura-lhe a boca com lábios ávidos. Axel move a cabeça dum lado para outro, fugindo ao beijo. Seus braços, caídos ao longo do corpo, recusam-se a abraçar a mulher. Tais e tão desesperados movimentos esta faz, que num dado momento perde o equilíbrio e cai estrondosamente no chão. Levanta-se, furiosa, e despeja em cima do sueco uma torrente de impropérios em catalão. Volta depois as costas e se afasta por entre risadas. De repente um homem surge à porta do salão e grita:

— *Los aviones!*

Apagam-se imediatamente os lampiões e as velas. Mas o gramofone continua a gemer. A valsa dos patinadores. As conversas cessam por um momento. Sinto na minha orelha o hálito morno de Sebastian Brown. Ele me diz coisas estranhas sobre a morte. Começamos a ouvir o ronco dos motores, primeiro longe, depois mais perto e, ao cabo de alguns segundos, atroando por cima de nossas cabeças.

— Mas para que bombardear uma cidade em ruínas? — pergunto em voz alta.

Alguém me responde:

— Eles sabem que a população está no túnel. Decerto vão lançar bombas sobre a estação.

Ouve-se um estrondo. Outro. Mais outro. Tenho a impressão de que as bombas explodem dentro de meu peito. A vitrola continua a encher a sala com a serena alegria dos patinadores. Sebastian Brown fala ainda na morte, com sua voz grave e doce. O ronco dos aviões às vezes se faz tão forte, que a gente tem a impressão de que eles entraram na sala, como morcegos extraviados da noite.

Por fim as explosões cessam. O ruído dos motores aos poucos se perde na distância. Tornam a acender as luzes. Vejo na cara do negro uma expressão de êxtase.

Quando saímos do café, à meia-noite, contam-nos que o estacionário foi morto durante o bombardeio.

3

Oito horas da manhã. Nosso trem corre paralelamente à praia. Ouvi dizer que nos mandam para Figueras. O mar está crespo, o céu nublado, o vento frio. Axel e eu nos achamos sentados no mesmo banco. Sebastian cochila na nossa frente, com a boca aberta, o chapéu puxado para os olhos: os percevejos de Portbou não lhe deram trégua durante toda a noite passada. A seu lado vejo um sujeito magro e ruivo, de pincenê doutoral; está mergulhado na leitura dum livro cujo título não consigo distinguir. De quando em quando o homem olha para o negro com o rabo dos olhos e com visível repugnância. Tem uma cara ascética, muito branca, de testa alta e lábios apertados. A poucos passos de nós, quatro italianos jogam pôquer, fazendo grande balbúrdia. Axel me oferece um cigarro.

— São da Finlândia — explica, mostrando-me a bela caixa de luxo em que eles vêm acondicionados.

Tomo de um, prendo-o nos lábios e aproveito o mesmo fósforo do companheiro.

— Supersticioso? — pergunta ele.
— Não. E você?
— Também não.

García, que se acha instalado no vagão contíguo, vem fazer-nos uma visita.

— Quem é o cabelo de fogo? — indaga, fazendo um sinal na direção do desconhecido.

Encolho os ombros. O chileno submete o homem do pincenê a uma prova infantil de nervos. Sem o menor aviso, bate de repente com o pé no chão e grita: *pum!* Sebastian Brown desperta, sobressaltado. O homem ruivo limita-se a erguer calmamente os olhos, como um mestre-escola que quer descobrir entre os alunos da classe qual foi o autor da travessura.

— Bom dia, amigo! — saúda-o García.

O outro responde ao cumprimento com um curto aceno de cabeça, mas seu rosto sardento e sem sangue permanece inexpressivo.

— Aposto como é alemão — digo eu. — Pelo jeito de cumprimentar logo se vê...

Axel fala bem o alemão e dentro em breve, instigado e orientado por García, entabula conversação com o estranho. As primeiras palavras lhe são arrancadas com grande dificuldade. De início o homem se mostra relutante, reticente, arisco e até mal-humorado. Ao cabo de alguns minutos de penoso interrogatório o sueco me transmite em francês o resultado de sua pesca e eu finalmente entrego a história em segunda mão a García, num espanhol da fronteira do Rio Grande do Sul. A crônica de nosso esquivo companheiro de viagem nada tem de excepcionalmente interessante. Chama-se Willy Kunz, é alemão e teve de sair de seu país pela simples razão de que seu bisavô materno, nos tempos de estudante de Heidelberg, apaixonou-se num *Biergarten*, em certa noite de outono, pela filha dum rabino; essa paixão, mau grado a oposição das duas famílias, resultou em casamento e o casamento em filhos. A história ficaria sendo apenas uma apagada lenda familiar não fossem os escrúpulos arianistas do nazismo. Willy Kunz fez a Grande Guerra, foi dos últimos a serem chamados e tinha apenas dezessete anos quando o mandaram para as trincheiras.

— Bela história — murmura o chileno, depois de ouvir a versão poética que lhe dou. — Mas o tipo não me inspira confiança.

Peço a Kunz para me mostrar o livro que está lendo. Ele me passa o volume num gesto maquinal. Não consigo decifrar o título. Axel me explica que é um tratado sobre explosivos.

— Sou químico industrial — esclarece o alemão através de Axel. — Vou trabalhar numa fábrica de granadas em Barcelona.

Sebastian Brown começa a cantarolar um desses *spirituals* dos negros americanos. A melodia tem uma funda ternura humana e é ao mesmo tempo duma límpida simplicidade infantil. Compreendo alguma coisa da letra, que diz que "todos os filhos de Deus têm asas". A canção é em torno do Céu de Jeová, de anjos com vestes brancas a tocar harpa. Axel sorri, apertando a haste do cachimbo com os dentes muito claros. García escuta em silêncio. E como eu me mostro também interessado, Sebastian começa a cantar mais alto. Em breve a sua voz de veludo enche o vagão, é como um gemido que sai de funda caverna escura cheia de ressonâncias misteriosas. E lá está ele a se remexer no banco ao ritmo da melodia; parece que anda contente a caminhar cantando pelas estradas do céu. De quando em quando volta a cabeça para Kunz e arreganha os dentes para ele. O técnico em explosivos defende-se das investidas cordiais do preto por trás duma trincheira de gelo. Esse sujeito positivamente está mexendo com os meus nervos. Vejo-lhe na cara as perversidades de que é capaz. Está irritantemente limpo e bem-vestido. Parece um turista. Deixo escapar estas palavras:

— Esse alemão é o tipo mais antipático do mundo!

Kunz fecha o livro, fita os olhos no meu rosto e, com grande surpresa minha, diz num claro português:

— O senhor exagera. O homem mais antipático do mundo é o marechal Goering. Dou-lhe a minha palavra.

O choque da surpresa me corta a respiração por alguns segundos. García solta uma risada e Willy Kunz me conta que já trabalhou durante seis anos numa fábrica em São Paulo.

O mundo é mesmo muito pequeno...

O trem rola. Do lado esquerdo, o mar. Do direito, montanhas ao fundo e, mais perto, uma série de colinas verdes, com grandes vinhedos por entre os quais de quando em quando branqueja a casa duma quinta. A Catalunha é uma terra áspera, de áspera gente. Aqui se fala um estranho dialeto e o povo desta região parece ter na alma um pouco da dureza rochosa deste solo, da impávida agressividade destas montanhas. Segundo ditado popular, os catalães são capazes até de fazer pão com pedras. Gozam da fama de ser o povo mais rebelde e ativo desta velha Espanha indomável. Lembro-me da camponesa que nos vendeu um cesto de frutas em Portbou. Está convencida de que, seja qual for o resultado da guerra, Franco respeitará a independência da Catalunha.

— Eles não se atreverão — disse ela com ar arrogante. — Os espanhóis nos conhecem bem.

Fala da Espanha como dum país estrangeiro. Tem orgulho de sua terra, principalmente de *Cataluña la Vieja*, onde nasceu. É duma família de agricultores. Seus antepassados ajudaram a transformar estas terras pedregosas e áridas em campos férteis que dão belos frutos como os que ela então nos oferecia.

    Sebastian estende a mão para fora do trem e, numa alegria alvoroçada, me mostra alguma coisa. Olho. No alto dum outeiro, cercado de árvores, ergue-se um castelo de dois torreões contra o céu dum cinzento azulado. É sombrio e grave. Ficamos a contemplá-lo em silêncio. Somos ambos de países novos, sem tradições. Essa visão tem para nós um encanto particular. Se eu pudesse saltar do trem e correr na direção daquelas pedras antigas... Seria o mesmo que voltar ao passado, ir ao encontro de idades mortas. Mas isso não passa dum desejo de turista. Sou apenas um voluntário da Brigada Internacional que viaja em péssimo trem para destino incerto. Amanhã talvez um Savoia-Marchetti de três motores se encarregue de eliminar da paisagem esse romântico castelo, que virá abaixo com todos os seus espectros, glórias e tradições. Pronto! Já não o enxergo mais. Uma curva da linha férrea acaba de roubá-lo ao campo de minha visão. Parece que agora deixamos o mar para trás e rumamos para sudoeste. Adeus, Mediterrâneo!

    Willy Kunz estuda com frio interesse, no seu livro de caracteres góticos, o método mais rápido, barato e eficiente de estraçalhar o próximo. Os italianos discutem, blasfemam e praguejam. Entrecerrando os olhos, entrego-me a Clarissa. É uma rendição incondicional, sem batalha. Sinto-a junto de mim, mostro-lhe as terras de Gênova, os vinhedos, as faias, os álamos, os castanheiros, os velhos castelos. Lembro-lhe as nossas conversas de um tempo perdido.

    Mas a voz macia de Sebastian me tira desse devaneio para me precipitar depois noutro:

    — Engraçado — diz ele. — Em inglês, quando queremos falar de projetos loucos, sonhos impossíveis, nós dizemos "castelos em Espanha".

    Sacudo a cabeça vagarosamente.

    O trem pára em Figueras. Descemos. Noto que ninguém nos espera, e a García, que se acha a meu lado, dou voz à minha estranheza.

    — Que queres? — pergunta ele com a sua rudeza brincalhona. — Uma recepção com banda de música, raparigas jogando pétalas de rosas em nossas cabeças?

    Tenho as pernas entorpecidas. As nuvens estão baixas e são cor de sépia. Começa a chuviscar. Apanho o meu saco de roupas e olho em torno. Reaparece Rodríguez. Caminha gingando na nossa direção e suas botas de verniz reluzem fracamente na desmaiada luz deste dia cinzento. Leva à boca um apito. Ouve-se um trilo longo e desagradável.

— *Los internacionales!* — grita.

Formamos numa fila. Em poucas palavras *el capitán* nos dá instruções.

Saltamos para dentro de um caminhão de carga e em breve estamos a rodar por uma bela estrada asfaltada. O chofer, um catalão de cara eqüina e grossas sobrancelhas eriçadas, nos conta que os aviões inimigos andam voando nas proximidades de Figueras. Ergo os olhos para o céu. Pingos frescos de chuva me caem no rosto. Sinto um cheiro de terra molhada que me provoca lembranças de coisas distantes no tempo e no espaço. Os homens conversam alto, riem, dizem bravatas. Passa por nós um caminhão cheio de voluntários franceses a cantar a "Marselhesa". Gritam e acenam para nós. A velocidade do carro aumenta. Tenho a impressão de que estamos fugindo de alguma coisa.

— Eh! para que essa pressa? — pergunta alguém.

E a resposta do chofer se resume nestas duas palavras:

— *Los aviones.*

O chuvisqueiro cessa, abre-se uma clareira no céu, brilha o sol. Vamos todos de pé, muito apertados, e de meu lugar mal posso ver a paisagem. Willy Kunz não está conosco.

Subimos agora a encosta de um outeiro. Passamos por um ônibus cheio de voluntários italianos que cantam a "Bandiera rossa".

Dois minutos depois nosso carro diminui a marcha e pára. Saltamos para o chão. É singular. Achamo-nos diante dos muros dum velho mosteiro. Dirigimo-nos para um portão severo e monumental em cujo frontão se vêem estas palavras pintadas numa tabuleta: CUARTEL DE LAS BRIGADAS INTERNACIONALES.

Por cima da cruz enferrujada e roída pelo tempo flameja a estrela vermelha, distintivo da Brigada. Sebastian me puxa pela manga do casaco e cicia:

— A cruz é mais antiga...

Concordo com um apressado sinal de cabeça, ao mesmo tempo que García, atrás de nós, cochicha ao ouvido de Brown:

— Guarda essas idéias para ti se não queres ser fuzilado.

Entramos e seguimos em grupo por uma aléia de ciprestes e pinheiros. Os homens fazem grande algazarra, mas por mais que gritem não conseguem quebrar o silêncio secular deste jardim. Um espanhol que vai conosco explica que o mosteiro tem mais de seiscentos anos de existência. Pertencia à ordem dos beneditinos e seus habitantes fugiram para o Sul da Espanha logo que deflagrou a guerra.

É um edifício pesado, de pedra, de estilo românico. Nas suas paredes limosas e sombrias vêem-se agora, em rudes letras de piche, legendas de ódio.

Formamos no pátio central. Por entre as frestas das lajes gastas brota a relva. Um sujeito muito magro e de ar sonolento, a quem ouvi chamar *"el señor major"*, vem fazer-nos uma arenga. A guerra — assegura-nos ele — não é nenhum brinquedo de criança. Franco tem tropas regulares e a luta vai ser muito dura. Elogia a nossa atitude desprendida e assegura-nos que a Espanha não esquecerá os nossos sacrifícios. É um mau orador. Tem uma voz estertorosa e fraca que nem a esplêndida acústica deste pátio consegue amplificar. Às suas primeiras palavras presto alguma atenção. Mas em breve esqueço o discurso e me deixo absorver pelo cenário. Contemplo as arcadas e os corredores onde não faz muito ressoavam as passadas dos monges. São bem estranhos os contrastes do mundo. Há pouco, quando passei pela capela, ouvi um tipo cantar lá dentro em francês uma cançoneta canalha de café-concerto. Alguém enfiou na cabeça da imagem de santo Antônio um gorro de dois bicos. Não sei por que todas essas coisas me deixam vagamente inquieto. Talvez seja a consciência do pecado, essa idéia que nos incutem desde a infância e de que tarde ou nunca nos conseguimos livrar. Tenho a impressão de que um dia alguém nos pedirá contas de tudo isso. É a velha noção da culpa e o pavor do castigo.

Termina a arenga. Os voluntários erguem vivas. Debandamos.

Três horas da tarde. Dão-nos de comer no refeitório do mosteiro. É uma sala comprida e baixa, calçada de pedra. Móveis poucos e toscos. Os voluntários franceses e italianos que encontramos na estrada sentam-se conosco às longas mesas encardidas. Não há toalhas nem guardanapos, os pratos são de folha e os talheres têm cabo de osso. Sopa de feijão branco e carne em conserva, uma grossa fatia de pão preto para cada um e um caneco de vinho tinto.

— Onde estão os famosos licores dos monges? — pergunta García, teatralmente, lançando a sua pergunta para o teto abobadado do refeitório.

Sebastian e Axel, que se acham na nossa frente, comem com apetite, principalmente o negro.

Ao anoitecer formamos na frente do mosteiro para a cerimônia de arriação da bandeira. Somos ao todo uns duzentos e poucos homens. Soa um clarim. Fazemos continência.

El señor mayor toma da bandeira e enrola-a com solene carinho. Corro os olhos pela fileira de voluntários que se estende na minha frente. São homens dos mais variados tipos, idades e raças. Quase todos jovens. Alguns muito bem-vestidos: roupas de boa casimira e camisas de seda. Vejo um grupo de quatro rapazes louros de *knickerbockers* que me parecem universitários ingleses. Têm uma expressão resoluta, mas não há carranca que consiga tirar-lhes do rosto uma certa rosada candura que lembra os retratos de crianças pintados por Gainsborough.

O clarim silencia. Baixamos as mãos. A uma ordem dispersamo-nos ruidosamente.

A noite desce com uma brisa fria. Depois do jantar vamos fumar no pátio. Fazemos camaradagem com um francês alto, encurvado e anguloso, que tem uma enorme cicatriz esbranquiçada que lhe corta o rosto tostado de sol. Não lhe sei o primeiro nome, mas o segundo é Franchon. Conta-nos, ao cabo de algum tempo de palestra, que serviu durante dezessete anos na Legião Estrangeira, da qual fugiu um dia em Túnis. Foi carregador no porto de Nápoles e mascate na Iugoslávia. Passados alguns anos sentiu a nostalgia da aventura guerreira e meteu-se na Espanha. García lhe pergunta:

— Onde foi que arranjou esse arranhão?

E aponta para a cicatriz. Franchon não se perturba e pronuncia simplesmente um nome:

— Ab-del-Krim.

Queremos saber de sua opinião sobre a guerra em que nos vamos meter. Ao cabo de alguma hesitação ele nos diz que, depois de terem as tropas de Franco chegado ao mar, a situação se tornou mais séria para o governo e a Espanha ficou dividida em duas partes. E, quando eu lhe pergunto se temos alguma probabilidade de vencer sem auxílio da Inglaterra e da França, ele responde evasivamente:

— Pergunte ao Estado-Maior. Eu sou um simples soldado.

Afasta-se de nós sem dizer mais palavra.

— Eh, Vasco! — exclama de repente Carlos García. — Vamos a Figueras? Não seria mau brincar um pouco com as meninas... Ninguém sabe que vai ser de nós amanhã.

Sai pelo pátio povoado de sombras para procurar quem lhe queira servir de guia numa excursão erótica ao povoado.

Brown, Axel e eu pomo-nos a andar sem destino. Nossos passos nos levam à porta da capela. Entramos. A escuridão aqui dentro é completa. Axel risca um fósforo. Flutua no ar um cheiro de antigüidade. Vislumbro os vultos das imagens nos nichos. O fósforo se apaga. Ficamos os três parados, em silêncio, como que perdidos. Pelas janelas ogivais entra a nevoenta claridade da noite sem lua. Sento-me no banco mais próximo. Meus dois companheiros fazem o mesmo. Brown nos oferece cigarros. Risco outro fósforo, que o norueguês aproveita para acender também o seu cigarro. Mas o negro hesita quando eu volto a chama para ele. E depois, sorrindo para esconder o embaraço, apaga-a com um sopro e acende o seu cigarro na ponta do meu. Ficamos a fumar durante alguns instantes em completo silêncio. Quem nos visse agora diria que estamos orando.

Tudo nos leva a falar em Deus. É inevitável. E, ao cabo de longa conversa pontilhada de hesitações e reticências, chego à conclusão que o meu Deus não é o Deus de Axel e muito menos o de Sebastian Brown. No entanto, todos temos um Deus que dum modo geral não se parece muito com o dos beneditinos que viviam neste mosteiro.

Brown começa a recitar um sermão negro sobre a Criação. Sua voz, que tão bem se casa com a escuridão da capela, nos envolve:

E Deus saiu pelo espaço,
E olhou em torno e disse:
"Sinto-me solitário —
Vou fazer um mundo"

A escuridão cobria todas as coisas, mais negra do que cem meias-noites negras. Deus sorriu, e surgiu a luz. Ele disse: "Isso é bom". Tomou a luz nas mãos, enrolou-a nos dedos, fez uma bola — o sol, e depois lançou-o no espaço. E Deus tinha numa das mãos o sol e na outra a lua e sua cabeça estava toda cheia de astros. E a terra jazia sob seus pés. E Ele caminhava sobre a Terra e seus pés iam fazendo os vales e as montanhas. E então Deus viu que a Terra era ardente e vazia e fez os sete mares. Piscou os olhos e criou o relâmpago. Bateu palmas e reboou o trovão. E jorrou a água dos céus, nasceram os rios, brotou a relva, vieram mais tarde as flores, e os rios correram para o mar. E Deus exclamava: "Isso é bom!". Depois olhou para a sua obra e disse: "Ainda sinto a solidão". Sentou-se ao pé duma colina e ficou a pensar. Pensou e mais pensou e no fim resolveu: "Eu vou fazer para mim o homem". Do fundo do rio tirou um punhado de lodo e com ele fez o homem à sua própria imagem.

> *E insuflou nele o sopro da vida*
> *E o homem se tornou uma alma vivente*
> *Amém! Amém!*

Sebastian cala-se. No pátio alguém grita por nós.
— Vasco! Axel!
Saímos e vamos ao encontro de García.
— Podemos ir a Figueras, rapazes! Temos licença. O carro está nos esperando lá fora. Depressa!
Deitamos os quatro a correr através do jardim. Saltamos para o caminhão, onde já se encontram muitos homens. O veículo começa a descer a colina.
Levo idéias pessimistas.
Não sei se Deus fez bem em tirar o tranqüilo lodo do fundo do rio para fazer com ele esse estranho animal que é o homem.

4

Chove há já dois dias. Estamos ainda no mosteiro. Tenho a impressão de que, se eu passar mais tempo nesta inatividade úmida, começarão a brotar cogumelos dentro de mim. Carlos García olha a chuva cair nas lajes do pátio e monologa:
— *A qué llamas apear, o a qué dormir? Soy yo, por ventura de aquellos caballeros que toman reposo en los peligros?* — Volta-se para Sebastian, que está deitado de costas aos pés dele, mascando um pau de fósforo e olhando para o teto. — *Duerme tu que naciste para dormir, o haz lo que quisieres, que yo haré o qué viere que más viene con mi pretensión.*
Axel descobriu um passatempo. Como é hábil relojoeiro (dessa gente nórdica devemos esperar tudo), passa o dia a consertar os relógios defeituosos que os voluntários lhe trazem.
Duas vezes por dia o velho sino nos chama à capela, onde nos reunimos todos para ouvir o major, que, com sua voz monótona e fosca, não cansa de afirmar que a Espanha não esquecerá os nossos sacrifícios no dia da vitória. Segue-se uma longa e fastidiosa hora de instrução mi-

litar. Como ainda não temos armas, ensinam-nos coisas teóricas sobre a guerra: como lançar granadas, que fazer quando se avista um avião inimigo, a maneira de avançar aproveitando os acidentes do terreno...

Fazemos novas relações, principalmente entre os italianos.

Conheci esta manhã Pepino Verga, ex-palhaço de circo, um tipo atarracado e musculoso, de pescoço taurino e cabeça rapada, de um oval caricaturalmente minúsculo. Ele nos diverte à noite proporcionando-nos um espetáculo de variedades — malabarismo, pilhérias, saltos mortais e equilibrismo. É duma falta de graça comovedora. Vê-se que sempre andou em companhias de quarta ordem.

Improvisa-se uma arena no refeitório. Empurram-se as mesas contra as paredes. Os homens sentam-se nos bancos. Há duas guitarras e uma gaita-piano. Ao som de uma marcha triunfal, entra Pepino. A grande novidade desta noite é que ele vem vestido de monge beneditino, metido numa surrada batina que descobriu em algum canto do mosteiro. Traz na cabeça a coroa dourada que roubou na capela à imagem de Nossa Senhora. Gargalhadas estrepitosas. Aplausos. Pepino estaca no centro do salão e faz uma leve curvatura, tirando a coroa da cabeça num rápido cumprimento gaiato. Seus olhinhos miúdos de mico brilham picaramente. A camada de farinha e os traços negros de carvão que lhe cobrem a pele do rosto não conseguem esconder-lhe a expressão de submissa imbecilidade. O tumulto continua. Pepino pede silêncio. Em vão. Gritos, palmas, bater de pés, assobios. Pepino *exige* silêncio, pula como um orangotango, atira os braços para o ar, ao mesmo tempo que procura equilibrar a pequena coroa no alto da cabeça. A algazarra finalmente cessa. Um dos homens avança para o *clown* e pergunta:

— Como vais, Pepino Verga?

E ele responde com voz de falsete:

— Não sou Pepino Verga.

— Quem és, então?

E o palhaço, com voz ainda mais fina, aponta para a coroa dourada com o seu indicador curto e grosso:

— Sou Pepino o Breve.

Vaias e risadas. Seguem-se velhas anedotas, trocadilhos, piadas em torno de Mussolini, Hitler e Franco.

Pepino se entrega a números de malabarismo com garrafas e copos, ao som da "Giovinezza". Novos aplausos.

Os voluntários bebem, conversam e fumam. Lá fora a chuva continua a cair.

Pepino, incansável, equilibra uma cadeira na testa. Os homens começam a perder o interesse pelo espetáculo. As aclamações rareiam. E o palhaço, que adora os aplausos, está desolado. Equilibra a cadeira no queixo, na ponta do nariz. Ninguém mais lhe presta a menor atenção. O nosso bando se compadece do acrobata e sem a menor combinação García, Axel, Sebastian e eu estamos em dado momento a aplaudi-lo freneticamente. Pepino volta para nós o rosto lambuzado e feliz e atira-nos beijos. A "arena" é invadida pelos espectadores indiferentes, mas o palhaço não se quer dar por vencido. Vira cambalhotas, dá saltos mortais e, como nada disso consegue atrair o público, num supremo golpe de pantomima começa a atirar-se no chão de todo o comprimento, batendo com o ventre e a cara nas pedras. Rompe violenta a assuada. Uma tempestade de urros, assobios e mugidos. Pepino apanha a ponta da batina, ergue do chão a coroa de Nossa Senhora e retira-se de cena com o nariz sangrando. Em dois segundos os homens o esquecem completamente. Um tenorino — rapaz moreno de escuros cabelos crespos — rompe a cantar uma trêmula e dulçorosa canção napolitana.

Corro atrás de Pepino e alcanço-o no corredor. Passo-lhe o braço pelos ombros.

— Pepino, foste admirável.

Ele ergue para mim uns olhos de cão surrado e pergunta:

— Sinceramente?

— Claro, homem. Estavas engraçadíssimo.

O *clown* fica um instante calado, olhando para o chão, e depois me aperta a mão com força.

— És um bom amigo.

Arregaça a batina, precipita-se corredor em fora e lá no fundo dá um duplo salto mortal. Volta para mim sorrindo.

— Viu? Este número foi dedicado especialmente ao camarada.

Faço com a cabeça um sinal afirmativo e ele se afasta, feliz.

Pepino Verga... Para os outros, um simples palhaço. Para mim, um enigma.

Mário Guarini é um napolitano melenudo e apoplético, de olhos verdes e saltados. Era sapateiro em Nápoles, juntou economias batendo sola debaixo duma escada, casou com uma siciliana e fez a Guerra. Nos anos que se seguiram ao armistício, foi partidário fervoroso de Matteoti. Quando o fascismo dominou a Itália, teve de refrear a língua e recalcar as mágoas. No primeiro ano da era fascista morreu-lhe a mulher. Mário Guarini não chorou. Antes de fecharem o caixão, disse baixinho: "Vai, Carmela. Lá no outro mundo não encontrarás esse *schifoso* de Mussolini". Viveu daí por diante como pôde. Em 1925 foi obrigado a tomar violenta dose de óleo de rícino. Perdeu três quilos. Sentiu-se desmoralizado, quis morrer. Mas na Itália — contou-me ele — a gente precisa de fazer um requerimento ao *Duce* até para morrer... Continuou a bater sola, achou no ódio um motivo para viver. Mas, quando as tropas de Mussolini atacaram a Abissínia, ele teve a impressão de que ia estourar. Aquilo era demais. Viúvo, sem filhos, nada mais o prendia à pátria: ia embora. Dava-lhe náusea viver no meio dum povo tão abjetamente servil. Passou para a França. O pouco dinheiro que levava em breve se acabou. Passou fome em Paris e teria morrido ao abandono se o Exército de Salvação não o recolhesse, dando-lhe casa e comida. Era um áspero inverno e havia neve nas ruas. O calor dum bom fogo, uma sopa quente e gentes amigas que nos chamam "irmão" não são coisas que um homem extraviado possa desprezar. Para não perder a situação conveniente, Guarini aceitou o Evangelho e fez-se membro do exército salvador. Vestiu-lhe o uniforme e saiu com um dos bandos pelas ruas de Paris a recolher almas transviadas. Como não soubesse tocar nenhum instrumento de sopro ou de corda, deram-lhe o bombo. Mário Guarini, homem de entusiasmo à flor da pele, acha que todos os problemas deste mundo são fáceis uma vez que a gente os encare com alegria. Levou a sério o seu bombo e acabou um virtuoso. No fim de algum tempo, estava convencido de que realmente tinha fé no Deus daquelas boas criaturas. Levou meses para compreender que na realidade o que ele amava mesmo era o bombo e não Deus. O gostoso da coisa estava principalmente naquele alvoroço, naquela singular aventura de andar pelas esquinas a cantar hinos religiosos e a caçar homens. Essa espécie de caça, porém, era demasiado inocente. Mário Guarini preferia a luta em que se derrama sangue. A revolução de Franco deixou-o inquieto. Tomou logo o partido dos governistas. Pela primeira vez na vida estava ao lado de um governo. E quando Mussolini, vitorioso na Abissínia, mandou suas tropas combater na Espanha, o ex-sapateiro sentiu transbordar a taça da sua paciência. Sendo-lhe impossível explicar aos "irmãos" certos sentimentos que lhe ferviam no peito, preferiu fugir sem dizer palavra. Como tinha amigos no Partido Socialista francês, conseguiu que o incluíssem num grupo de voluntários destinados à Brigada Internacional.

E agora aqui está conosco, a esperar que o designem para algum batalhão.

Mário Guarini tomou-se subitamente de simpatia por Sebastian Brown. Lá estão eles frente a frente e o italiano tenta por meio de sinais dizer qualquer coisa ao negro, que sacode a cabeça dum lado para outro numa prolongada negação. Guarini insiste, com paciência. Acabam ambos ajoelhados no chão. Aproximo-me, curioso, e vejo o italiano a fazer riscos nas lajes com um pedaço de carvão. É um tosco mapa-múndi onde a Itália, a Espanha e a Abissínia aparecem com especial relevo. O italiano desenha uma série de bonecos e de sinais para mim sem sentido.

— Que diabo de história é essa? — pergunto.

Mário Guarini ergue os olhos claros fungando, e responde com o seu vozeirão musical:

— Planos políticos.

E me pede que explique tudo a Sebastian. A coisa é simplíssima. Vencemos Franco, derrubamos Mussolini do poder e coroamos Brown imperador da Abissínia!

O negro sorri. E Guarini, que com essa brincadeira quis apenas dar uma prova da estima que tem por Sebastian Brown, sorri também, mostrando os fortes dentes de carnívoro.

O nosso dormitório. As luzes apagadas. Faz frio e ainda chove. Estamos deitados em colchões grosseiros que nós mesmos tivemos de encher de palha. Somos cerca de cem homens no salão. Esta é a nossa terceira noite no mosteiro. Alguns de meus companheiros ressonam e muitos têm um sono agitado. Deito-me de borco e tenho a impressão de que meu coração está pulsando dentro do travesseiro.

García foi a Figueras. À procura de mulher, como sempre. É quase meia-noite e o imbecil ainda não voltou. Fico a pensar no que lhe terá acontecido. Ainda não consegui pregar olho. Tenho um peso aflitivo no estômago. A comida ultimamente tem andado péssima. Levo a mão ao rosto e sinto a barba espinhar. Há já dois dias que não me barbeio. É a chuva. Amolece tudo. Até os jovens ingleses perdem as cores, a postura esportiva e já não escanhoam o rosto todos os dias. Creio que Franco não precisará mandar seus soldados contra nós. A chuva se encarregará de nos derrotar. Por falar nisso, esta manhã nos chegaram notícias inquietadoras. A sorte tem sido contrária às armas do governo. Os oficiais que estão entre nós não conseguem esconder seu pessimismo. Creio que esses reveses abreviarão a nossa ida para a frente de batalha. Não sei por que ainda não nos deram armas. Lutar seria bem mais divertido do que ficar aqui criando bolor. Estas lajes são frias e a primavera se obstina em parodiar o inverno. Acabaremos todos reumáticos.

Um homem, perto, fala dormindo. Da outra extremidade do salão parte um longo gemido.

Fecho os olhos. Que terá sido feito de García? Já era tempo de estar de volta.

Vêm-me agora recordações do Brasil. Que estará fazendo Clarissa a esta hora? E Fernanda? E Noel? O velho dr. Seixas seria um excelente médico para a Brigada Internacional. Chego a vê-lo a resmungar por entre os leitos de um hospital, com o toco de cigarro apagado colado ao lábio inferior. Grande tipo!

As lembranças mais absurdas, as criaturas mais insuspeitadas me vêm à mente. Tenho oito anos, é uma tarde de inverno e eu vou para a escola na minha pequena cidade. Estamos em guerra com os meninos da rua do Poço. A uma esquina surgem de emboscada três inimigos. "Rendei-vos!", grita um deles. Largo a lousa e a cartilha de João de Deus e me preparo para a luta. Eles investem. Apanho do chão uma pedra e obrigo-os a manter-se à distância. Por felicidade aparecem dois de meus soldados, que correm em meu socorro. Trava-se a batalha.

As crianças amam a guerra. Não admira. Tudo as leva a isso. As lições de história. Biografias de heróis. O tamborzinho inglês que não sabia tocar retirada. Napoleão... Leônidas nas Termópilas...

Curioso eu me lembrar de tudo isso agora aqui, às doze da noite num mosteiro antigo da Catalunha. Mistérios da memória. Traições da insônia.

Não sei por que me meti nisto — confesso a mim mesmo. Espírito de aventura, talvez. A fascinação do perigo. Simples curiosidade. Mas o pior é que essas palavras agora não querem dizer nada. Tenho o corpo quebrantado e a alma vazia. Derrotado antes de entrar em combate.

Segue-se um período de madorna. Torno a despertar. Quanto tempo dormi?

Julgo ouvir o ronco longínquo dum avião. Decerto é um aparelho inimigo que aproveita a noite tempestuosa para passar as linhas governistas. Se ele deixar cair uma bomba certeira em cima deste telhado, tudo estará resolvido da maneira mais simples. Mas qual! O importante é que essa chuva cesse, que nos dêem armas e nos mandem para a frente. Deve ser mais decente morrer lutando.

O tamborzinho inglês. Marcílio Dias. Nós somos da pátria a guarda.

O sono vem. Se traz sonhos, a manhã se encarrega de os apagar. Ao acordar no outro dia não me lembro de nada.

5

Cessam as chuvas e sai o sol. Estamos alvoroçados porque se diz que ainda hoje vamos ser distribuídos entre os diversos corpos que estão recebendo instrução militar antes de partir para as trincheiras. Essa classificação, ao que parece, vai ser feita de acordo com a nacionalidade dos voluntários.

— Temos de nos separar? — pergunta Axel.

Entreolhamo-nos os quatro em silêncio.

— É pena — sussurra Sebastian.

García fica um instante pensativo:

— Talvez nos mandem para Gerona, onde há um regimento formado de russos, suecos, lituanos e não sei mais quê.

Sacudo a cabeça, dizendo:

— Eu preferia ir para o batalhão dos italianos que está em Besalú.

Vamos os quatro procurar o major e lhe pedimos que nos mande para Besalú. Encontramo-lo atirado numa cadeira, por trás duma mesa sobre a qual se amontoam papéis em desordem.

— Alguma razão especial? — indaga ele com voz sonolenta.

Faz essa pergunta sem abrir os olhos. Suas pálpebras arroxeadas contrastam com o rosto desbotado.

— Muitas... — respondo. — A língua, por exemplo...

— Afinidades de temperamento, o senhor vê... — avança García.

— Claro — reforço eu. — Ficará tudo mais fácil para nós.

É como se atirássemos uma a uma as nossas razões em cima da mesa e elas fossem ali formando uma pilha diante da máscara cadavérica do oficial.

Há um momento de silêncio em que chego a ter a impressão de que o homem dorme. É com voz arrastada que ele diz, erguendo a mão de defunto em gesto lento:

— Está bem. Deixem os nomes com o sargento. Vocês vão para Besalú.

Não creio que tenha ouvido os nossos agradecimentos e as nossas palavras de despedida.

— Tipo estranho — comento eu, quando vamos a caminho do alojamento. — Parece que passou a noite em claro.

García sacode a cabeça devagarinho, sorrindo.

— És uma criança de peito...

— Que queres dizer com isso?

— Aquilo é morfina, homem.

— Como sabes?

— Que é que não se sabe? O major foi ferido em Teruel, coisa grave. Davam-lhe morfina no hospital, porque o ferimento doía muito. O homem pegou o vício. Não é o primeiro caso, meu anjo, nem será o último.

Mário Guarini nos avista de longe e corre para nós, gritando que vamos partir dentro de duas horas.

Chegamos a Besalú ao entardecer. Esta é uma vila muito antiga da província de Gerona. Teria no máximo três mil habitantes antes de começar a guerra. Hoje os seus homens válidos que não morreram ainda, estão lutando lá para as bandas do Ebro. Encontramos aqui quase só mulheres, velhos e crianças — gente triste que nos olha com uma torva expressão de desconfiança. Creio que já se apagou neles a esperança de vitória. Às janelas, nas calçadas, por cima de muros, olham a passagem dos caminhões que trazem os novos voluntários. Não acenam, não aclamam. Fecham-se num silêncio de pedra. Dir-se-ia espiam um enterro que passa — mas um enterro de alguém que não conhecem ou não estimam.

Um dos batalhões da Brigada Garibaldi está alojado também num mosteiro. Saltamos para o solo, formamos no pátio central, ouvimos breve arenga, recebemos uma capa de colchão — que devemos encher de palha mais tarde —, um cobertor, cigarros, um naco de sabão e algumas pesetas.

O céu está limpo e azul. Uma brisa fria põe levemente inquietas as árvores do jardim.

Debandar! Os homens se espalham em todas as direções. Sentimo-nos como colegiais da província que acabam de chegar a um grande internato. Carlos García sai a explorar o terreno e volta pouco depois acompanhado dum homem.

— Amigos! — exclama. — Este é o sargento De Nicola. — Faz um gesto na nossa direção e diz: — Tenho a honra de apresentar-lhe os três reis magos: Gaspar, Melquior e Baltazar.

Apertos de mão. De Nicola vai mostrar-nos os nossos alojamentos. É uma sala estreita e longa pavimentada de pedra.

— São os piores quartos do hotel — graceja ele. — Estou com a casa completamente cheia. — Pisca o olho e faz uma careta. — Este ano o turismo está muito forte em Besalú.

De Nicola é um homem de meia-idade, alto, descarnado e teso. Tem uma cara comprida e simpática, cabelos de um esverdeado de pessegada, já branqueando nas frontes; não sei por que o seu aprumo dá logo a impressão dum homem que já vestiu casaca. Os olhos não dizem grande coisa, mas as mãos — santo Deus —, as mãos me parecem tão expressivas que, se o sargento não as esconde, dentro em pouco elas me estarão a contar os segredos de uma vida e de uma personalidade. Longas, nervosas e bem modeladas, de dedos afilados e vibráteis, elas dizem de uma alma sensível e dum espírito não de todo destituído de brilho. Mãos talvez de pianista ou de escultor...

— Quando vamos para a frente? — pergunta García.

De Nicola fita no meu amigo os seus olhos claros e mosqueados.

— Frente? Vocês terão que passar primeiro pelo jardim-de-infância.

Tira do bolso da camisa cáqui um cachimbo, enche-o de fumo, acende-o com rapidez e destreza admiráveis, leva-o à boca, tira uma baforada e depois passa-o a Axel, dizendo:

— Vamos fumar o cachimbo da paz.

O sueco hesita.

— Fume.

— Mas... mas eu tenho o meu cachimbo.

— É uma questão de ritual — sorri o nosso novo camarada.

Axel não consegue evitar uma careta de repugnância, mas não tem outro remédio senão levar o cachimbo aos lábios e tirar uma baforada.

— Agora o núbio — diz o sargento.

Mas quando Sebastian Brown estende a mão, o cachimbo desaparece como por encanto para alguns segundos depois ser descoberto no bolso de Carlos García. E nem bem Sebastian se refaz da surpresa, já De Nicola avança para ele, acaricia-lhe o rosto e por fim tira-lhe um ovo da boca. Risadas.

De Nicola faz uma leve curvatura para a esquerda, outra para a direita e exclama:
— Professor Marcantônio, ilusionista!
O homem acaba de nos conquistar. Ficamos à sua mercê.

Os nossos seis primeiros dias no Batalhão Garibaldi são bastante duros. Sob as ordens de um ex-oficial alemão rígido e glacial e de dois austríacos, um deles mutilado na Grande Guerra, passamos os dias a fazer exercícios militares, a aprender a nomenclatura e o manejo de fuzis e metralhadoras. Nossos instrutores falam uma pitoresca mistura de italiano, espanhol e francês. As armas foram fabricadas na Rússia, mas as granadas vêm de Barcelona.

Os arredores de Besalú se enchem dos gritos dos voluntários em seus combates simulados. Minha companhia, com armas imaginárias, toma de assalto as ruínas do castelo. Fica este situado na coroa de um outeiro onde foi a vila primitiva. Chegamos lá em cima suados, sujos, esfalfados e com ar de quem se está prestando a uma brincadeira imprópria da idade adulta.

— Homens do nosso tamanho — diz Sebastian —, homens grandes... brincando de guerra...

Depois descemos a encosta e uma vez lá embaixo saímos a rastejar pelo chão pedregoso; cavamos trincheiras, precipitamo-nos em cargas de baioneta e deitamo-nos de novo ao solo para nos defender de hipotéticas rajadas de metralhadora. Os camponeses catalães nos contemplam intrigados, com olhos em que julgo vislumbrar remotíssimo brilho de piedade.

— Devem pensar que estamos loucos.

De Nicola, que se acha a dois passos de mim, observa:

— Não estarão muito longe da verdade.

— Sargento! — exclama García. — Por falar nisso, quando é que nos vão dar armas?

— Não sei. Escreva ao papa perguntando.

— Pensam que podemos vencer os franquistas com gritos?

— Sst — sibila o sargento. — Atenção! O nosso próximo objetivo é a ponte. Vamos avançar.

Corremos para a ponte de cimento armado que atravessa o rio na direção de Ollot. Lançamos granadas, pedras que cortam o ar numa curva serena e caem dentro d'água. Um bando de moleques vadios...

À noite sentimo-nos exaustos. Felizmente nossos pensamentos também estão cansados e querem repousar. Evitam-se assim as lembranças incômodas e a volta da saudade. Dormimos como criaturas sem pecados.

Na segunda semana começam a nos deixar em paz. Os fuzis-metralhadoras e as metralhadoras russas não têm mais segredos para nós. Agora fazemos rápidos exercícios na fresca da manhã. Pouco antes do meio-dia ouvimos uma prédica de caráter político e ficamos em liberdade o resto do dia.

Fiz amizade com uma menina de doze anos, de rosto redondo, cabelos pretos e pele açafroada. Aprendi com ela algumas palavras de catalão e hoje, logo que me avista, ela se põe a pular e a fazer sinais para mim, soltando gritinhos. Sabe que como sempre lhe trago algum presente. Não se engana. Passo-lhe um embrulho que contém pedaços de pão, algumas sardinhas e uma fatia de bolo.

— Como se chamam aqueles passarinhos? — pergunto-lhe, fazendo um sinal na direção das andorinhas que acabam de pousar no beiral de velha casa.

A pequena alça a cabeça, espreme os olhos e, apontando para o telhado com um dedo muito sujo, de unha tarjada de preto, diz com sua voz minúscula e estrídula:

— *Ourenettes*.

Outras crianças brincam descalças na lama, cantando uma canção da qual me ficam estas palavras: *Deu camina d'sclops a n'el fang* — Deus anda de tamancos na lama.

O catalão de cara amarga que me traduz a letra da cantiga folclórica me assegura que Deus nunca andou de tamancos e que a única vez que teve contato com a lama foi no dia em que modelou o primeiro homem.

A menina divide o presente com os companheiros e dentro em pouco estão todos a comer com voracidade.

Volto para o mosteiro. Vou pensando nas *ourenettes* de Besalú que ao voltarem na última primavera encontraram a guerra, os aviões que destroem os seus beirais amigos e matam as crianças descuidosas que brincam no barro da rua.

Há neste batalhão gente de todas as espécies e procedências. São em sua grande maioria homens decididos e fortes, tipos másculos curtidos pelo sol e por todos os ventos da vida. Têm uma consciência partidária e sabem o que querem. Fugitivos de países onde o fascismo impera, vieram para derrubar um regime capitalista. Há entre eles uma espécie de compromisso tácito de não se meterem uns na vida privada dos outros. Conversam, fumam, bebem e cantam juntos como bons camaradas que se encontram agora aqui para se separarem amanhã mais adiante sem aviso prévio nem manifestações de sentimentalismo. Não temem a morte e a sua única lei é a lei da Brigada Internacional. Parecem achar como Lênin que esta não é a hora de afagar cabeças, mas sim de rachar crânios. Não creio que sejam homens visceralmente cruéis, mas estou certo de que são capazes de crueldade, pois sabem que à violência só se pode opor uma violência maior. Seu ódio, pois, se alimenta do ódio dos inimigos. E é curioso observar como em sua quase totalidade esses "internacionais" têm o que se pode chamar "ódio dirigido". Odeiam metodicamente determinadas pessoas e coisas com um ódio forrado de argumentos mais ou menos lógicos. Sinto em muitos deles uma boa dose de espírito messiânico e em quase todos uma indisfarçável sede de aventura. Conheço um florentino esguio e rijo como um punhal que condena a guerra com o espírito ao mesmo tempo que a ama desesperadamente com o corpo. Tenho a impressão de que, se por milagre se ajustassem todas as diferenças do mundo e desaparecessem da Terra todos os motivos de ódio, dissenção e guerra — muitos desses homens sofreriam uma espécie de mutilação moral. A paz para eles seria dolorosa e a vida se lhes tornaria insuportável.

Aproximo-me de muitos dos voluntários. Falam-me da situação da Europa e do mundo e só sabem apreciá-la em termos de marxismo. São indivíduos em sua quase totalidade destituídos de todo o senso de humor. Não me sinto perfeitamente à vontade junto deles, mas respeito-os porque os sei sinceros e porque no fim de contas estão arriscando a vida neste jogo perigoso.

Ao cabo de alguns dias começo a ver esses internacionais como tipos fabricados em série, criaturas que oferecem apenas um interesse de superfície. Deixo de me preocupar com eles para sair à caça dos que vieram para cá por motivos extrapolíticos — os raros, os estranhos, os misteriosos, os que não vivem de acordo com uma rígida fórmula doutrinária.

Repito que a comédia humana me diverte e que não canso nunca de olhar o espetáculo da vida. Nos momentos de folga, que agora são largos, saio à cata de tipos. Passeio pelo meio destes seres humanos com a sensação de que me encontro num estranho museu vivo ou num mercado de almas. Atiro o meu anzol com o ar mais casual deste mundo e espero. Os peixes, porém, não mordem a isca e muitas vezes volto para meus amigos com a cara decepcionada de quem tirou de dentro d'água apenas um sapato velho. Paciência é virtude que nunca tive. Jogo longe caniço e anzol, volto-me para o meu lago interior e começo a pescar doces memórias.

Mas Besalú é um lugar pequeno e ficamos muito tempo uns com os outros. A fuga é difícil. Os dias são longos. É numa hora de devaneio que o primeiro peixe salta voluntariamente para o meu cesto.

Chama-se Dino Giglio e é um toscano louro e emaciado, duma palidez doentia. Primeiro, um diálogo curto em torno dos internacionais. Depois:

— Nunca viu uma enxurrada? — pergunta-me ele.

— Muitas.

Dino Giglio estende os braços, as suas mãos brancas de dedos longos e trêmulos traçam um gesto amplo e nervoso.

— A água é cor de barro e a correnteza traz gravetos, cascas de fruta, papéis velhos, animais mortos... — Faz uma pequena pausa e depois conclui: — Pois eu sou como um vaso noturno amassado e velho que a enxurrada da vida trouxe para a Brigada Internacional.

Olho-lhe o rosto marcado pela vida. Há nele uma expressão de cansada perversidade.

— Não há sordidez que eu não tenha cometido — continua o toscano. — O homem é um poço de iniquidade. Os que se julgam puros é porque têm a sujeira escondida numa camada mais profunda. Outros nasceram com o lixo à flor da pele. Em alguns dá-se de repente uma espécie de explosão e a imundície começa a jorrar...

Não me diz mais nada nem eu lhe pergunto. Não acredito que Dino Giglio tenha inventado novos métodos de se degradar. O toscano se vai, perco-o de vista durante muitos dias. O segundo peixe que me cai inocentemente nas mãos é um rapaz de vinte e um anos a quem chamamos "El Rusito". Tem uma história curiosa. O pai era um nobre, oficial do Exército imperial, que conseguiu fugir da Rússia por ocasião da revolução bolchevista. Passou para a Turquia e finalmente para a França com a mulher e o filho recém-nascido. Viveram relativamente bem enquanto durou o dinheiro obtido com a venda das jóias da família. Vieram depois dias cruéis e o ex-oficial do czar teve de ganhar a vida em empregos modestos e precários. Em 1925 embarcou com alguns emigrantes para a Argentina. A mulher morreu na viagem e foi lançada ao mar. Em Catamarca, pai e filho começaram vida nova. O rapaz foi matriculado num colégio de Buenos Aires e o velho lhe escrevia freqüentemente cartas saudosas em que lhe falava de suas crescentes esperanças de que um dia fosse restabelecido o trono na Rússia e eles pudessem voltar para a pátria que "esses malditos bolcheviques agora infelicitam".

Olho com surpresa para o rapaz e lhe pergunto:

— Como se explica que tenhas vindo te alistar na Brigada Internacional?

"El Rusito" fita em mim os olhos muito azuis.

— É que deste modo eu me submeto à prova que me fará conseguir a coisa que mais desejo na vida.

Por um instante fica em silêncio, brincando com o gorro que tem nas mãos. E depois conclui:

— A cidadania soviética.

6

Vejo estes homens em todas as partes, encontro-os nas circunstâncias mais diversas. À hora das refeições, com a cabeça quase mergulhada num prato de grão-de-bico. Completamente despidos a tomar banho no rio. Animados dessa euforia que vem dos primeiros copos de vinho. Acocorados, de calças arriadas, numa posição grotesca em que é quase impossível qualquer gesto de vaidade ou arrogância. Mudos e silenciosos diante dum pôr-de-sol...

Tenho encontrado tipos turbulentos e palavrosos, sujeitos sociáveis que só podem viver em grandes grupos. Conheço muitos contadores de histórias que não passam sem uma boa platéia. Avisto às vezes os solitários, que andam pelos cantos sombrios ou que gostam de passear por entre os escombros do castelo da colina ou da velha igreja de Santa Maria. Sei ainda duma curiosa espécie — a dos que têm a obsessão do heroísmo e anseiam pela hora decisiva. A um encontrei que é tomado de súbitos pavores e crises de choro quando se fala nos combates que hão de vir; mas apesar disso quer continuar, porque na tortura em que vive, no medo pânico da morte, parece achar um prazer quase voluptuoso. Um dos italianos, homenzarrão vermelho de cabeça rapada, anda em estado de depressão, recusa-se a comer e a falar, é como uma sombra apagada no meio dos outros. Há porém um grande número de voluntários que atravessa as horas numa atividade turbulentamente descuidosa e parece ver na guerra o seu jogo predileto.

Andam por aqui numerosos refugiados judeus da Alemanha e da Áustria e não são poucos também os que se alistaram na Brigada Internacional para fugir a algum drama íntimo. Acabo de descobrir, por exemplo, que aquele homenzinho grisalho e tranqüilo que ali está enrolando o seu cigarro, achou na guerra uma forma de suicídio.

Encontro também aqui alguns homens que vieram por puro espírito esportivo. Não estão desiludidos do mundo nem falam em ideal. Acham que a vida é uma só e o homem tem todo o direito de usá-la ou perdê-la como entender.

Travo relações com um ex-estudante francês que adora os livros de Alain Gerbault e as novelas de Jack London. Fala-me do mar com paixão. É um tipo baixo, de olhos doces e zigomas salientes. Vê a vida em termos de aventura e de ação. Para ele o mundo só vale pelo que pode oferecer ao homem de episódio e de emoções violentas.

Temos aqui os idealistas puros. São em geral moços que desejam morrer por alguma coisa. Têm um corpo vibrante, uma alma pronta a se deixar embalar à música das utopias: querem desesperadamente oferecer a vida em sacrifício de qualquer idéia. Uns falam em comunismo, outros em democracia, e a palavra *humanidade* anda em muitas bocas. Eu quisera ser um desses. Às vezes tento iludir-me com palavras. Não adianta. Já procurei dançar a todas essas músicas. Não me adapto a seu ritmo. No entanto, é curioso, não sou um céptico, nem um suicida e muito menos um apaixonado da guerra. Anima-me uma esperança nem eu mesmo sei em quê. Sebastian Brown me assegura que eu tenho, embora não saiba, o espírito religioso e que essa intuição vaga é o princípio de fé. É melhor não cavocar. Digo-lhe isso e o negro me retruca:

— Cavocar é bom. No começo a gente encontra vermes, cadáveres, detritos... A terra parece só encerrar coisas sujas...

Cala-se. Na sua cara fosca abre-se um sorriso.

— Depois — continua ele — a gente encontra nas camadas mais fundas água pura, fresca, boa. E talvez ouro. O ouro da fé.

— Palavras.

— Que importa que sejam palavras?

— Poesia.

— Você também é um poeta. Não adianta esconder.
— Quem foi que lhe disse isso?
— Eu sei. Eu sinto. Você gosta de olhar para o céu e ficar calado. As pessoas assim nunca me enganam. São diferentes das outras.
— Talvez.
Um silêncio. Sebastian Brown me pergunta como é que se traduz para o português a palavra *friend*.
— Amigo — respondo-lhe.
— Bem como em espanhol... Devia ser igual em todas as línguas do mundo.
Ele repete a palavra, duas, três vezes, bem baixinho, como se a acariciasse com os lábios.
— Amigo... Amigo... O maior presente da vida.
É um grande negro. Tenho vontade de abraçá-lo. Por que será que a gente se envergonha de ser sentimental? Não quero me deixar arrastar por esta vaga quente e estonteadora. Agarro-me desesperadamente ao solo. Limito-me a olhar para Sebastian Brown, a cerrar e erguer o punho, dizendo:
— Tu merecias um soco no ouvido!
Ele repete sorrindo:
— Amigo.

O comissário Cantalupo é um romano baixo e gordo, de rosto redondo e faces coradas. Seus lábios carnudos, dum vermelho úmido, estão a contar segredos de lubricidade e gula. Parece um frade da Idade Média, saído das páginas do *Decameron*. A gordura não lhe entrava a ação. Gino Cantalupo é um dos homens mais ativos que conheço. Metido na sua jaqueta de couro, calças de montaria de veludo castanho, boina enterrada na cabeça, anda ele por todos os cantos do mosteiro, pelas ruas de Besalú, confabula com oficiais, predica soldados e camponeses, exalta-se, sua, grita, exorta, canta. Nunca o vejo em repouso. Tem uma voz untuosa, levemente feminina, mas ao mesmo tempo vibrante e firme. Fala com uma eloqüência meridional e suas mãos gordas e rosadas ora volitam trêmulas no ar como pássaros decorativos, ora se fecham ameaçadoras para esmagar cabeças imaginárias. Nos momentos de ira, Cantalupo se transfigura. Seus olhos escuros despedem fagulhas, a papada lhe treme e todo aquele corpo maciço parece trepidar como se dentro dele estivesse a funcionar um dínamo.

Tem o homem uma tal eloqüência, uma tal força persuasiva que ao cabo de alguns instantes a gente chega a esquecer-lhe a figura ridícula e precisa fazer um esforço desesperado para não se deixar levar por esse cálido vento de entusiasmo que arrasta os outros homens, arrancando-lhes aclamações.

O estilo oratório do comissário Cantalupo é pessoalíssimo. Compõe-se duma combinação de doçura evangélica, pombas líricas, imagens místicas, com visões apocalípticas e blasfêmias italianas. Às vezes, do auge do entusiasmo ele cai num terreno grosseiramente cômico para não raro entrar inopinadamente no domínio da mais desbragada pornografia. Os homens rompem então em gargalhadas e desse modo são mantidos com a atenção em suspenso. Mas lá de novo está o comissário Cantalupo sereno e profético, a pintar no quadro do futuro o mais justo e belo dos mundos.

O suor lhe escorre pelo rosto lustroso, pinga na jaqueta de couro. O orador perora entre vivas e aplausos.

Contam-me que Cantalupo já esteve mais de uma vez na frente de batalha e se portou com uma coragem sobre-humana. Não levava armas e a sua função era principalmente a de incitar os homens ao combate. Fazia discursos, cantava hinos e lançava o seu sarcasmo sobre o inimigo como granadas altamente explosivas.

Um dia Gino Cantalupo se aproxima de mim. Deve ter no máximo um metro e sessenta de altura. Respira forte como um touro. Pergunta-me o nome, a razão por que estou aqui e acaba pedindo-me informações sobre o Brasil. Digo-lhe apenas coisas vagas. O homem se irrita. Quer dados exatos.

— Mas como! — vocifera. — Não sabe que é melhor calar do que prestar informações erradas ou incompletas?

Bate nervoso com as palmas das mãos nas coxas nédias. Olho essa cara reluzente e exuberante e sinto uma raiva súbita formigar-me no peito.

— Escute — digo por entre dentes, num italiano estropiado —, eu não sou nenhuma repartição ambulante de estatística.

Não sei se o romano me compreende, mas seus olhos piscam repetidamente ao mesmo tempo que, de mão nos quadris, ele pergunta:

— Valente, hem?

— Pois é.

Miramo-nos por alguns segundos em silencioso desafio. Achamo-nos junto de um dos muros do convento e eu penso: "Amanhã pela madrugada um pelotão me pregará à bala neste muro". O comissário me olha de alto a baixo e vejo dissipar-se a nuvem da ira que paira sobre o lustroso território que é o rosto dele: em breve o sol volta a brilhar nas rosadas montanhas das bochechas. Creio que o perigo passou.

— Vasco Bruno, eh? Sul-americano, eh? Sabe que eu o podia denunciar como insubordinado?
— Sei.
— Sabe que dentro de poucas horas você poderia estar diante do pelotão de fuzilamento?
— Também sei.
— E não tem medo?
— Não.

Os lábios do comissário se encrespam num sorriso de desprezo.
— Rico tipo... — murmura ele. — Sul-americano, eh?

Sacode a cabeça, sorrindo sempre, e desfere-me de surpresa um soco no peito. Quase perco o equilíbrio. Cantalupo solta uma risada, faz meia-volta e lá se vai, nos seus passos bruscos, rápidos e elásticos.

Um homem extraordinário. Asseguram-me que observa rigorosa castidade e, quanto à mesa, é duma frugalidade espartana.

Por obra e graça de Carlos García vamos hoje ao bordel de Besalú. Trata-se duma instituição nova, embora funcione numa casa três vezes centenária. Um dos produtos da guerra. Das sete mulheres que lá estão, três vieram de Gerona, três são raparigas dos arredores, camponesas lançadas à prostituição pelo primeiro batalhão que passou na vila e finalmente a sétima é uma aragonesa trigueira, trazida para cá não sei por que ventos. É a mais bela e a mais disputada de todas.

García e eu saímos com De Nicola, que, como ele próprio sempre diz, "vai a todas". A muito custo o chileno consegue arrastar Axel.

— Vem, lírio branco da Escandinávia — diz ele com ar patético. — Vamos respingar nessa corola pura um pouco da lama de Besalú. É uma lama histórica, não te esqueças.

Axel se deixa levar, contrariado. É uma noite clara e fresca. Há luzes em algumas janelas. Alguém canta não sei onde uma canção andaluza. Levo comigo uma sensação de angústia. O mundo, tão diferente, que deixei do outro lado do mar me acompanha numa lembrança brumosa. Tenho passado estes dias procurando não *lembrar*. Faço relações, conquisto amigos e inimigos. Preciso me atordoar com o ódio e a simpatia dos outros, embrenhar-me nas histórias e nos problemas alheios para esquecer a minha história e os meus problemas. Não quero pensar. O importante agora é esquecer. A gente só deve guardar é a lembrança dos velhos erros, para não tornar a cair neles. Quanto às recordações doces, sempre a esponja ensopada de vinagre e mais tarde, talvez, uma esponja embebida em sangue. Estou dramático. Deve ser a noite milenar de Besalú.

O bordel fica ao pé da colina. Entramos. A sala principal está cheia de voluntários, ao redor de pequenas mesas. As poucas mulheres do bordel andam de grupo em grupo, fazem o possível para satisfazer à numerosa e turbulenta freguesia.

Os soldados cantam, falam alto, querem vencer o silêncio. Inútil. A quietude de Besalú é muito antiga, é o silêncio do tempo e da morte, o silêncio que mana dos cadáveres desses bispos que há séculos repousam nos sepulcros das igrejas, sob inscrições solenes. Estas cantigas vão passar, como passar também vão as frases e exclamações de ódio que os guerreiros de hoje escrevem com giz ou piche por cima das vetustas legendas latinas. O nosso momento é apenas um relâmpago na eternidade de Besalú.

Duas mulheres vêm para a nossa mesa. Uma loura, que vai sentar-se junto de García, e outra morena, que se acomoda perto de mim. A presença de ambas me desperta recordações dum mundo longínquo. Por que estou aqui? — pergunto a mim mesmo, odiando-me por ter feito esta pergunta, que me soa como uma espécie de traição. Mas traição a quê, a quem?

— Que bebes? — indaga De Nicola.

— Não há senão vinho... — resmungo.

Talvez a salvação esteja mesmo no álcool — concluo interiormente. E em seguida uma rapariga vestida de verde surge em meus pensamentos. "Alguém do outro lado do mar a esta hora decerto está dizendo uma prece por mim", penso. Quero afastar esse alguém da lembrança e para isso começo a falar à toa para a mulher que se acha a meu lado. Vejo agora que é um tipo bastante bonito, de tez moçárabe, olhos lânguidos e carnação rija.

— Queres posar para mim? — pergunto-lhe.

— Posar?

Explico-lhe. Desejo pintar-lhe o retrato. Com um cravo vermelho na boca ou enfiado nos cabelos negros. Ela se limita a me dizer por cima do ombro:

— *Mira, qué gracia!*
— Então, à tua saúde! — digo, erguendo o copo.
Bebo. O vinho está morno.
A aragonesa contempla Axel, cujo olhar parece perdido nos seus próprios pensamentos. Nos olhos dela vejo o desejo como uma vaga que se avoluma, ardente, que sobe violenta e se vai esboroar contra o quebra-mar de gelo azul dos olhos do sueco. Isso não me causa admiração. Axel realmente é o mais belo exemplar humano do batalhão. Penso isso com um certo orgulho de irmão.
A loura tagarela que García tem nos joelhos diz-lhe carícias em diminutivos e mordisca-lhe a orelha. Fico vagamente excitado. De Nicola olha a cena com olhos paternais.
A aragonesa, cujo nome ninguém teve a curiosidade de perguntar, aproxima a sua cadeira de Axel. O sueco limita-se a lançar-lhe um olhar rápido e casual.
Esvazio o meu copo. Um homem lá fora canta uma canção de amor. Um cachorro começa a latir longe. Ouço alguém gritar a palavra *vitória*. Tudo isto é muito estranho.
De Nicola está fazendo mágicas com um velho baralho para três jovens italianos corados com ar de *balillas*.
— Escolham uma carta — diz o sargento, fechando os olhos.
Tinem copos, arrastam-se cadeiras. Entra uma das criadas do bordel com uma bandeja com garrafas e canecões. Ao vê-la, García descreve-a com palavras de Cervantes:
— *Servía en la venta asimismo una moza asturiana, ancha de cara, llena de cogote, de nariz roma, del un ojo tuerta y del otro no muy sana.*
A aragonesa murmura ao ouvido de Axel palavras que não consigo ouvir, mas que adivinho, exaltado. Seus dedos morenos se atufam nos cabelos louros do rapaz numa carícia esvoaçante. Seus seios palpitam de desejo, quero desviar os olhos, mas uma fascinação me prende à cena. Axel revolve-se na cadeira, inquieto, começando a perder a calma olímpica. Que diabo terá esse homem nas veias... água fria ou sangue?
— O ás de ouro! — grita De Nicola.
García ergue-se da mesa abraçado com a sua loura. E a aragonesa, num movimento elástico, salta para os joelhos do sueco, enlaça-lhe o pescoço com os braços e morde-lhe a boca. Algo de inesperado, então, acontece. Axel desembaraça-se dela com gestos quase brutais, ergue-se desabrido, derrubando uma cadeira, atravessa a sala em passadas largas e sai batendo com a porta.

— Seu amigo viu fantasma? — pergunta De Nicola, voltando a cabeça com pouco interesse.

Encolho os ombros. Estou me habituando à esquisitice das criaturas.

A aragonesa se aproxima de mim, ofegante, e pergunta-me, num tom de desafio:

— Tu também és de pedra?

Como única resposta ergo-a nos braços e levo-a para o quarto.

7

É numa tarde de céu nublado. Vejo pela primeira vez o homem que ali está sentado junto do portão do mosteiro, a esculpir a canivete uma figura em madeira. Quem será? Quero passar de largo e esquecê-lo, mas sinto um inexplicável fascínio. Esguio, ossudo, tem ele uma cabeça de profeta, e a barba à nazarena, castanha e crespa, forma belo contraste com o rosto duma lividez amarela. Parece um Cristo pintado por van Gogh.

Ocorre-me uma idéia. Corro a buscar papel e lápis e, sem que o homem me veja — pois está absorto em seu trabalho —, faço-lhe um rápido retrato. Ótimo pretexto para me aproximar dele.

— Com licença...

Ele ergue os olhos, mas não diz palavra. Entrego-lhe o desenho, que ele olha demoradamente mas sem interesse, e depois, como quem quer pagar uma gentileza com outra, mostra-me o trabalho que está fazendo. Acocoro-me ao lado dele e tomo nas mãos a pequena escultura. É evidentemente um Cristo, mas um Cristo vestido como eu e como ele, um Cristo que tem na cabeça um capacete de aço, na mão uma carabina e no rosto uma expressão de ódio. Nossos olhos se encontram. Os meus devem exprimir espanto. Os dele são apenas vagos e agora de perto eu lhe descubro nas pupilas azuis curiosos pontinhos de fogo.

— É o Cristo moderno — explica ele com sua voz cavernosa. — O Cristo Legionário.

Não sabendo que dizer, limito-me a sacudir a cabeça, num submisso acordo, como se estivesse diante de uma criança ou de um louco.

— Os homens adoram ídolos feitos por suas próprias mãos. Também tenho direito a fazer o meu ídolo. Aqui está.

Fala sem me olhar, com a cabeça um pouco alçada para o céu.

— Cristo foi sublime quando expulsou os vendilhões do templo — prossegue ele. — Nesse dia eu o adorei. Fora do ódio não há salvação.

Contra o muro limoso e escuro, essa cabeça de profeta antigo tem um realce singular. Fico a escutar, com o Cristo Legionário na mão.

— Experimentei todos os caminhos que levam ao êxtase. Segui os passos de Pascal, santa Teresa, são Francisco...

O rosto do desconhecido continua imóvel. Parece monologar para uma platéia invisível.

— Tudo em vão. Agora só o pavor da morte é o meu êxtase.

Cala-se. E de repente, como se despertasse, passa-me o papel e tira-me das mãos a escultura.

Continua a trabalhar como se eu não existisse, e como se nunca nos tivéssemos visto.

Retiro-me em silêncio. Dizem-me que o homem se chama Ettore Sarto e vem de antiga família do Norte da Itália.

Quando pergunto a um dos internacionais que pensa dele, obtenho esta resposta grave:

— É um místico.

Interpelo um dia o comissário Cantalupo. Ele fica a morder o lábio inferior por um instante e depois cicia:

— Ettore Sarto? Aquele tipo de barbas?

— Esse mesmo.

— Um louco — berra.

E se vai.

Mas De Nicola, a quem mostro o meu profeta, tem dele uma opinião diferente. Encontramos Ettore Sarto no mesmo lugar em que o vi pela primeira vez e entretido no mesmo trabalho. O sol lhe incendeia as barbas, a lâmina do canivete fulgura.

— Ettore Sarto... — diz o sargento. — É de Trento.

Conto-lhe do nosso encontro e das palavras do homem. De Nicola tira o cachimbo da boca, cospe para um lado e diz:

— Um farsante.

O retrato que fiz de Sarto anda de mão em mão. E como escrevi por baixo as palavras *Cristo Legionário* os homens agora passam a chamá-lo por esse nome.

Quando no ano de 1003 da Era Cristã o bispo de Gerona consagrou esta igreja, nem por sombras decerto lhe passou pela mente a idéia de que uns novecentos e poucos anos mais tarde, num mundo turbulento e complicado, enorme panelão de sopa estivesse a fumegar na frente do altar-mor do templo, pronto para saciar a fome dum bando de aventureiros irreverentes e em sua maioria hereges.

Não sei se foi por uma necessidade de ordem prática ou por puro espírito de diabolismo que os administradores do batalhão escolheram esta igreja para nela instalar o rancho.

Os soldados entram em fila indiana por uma das portas laterais, com o prato numa das mãos e o caneco na outra, recebem logo à entrada um pedaço de pão, um pouco de vinho, chegam ao panelão onde se lhes enchem o prato de uma sopa de feijão branco onde bóiam descoloridos e raros pedaços de carne e finalmente saem pela porta central que dá para a pequena praça.

Este é um belo templo em estilo românico. A abside central, muito alta, está sustentada por colunas de capitéis esculpidos de figuras de santos e folhas estilizadas. Tem uma fachada serenamente despida e a torre do campanário, relativamente baixa, é quadrada e de ar severo. Antigamente era a fumaça do incenso que subia para o altar-mor. Hoje é o vapor da sopa que invade este interior sombrio e fresco onde ecoam vozes internacionais. Dizem-se heresias e blasfêmias em mais de três línguas, mas é ainda o idioma cantante e pitoresco de Cantalupo o que predomina.

Confesso que sinto um vago mal-estar quando entro aqui. Tenho na alma vários séculos de cristianismo. Mais de uma vez quando adolescente proclamei aos quatro ventos, com ar impávido, a minha heresia. Mas uma igreja sempre me impõe silêncio. É como se de repente sobre a superfície esfuziante da minha arrogância caísse um véu opaco. É como se eu fosse diminuído de alguma coisa, como se a asa dum anjo negro de repente escurecesse o sol. Sinto uma espécie de frio interior, um presságio. Mas... esqueçamos tudo isso!

Avanço com o meu prato de folha. A fome, sim, é uma coisa positiva. A sopa, algo de palpável. Deus não existe ou se existe esqueceu-se do mundo, como disse aquele velho maluco de Portbou.

Mário Guarini é um dos homens do rancho: está encarregado do panelão e quando chega a minha vez o napolitano pisca o olho e mostra-se generoso na ração. Atrás de mim vêm Sebastian, García e Axel. Sebastian está meio assombrado, embora não o confesse. Acha tudo isso uma profanação. Nem ele mesmo sabe que religião tem. Qualquer coisa confusa, uma mistura de adventismo, poesia e terror cósmico. É um sujeito fundamentalmente bom. Ontem à noite, como falássemos das razões que nos trouxeram a lutar na Espanha, ele murmurou num tom de voz de quem conta um sonho:

— Eu estava em Geórgia. Um dia um jornal ilustrado publicou fotografias da guerra na Espanha. Crianças estendidas na calçada, ensangüentadas, mutiladas, mortas por bombas atiradas de aviões estrangeiros. Crianças... *Just kids*... Então eu vim.

Saímos para fora com nossos pratos. À frente da igreja amontoa-se pequena multidão formada de velhos, mulheres e crianças. Nas roupas predomina o preto, pois a maioria está de luto. Nos rostos domina a nota da tristeza desalentada. São caras lívidas e descarnadas. As crianças é que dão mais pena: descalças, os pés enlameados, os olhos espantados de quem ainda não compreendeu toda esta súbita e brutal confusão.

Paramos os quatro à porta da igreja. As mulheres e as crianças estendem para nós pratos e panelas vazios e um coro de murmúrios lamentosos se ergue do grupo. Querem comida. Alguns dos soldados repartem com eles o que acabam de ganhar. Outros passam de largo. García se esgueira dizendo:

— Considero-me um ótimo sujeito, mas se me entrego à caridade com que forças vou combater os fascistas de Franco? — E torna a evocar o testemunho de Don Quixote — ... *que el trabajo y peso de las armas no se puede llevar sin el gobierno de las tripas.*

O sueco reflete um instante e depois, descendo calmamente os degraus, aproxima-se de uma velha e despeja-lhe no prato a ração de sopa, guardando para si o pão e o vinho.

Sebastian e eu damos tudo que temos e ficamos de mãos vazias.

— Eu não estava com fome... — minto.

O negro arreganha os dentes:

— Na minha terra negro quando tem fome canta, sabe?

E começa a murmurar uma cantiga que fala dum país maravilhoso em que os presuntos e os queijos brotam nas árvores como frutos.

Saímos de braços dados a caminhar.

Subimos a colina onde ficava a antiga Besalú e pomo-nos a caminhar por entre os escombros do castelo. Ao lado dele encontramos os restos duma igreja. É apenas um fragmento da abside e uma parte da entrada. Sinto um estranho prazer em passar a mão por estas pedras milenares, e não deixa de ser curioso a gente também pensar em que o mesmo sol que doura este montão de ruínas iluminou no passado a glória da igreja de Santa Maria, a respeito da qual os habitantes desta vila contam tantas histórias.

Sebastian e eu caminhamos calados por entre os escombros. Paro de repente com a imprecisa mas inquietante sensação de que alguém nos espreita, emboscado. Seguro o braço do negro, que também estaca. Entrecerro os olhos, que o sol ofusca. E vejo crescer da sombra azulada dum canto o vulto de Ettore Sarto. Está ele sentado, com os braços a enlaçar as pernas dobradas, e as costas apoiadas na parede. Tem a cabeça erguida e imóvel e parece olhar para muito longe. Fica assim longo tempo num silêncio quieto. Nós também não nos mexemos. Como ele parece não dar pela nossa presença, afastamo-nos sem falar e começamos a descer a encosta.

— Sebastian, que é que você pensa do Cristo Legionário? Um místico ou um mistificador?

Sebastian volta a cabeça na direção do rio e seu olhar parece fixar-se na velha ponte em ziguezague que foi construída, disseram-me, no tempo das invasões mouras.

— Não sei — murmura ele ao cabo de alguns segundos. — Não sei.

Andamos alguns passos sem trocar palavra e depois, como se tivesse ficado a ruminar a pergunta, Brown fala:

— Conhece aquela história do homem que não quis dar abrigo ao mendigo numa noite de tormenta? Pois bem. O mendigo era Jesus Cristo disfarçado.

— E que tem isso?

Sebastian Brown coça o queixo, pensativo.

— Pois é. A gente nunca sabe. Sempre é bom desconfiar. E se esse Sarto é mesmo Jesus Cristo?

Ao perguntar isso ele me faz parar e segura-me fortemente os ombros. Escruto-lhe o rosto, que está fixo numa expressão de seriedade ansiosa. Mas eu julgo ver-lhe nos olhos um remoto brilho de ironia.

Estará Sebastian Brown falando sério ou fazendo blague? Por outro lado, que esconderá Carlos García por trás daquela máscara de índio araucano? E que complicadas histórias haverá na vida de Axel? Qual é a verdade sobre Ettore Sarto? Como única resposta a meus pensamentos, encolho os ombros. Que posso eu saber da alma desses homens que conheci ontem, quando a minha própria alma ainda tem recantos desconhecidos para mim?

Saio a caminhar com De Nicola pelos arredores de Besalú, mas o que vejo não é a paisagem deste velho recanto da província de Gerona, não são as suas igrejas quase milenares nem o seu rio que já se tingiu do sangue de cristãos e infiéis. Marcantônio De Nicola me leva consigo num passeio fantástico ao redor do mundo, conta-me de suas andanças em cinco continentes como o Professor Marcantônio, o grande mago. E o diabo do homem tem um tal poder descritivo, uma tal força de dramatização verbal que eu chego a vê-lo de casaca, turbante branco na cabeça a se curvar ante os aplausos de mil e uma platéias.

— A vida, em suma, é uma cartola de mágico — diz ele com a sua pitoresca filosofia. — Com um pouco de imaginação e muita habilidade, a gente tira dela tudo: uma lebre, pombos, lanternas acesas, moedas de ouro, bandeiras... — De Nicola sorri, mostrando os dentes escuros. — É verdade que há momentos em que ela é simplesmente uma cartola velha e vazia sem glória nem surpresas. — Sacode a cabeça devagarinho, sério mas não melancólico, e conclui: — Essa é a hora de deixar o palco, porque se demoramos um segundo mais chovem repolhos e ovos podres...

Marcantônio De Nicola pára e aperta-me o braço:
— A questão é saber sair do palco na hora exata — me diz ele num murmúrio, como para não revelar o seu segredo às pedras de Besalú.

Retomamos a marcha. Atravessamos a ponte. Olho para o céu e digo:
— Os aviões têm nos deixado em paz...

Como se não tivesse escutado essas palavras o prestidigitador conta:
— Uma vez, em Marselha, havia uma mulher que me adorava. Era uma alma ingênua, de entusiasmo fácil e credulidade ilimitada. Ia para a cama comigo convencida de que estava dormindo com um super-homem. Exigia, como uma espécie de aperitivo, que antes dos beijos eu lhe fizesse mágicas. E lá estava o Professor Marcantônio a tirar anéis de ouro da boca de sua bem-amada, a fazer o chinelo sumir-se debaixo da cama para aparecer depois dentro do jarro do lavatório. — Faz uma pausa breve. — Ela achava simplesmente que eu era uma espécie de deus. Homens belos e ricos lhe faziam propostas que ela recusava só para me ser fiel. Pois muito bem. Um dia ensinei-lhe os meus truques, fiz números de prestidigitação em movimentos lentos, decompus muitas vezes as minhas mais espantosas mágicas...

Cala-se. Olho para ele, esperando.
— Sabe que foi que me aconteceu? Perdi a mulher. É a velha história. Elas querem ilusão. As criaturas gostam de mistério. Jovem amigo, nunca mostre a sua alma a ninguém.

No caminho da volta, Marcantônio me conta anedotas que colheu nos diversos países por onde andou. Fala com uma graça mundana e tem o desembaraço dum bom ator.

Passamos rindo o portão do mosteiro, mas logo aos primeiros passos sentimos a alma bafejada por um sopro pressago. Há no ar qualquer elemento estranho e hostil. De Nicola parece ter sentido o mesmo, porque estaca de repente, puxa-me a manga do casaco, fazendo-me parar também.

— Algo de mau aconteceu... — cicia ele.

De onde nos vem esse pressentimento escuro? Dos rostos fechados de três homens que acabam de passar por nós? Ou do silêncio espesso que paira sobre esta casa e este parque de ordinário cheios da balbúrdia dos voluntários?

Entreolhamo-nos, mudos, e ao cabo dum instante o sargento cochicha:

— Eu nunca me engano. Sinto essas coisas aqui...

E mostra o coração. Retomamos a marcha. No pátio central os homens caminham calados e sem gestos, parecem sombras. Que terá acontecido? Dirigimo-nos a um voluntário de aspecto incaracterístico que está sentado sob uma das arcadas da galeria. E ele nos informa:

— Um soldado violou uma menina. Vai ser fuzilado daqui a uma hora.

— Como se chama ele? — indaga, rápido, De Nicola.

O outro encolhe os ombros. Uma idéia assustadora me ocorre. Sebastian... Mas é impossível, quero tirá-la da mente, sacudo a cabeça muitas, muitas vezes como para a espantar. Mas ela continua aqui dentro, avoluma-se a cada segundo que passa. Foi Sebastian. Começo a andar à toa pelo mosteiro, procurando... Não encontro nenhum dos meus três amigos e isso aumenta a minha aflição. Sebastian... Não há dúvida. Num momento de loucura, todas as forças ancestrais surgindo de repente, irreprimíveis... Entro no alojamento. Ninguém. Corro para o jardim. À sombra duma árvore, Guarini e Sebastian, acocorados, jogam dados. Ao me ver, o negro arreganha os dentes. Respiro, aliviado. Mas onde estará García? E por que me preocupo eu com esses rapazes como se eles fossem meus filhos? Que vão todos para o inferno!

— Então, já sabe? — pergunta Mário Guarini.

— Quem foi?

— Pepino Verga — responde ele, sem levantar os olhos do chão.

Julgo não ter ouvido bem.

— O palhaço?

— O palhaço... Trinca de ases... Negro de sorte... Mas, Vasco, estás pálido... Que é isso?
— Nada.
Volto-lhe as costas e me afasto.
Contam-me que a menina que Pepino violou é uma criaturinha franzina de quinze anos, de cara sardenta e ar sarapantado. Tinha ido buscar água no rio depois do almoço... Pepino estava sentado numa pedra, pescando. Não quero ouvir detalhes... Alguém me informa também que o comandante deseja transformar o fuzilamento numa advertência e exige a presença de todo o batalhão.

Tudo se passa com uma rapidez estonteante. Estamos formados nos fundos do mosteiro e Pepino Verga, com uma venda sobre os olhos estúpidos, acha-se contra o muro, amarrado a um palanque. Não faz outra coisa senão balbuciar — *Mamma... Mamma... Mamma...* Logo que o trouxeram gritou, esperneou e depois rompeu em soluços convulsivos, proporcionando aos soldados o seu último espetáculo. Não houve risadas nem vaias nem aplausos. Apenas o silêncio.
E agora, estuporado, ali está o *clown* diante do pelotão de fuzilamento.
Ouve-se uma voz de comando seguida do estalido dos ferrolhos dos fuzis. Volto a cabeça para fugir àquela cena. Vejo o Cristo Legionário que olha o condenado com uma expressão quase voluptuosa. Seus lábios palpitam, suas mãos tremem, todo o seu corpo se agita. Mas há êxtase no seu rosto.
Uma voz rouca:
— Fogo!
Uma descarga rápida. Era uma vez um palhaço... Estou de tal maneira atordoado que não consigo coordenar idéias. Debandamos em silêncio.

8

Parece aproximar-se o grande momento. Embarcaremos dentro de algumas horas. Os caminhões que nos vão levar a Ollot começam a chegar. A notícia da partida é como um vento súbito e vivificador a encrespar a superfície do rio liso e igual que começa a ser a vida do Batalhão Garibaldi neste mosteiro. Os homens ficam excitados. Formam-se as companhias, os oficiais nos fazem recomendações. Cantalupo profere inflamado discurso. Na fileira vejo uma passionante coleção de máscaras humanas. Não tenho nenhuma tranqüilidade para as estudar agora. Eu só quisera ver a minha própria cara. Escuto as palavras do comissário. A sua terminologia comunista já *"mi fa male allo stomaco"* — como costuma dizer De Nicola. Houve tempo em que essas palavras exerceram algum fascínio sobre o meu espírito de adolescente. Aos dezoito anos a gente tem desejos messiânicos de reformar o mundo, demolir os velhos edifícios, matar a tradição. Lançamos contra o céu o nosso grito de guerra — "Somos a humanidade nova. Abaixo o passado! Nosso reino é o futuro!". Mas o próprio tempo acaba por nos convencer de que a vida é absolutamente "outra coisa". Não cabe num programa de partido. Não se pode resumir numa fórmula. É encanto e confusão, delícia e miséria, doçura e violência, ordem e caos. Foge a todas as definições — porque a vida é simplesmente a vida. Estamos agora escutando um homem que nos fala em heroísmo, sacrifício, ideal e vitória. Fico a imaginar que essas palavras devem ter uma significação especial para cada um destes homens.

Uma curiosidade mórbida de repente me assalta. Tenho observado as minhas reações diante da vida, quero agora ver como me porto em face da morte. Talvez seja o estonteamento, o pavor, e não haja, no final de contas, nenhuma possibilidade de análise. Ou então é possível também que a morte me leve sem que eu consiga ver-lhe o rosto. Seja o que Deus quiser. Curioso, eu não acredito em Deus, mas Ele está sempre em meus pensamentos. E em minhas palavras. Figura de retórica? Estranha figura, por sinal. Com um mistério e uma secreta força que nenhuma outra tem. Deus pode existir. Ou será a proximidade do perigo que me está amolecendo a vontade? Talvez sejam as velhas igrejas de Besalú com os túmulos de seus bispos e de seus santos. Mas em Besalú também existem prostitutas, mulheres macilentas que perderam os maridos na guerra, crianças infelizes e lama, muita lama. Estou me fazendo tão palavroso quanto o comissário Cantalupo. Lá está ele a perorar. Erguem-se vivas. Os voluntários cantam primeiro a "Bandiera rossa" e depois a "Internacional". As vozes enchem o pátio, sobem para o céu sem nuvens, para o céu das estrelas líricas e dos aviões mortíferos. Mundo doido!

Estamos fora de forma. A corneta dentro em pouco nos convoca para o rancho. Apanhamos pratos e talheres e caminhamos para a igreja, entrando na fila.

— Nunca mais verei Besalú — resmunga Axel.
— A gente nunca sabe — replico.
— Tenho certeza de que nunca mais verei este lugar.
— Se essa idéia te dá prazer, fica com ela.

Axel permanece um instante silencioso e depois, batendo com o garfo distraidamente no prato de folha, diz baixinho:

— Na escola em Estocolmo nos contavam muitas sagas... Belas lendas de heróis, conquistadores, príncipes perfeitos e homens do mar.
— Sua mão muito grande e clara pousa no meu ombro, numa pressão amiga. — Mas como em todas as outras escolas do mundo eles se esqueceram de nos preparar para a vida, a mais estranha das sagas...

Após o rancho temos alguns momentos de folga e ficamos a conversar e a fumar, sentados nos bancos da pequena praça.

Chega um grande caminhão empoeirado, que vem de Figueras com novos voluntários. Saltam dele uns dez homens, entre os quais vislumbro uma visão surpreendente. Um homem alto, esbelto, metido em elegantíssimo *dinner jacket*, dirige-se para nós. Seus passos são largos e decididos e não há nele o menor ar de constrangimento. Caminha com uma graça natural, é como se atravessasse a pista dum *dancing* para convidar uma loura a dançar a rumba.

Os nossos camaradas que se encontram nas proximidades cercam o desconhecido, numa vozearia. Mas ele não se perturba, faz-lhes acenos com a mão, sorridente. Na cara moça e simpática azula uma barba de dois dias. E o jovem do *dinner jacket* abre caminho através da pequena multidão e se aproxima de nós decidido. Estende a mão para mim com a maior naturalidade e diz:

— Paul Green. Americano. Não faça caso, estou meio bêbedo.

Faz uma curta e gaiata continência para os outros e, tomando-me do braço com uma familiaridade fraternal, arrasta-me consigo. Somos seguidos dum grupo ruidoso.

— Onde fica o bar, meu velho? — pergunta-me ele.
— Bar? Acho que você errou o caminho.
— Eu sei... Eu sei... É um velho hábito. Quem é o dono do estabelecimento? — pergunta, fazendo um gesto largo que abrange o mosteiro e arredores.

— Perdão... Estamos na Catalunha... Espanha... sabe?
— O.k., o.k. Barbeiro? Manicure?
Como única resposta desato a rir. Entramos no parque.
— Meu amigo — digo-lhe com toda a paciência. — Não vê que isto aqui...
O recém-chegado faz um gesto de paz com ambas as mãos erguidas e espalmadas.
— Eu sei... Catalunha, Brigada Internacional, Espanha, guerra... Está certo. Não se fala mais nisso. É espanhol?
— Não. Sou brasileiro.
— Oh! Brasil... Buenos Aires... *Cumparsita*...
— É isso mesmo... — atalho, para encurtar a enumeração.
Os novos voluntários se apresentam ao comandante. Sirvo de intérprete para Paul Green. O Comissário Cantalupo olha-o da cabeça ao pés:
— Corja de burgueses inúteis! — resmunga ele. — Quando passar a bebedeira é tarde para ele se arrepender. É por causa de gente dessa espécie que o mundo anda torto.
— Que é que ele está dizendo? — pergunta-me Green fazendo um sinal na direção do comissário.
— Está elogiando o seu *dinner jacket*! — minto.
— Oh!
— E sua bagagem?
O americano tira do bolso uma escova de dentes.
— Aqui está.
Os novos legionários vão partir conosco para Ollot. Cantalupo se aproxima de mim e, mostrando com o gordo polegar o meu novo camarada:
— Tome conta do maluco — diz. — Parece ser desses moços que pensam que a guerra é um *garden-party* em que a gente vai com uma flor na botoeira.
— E não será? — pergunto, provocante.
O romano me lança um olhar de desprezo por cima do ombro e, pondo na voz essa carícia apertada em que às vezes a gente transforma a vontade de vociferar, cicia:
— Conte-me depois... se não perder a fala.

A caminho de Ollot nossos carros viajam bem distanciados uns dos outros com o fim de oferecer o menor alvo possível à aviação inimiga, caso ela surja numa incursão inesperada. Faz frio, estamos amontoados uns por cima dos outros e García e eu, que nos alojamos na parte posterior do veículo, de vez em quando recebemos desagradavelmente no rosto os respingos de saliva de algum soldado que cuspinha para fora, lá na frente. O chileno queixa-se em voz baixa do desconforto da viagem.

— Não há dúvida que um Pullman é melhor...
Ele me olha de viés, com uma expressão torva.
— Estás engraçadinho hoje.
— E tu estás amargo.
— Deve ser o fígado.
— Soldado não tem fígado.
— Vai para o diabo, brasileiro!
— Em breve iremos todos para o diabo — digo baixinho, pois sempre é bom ter cautela uma vez que vivemos no constante receio de que dêem uma interpretação derrotista às nossas brincadeiras.

García segura-me a orelha com força.
— Desejo-te uma boa bala bem no centro da testa.
— Pois eu quero que uma granada faça picadinho dessas tuas carnes sul-americanas.

Sebastian nos olha assombrado e Axel, que está prensado entre o corpanzil de Guarini e um saboiano gordíssimo, mal acha espaço para fumar o seu cachimbo e para nos lançar olhares protetores de irmão mais velho que procura ver se "os meninos estão se portando direitinho".

O caminhão rola pela estrada. O céu está sombrio numa ameaça de chuva. Os homens estão sombrios numa ameaça não sei de quê. Talvez esta atmosfera pesada envolva apenas o nosso carro, pois dos outros nos chegam aos ouvidos sons de cantigas, fragmentos de conversas animadas.

Paul Green lá está de pé, encostado à cabina do chofer. Acha-se vestido bem como chegou: falta-lhe apenas a gravata de seda preta, que deu de presente a um rapaz catalão em Besalú.

García contempla-o por alguns segundos e depois, tocando-me com o cotovelo, diz:
— Ainda quero ver aquela camisa manchada de sangue.
— Estás fúnebre.

— E tu estás insuportável.
— Que queres que eu faça?
— Dá-me um cigarro.
Dou-lhe. Sebastian risca um fósforo, que ambos aproveitamos.
Noto que os internacionais parecem não simpatizar com Paul Green. Talvez esse *dinner jacket* seja o elemento de desconfiança que está a afastá-los do americano. Green é um sujeito de aspecto bastante agradável. Quando lhe examinamos o rosto de perto, o que mais nos fere a atenção são os olhos de boneca, dum azul vítreo e ingênuo com pestanas femininamente longas e recurvas. Mas um queixo quadrado e saliente, revelador de energia, uma boca bem rasgada e uma testa alta garantem para essa máscara um ar de masculinidade.

Sempre achei um certo encanto nesses tipos que não se apegam a coisa alguma do mundo e para os quais parece não existir o passado nem essa idéia a que os homens dão o nome de futuro. Colhem os frutos das árvores do caminho sem perguntar a quem pertencem. Com a mesma facilidade com que tiram sem pedir, dão — mas dão a mancheias, prodigamente, mesmo quando ninguém lhes pede. São iguais tanto na miséria como na fartura. Tempo, dinheiro e consciência do dever — três elementos que tanto pesam na vida do homem ordinário — são coisas a que eles não dão o menor apreço. Tipos sem medida nem horário, não têm a menor noção de compromisso. São capazes de sacrificar a um capricho momentâneo o melhor amigo com a mesma inconsciência sem remorso com que mais adiante se sacrificam futilmente pelo primeiro desconhecido. Não querem saber de obrigações sociais; amam a liberdade e o imprevisto acima de todas as coisas. Acham o trabalho não só um fardo insuportável como também a pior das degradações. Gostam da vida, mas põem-se em risco a todo o instante e quase sempre sem o menor propósito. Tipos dessa espécie, quem os poderá classificar com justeza? Eles se me afiguram nas mais das vezes tremendos egoístas, mas não raro sou levado a crer que são as criaturas mais desprendidas do mundo.

Paul Green pertence a esse clã. Sua atitude neste momento é bastante simbólica. Vai viajando de costas nem ele mesmo sabe para onde. Talvez para a morte. No entanto parece despreocupado, sorri, procura entabular conversação com os voluntários, que se mantêm reservados, faz-nos sinais humorísticos e acaba por se aproximar de nós, depois de uma série de acrobacias incríveis.

— Quer fumar? — pergunto, passando-lhe a minha carteira.

— Grande idéia — responde ele, apanhando um cigarro.

Senta-se a nosso lado, desalojando um italiano, que lhe faz lugar, resmungando mal-humorado. E, quando lhe pergunto como foi que veio parar na Brigada Internacional, ele faz um gesto que significa: "Oh! Isso não tem importância".

E, como eu e Brown insistimos, o americano nos resume sua história. Tem vinte e quatro anos e nunca trabalhou em toda a vida. Fez estudos atabalhoados porque estava ansioso por deixar a universidade e ardendo por conhecer o mundo. Herdou uma fortuna apreciável — dinheiro e bens imóveis — dum tio que o aborrecia e que ele detestava. Transformou os imóveis em dólares e saiu a vagabundear pela Terra. Viajou durante dois anos. Não levava malas. Muito atravancamento, vocês compreendem, muito incômodo, conhecimentos, carregadores... um transtorno! Trazia no bolso cheques de turismo e ia comprando roupas à medida que precisava. As que tirava do corpo, jogava-as fora. Andou assim por toda a Europa, pelo Oriente e foi terminar os últimos dois mil dólares em Barcelona. Certa noite, ao pagar num café alguns uísques a um homem que conhecera havia meia hora, verificou que se lhe ia a última peseta. Disse isso ao companheiro eventual e pediu-lhe um conselho. Que fazer? Estava quebrado e odiava o trabalho. O outro mirou-lhe o *dinner jacket* impecável e disse, irônico:

— Aliste-se na Brigada Internacional.

— Grande idéia!

Sempre aborrecera os conselhos sensatos e nunca se arrependera de seguir os rumos da fantasia e do absurdo. Barcelona seria a miséria. A Brigada Internacional, o imprevisto. Eis a razão por que está agora aqui em nossa companhia.

Chegamos a Ollot. Um trem está à nossa espera para nos levar ninguém sabe ainda para onde. Uns dizem que para o mar; outros afirmam que nos mandarão diretamente para a frente de batalha. Boatos desencontrados.

Ainda não nos deram armas. Começamos a ficar inquietos por não saber a razão disso.

Embarcamos sob forte chuva. Não há nada como um bom aguaceiro para arrefecer o ânimo do soldado, dissolver-lhe a vontade de lutar, levá-lo a um estado de abatimento. O trem se põe em marcha. O nosso vagão cheira mal. Estamos deprimidos.

Em Ollot nos contaram que os aviões italianos fazem excursões diárias pelos arredores, à caça dos trens que conduzem tropas governistas. A nossa composição é enorme, um belo alvo, certamente, e, mais que isso, um alvo indefeso. Só os oficiais e alguns veteranos é que trazem pistolas automáticas e fuzis-metralhadoras.

Paul Green conseguiu permutar em Ollot o *dinner jacket* por umas velhas calças de veludo muito coçadas e uma camisa grosseira de lã. Em troca dos sapatos de verniz recebeu um par de alpercatas velhas. Dadas as circunstâncias, creio que foi um ótimo negócio.

O trem rola. Sebastian segura um pequeno espelho à altura do rosto de Green enquanto este se barbeia com o meu aparelho de gilete.

Hoje é primeiro de maio. Um dos voluntários que vão no nosso carro está furioso por não termos participado da grande parada que se está realizando em Barcelona. Culpa o comando da Brigada, pronuncia a palavra *desorganização*, mas acaba se calando, pois sabe que se falar muito correrá o risco de ter o mesmo fim de Pepino Verga.

Faz horas que estamos viajando de novo pela beira do mar. Sabemos agora ao certo que não é ainda desta vez que vamos para as trincheiras. O que eu desejo é um banho, roupas limpas e uma boa cama. Encosto a testa no vidro da janela, mas não consigo enxergar o mar. A noite está escura e a chuva continua a cair. Meus companheiros dormem. Não sei onde foi que li uma história em que os mortos viajavam para a Eternidade num trem. Talvez isto seja pura imaginação e eu não tenha lido nada. Decerto foi um sonho... Na minha sonolência já não sei distinguir o que sonhei do que vivi. Talvez a vida seja um sonho ou um sono. (Hamlet na Brigada Internacional.)

O matraquear das rodas. Rajadas de chuva batendo nas vidraças do trem. Um homem que ronca. Fartum de corpos suados e roupas molhadas, bafio de aguardente. O vagão é um ninho de animais repelentes. Bastava uma bomba para acabar com todos estes sonhos e com todas estas misérias. A última coisa que vejo antes de cerrar os olhos é uma mão preta junto da minha. Depois, já estou num outro país e Sebastian Brown, de calças curtas, me convida para ir roubar amoras num quintal. Dizem que hoje chegou um circo formidável, tem um palhaço muito engraçado chamado Pepino.

Quando acordo, anunciam que estamos chegando a Barcelona. O trem diminui a marcha. Olho através do vidro embaciado. Vejo vultos de casas, luzes mortiças. Finalmente o trem estaca. Não chegamos a ver a estação. A demora é curta e estamos proibidos de saltar do carro. Chegam-nos ruídos, vozes humanas, apitos, o resfolegar duma locomotiva. Depois, um trilo prolongado, um novo apito e outra vez o comboio se põe em movimento. Passamos por uma rua de aspecto fantasmal. Dir-se-ia uma cidade morta. As luzes estão apagadas e a chuva cai sem cessar. Alguém nos anuncia que vamos descer em Tarragona.

Green abre os olhos, espreguiça-se e me pergunta com cara de sono:

— Conhece a história de George Washington, a machadinha e a cerejeira?

E, sem esperar resposta, enrosca-se no banco, repousa a cabeça no respaldo de palha trançada e torna a fechar os olhos.

Na manhã seguinte passamos por Tarragona a toda a velocidade. A chuva cessou, o céu está limpo e o sol brilha. Almoçamos sardinhas, pão velho e vinho. Deixamos já para trás a província de Gerona, nosso destino é desconhecido e continuamos ainda desarmados.

O Mediterrâneo está hoje dum verde de esmeralda e, quando abro a janela, uma rajada de vento fresco, cheio de sol e maresia, me bate no rosto. Entrego-me a pensamentos líricos e por largo instante esqueço que vim à Espanha para lutar.

Avistamos um amontoado de casas. Dentro de poucos minutos o trem pára. Temos ordem de desembarcar. Ao pular do carro, García olha em torno e diz:

— Não ficarei nada admirado se estivermos em Lisboa...

— Perca a ilusão — grita alguém que passa. — Estamos em Cambrills.

Paul Green ergue no ar os alongados braços e saúda o mar. Avistamos De Nicola, que nos faz sinais amistosos.

— Sargento! — exclama o chileno. — Fomos miseravelmente enganados, isto não é a frente.

Muito sereno, sem perder o aprumo, o prestidigitador pede:

— Tenha calma. Vamos fazer agora uma pequena estação balneária...

E com um gesto ágil tira uma peseta do ouvido de Paul Green.

9

Cambrills é uma pequena vila da província de Tarragona. No seu castelo, que se avista da praia onde estamos acampados, acha-se instalado o comando da 45ª Divisão, que inclui três brigadas internacionais.

O cenário muda e nossa vida também. Encontramo-nos a dois passos do mar e a primeira noite dormimos ao ar livre. Os oficiais que não foram para o castelo, instalaram-se nas cabanas dos pescadores. Temos de lançar mão dum primitivo tipo de habitação para não continuar dormindo ao relento. Os ventos da primavera movem no céu as nuvens carregadas de chuva e, quando menos se espera, desabam sobre nossas cabeças fortes aguaceiros. Cavamos tocas nos barrancos — *chavolas*, como lhes chamam os espanhóis — e em cada uma delas ficam alojados três soldados.

Nos dias de sol tomamos banhos de mar. Quando chove, ficamos metidos em nossas cavernas ao redor dum fogo, barbudos e truculentos como trogloditas.

Cada soldado ganha trezentas e poucas pesetas e Paul Green mostra-se ansioso por gastar as suas imediatamente. Temos de contribuir para as listas de donativos destinados a *los niños españoles* e a auxílios de retaguarda, de sorte que no fim de contas nos restam apenas umas cinqüenta ou sessenta pesetas.

Um dia nos surgem mulheres e crianças sujas e magras, pedindo esmolas. Dou-lhes o que tenho no bolso e García, que vem correndo da praia, onde esteve a jogar luta romana com um siciliano, brada de longe:

— Aposto como lhe deste todo o teu dinheiro, não? O famoso sentimentalismo sul-americano...

Fazemos diariamente exercícios militares, mas continuamos desarmados como anjos. Rastejamos pela areia em combates simulados, encontramos na praia peixes e caranguejos mortos, que exalam um cheiro insuportável. Fico a imaginar como será no dia em que estivermos a nos arrastar por entre corpos humanos em estado de putrefação.

Uma noite, com o seu humor germânico, o instrutor prepara-nos uma surpresa. Sem o menor aviso, na hora dum assalto, manda jogar granadas de mão de verdade, que explodem a poucos passos na nossa frente. É uma emoção nova e inesperada, mas tudo se passa sem novidade.

Os soldados aos poucos vão construindo as suas casas com troncos e ramos de árvores trazidos do bosque próximo. Alguns com habilidade e gosto erguem belos bangalôs. A praia se vai enchendo de ranchos. O maior de todos toma o nome de "El Hogar del Soldado". É uma espécie de clube dos internacionais. Temos aqui o jornal mural onde encontramos notícias, proclamações, sugestões de um ou outro voluntário para melhorar este ou aquele serviço, convocações e convites para festas. No primeiro domingo se realiza na praia uma festa com a presença de oficiais e soldados. Marcantônio faz números de prestidigitação. Um italiano com ar de boxeador toca árias num violino desafinado. Uns dois ou três cantam. De quando em quando surge Cantalupo, trepidante como sempre, e reúne os homens para uma preleção. Explica-nos os "Treze pontos de Negrín", que contêm as finalidades desta guerra do ângulo republicano.

Os banhos de mar me fazem bem. Sinto-me mais animado, pois a nossa vida toma agora um ritmo esportivo.

Pergunto um dia ao comandante de nossa companhia:

— Quando teremos armas?

Sem parar ele me responde:

— Armas para quê? Para matar passarinhos? Os franquistas ainda estão longe.

Curiosa coincidência. Nessa mesma tarde três aviões inimigos passam em vôo baixo por cima de nossas cabeças. Tomados de pânico, os homens deitam a correr para o bosque. Felizmente os Savio Marchetti não lançam bombas e dentro de poucos minutos tornam a desaparecer. À hora da revista um dos oficiais berra, furioso:

— Estúpidos! Correrem dessa maneira. Podiam ter morrido como moscas.

E repreende-nos por não termos posto em prática as instruções recebidas com relação aos ataques aéreos.

Uma tarde de sol mandam-nos formar e marchar para o castelo. Somos conduzidos ao pátio central, onde um oficial francês nos ordena:

— Dispam-se todos!

Creio que não ouvi bem. Os homens parecem hesitar.

— Tirem todos as suas roupas! — insiste o oficial.

Não há dúvida. Querem que fiquemos nus. Entreolhamo-nos num embaraço cômico e começamos a nos despir. Em menos de cinco minutos o pátio do velho castelo se transforma numa colônia nudista.

— Que diabo quererão de nós? — indaga Sebastian com um olhar desconfiado.

— Concurso de beleza — diz Paul Green.

Passam-se os segundos. Os homens estão à vontade, passeiam sós ou aos grupos, conversam, fumam e esperam. É um espetáculo singular. Mais de duzentos homens nus ao sol num castelo medieval da província de Tarragona. Vejo aqui os mais variados tons de epiderme, os corpos de modelos mais diversos. Indivíduos atléticos e raquíticos, apolíneos e desengonçados, esplêndidos e ridículos. Uns são glabros como adolescentes, outros peludos como símios. Sebastian parece uma figura talhada em ébano e o contraste de sua pele negra com a brancura dourada do corpo de Axel chega a ser comovente. Ao redor desses homens, as pedras escuras e antigas do castelo, que viram tantas cenas de glória e de miséria, parecem ter um ar gravemente irônico. Descubro num dos cantos do pátio Ettore Sarto. É de todas as figuras a mais impressionante. Seu corpo descarnado, em cujo tronco aparece o relevo das costelas, está mais do que nunca parecido com o Cristo amarelo de van Gogh.

Ouvimos uma voz de comando. Temos de formar numa dupla fileira. Um sujeito gordo e baixo de pincenê com corrente de ouro se aproxima de nós. Vêem-se a seu lado mais dois homens de aspecto neutro, um dos quais tem nas mãos um lápis e uma caderneta. Mandam-nos desfilar pela frente do homem gordo, que examina os soldados com minúcia e repugnância, de um em um. Em breve sabemos do que se trata. Descobriram-se no batalhão vários casos de sarna, e os sarnosos vão ser recolhidos a um campo de isolamento. Não posso fugir a uma sensação de náusea. É esquisito como, ao pensar na guerra, a gente nunca se lembra desses pormenores sórdidos ou então simplesmente triviais. Tem-se em vista a ação, a luta, o ímpeto, as arremetidas corajosas ou então a silenciosa e subterrânea luta contra o medo. Poetas e jornalistas, romancistas e historiadores, antes de fixar a guerra em livros, revistas e jornais, passam-na por uma peneira cuja trama é feita de idealismo, romance e clarinadas gloriosas.

Aqui vou eu, nu como o primeiro homem no dia da criação. Acontece apenas que levo nas mãos as minhas roupas e na alma uma sensação de repugnância que aquele remotíssimo antepassado provavelmente ainda não conhecia na manhã da vida.

Estamos nos vestindo junto dos muros do castelo. Chega Paul Green, de gorro na cabeça, o busto coberto pela camisa de lã, mas nu da cintura para baixo.

— Passei no exame — diz-nos ele. — Distinção.

Descemos depois os cinco para a praia e vamos comprar sardinha aos pescadores. Ficamos a fritá-las em pratos de barro.

O sol irisa a coroa de espuma das ondas. Sempre é bom brincar com imagens poéticas depois duma cena como aquela do pátio do castelo. Sarna e poesia. Desses contrastes é que se faz a vida. Uma coisa não teria valor sem a existência da outra. Mas eu confesso que de bom grado dispenso a sarna. Quanto à poesia, ela às vezes é uma espécie de janela que se abre para uma paisagem repousante: cores e formas novas para os olhos, ar puro para a alma. Mas há momentos em que me revolto contra o que ela tem de amolecedor e feminino.

De qualquer modo as sardinhas fritas despedem um cheiro apetitoso. Comemos com voracidade e o vinho hoje me sabe particularmente bem.

Ganho alguma popularidade entre os soldados desenhando-lhes os retratos. Enquanto um deles posa para mim, os outros me cercam e ficam a olhar os movimentos de meu lápis. Um tenente cujo perfil traço com alguma felicidade, fica de tal maneira entusiasmado com o retrato, que sai a mostrá-lo para os amigos e volta algum tempo depois, trazendo-me de presente uma caixa de aquarela e alguns pincéis.

Um novo interesse entra na minha vida no fim da nossa segunda semana em Cambrills. Começo a pintar. Já disse que me interesso mais pelas figuras humanas que pela paisagem. Mas da entrada da minha toca o quadro que se apresenta aos olhos de quem se volta para o poente oferece uma beleza tão triste e ao mesmo tempo tão sóbria que não resisto ao desejo de fixá-lo no papel. Improviso um cavalete, faço um esboço a lápis — a colina de suave declive, o castelo lá em cima, um bosque de pinheiros a meia encosta, a cerca de pedras margeando a estrada. Misturo as tintas e ponho-me a trabalhar. São dez horas da manhã e o sol brilha. Esqueço-me do mundo e mantenho um diálogo interior sobre a qualidade grave dos verdes do outeiro. Reencontro uma velha alegria que julgava para sempre perdida.

Mas García, Green e Brown me obrigam a abandonar o trabalho para acompanhá-los numa excursão ao aldeamento de pescadores que fica a três quilômetros mais ou menos de nosso acampamento. Vamos comprar sardinhas para o almoço. O céu tem um azul festivo, as gaivotas voejam, pousam nas ondas crespas, aventuram-se em passinhos miúdos pela praia, tornam a alçar o vôo na direção do mar alto. É um belo dia de paz e boa vontade. Com o vento iodado vem um bafo morno da África. Que estará pensando Sebastian Brown neste momento?

Paul Green e García fazem uma aposta e saem a correr. A esta luz mediterrânea se vai aos poucos derretendo a escura crosta de pessimismo que me envolve o espírito. Alguma coisa que estava escondida no fundo de meu ser volta à tona, espreguiça-se ao sol, respira o vento do mar, sai a correr pela praia. Tenho a certeza de que Sebastian me compreenderia se eu lhe dissesse o que sinto. Mas eu guardo para mim, ciumento, este minuto de alegria luminosa.

Os pescadores são homens maduros ou já velhos. Falam pouco e tratam-nos com desconfiança. Compramos-lhes sardinhas e preparamo-nos para voltar.

Não andamos ainda duzentos metros quando Green me aperta o braço e aponta para o céu. Olhamos. Dois aviões que vêm das bandas do mar dirigem-se para Cambrills. Em menos de dez minutos estão ambos voando por cima do acampamento. Vemos o repentino clarão de explosões seguidas de estrondos. Uma, duas, três, quatro, cinco bombas... Os aviões continuam a voar terra adentro e em breve os perdemos de vista.

Deitamos a correr na direção do acampamento. Chegamos ofegantes e ansiosos. Um dos ranchos foi pelos ares. Grande alvoroço. Homens correm dum lado para outro. Dizem-nos que há cerca de dez mortos e vários feridos.

Encarregam-nos duma tarefa desagradável. Temos de tirar de entre os ramos duma árvore os restos do voluntário que uma das bombas estraçalhou e fez voar em pedaços. A árvore goteja sangue e pelo seu tronco dilacerado escorrem filetes vermelhos. Um sargento dá ordens. García oferece-se para trepar. Tira a camisa e os sapatos e começa a subir. Ficamos aqui embaixo num silêncio de angústia. Chego a sentir a minha própria palidez e meto as mãos nos bolsos para lhes disfarçar o tremor.

García grita de cima:

— Lá vai!

E começa a atirar para baixo os membros mutilados. As postas de carne ensangüentada batem no chão com um ruído fofo e hediondo — grandes frutos podres que o vento faz tombar. Sinto náuseas, um gelo no estômago, um enfraquecimento súbito.

Quando García desce, com mãos, braços e torso salpicados de sangue, aponta para o chão e me diz:

— Aí tens uma bela natureza-morta. Por que não vais buscar a tua caixa de tinta?

Dentro de meia hora estamos livres desse horror. Foram apuradas com exatidão as perdas. Quatro mortos e oito feridos. Os mortos vão ser enterrados imediatamente dentro de sacos de lona. Não há tempo para fazer caixões.

No cemitério de Cambrills. Cantalupo em cima dum túmulo diz um discurso de despedida aos mortos. A literatura de costume. Fazemos continência enquanto dois catalães musculosos e melancólicos descem os sacos para o fundo da cova. Soa um clarim.

São três horas da tarde quando descemos para a praia, taciturnos e opressos. Um voluntário me vem dizendo:

— Engraçado... escolherem-me para comandar o grupo que andou recolhendo os pedaços de cadáveres...

— Engraçado por quê? — pergunto, desconhecendo a minha própria voz.

Ele acende um toco de cigarro muito queimado e sujo, fita em mim os olhos miúdos e explica:

— Quando eu era rapaz gostava muito desses jogos de armar, sabe? Figuras que vêm nas revistas com os pedacinhos separados para depois a gente juntar tudo direito.

Solta uma risada seca e remata:

— Este mundo tem cada coisa...

Chego à minha *chavola* e verifico que a paisagem que ainda há poucas horas eu pintava já não existe mais tal como era. Os aviões na sua passagem apocalíptica a mutilaram. A estradinha serena agora apresenta em dois lugares enormes rombos. O bosque de pinheiros foi arrasado. A cerca de pedras veio abaixo. Minha pintura é já uma imagem do passado.

Sento-me à porta da *chavola* e fico olhando na direção do castelo. Não posso esquecer os corpos estraçalhados. O mar, o vento, o sol são ainda os mesmos, apesar de toda estupidez dos homens e da inopinável incongruência da vida.

Procuro os companheiros. Sebastian está abatido. Green, um pouco pálido, e num gesto que a princípio não compreendo bem, vem me apertar a mão como se tivesse de dar pêsames a alguém pelo que aconteceu. Aproximo-me de Axel, que, de braços cruzados, contempla o mar. Ficamos lado a lado por alguns instantes sem dizer palavra. Vejo no rosto dele uma expressão rígida, uma pétrea tensão muscular. Ao cabo de alguns instantes ele me diz:

— Santo Deus! Por que será que não nos mandam lutar duma vez?!

García e De Nicola acocorados na praia, em torno dum braseiro, fritam sardinhas tranqüilamente.

Chega um trem de Tarragona com armas e munições. O dia ganha um aspecto festivo. As carabinas e os fuzis-metralhadoras são distribuídos entre os homens do nosso batalhão. Fazem-nos mil recomendações e um oficial russo nos assegura que um fuzil é tão precioso como a vida dum homem. Os internacionais no primeiro momento parecem crianças que acabam de ganhar brinquedos novos. Durante dois dias entregamo-nos a exercícios regulares de tiro.

O comissário Cantalupo faz um discurso a propósito da distribuição das armas. É tão feliz que, muito a contragosto, chego a ficar entusiasmado. A velha história do heroísmo. Os internacionais terminam cantando o hino espanhol, a "Marselhesa" e finalmente a "Bandiera rossa".

Chegam-nos hoje novos soldados. Notamos com alguma estranheza que são quase todos catalães. Não atinamos por que mandam naturais do país lutar ao lado dos soldados da Brigada Internacional.

Um deles, tipo moço de olhos espantados, me confessa que preferia o tivessem mandado para um corpo de soldados espanhóis.

— Por quê?

Ele hesita por um instante, mas acaba confessando:

— Na Brigada os homens são audaciosos demais. Vieram lutar espontaneamente. Expõem-se muito, não amam a vida.

Vê-se que o pobre rapaz está assustado.

— Não acredita na vitória das forças do governo? — pergunto. — Não tem esperança numa vida melhor para a sua terra?

Ele sorri tristemente.

— Eu só acredito numa coisa: é que tenho vinte anos e quero viver.

Diz isso olhando ansiosamente para o mar.

Meia-noite. Ainda não consegui dormir. Esta madrugada partimos finalmente para a frente de batalha. Deitado de costas na toca, com as mãos trançadas atrás da cabeça, olho a nesga de céu que a porta da *chavola* emoldura. Entra-me pelas narinas um cheiro de terra úmida. Talvez dentro de poucas horas eu esteja morto e enterrado em qualquer lugar às margens do Ebro. A idéia da morte não me abandona desde o momento em que vi os cadáveres espedaçados pelas bombas aéreas.

Imagino de mil modos o meu primeiro contato direto com a guerra. Sinto uma atração mórbida pelo perigo. Estou como que preparando um alçapão para mim mesmo, e, se na hora decisiva eu fracassar, haverá um Vasco trêmulo e cheio de vergonha e outro Vasco que há de rir sarcasticamente do primeiro.

No seu discurso desta tarde Cantalupo declarou que, para cada homem que vai para a linha de frente, há nove probabilidades de morrer contra uma de voltar vivo. "Sede bravos", perorou ele, "mas não vos arrisqueis inutilmente, porque a Espanha e o mundo precisam de vós para mais de uma campanha."

Nove probabilidades contra uma. É uma aposta com o diabo. Arrisca-se tudo para ganhar... quê?

Sinto-me como um condenado à morte que espera a madrugada de sua execução. Essa idéia me é estranhamente agradável, me dá uma certa e singular importância, confere-me qualidades adultas que nunca tive em grande dose. No fim de contas me acontece alguma coisa... Se ao cabo de tudo eu sair com vida, talvez o mundo passe a ter para mim uma significação nova.

Os condenados à morte têm o direito de fazer um último pedido. Pois bem. Eu quero a lembrança de Clarissa, aqui comigo. Sinto-a vir da noite para a minha cova, imagino que seu hálito morno me bafeja o rosto. Ela quer me dizer alguma coisa que não consigo ouvir. Algum segredo longamente escondido, alguma revelação salvadora. Mas é tarde, muito tarde, querida. Esta madrugada embarcamos para as trincheiras. Tu te enganas. Não sou mais o teu companheiro de brinquedos, não andamos descalços pelo quintal... Nós crescemos, querida, e o mundo dos adultos tem mistérios assustadores. Tomara que nunca vejas os quadros que eu vi ontem. É tarde agora. É preciso que voltes para casa antes que os aviões tornem a aparecer.

Mas Clarissa continua comigo, apega-se a mim como numa derradeira despedida e eu procuro ser forte para deixá-la ir tranqüila. Sim, eu viverei para um dia atravessar o mar e ir de novo ter contigo. Vai em paz. Adeus! Não chores, menina, tudo acabará bem. Talvez sejamos ainda crianças, e isto não passe de um desses pesadelos aflitivos. Adeus!

Sinto no peito qualquer coisa opressiva que me torna insuportável o ficar deitado. Ergo-me e saio da *chavola*. A noite e o mar estão envoltos numa única e harmoniosa tranqüilidade. Fico a caminhar pela praia, fumo um cigarro, depois me estendo na areia e em breve meus pensamentos estão a se embalar ao ritmo das ondas.

E bem como um rio manso entra no mar, a doce corrente de meu devaneio, sem que eu tenha consciência nítida da mudança, se espraia e funde no sono.

É Sebastian quem me acorda.
— De pé, meu amigo — diz ele. — Vamos partir.
— Que horas são?
— Três.

Vejo luzes nas outras *chavolas* e nas cabanas. As janelas do castelo também estão iluminadas. Lá de cima do outeiro descem flutuando no ar frio os sons dum clarim. Sinto um estremecimento.

Sebastian e eu caminhamos em silêncio para a toca, vamos buscar as nossas coisas.

Ouvem-se vozes de comando, ruídos de passos, bater de ferros. Em breve a praia está formigando de gente.

Às três e meia nos dizem que o embarque foi adiado, mas nos ordenam que fiquemos de prontidão rigorosa.

Dão-nos café bem quente com pão. Às quatro, De Nicola nos informa que estaremos a caminho dentro de uma hora. Essas ordens e contra-ordens, denunciadoras de uma certa falta de unidade de comando, nos deixam vagamente inquietos.

Os caminhões começam a descer a colina carregados de soldados que gritam e cantam.

Embarcamos ao clarear do dia. Ao entrar na estrada real, os carros começam a desenvolver grande velocidade. Os internacionais soltam vivas. Há no ar uma alegria de piquenique. Agarrado ao meu fuzil, olho para a barra luminosa do horizonte e fico a pensar em se esta será ou não a minha última alvorada.

10

São dez horas da noite. Desembarcamos em Rasquera, povoação que fica cerca de cinco quilômetros da margem esquerda do Ebro. Encontramos aqui um silêncio de cemitério campestre. As casas estão desertas e muitas de portas e janelas escancaradas.

Temos licença de caminhar pelo povoado contanto que não nos

afastemos muito. Axel, Brown e eu saímos a andar com De Nicola. Faz um claro luar. Este é um lugar tipicamente catalão, com suas casas brancas em sua maioria de dois ou três andares, ruas tortuosas e íngremes, calçadas de pedras redondas. Brown diz-nos alguma coisa em voz baixa e De Nicola, batendo nas costas do negro, grita-lhe:

— Podes falar alto, homem! O inimigo anda longe.

Entramos por curiosidade numa casa cuja porta encontramos aberta. Axel acende o isqueiro e à sua luz vacilante vemos a mesa posta para a refeição: a toalha de xadrez vermelho, quatro pratos, a moringa d'água, o pão cortado em fatias. Fico a imaginar no que teria sido a pobre família cuja vida a guerra tão brutalmente cortou. Esta é uma cidade de camponeses. As terras de cultivo ficam nos arredores da povoação.

Ao sairmos de novo para a rua, De Nicola nos diz:

— É possível que hoje Franco nos mande o seu cartão de visita.

Julgamos que esta noite vamos dormir em camas de verdade, dentro das casas, mas o comando nos proíbe de fazer isso. Acampamos fora da povoação e estendemos os nossos capotes no chão.

Passamos a noite na expectativa do bombardeio. Somos assaltados por um inimigo inesperado: as pulgas. São centenas, milhares, muitos milhares. Fico quase tomado de pânico ante o número dos assaltantes. Impossível dormir sob a ameaça dos canhões dos franquistas e ao mesmo tempo castigados por esses parasitas repugnantes. Ergo-me e começo uma espécie de dança desordenada.

— Eis um detalhe da vida dos heróis que a História Universal não registra — diz De Nicola, sorrindo.

Levanta-se e vem para mim.

— Você também perdeu o sono? — pergunto-lhe.

— Na minha idade um cochilo de cinco horas é o bastante.

Acende o cachimbo e diz:

— No princípio são as pulgas. A gente tem a impressão que foi atacado por uma das sete pragas do Egito. No entanto isso não passa dum curso preparatório para batalhas maiores. Quando você ficar veterano, virão as muquiranas. Não confundir muquirana com pulga!

Com uma sensação de náusea e desconforto, espero o raiar do dia. Estou ardendo por um banho e a fome me dá cãibras no estômago. A última refeição que fizemos foi essa madrugada em Cambrills. A desorganização é quase completa: não encontramos em Rasquera o serviço de rancho instalado. Mas o remédio é ficar calado.

Felizmente estão calados também os canhões inimigos. Um grande silêncio envolve a região.

Paul Green se aproxima de mim com a cara muito séria e me vem mostrar alguma coisa. Estende a mão e pergunta, intrigado:

— Que bicho é este?

Digo-lhe. Ele insiste:

— Para que serve?

Respondo com uma pergunta:

— Para que serve Paul Green?

— Para beber uísque.

— Pois esses bichos *servem* para chupar o nosso sangue.

— Parasitas, hem?

Sacudo a cabeça, confirmando.

O americano parece refletir por um instante e depois, acocorando-se, aproxima a mão do solo, volta-a com a palma para baixo, deixa o inseto cair e, acenando-lhe com os dedos, diz:

— Adeusinho, irmão!

Antes de raiar o dia, tornamos a embarcar. Desta vez parece não haver dúvida: vamos para a linha de frente. Nossos caminhões se dirigem para a margem do Ebro e estamos prontos para entrar em ação imediatamente. García, a meu lado, diz bravatas. Nem nesta hora decisiva esquece o seu Cervantes:

— *Yo soy aquel para quien están guardados los peligros, las grandes hazañas, los valerosos hechos...*

Miro-o com um olhar oblíquo. Desde o dia em que esse chileno subiu à árvore para deitar abaixo os restos daquele voluntário, passei a vê-lo a outra luz. A naturalidade com que desempenhou a horripilante tarefa, o seu sarcasmo em torno daqueles pedaços informes de carne humana me deram um grande mal-estar e, por mais que eu me esforce, não consigo tratar García como antes. É como se dum modo obscuro e inexplicável ele fosse um tanto culpado daquela morte. Sinto que de todos nós deve ser ele o que vai mais bem armado para a guerra. Sua frieza e sua ausência de sensibilidade valem como uma espessa armadura. E, por mais que eu me queira iludir, sinto-me desarmado e inerme, apesar da carabina, das granadas que trago comigo e dos recursos guerreiros que me ensinaram.

Desembarcamos já com sol alto e vamos ocupar uma posição num barranco. Somos tropas de reserva e esperamos a hora de ir render as que estão lutando na frente. O serviço de abastecimento ainda está desorganizado. Às dez horas dão-nos pão velho, que devoramos, e vinho morno. Passamos o resto do dia sem comer e a noite entra em calma. O silêncio é aterrador. De Nicola, que tem prática da guerra, diz que essa quietude é quase sempre o prelúdio de um ataque violento.

Chegam alguns novos soldados para a nossa companhia, entre eles um polaco baixo, magro e ruivo, com cara de símio e mãos enormes. É uma criatura desagradável. Um tenente nos entrega o novo companheiro e explica que ele veio transferido dum batalhão onde predominavam os voluntários russos, com os quais o tipo vivia em constantes rixas.

— Tome conta dele, sargento! — diz o oficial a De Nicola, retirando-se.

O ex-ilusionista tenta fazer um interrogatório, mas é inútil. O polaco só fala a sua língua e se recusa a compreender qualquer mímica. De Nicola faz um gesto de resignação e se desinteressa pelo homem. Green examina-o como se ele fosse um espécime raro.

— Eu conheço esse tipo... — sussurra-me ele. — Não me lembro de onde...

E de repente, dando uma palmada na coxa, o americano salta na minha frente:

— Já sei! Foi no zoológico de Londres. Um macaco branco!

Desatamos a rir. O polaco está tranqüilo e calado, seus olhos esverdinhados e miúdos me fitam. No seu rosto vermelho de testa curta e boca muito rasgada diviso a primeira expressão de amizade. Dentro em pouco ele sorri para mim. Correspondo ao sorriso. Creio que acabo de fazer uma conquista. Mas esqueço-a imediatamente. Tenho os olhos constantemente voltados para as bandas do rio. Espero a qualquer momento ver um clarão seguido de estrondo. A quietude, porém, continua. A noite está mais escura que a de ontem, pois a luz do luar tem de atravessar as nuvens e a claridade que cai sobre o campo é acinzentada e poeirenta. Temos também aqui as nossas *chavolas*, encontramo-las prontas. De nossa posição avistamos o vulto distante do Castelo de Miravet na outra margem do rio.

As horas passam. Dizem-nos que podemos ser chamados a qualquer momento. Sinto que preciso dormir, ardem-me os olhos, pesam-me as pálpebras, dói-me a cabeça. Deito-me de borco: parece que o meu coração está enterrado no chão à altura de meus ouvidos. Fico num aflitivo estado de madorna e cem vezes entro em combate para cem vezes despertar, olhar em torno e consultar o relógio.

Acordo com o sol no rosto. Chegam caminhões da retaguarda conduzindo enormes marmitas térmicas. Temos a eterna sopa de grão-de-bico, feijão branco com escassos nacos de carne. Vinho é que nunca nos falta.

O inimigo não dá sinal de vida. Espero-o durante o dia numa ânsia quase trepidante. Esta imobilidade e esta paz misteriosa me enervam.

Cai outra noite e o silêncio persiste. Consigo dormir melhor. Entra um novo dia, que se escoa parado e igual. Temos festa à noite. Começamos a nos habituar a esta vida a pouco mais de quatro quilômetros dos canhões inimigos.

Passam-se três dias, quatro — uma semana.

Um entardecer tépido. Estamos reunidos em torno de Marcantônio De Nicola, que faz a apreciação crítica de nossa cozinha.

— Faltam-lhe vitaminas indispensáveis ao corpo humano — conclui ele, com o seu manso sarcasmo.

García avança a cara de índio:

— As granadas "deles" têm vitamina.

De Nicola lhe retruca, rápido:

— Estamos falando de coisas sérias. Comer é uma arte e arte sempre é arte, mesmo na trincheira.

— Você é mágico, professor — insinuo-lhe eu. — Muita vez já tirou lebres e pombos duma cartola vazia.

— Isso é no palco, meu filho. Mas se vocês me ajudarem talvez amanhã possamos comer uma bela salada russa.

Conta-nos que à beira do rio existem grandes hortas com tomates, batatas, cenouras e outros legumes. Fica um instante pensativo e depois:

— Arriscar a vida por uma salada russa... haverá no mundo gesto mais sublime que esse?

Toma o nosso silêncio como um assentimento e depois, erguendo-se, diz:

— Preciso de dois homens que não dêem à sua vida um apreço maior do que a uma boa salada.

García e Axel ficam sentados. Sebastian ergue-se imediatamente e não sei bem por que também me levanto. Green, a quem traduzo as palavras do sargento, põe-se de pé num salto.

— Quero só dois homens — diz De Nicola.

Olha-nos por alguns segundos, faz um sinal na nossa direção, dizendo:

— Vocês dois.

É noite escura. De Nicola, que conhece o terreno, serve-nos de guia. Estamos a duzentos metros do rio. É uma aventura insensata e por isso mesmo estou exaltado. Os arbustos protegem o nosso avanço. O sargento nos cicia ordens. Chegamos a um ponto perigoso. Aqui começa o suave declive que leva à beira do Ebro. De Nicola murmura:

— Lá está a horta.

Olho. Vejo lá embaixo um quadrilátero escuro pintalgado de claro. Tenho a respiração ofegante, a garganta ressequida. Avistamos luzes do outro lado do rio. *Eles...* Julgo até ouvir vozes. Bastava uma rajada de metralhadora...

— Vamos continuar — cicia De Nicola. — Com todo o cuidado. Seguindo a linha dos arbustos. Agora...

Começamos a descida. Esta aventura é tão doida que estamos correndo o risco de ser metralhados até mesmo pelos nossos próprios companheiros.

Achamo-nos agora junto da horta. A duzentos metros das metralhadoras inimigas. Esta sensação de angústia me chega a ser paradoxalmente deliciosa. Arrastamo-nos no chão fofo, metemos as mãos na terra e começamos a encher os nossos bornais. De Nicola nos recomenda calma. Somos estranhos répteis duma estranha fauna. Sinto um cheiro de terra molhada e há um momento de súbita e absurda fraqueza em que tenho vontade de mergulhar a cara na terra e chorar. É preciso quebrar os tomateiros para apanhar-lhes os frutos: onde antes eu carregava granadas agora vão tomates. Quanto tempo faz que estamos a rastejar na horta? Talvez uns quinze minutos emocionantes. Só agora é que eu começo a ter uma consciência fria do perigo. Cravo a mão na terra ao acaso, doem-me os dedos. A vida por uma salada!

De Nicola nos diz que devemos voltar. De novo o caminho penoso. Quando chegamos a um ângulo morto, respiramos mais livremente. Tenho o corpo todo dolorido. Os bornais pesam.

Somos recebidos festivamente.

— Os heróis... — diz García, irônico.

O polaco me olha com admiração. Prontifica-se a trazer um tacho com água para lavar os tomates e as batatas. No dia seguinte De Nicola nos prepara a salada com carinho. Quando passo um prato a Green, o americano faz um gesto de repugnância e diz:

— Muito obrigado. Detesto os legumes.

Alvoroço nas nossas posições. Um batalhão de internacionais volta da linha de frente. Queremos saber como é a vida nas trincheiras e eles nos assustam com histórias tenebrosas. Estão magros, cansados, barbudos e sujos. Olham com certo desprezo para o nosso relativo aspecto de frescura e sorriem como quem diz: vocês vão ver o que é bom...

Recebemos ordem de marcha. Ao anoitecer chegamos às margens do Ebro e nos instalamos nas trincheiras. Reina uma calma absoluta. É esquisita esta sensação de saber que a mais ou menos duzentos metros à nossa frente o inimigo está à espreita...

Os combatentes nos deixaram uma herança inesquecível: as muquiranas. São repugnantes, cor de marmelada branca (a definição é do sarg. De Nicola) e andam-nos por todo o corpo como por uma terra de ninguém. Os internacionais lhes chamam "os trimotores". São motivo de riso, assunto para anedotas. Cá estou eu deitado dentro de uma casamata, agarrado ao fuzil, tonto de sono mas sem conseguir dormir por causa desses parasitas infernais.

O dia seguinte raia calmo. Fazemos a primeira refeição junto do parapeito da trincheira. Como com repugnância. Estou sujo e mal-humorado. Através das seteiras olho as águas do Ebro que o sol doura, e fico a desejar alucinadamente um banho. Chego à conclusão de que este estado de espírito que gera a guerra em última análise é sórdido e que portanto determina uma sujeira física correspondente. Mas a conclusão não me traz consolo nem alívio.

O dia passa sem acontecimentos dignos de menção. De quando em quando um dos nossos homens, por puro desfastio, mete a espingarda na seteira e atira. Vem logo a resposta.

Ao meio-dia uma forte descarga parte das trincheiras contrárias. Revidamos. Dou os meus primeiros tiros. Tenho os nervos perfeitamente controlados. Como um homem que experimenta a água fria com a ponta do pé, depois mete a perna, a coxa e finalmente o corpo inteiro dentro do rio, eu vou mergulhando aos poucos na guerra.

Nosso batalhão é transferido para uma posição que fica a cinco quilômetros, rio acima. Estamos defronte ao povoado de Miravet, que se acha em poder das tropas de Franco. Devemos tomar todo o cuidado, pois das seteiras do castelo os inimigos dominam perfeitamente as nossas trincheiras.

Temos um dia relativamente tranqüilo, cortado apenas de tiroteios ralos. Durante a tarde consigo dormir, pois é de bom aviso fazer uma provisão de sono. Ninguém sabe o que está para vir. À noite sou destacado com mais cinco homens para montar guarda à beira do rio.

Do céu fosco cai uma garoa esfarelada. Estamos agachados em silêncio por entre arbustos. Olho para o outeiro, lá do outro lado do rio, e vejo a silhueta do castelo de Miravet. O vento nos traz fiapos de música e de vozes alegres. Curiosa coisa é a guerra: nunca vi as caras de meus "inimigos".

O tempo passa. Não podemos fumar. Os companheiros conversam aos cochichos. Um deles, que esteve em Guadalajara, conta proezas e horrores. Sinto no rosto o contato úmido dos ramos dum arbusto. Tento descobrir alguma beleza ou alguma significação neste momento, mas não encontro nem uma coisa nem outra. De repente me passa uma idéia pela mente: no Brasil há paz. Sacudo a cabeça como quem quer afugentar um inseto importuno.

— Que é que tem? — pergunta o cabo.
— Nada.
— Tome isto.

Dá-me uma garrafa, que levo aos lábios. Aguardente.

— Obrigado.

O cheiro da bebida me evoca memórias distantes. Revejo interiormente figuras passadas. São como cadáveres de afogados que voltam à superfície da água. Custa-me reconhecê-los: estão carcomidos de esquecimento, é como se estivessem mais mortos ainda do que no dia em que os vi descer à cova. Pais, avós, tios, bisavós. Mortos, sim, mas sempre comigo, na minha memória ou no meu sangue, nos meus desejos, nas minhas palavras, nos meus gestos.

Passa-se o tempo. Felizmente o nosso quarto se esgota e outros homens vêm nos render.

Voltamos para as nossas posições. Continua a garoar.

Faz cinco dias que estamos a olhar para o castelo de Miravet. Passamos as horas a dormir e a conversar. Revezamo-nos nas guardas, limpamos os nossos fuzis, comemos e esperamos. Cantalupo, muito vermelho e exaltado, anda de homem para homem, animando-os com palavras. Murmura-se que nossas tropas vão tentar a travessia do Ebro.

Ontem, com a luz do dia, um de nossos homens arriscou-se a ir até a beira do rio. Um soldado inimigo, que com toda a certeza atirou com fuzil de luneta, derribou-o. Vi quando o pobre-diabo caiu de borco e ficou imóvel. Só pudemos ir socorrê-lo ao cair da noite. Estava morto.

Dizem que à nossa retaguarda há uma grande concentração de tropas republicanas. Tudo indica que estamos em vésperas de uma ofensiva.

Certa noite, inesperadamente, nossas trincheiras são violentamente bombardeadas. Apanhados de surpresa corremos para os abrigos. A minha primeira sensação é de pânico. E uma repentina e brutal dilaceração dos nervos e da vontade. E há um rápido instante em que fico à beira de algo que se avizinha da loucura. Lanço-me ao chão do abrigo com o coração aos pulos, ofegante. Os estrondos se sucedem, voam estilhaços, cai terra do teto da casamata. Cerro os olhos. Tenho a sensação de que as explosões se produzem dentro da minha cabeça, do meu peito. É o fim. O chão estremece. Passam-se segundos. Minha razão parece vacilar como a chama do toco de vela que arde em cima da mesa do abrigo. Mas o trágico momento de pavor e névoa não dura muito. Do fundo de meu ser, não sei de que secretas reservas, me vem um milagroso reavivamento da vontade e em breve todas as forças do espírito estão a lutar contra o animal. Os obuses continuam a rebentar e eu quero convencer a mim mesmo, com uma insistência feroz, uma tenacidade desesperada de que é preciso eu me habituar a esta nova realidade, de que nada em essência mudou, de que tudo, em suma, não passa dum fenômeno sonoro.

Quanto tempo já se passou? Levanto a cabeça e olho em torno. À luz mortiça e oscilante lobrigo vultos. Axel se encontra a meu lado e mais longe um pouco vejo alguém que me parece Green. Tenho as mãos trêmulas e um suor frio me escorre pelo rosto. Na boca, um gosto de terra.

O bombardeio não cessa. Estou a esperar o instante em que um obus nos apanhe em cheio. Chego a desejar esse momento. Não! O que eu quero é que o bombardeio finde. Luto com o tremor dos membros e com o enfraquecimento que me quebranta o corpo, e soergo-me um pouco.

— Deite-se, imbecil!

Obedeço automaticamente. A voz do sarg. De Nicola. De novo estou colado à terra.

Um vulto rasteja na minha direção. O polaco. Tem os olhos espavoridos. Ficamos deitados lado a lado, cara contra cara, a nos entreolhar estupidamente.

Um obus explode junto da porta do abrigo. Um estrondo ensurdecedor. Caem sobre nós grandes torrões de terra. A vela se apaga. Custa-me a crer que não estou ferido. Alguém começa a gemer aqui dentro pedindo socorro. Nova explosão, perto. Tento um movimento: tenho os membros felizmente desembaraçados, mas não consigo enxergar nada. Não é só a escuridão, mas também a poeira que me entrou nos olhos. Quero tirá-la com os dedos, mas estes também estão sujos. Deixo-me cair num novo desfalecimento da vontade. Perco a noção do tempo. Escuridão na casamata e escuridão dentro de mim. E de súbito, atordoadamente, tenho a consciência de que o bombardeio terminou. Continuo a ouvir gemidos. A voz do sargento:

— Olá! Quem está vivo que diga alguma coisa.

Nenhuma resposta.

— Eh! Rapazes!

Uma luz. A chama dum isqueiro a iluminar a cara de Axel, muito pálida. Soergo-me e me arrasto de joelhos para De Nicola, a quem informo:

— Há alguém ferido. Estou ouvindo gemidos.

Ficamos à escuta. Silêncio. Apanhamos a vela do chão e tornamos a acendê-la. Os homens começam a brotar dos cantos escuros. Green. Axel. Sebastian. O polaco. Junto da porta encontramos um soldado ferido na clavícula e na testa. Tem o rosto e o peito cobertos de sangue. A porta está obstruída. Precisamos abrir caminho o quanto antes.

Tomamos de nossas ferramentas e pomo-nos a trabalhar. Uma massa feita de terra, sangue, pedras, sacos de areia e pedaços de corpos humanos nos barra a saída. Estamos gotejando suor, mas não cessamos de trabalhar. Ao cabo de algum tempo sentimos no rosto o vento fresco da noite.

Estamos fora do abrigo. É uma ressurreição. Os padioleiros levam o nosso ferido. Vejo corpos estendidos pelo chão. Dizem que sobe a trinta o número de baixas. Por um momento fico a olhar os estragos do bombardeio. Os oficiais gritam ordens. Temos de nos empregar imediatamente na reconstrução das casamatas e das trincheiras. Passamos o resto da noite a trabalhar.

De torso nu, carregando um saco de areia, Sebastian pára um instante e me diz:

— Deus fez o céu, o sol, o mar. Os homens fizeram os canhões.
— Mas Deus fez o homem — replico. — E estou certo de que se arrependeu.

E fico depois a pensar: que diabo esperava eu encontrar na guerra senão isto — destruição, sangueira e morte?

11

O dia transcorre calmo. É natural que o assunto dominante sejam os acontecimentos da noite anterior. García nos aparece contando uma história que provoca risos e comentários irônicos: Ettore Sarto teve um desmaio durante o bombardeio.

Estou diante dum caco de espelho a fazer a barba, à porta da casamata. Tento desmontar o mecanismo do medo, peça por peça, para lhe descobrir o segredo. É curioso este apego que temos à vida. Teoricamente estou convencido de que só se morre uma vez, mas não encontro argumentos que me façam aceitar as explosões dos obuses com a mesma naturalidade com que aceito as montanhas, a água, as flores e os homens.

Estou agora tomado por uma desfalecida alegria de convalescente e tenho a impressão de que de ontem para cá não se passaram horas, mas anos. Não sinto por mim mesmo desprezo nem qualquer aumento da estima que muito humanamente tenho pela minha própria pessoa. Estou simplesmente contente por haver escapado com vida. E a idéia de que meus companheiros não viram nem sentiram o meu pavor não deixa de ser reconfortante. Prometo a mim mesmo que da próxima vez será diferente.

Hoje dão-nos munições em profusão. Green me murmura os boatos que ouviu. Nossa gente está prestes a atravessar o rio.

— Que achas disso? — pergunto-lhe.
— Acho o.k. Fui campeão de natação da universidade.

Paul Green é um homem desconcertante. Eu quisera saber o que se passa no seu íntimo. Até onde irá o seu espírito esportivo? E a capacidade de seus nervos? Não terá medo da morte? Agüentará até o fim?

Nota-se grande agitação em nossas linhas. A minha companhia está de rigorosa prontidão, esperando ordens. Ao meio-dia mandam-nos ocupar uma posição no alto de uma colina fronteira à povoação de

Miravet, cerca de meio quilômetro do rio, bem no ponto em que o Ebro faz uma curva. Avistamos à direita a povoação de Ginestar, onde está aquartelada uma companhia de internacionais.

Estamos já no verão e faz calor. Passamos o resto do dia a construir abrigos e trincheiras e a instalar o observatório. Entra a noite e ficamos à espera do bombardeio, pois o nosso posto se acha muito descoberto. Não consigo pregar olho. O polaco não me abandona, segue-me os passos e me festeja com um servilismo canino. Não lhe quero nenhum mal. É um pobre sujeito que decerto sente falta do calor duma amizade.

Estou de olhos abertos quando o dia desponta. Só então é que consigo dormir, para acordar com o sol alto.

Quem dá o alarma é o tenente, que está com o binóculo de longo alcance alçado para o céu. São três horas e uma esquadrilha de aviões inimigos sobrevoa as nossas linhas. Acham-se eles agora a menos de mil metros de altura. Sabem decerto que não temos neste setor baterias antiaéreas. Metemo-nos nos abrigos.

— Talvez estejam apenas fotografando as nossas posições — diz-nos o tenente, que não cessa de observá-los com o binóculo.

Passam-se os minutos. Os aviões desaparecem. Nossa tensão nervosa afrouxa.

À tarde, porém, cerca de dezoito trimotores franquistas atacam inesperadamente Ginestar. Em grupos de três em formação triangular, aproximam-se da povoação, voando a uns oitocentos metros do solo. Começa o bombardeio. Podemos seguir no ar a trajetória parabólica das bombas. Antes mesmo das detonações chegarem a nossos ouvidos, vemos erguerem-se violentos jatos escuros de fumo de dentro dos quais saltam para o alto, num arremesso tremendo, fragmentos de pedra, ferro, madeira e vidro. Uns dois segundos depois, as explosões. Cada aparelho lança duas bombas de cada vez. O ataque é um prodígio de precisão e método. Pobre Ginestar! Tem-se a impressão de que suas casas crescem, inflam para depois desmoronarem numa nuvem de poeira e fumaça. As explosões se sucedem ininterruptamente.

Penso na companhia de voluntários que se acha dentro da aldeia. Na certa nenhum soldado conseguirá escapar com vida.

O bombardeio dura uns cinco minutos. Os aviões se retiram na maior ordem e desaparecem por trás das linhas de Franco. Ginestar é um montão de escombros.

O mais incrível é que poucas horas depois somos informados com segurança de que os internacionais que se achavam em Ginestar se salvaram todos: apenas um ficou ferido levemente. À aproximação dos aviões — contam-nos — fugiram para o campo, deitaram-se nas canaletas de irrigação das plantações de trigo; outros meteram-se nos poços dos pátios internos das casas, deixando-se escorregar pelas cordas. Quanto à população civil, essa havia muito tinha evacuado a povoação.

Ao anoitecer nossa artilharia abre fogo. Já era tempo duma reação qualquer! Uma cadência de quatro tiros por minuto e por peça. Deve ser a preparação para o ataque.

Estou exausto mas não consigo dormir. A noite entra e os nossos canhões continuam a atirar. Recebemos ordem para deixar imediatamente o observatório.

Encontramo-nos de novo nas trincheiras à margem do Ebro. O fogo de artilharia cessou. À meia-noite nossas tropas começam a travessia do rio em canoas. A escuridão é quase completa e o que mais aterra é o silêncio em que se prepara o ataque. Estamos no parapeito da trincheira, agarrados aos nossos fuzis, carregados de munições. Somos tropas de reserva. Aguardamos a hora de entrar em ação.

Passam-se minutos trepidantes de expectativa. De repente ouvimos detonações e o clarão da fuzilaria. Nossos homens atacam de surpresa numa carga de baioneta e granadas de mão. A ação se desenvolve na escuridão a duzentos metros mais ou menos de nossas trincheiras. O tempo se arrasta, a nossa angústia aumenta, não sabemos o que se está passando do outro lado. Um dos nossos soldados atravessa o Ebro a nado e nos vem dizer que o ataque foi bem-sucedido. Ao romper do dia começam a chegar os primeiros prisioneiros. São todos espanhóis e estão muito bem uniformizados e equipados.

A manhã transcorre calma. Nossa engenharia começa a improvisar uma ponte sobre o rio. As muquiranas passeiam livres pelo meu corpo e eu já me vou habituando a elas. O dia está quente e mormacento e por trás do castelo de Miravet se ergue uma enorme nuvem cor de chumbo.

À tarde os aviões inimigos nos atacam encarniçadamente. Deixam cair grandes bombas sobre o rio para impedir o trabalho da construção da ponte. Metemo-nos nos abrigos. As bombas explodem. Voam estilhaços. O ar se enche de poeira e dum cheiro ativo que tonteia. É o inferno.

Os aviões se retiram para voltar depois de dez minutos. Num dos intervalos vejo De Nicola precipitar-se para o rio. Perco-o de vista.

Nova onda de máquinas inimigas. Desta vez as bombas caem longe de nós, num outro batalhão da Brigada Garibaldi. Mais tarde nos afirmam que no mesmo dia essa unidade foi bombardeada cerca de cinqüenta vezes. Parece que o número de baixas é grande.

De súbito vejo o sarg. De Nicola entrar precipitadamente no abrigo. A minha impressão, ao primeiro relance, é a de que ele tem as mãos decepadas ou então que traz nos braços um monte de membros mutilados. O prestidigitador atira as carnes sangrentas em cima da mesa. Olho... São peixes, alguns inteiros, outros aos pedaços.

O sargento limpa a testa suada com a manga da camisa e nos diz:
— A pesca milagrosa.

Conta-nos que a cada bomba que explode no rio sobem à tona os peixes mortos. Ele vai apanhá-los com água pela cintura. E incrível como este homem tem nervo para pensar em coisas assim nestes momentos de perigo e destruição.

Novo ataque aéreo. O nosso tenente assesta o binóculo para o alto e nos afirma que são aparelhos Heinkel e Junkers. As bombas começam a cair. Uma, duas, cinco, doze... Meus músculos estão retesados. Tenho a impressão de que os tímpanos vão estourar, de que as paredes de meu crânio vão inflar e rebentar como as casas bombardeadas de Ginestar. As bombas que caem no rio erguem trombas-d'água a uma altura considerável e o vento as espalha num raio de quase duzentos metros. Alguns dos abrigos se acham completamente destruídos. Desta vez o número de baixas deve ser maior que nos ataques anteriores. Neste setor não temos aviação e a falta de artilharia antiaérea nos deixa inertes e à mercê desses possantes trimotores.

Uma calma súbita. Saímos das casamatas. O chão está juncado de corpos. O sangue empapa a terra. Alguns dos feridos se rebolcam no chão, gemendo. Surgem os padioleiros.

De repente Sebastian solta um grito e aponta para um lugar. Vejo Axel caído ao chão, com as pernas e as coxas debaixo dum montão de pedras e de terra. Corremos para ele. O sueco está mortalmente pálido. Sebastian e eu o agarramos pelas axilas e começamos a puxá-lo. É um instante pavoroso. Parece que as pernas de Axel se espicham, não se acabam mais... E finalmente, com horror, vejo que o rapaz está com ambas as pernas quase decepadas. Continuamos a arrastá-lo. Tenho ímpetos de chorar, de gritar. Meus olhos estão fixos nesses dois tocos esfrangalhados, presos às coxas apenas por uns fiapos de nervos. Sebastian chora como uma criança. Insensatamente, num desespero, continuamos a puxar a pobre criatura, deixando na poeira um rastro de sangue. Uma das pernas se desprende do corpo e fica para trás. E o que entregamos aos padioleiros é um corpo sem sangue e já sem vida.

Meto-me no abrigo, atiro-me a um canto, enfurno a cabeça nas mãos e quero chorar. Os soluços me estrangulam, mas o choro não vem. Não posso esquecer... O rosto duma lividez esverdeada, os olhos em branco, as carnes esmigalhadas...

De Nicola entra e me faz beber um gole de aguardente. Bate-me no ombro e diz:

— Não é nada. Que outra coisa vai a gente esperar da guerra? Flores? Valsas? Vamos, vamos. Venha tomar um pouco de ar.

Puxa-me para fora. Deixo-me levar. García nos vem contar que Mário Guarini está gravemente ferido, talvez um caso perdido.

Olho em torno com olhos aparvalhados. Não sei por que estou metido nesta miséria.

À noite mandam-nos atravessar o Ebro. O objetivo é um castelo em ruínas. Três companhias vão tomar parte no assalto.

Estamos no meio do rio. Ouço o ruído mole da água escorrendo dos remos. Sebastian acha-se a meu lado. Não trocamos palavra ainda sobre a morte de Axel. É como se houvesse entre nós um tácito compromisso de não fazer a menor referência a esse fato.

Estou tranqüilo, duma estranha tranqüilidade. Agora desejo a ação. É horrível viver metido em covas como animais que temem a luz do dia. A luta de homem contra homem em igualdade de condições não me assusta.

Iniciamos o ataque às cinco da manhã. A minha companhia é a primeira a entrar em contato com o inimigo. Sebastian, García e o polaco lutam perto de mim. Um ninho de metralhadoras está a nos castigar duramente. Após algumas horas de combate temos já perto de trinta baixas. Poucos são os homens que lutam conscientemente, obedecendo às vozes de comando. Muitos ficam logo tomados de pânico, principalmente ante as rajadas das metralhadoras, e não são poucos os que fraquejam. A maioria, no entanto, segue num estonteamento, lutando desordenadamente.

Estamos a quatrocentos metros do castelo em ruínas e há já quase quatro horas que lutamos. De Nicola sai numa sortida com oito homens e consegue fazer saltar com granadas de mão o ninho de metralhadoras. É um alívio. Vamos ganhando terreno aos poucos. As balas zunem por cima de nossas cabeças, ou cravam-se no chão, perto de nós. Vejo muitos companheiros tombarem. É assustador o som que produzem os projéteis ao entrar no corpo dum homem: um som fofo, rápido, pavoroso. A gente nunca mais esquece.

Rastejando, aproximamo-nos duma cerca de pedra. Rompemos num fogo violento. Sebastian maneja um fuzil-metralhadora com grande perícia. Saltam estilhas de pedra. Uma bala tira um naco da orelha do polaco, que começa a sangrar. Mas ele continua a lutar, como se nada lhe tivesse acontecido. Olho para García a meu lado: seu rosto está contorcido numa máscara de ódio.

Tentamos avançar mais. Impossível. Aos primeiros passos, perdemos dez homens. Retrocedemos e tornamos a nos entrincheirar na cerca. O nosso tenente manda um mensageiro avisar o comando de que não podemos ir além, pois as perdas são pesadas e os homens estão exaustos.

Um sol comburente nos castiga. O suor me escorre pelo rosto, desce pelo pescoço; tenho a camisa empapada, os olhos ardidos e sujos de terra, as faces esfoladas e a garganta seca.

As outras três companhias avançam, ao passo que nos dão ordens para manter a posição em que nos encontramos.

Ao meio-dia, num ataque combinado, tomamos conta do castelo.

Uma violenta emoção ainda me está reservada.

Saímos a recolher feridos e prisioneiros. De repente, dum ângulo sombrio, cresce um vulto. É um soldado mouro, vem de braços erguidos implorando que lhe poupem a vida. Antes que eu possa fazer o menor movimento, García leva o fuzil ao rosto e atira nele à queima-roupa. Um estampido. O pobre-diabo tomba de costas com uma bala no crânio.

A comoção me tira a voz. Primeiro, é um sentimento de choque, depois de revolta e finalmente de repulsa pelo chileno, por mim e por toda esta sangueira doida e sem propósito.

Ao anoitecer voltamos para as nossas posições do outro lado do rio. Deito-me e durmo um sono pesado e inexplicavelmente despovoado de sonhos. Acordo com a sensação de que de ontem para cá envelheci dez anos.

Revejo Paul Green, que tinha sido levado para a retaguarda para tratar um ferimento leve. Traz a cabeça envolta em gases e está um pouco sombrio. Talvez a sombra não esteja nele e sim nos meus olhos, no meu espírito.

Junto ao parapeito da trincheira, devoramos o nosso almoço. De Nicola nos ministra despretensiosamente lições de coisas e nos ensina os seus estratagemas de combatente veterano. Green, que sempre come pouquíssimo, fuma um cigarro e García, hoje excepcionalmente taciturno, mergulha no vinho uma fatia de pão. Não quero encará-lo de frente, pois temo descobrir que o detesto.

Corre de mão em mão um número do jornal *La Vanguardia*, de Barcelona. Traz notícias do último ataque aéreo. A catedral foi atingida por uma das bombas. Morreram mulheres e crianças.

— Edificante, não? — murmura De Nicola por entre dentes, olhando para as fotografias das ruas após o bombardeio.

— Essas mulheres e crianças não têm nada a ver com a coisa... — diz Paul Green.

De Nicola lança-lhe um olhar rápido:

— Pois eu vou mais longe. A Espanha inteira nada tem a ver com esta guerra.

Passa um voluntário cantando uma cantiga feita nas trincheiras e cuja letra diz que *"La pobre Inglaterra pierdendose está"*, por não querer ajudar os republicanos espanhóis.

Acocorado a poucos passos de onde estou, o polaco me contempla em silêncio. Quando nossos olhos se encontram, ele sorri. Está horrendo: emagreceu muito ultimamente, acentuou-se-lhe a expressão simiesca e é claro que a ferida da orelha não o torna menos feio.

Estamos todos barbudos e sujos. Sinto que devo uma explicação a mim mesmo, à parte boa e pura do meu ser — se é que ela ainda existe. Preciso me justificar perante esse outro eu que nos momentos mais sombrios da minha vida sempre ansiou por subir para a luz, num desejo de beleza, bondade e paz. Mas não encontro palavras capazes de quebrar este silêncio de degradação e morte.

— Homens e muquiranas — diz De Nicola, como se tivesse lido meus pensamentos. — Não há grandes diferenças entre essas duas espécies animais, a não ser que as muquiranas são muito mais honestas, pois não procuram inventar palavras para justificar seus apetites. Simplesmente seguem os instintos, chupam-nos o sangue sem remorso, sem pensar em céu ou inferno, no bem ou no mal. São livres porque não têm problemas de consciência.

— Isso é que você não sabe... — diz García, atirando por cima da trincheira um fragmento de pedra que encontrou na sopa.

Um camarada nos vem contar que vamos ser transferidos para um outro setor do Ebro, nas proximidades de seu delta. Recebo a notícia com indiferença. Acho que sou um homem perdido.

Em períodos alternados de fúria impetuosa e depressão, de frieza e entusiasmo, miséria e esperança, marasmo e exaltação — os meus dias passam. Habituo-me aos poucos tanto às coisas imundas e ásperas como ao perigo e à vizinhança da morte. Já compreendi que no fim de contas morrer não é a pior coisa que me pode acontecer.

Dia a dia vou descobrindo províncias inexploradas dentro de mim mesmo. Uma noite, por ocasião dum assalto a baioneta, sou tomado dum desejo diabólico de crueldade. Mais tarde, na calma, fico tomado de pavor de mim mesmo ao pensar nisso. Num outro dia arrisco a vida para trazer para as nossas trincheiras um soldado ferido que eu nem sequer conhecia. Certa manhã tranqüila me vem uma súbita vontade de desertar e nem sei se é o temor do fuzilamento ou a vergonha de parecer covarde que me detém. Há momentos em que sinto um desejo de luta, um ímpeto de destruição. É geralmente quando vejo um companheiro tombar ou quando nos chegam notícias de novos bombardeios de cidades abertas. À vista dos cadáveres mutilados ou de cenas de selvageria, não raro sou tomado duma crise de ternura quase doentia a que se segue uma fria repugnância por toda a espécie humana.

Tenho pensado constantemente no Brasil, nos amigos distantes, e a lembrança de Clarissa está constantemente comigo e às vezes até mesmo nas horas de combate. Mas, quando me vejo afundar muito nesta lama sangrenta, quando ainda tenho nas narinas o cheiro pútrido dos cadáveres insepultos, sua imagem se me apaga da memória.

A vida neste setor é bastante irregular. Longos períodos de inação e de relativo sossego. De repente, um bombardeio aéreo, um ataque inesperado de infantaria... Saltamos para a trincheira ou para as casamatas. Fazemos já as coisas por puro hábito, automaticamente. Creio até que a própria coragem no fim passa a ser também um hábito.

E eu sou simultânea ou alternadamente um herói e um poltrão, um anjo e um demônio. Por felicidade, essas mutações se operam invisíveis dentro de mim mesmo e muito raramente têm reflexos exteriores.

Uma noite de calmaria fico a sós com De Nicola e ao cabo duma pausa bastante larga, na conversação, digo-lhe estas palavras:

— Não posso compreender... como é que você não tem nervos.

Toda esta carnificina, estas cenas de selvageria parecem deixá-lo indiferente...

O sargento fica por alguns segundos calado, sem me olhar, como que a pensar na resposta. Depois:

— Não tenho nenhuma necessidade de oferecer um espetáculo aos meus camaradas. Não acha natural que um ilusionista consiga escamotear as suas emoções?

Sinto-o mais humano. Não resisto à tentação de fazer-lhe confidências. Procuro transformar em palavras compreensíveis o meu tumulto íntimo. De Nicola me escuta com paciência e, quando termino, diz apenas isto:

— O sofrimento por que você está passando não vai ficar perdido. Pense nisso. Você está tendo a rara oportunidade de fazer a sua reeducação sentimental diante do perigo.

Julgo compreender o sentido dessas frases. O italiano acrescenta:

— E se ao sair deste inferno você não souber tirar proveito do que viu, sentiu e descobriu, então é melhor amarrar uma pedra ao pescoço e atirar-se no Mediterrâneo.

Essas palavras me causam uma impressão profunda. Realmente, aqui todas as minhas faculdades estão sendo postas a dura prova. Tudo quanto tenho de bom e de mau no fundo do ser é agitado e trazido tumultuosamente à superfície. Vou conquistando palmo a palmo, com pesadas perdas, territórios interiores que ainda não domino. Quando esta guerra terminar haverá na Terra pelo menos um homem novo.

Serão reflexões duma noite de luar sem bombardeios nem combates? Talvez, antes mesmo de raiar um outro dia, estejamos a nos estraçalhar uns aos outros, apagando toda a esperança de salvação. Ninguém sabe o que está para vir.

À medida que se passam os dias e os combates, vou conhecendo melhor os homens em cujo meio vivo. Há alguns tão serenamente bravos, que diante deles chego a ter vergonha do mais leve sentimento de hesitação ou fraqueza. Conheço muitos camaradas que lutam com método e calmo heroísmo. Conservam a cabeça em perfeito funcionamento nos momentos de maior perigo e confusão. São veteranos de outras guerras e revoluções e às vezes tenho a impressão de que a morte não os leva pela simples razão de que eles não a temem. Homens tenho visto que parecem desprovidos de nervos: avançam sorrindo e até cantando no meio das balas. Noutros vejo claramente o esforço que fazem para não fraquejar: têm os músculos retesos, empalidecem, seus olhos gritam de pavor. O combate é para eles uma prolongada agonia, morrem mil vezes numa só hora de fogo e mil vezes ressuscitam, trêmulos, ofegantes, suando frio. Em mais de um soldado tenho visto o heroísmo teatral, ruidoso e exibicionista. Por outro lado, estando nós certa vez sob violento fogo de artilharia, um dos nossos teve junto de mim uma crise de choro; não obstante continuou firme no seu posto e foi até o fim. Nunca hei de me esquecer daquela tarde em que investíamos contra uma posição inimiga. Cantalupo ia conosco, levando na mão direita uma pistola automática. Incitava-nos com palavras. Uma bala atravessou-lhe o antebraço, que começou a sangrar. O comissário continuou a andar. Cantava com toda a força dos pulmões. Um tiro no peito fê-lo calar-se. Mas ele prosseguiu no avanço, sangrando, lançando blasfêmias, morrendo aos poucos. Enterramo-lo nas proximidades do castelo de Miravet.

Paul Green parece ver a guerra com os mesmos olhos com que via as partidas de rúgbi entre a sua universidade e a de Yale. Tem ímpeto, espírito de companheirismo, luta com uma inteligência instintiva e, após cada combate, acha-se na obrigação de comemorar a vitória, mesmo que não haja vitória nenhuma.

Já Sebastian Brown parece lutar com um ardor quase místico. Encara a morte e fala dela como se se tratasse duma amante que ele ao mesmo tempo deseja e teme. Fica muito deprimido depois de cada combate e é sempre o primeiro que se oferece para enterrar os cadáveres. Para cada amigo morto tem uma palavra de despedida. Não esquece Axel. Quando ajudou a abrir a cova do amigo, fê-lo com uma unção quase religiosa. E o mais singular é que agora o sueco passou a ser para ele uma espécie de nume tutelar.

Na nossa companhia existe um jovem toscano de dezoito anos que se porta com uma bravura admirável. Imberbe, rosto muito liso e corado, parece uma criança no meio desses homens barbudos e meio embrutecidos. Dir-se-ia estar brincando de guerra. É um idealista e acredita em que não tardará o advento de um mundo melhor.

Temos longos intervalos de paz. Entregamo-nos ao descanso e a animadas palestras. O perigo nos aproxima uns dos outros e entre nós se fortalece cada vez mais o espírito de camaradagem.

É curioso ver como estes homens encaram a vida e a morte, o conceito que têm do bem e do mal. Alguns revelam isso em palavras claras e coerentes, com um certo ar filosófico — os poucos eruditos com as teorias palavrosas dos livros, mas um grande número deles fala com a humana filosofia que lhes vem da experiência da vida. Não obstante, muitos há que parecem ignorar até mesmo a existência de tais problemas.

Nestes poucos meses de guerra tenho vivido emocionalmente muitos anos. Tento fazer um exame de consciência. Impossível. As águas interiores estão ainda agitadas, turvadas, o pó não sentou no fundo.

E um dia, enxergando o meu próprio rosto no caco de espelho diante do qual faço a barba, digo mentalmente para mim mesmo: "E eu, que pensei que te conhecia?!".

Como única resposta o homem do espelho se limita a fazer uma careta pessimista.

12

Tortosa. Esse nome ficará para sempre na minha lembrança vagamente ligado à idéia de destino.

São bem estranhos os caminhos da vida.

É em Jacarecanga, pequena cidade do extremo sul do Brasil. Tenho doze anos e ando com a cabeça cheia das histórias de Júlio Verne. Uma tarde de chuva faço uma pausa na leitura de *A volta ao mundo em oitenta dias* e me aproximo dum grande mapa da Europa que está pendurado na parede, levanto a cabeça e procuro meter-me na pele de Phileas Fogg. Alguém se aproxima de mim. Olho, contrariado. Vejo a cara redonda e morena de Clarissa, o narizinho levemente arrebitado, as tranças pretas escorrendo pelos ombros.

— Que é que tu queres? — indago, hostil.

— Nada. A gente não pode olhar também o mapa?

Clarissa não sabe o que é um mapa. Começo a explicar-lhe e acabo resumindo tudo assim:

— Os mapas são os retratos das nações.

— Ah...

Um silêncio em que mal cabe a minha sensação de importância e superioridade. Tomo ares paternais quando pergunto:

— Se pudesses viajar, para onde querias ir?

— Para a China. Dizem que tudo lá é muito engraçado.
— É. Dizem...
— E tu... para onde querias ir?
— Espera...
Trepo numa cadeira, fecho os olhos, avanço o indicador da mão direita e espeto-o no mapa ao acaso. Abro os olhos. Meu dedo está em cima da Espanha e aponta para uma cidade. *Tortosa*. Tão longe... — penso. E fico olhando com certa melancolia para as sete pequenas letras.

Agora, quatorze anos depois, olho as ruínas da cidade de Tortosa. Alguém se aproxima de mim. Volto a cabeça: é Sebastian Brown. Clarissa não compreendia o mapa. O que o preto não compreende é a estupidez dos homens que bombardeiam cidades e aldeias, mutilando mulheres, crianças, estátuas e templos.

A parte antiga de Tortosa — com o castelo de San Juan, a biblioteca pública, o museu municipal, os colégios e as velhas igrejas — fica do lado esquerdo do Ebro e está em poder de nossas tropas. Os soldados de Franco acham-se alojados na parte nova da cidade, do outro lado do rio.

Os dias se passam numa quase monotonia. Tiroteios raros e ralos que às vezes dão a impressão dum combate singular entre contendores entrincheirados.

Chegam-nos notícias de que as tropas de Franco ganham terreno na Estremadura. Murmura-se também que o governo está estudando um plano para a retirada dos voluntários estrangeiros.

Os soldados que por falta qualquer são passíveis de castigo — os insubordinados, os derrotistas, os que contra as ordens superiores se entregam à pilhagem, etc. — são postos no famoso "batalhão disciplinar" de que tanto tenho ouvido falar, mas que só hoje encontro pela primeira vez. É ele composto de homens tristes, esfarrapados e cadavéricos cuja missão é cavar trincheiras na linha de fogo, abrir estradas e enterrar cadáveres. Andam em sua maioria descalços e dão a impressão de galés. Recebem uma ração reduzida de alimento e não têm direito a pão, vinho e cigarros. Trabalham às vezes de sete a oito horas a fio, sob a chuva ou sob o sol. É a unidade do terror e os seus soldados já nem mais parecem homens.

Sentados à sombra duma árvore nós os vemos trabalhar na soalheira. De Nicola faz um sinal na direção de um dos condenados e me pergunta:

— Está vendo aquele tipo ali? O de calça rasgada...
— O que agora parou para cuspir nas mãos?
— Esse mesmo.
— Sim. Que há com ele?
— Lutou como um tigre em Guadalajara.
— Mas por que é que está aí?
— Portou-se como uma galinha num outro combate.
— É incrível.
— Mistérios da natureza humana. Faz muito que desisti de procurar desvendá-los...

Os homens suam e gemem. Estão sujos e queimados de sol. Ao vê-los não posso vencer a sensação de mal-estar que me domina. Imagino o que eles foram e os sonhos e ideais que os trouxeram para cá. Penso nas traições do medo, nessa hora desprevenida que todos temos, no instante perigoso em que a vontade afrouxa ou nos falta e todo um passado de firmeza e coragem se vai águas abaixo. E sou bastante humano para estremecer à idéia de que um dia eu posso ser também soldado desse batalhão-fantasma.

Estão ligadas a Tortosa as minhas recordações mais fortes e significativas de ex-combatente da Brigada Internacional.

Deixo aqui alguns episódios e não sei sinceramente se os narro com fidelidade ou pelo menos com isenção de ânimo. Talvez eu tenha uma visão exageradamente artística da vida, e o meu amor à pintura e à música faça que eu esteja a procurar no mundo composições para quadros e temas musicais. É bem possível que, ao narrar uma história, eu altere ou disponha seus elementos de modo a formar com eles uma tela cujo efeito geral tenha valor pictórico, ritmo musical, sentido simbólico. Podemos escolher alguns elementos da realidade, desprezar outros e mesmo desse modo conseguir no fim um efeito muito mais próximo da verdade. As histórias que passo a narrar, bem como a maioria das que ficaram para trás, são apenas uma espécie de reflexo da realidade. Depurei-as um pouco do que elas tinham originalmente de sórdido ou trivial. Este pode ser um modo parcial de ver as coisas, mas é o *meu* modo e, seja como for, este é o *meu* livro. Por outro lado, mesmo quando desço a pormenores desagradáveis, só descrevo aqui homens, acontecimentos e situações que me impressionaram e tiveram maior ou menor influência na minha reeducação sentimental. Eu podia repisar que entre uma e outra pausa dum diálogo os parasitas nos passeavam pelo corpo ou o vento morno do verão nos trazia às narinas o cheiro dos cadáveres insepultos. Poderia falar na rotina da guerra, nas nossas longas horas de estagnação física e moral, na sujeira e no cansaço, na amargura e na miséria da vida nas trincheiras. E nem por isso eu teria atingido melhor o meu objetivo. Porque este livro tem um objetivo. Quero deixar traçada aqui a vacilante trajetória duma alma em busca de rumo.

Uma tarde de calmaria. Sebastian Brown aproxima-se de mim e pergunta em voz baixa:
— Você acredita em sonhos?
— Nos maus talvez acredite...
O preto fica um instante num silêncio pensativo.
— Quase todas as noites sonho com Axel.
Fica olhando através da seteira as posições inimigas do outro lado do rio, mas decerto enxergando apenas as imagens de seus pensamentos.
— Ele diz alguma coisa?
E fica a brincar distraído com a correia do fuzil.
— Sonhos...
— Sonhos? Talvez. A gente nunca sabe.
— Não. Quando Axel estava vivo, nunca falávamos com palavras, só com sinais. Agora ele também faz sinais dentro do meu sonho.
— Que sinais?
— Não sei. Não entendo. Às vezes ele aparece e fica só fumando...
— Sonhos...
Uma expressão grave no rosto de Sebastian.
— Sonhos, sim. Mas esta última noite ele apareceu e falou. Falou a língua dele, mas, é engraçado, eu compreendi tudo.
— Que foi que ele disse?
— Só isto: "Sebastian, eu quero as minhas pernas".
— E você?
— Quis me erguer para ir mostrar o lugar em que o enterramos. Não tive forças, alguma coisa me prendia ao chão.

Entre os novos voluntários que chegam para o batalhão, durante a nossa estada em Tortosa, vêm vários judeus austríacos que tiveram de deixar a Áustria depois de sua anexação ao Reich. De todos eles o mais impressionante é Marcus Silberstein. Tem uma testa que avança alcantilada para a coroa da cabeça com o harmonioso ímpeto duma fuga de Bach. A imagem me ocorre porque o homem é músico. Por mais incrível que pareça, nas horas em que não somos chamados a combater, ele compõe sonatas e noturnos. É um tipo abstrato de movimentos lentos e parece destituído de todo o instinto de conservação. Expõe-se muito às balas como se não tivesse nenhuma noção de perigo. Os camaradas lhe dizem:

— Marcus Silberstein, nós te damos apenas vinte e quatro horas de vida.

O judeu encolhe os ombros e retruca:

— Que me importa? Quando o destino bate à nossa porta não há trincheira, não há cautela, não há casamata que nos possa livrar da morte.

É o velho fatalismo oriental. Gosto de contemplar Silberstein quando ele está acocorado a um canto a morder nervosamente a ponta do lápis, com o papel de pauta musical em cima dos joelhos. No dia em que ele descobre o meu interesse pela música, não me abandona mais. Conta-me dos concertos que ouvia ou em que tomava parte em Viena. Fala-me de condutores de orquestras e de compositores. Adora Beethoven, "aquele ser feio e quase disforme que inundou o mundo de beleza e de harmonias eternas".

Marcus Silberstein e eu estamos sentados lado a lado e de repente o judeu me pergunta:

— Nunca ouviu a Quinta Sinfonia?

— Muitas vezes.

— Lembra-se daquelas notas iniciais?

Cantarola. Faço um sinal afirmativo com a cabeça. Ele prossegue:

— "*So pocht das Schicksal an die Pforte.*" Assim o destino bate à porta. Quatro pancadas agourentas que se repetem. O homem estremece. Algo vai acontecer e não há no universo poder capaz de deter os passos do destino.

Fica em silêncio a ouvir não sei que harmonias interiores. Depois:

— Um dia ouvi essas batidas solenes à minha porta.

— O destino...

— A Gestapo.

— Nesse caso um travesti do destino.

— Exatamente. E a minha vida mudou. Eu estava em Paris e no dia

em que encontrei o Meyer de novo ouvi as quatro pancadas. Era a minha vida que ia tomar novo rumo. A Espanha... A Brigada Internacional...
Volta-se para mim, examina-me de alto a baixo.

— Meu amigo, quantas vezes ouviu na sua vida as quatro pancadas do destino?

Fico a pensar nos momentos decisivos da minha existência. Ocorre-me logo o mais recente. Num café de Porto Alegre. O calor, a canseira, a exacerbação, notícias dos massacres das populações civis da Espanha, inadaptação ao ambiente, dificuldades financeiras, um desejo irreprimível de aventura. De repente duas palavras começam a se desenhar na rainha mente — Brigada Internacional. Eram as batidas do destino.

Marcus Silberstein corta-me a corrente dos pensamentos:

— Nem todos os homens têm ouvidos para perceber o aviso do destino. Coitados! Porque nem sempre ele nos traz a morte e o desespero. Muitas vezes está nos esperando à porta com uma braçada de flores e de felicidade.

E de repente, sem transição, o judeu faz uma rígida curvatura prussiana e diz:

— Com licença, tenho de ir terminar o adágio da minha sonata.

E se vai.

Conversamos um dia sobre as crueldades desta guerra e eu manifesto a minha estranheza por se usarem aqui balas explosivas. E De Nicola, sem tirar o cachimbo da boca, murmura:

— Não admira que haja crueldade. Pois não é uma guerra entre irmãos?

Eu tinha perdido de vista Ettore Sarto e para falar a verdade ele andou ausente dos meus pensamentos durante aquele último mês.

Um dia saio com outros homens em socorro duma patrulha avançada de que não temos notícia e entramos numa velha casa, à beira dum caminho, para encontrar lá dentro os nossos companheiros massacrados. Desde a porta vamos saltando por cima de cadáveres. E numa sala que devia ter sido em outros tempos um refeitório, depara-se-me de repente algo que me faz gelar o sangue.

Nu e dessangrado em cima duma mesa, os braços abertos em cruz, as mãos e os pés pregados à madeira com enormes cravos enferrujados —

Ettore Sarto. Está magríssimo, vê-se-lhe na pele ressequida e estirada do torso o relevo das costelas e seus olhos estão arregalados para o alto.
Os mouros crucificaram o Cristo Legionário.

Não sei o que trouxe esse sevilhano vivo e elástico ao nosso convívio. Parece-nos às vezes que o governo semeia espiões pelo meio dos internacionais para ver se descobre, entre estes, germes de derrotismo que possam contaminar a Brigada.

Durante alguns dias dom Rodrigo participa de nossas conversas, de nosso rancho e de nossos perigos. É um homem de quarenta anos presumíveis, magro, tostado de sol e senhor de maneiras mundanas. Conta-nos histórias da velha Espanha, recita-nos trechos de novelas picarescas e faz-nos perguntas difíceis que nos apanham desprevenidos. As muitas histórias que ouvimos dos voluntários estrangeiros que foram levados a conselho de guerra, acusados de derrotismo, nos fazem reservados. Pomos cautela e habilidade nas respostas.

Uma noite conversamos sobre a grande desordem que vai pelo mundo e dom Rodrigo, baixando a voz, diz com uma inflexão um pouco dramática:

— Nós os habitantes deste planeta somos como ratos no porão dum navio que prendeu fogo em alto-mar. Pressentimos o perigo, queremos abandonar o barco, mas não sabemos para onde ir. Dum lado o fogo, do outro o oceano. Que remédio têm os pobres ratos senão se agitarem doidamente e se estraçalharem uns aos outros em lutas que dão a ilusão da vitória? Só há duas alternativas e ambas levam ao sofrimento e à morte.

Essas palavras são recebidas com um silêncio de desconfiança. Sinto que alguém precisa dizer alguma coisa e arrisco:

— Não acho que o problema deva ser posto apenas nesses termos. Por que não incluir uma alternativa menos negra? Por exemplo... o fogo ainda não destruiu totalmente o navio e já se avista um porto de salvamento...

Dom Rodrigo me mira com a testa enrugada e indaga:

— Que porto é esse?

Todos os olhos se voltam para mim. Respondo imediatamente:

— Se eu soubesse, por certo não estaria aqui.

O sevilhano sorri, baixa a cabeça e começa a sacudi-la dum lado para outro, devagarinho.

— O comunismo? O fascismo? Esses portos já foram minados pelos seus próprios construtores. Tudo vai pelos ares. Só nos resta o mar, que não tem nenhuma piedade, e o navio em chamas.

Dom Rodrigo ergue-se e nos abandona. Carlos García acompanha-o com os olhos e, quando o vê desaparecer, diz:

— Ou esse tipo é um espião e merece veneno de rato, ou é um derrotista e vai ser fuzilado.

No outro lado do rio está entrincheirado um paciente atirador que passa o dia a caçar internacionais com um fuzil de luneta. Acontece que dom Rodrigo, na manhã seguinte à noite de nossa palestra, não sei por que razão, resolve descer em plena luz do sol até a beira do Ebro. Ouvimos um estampido e o zunido da bala. Depois o silêncio — silêncio que se prolonga até a noite, quando alguns companheiros vão em socorro do sevilhano e voltam trazendo o seu cadáver.

García lança-lhe um rápido olhar e murmura:

— Um rato de menos no navio.

Este velho catalão perdeu tudo na guerra — os filhos, os netos, a velha casa, as vinhas e os trigais. Tem oitenta anos e uma expressão de pétrea energia no rosto pregueado de rugas terrosas. Suas mãos parecem raízes tentaculares — são enormes e nodosas e parecem trazer ainda a marca da terra.

Fala-nos ele das colheitas que a guerra deitou a perder e diz-nos de suas esperanças na ressurreição de sua Catalunha invencível. Mostra-nos os campos rasgados pelas granadas, as vinhas derribadas e os escombros de sua casa, que há mais de quatro séculos passa de pai para filho. Abana as mãos impressionantes num frenesi e grita para nós as suas palavras de fé, como se nos quisesse meter à força na alma a sua confiança:

— Todos estes bárbaros passarão, mas a terra há de ficar como ficou depois da invasão dos mouros e daquele *perro de Napoleón*.

Cala-se um instante e depois, com ar reflexivo, acrescenta:

— A terra é boa, os homens é que são maus.

Atacamos uma quinta e é indispensável desalojar o inimigo antes da noite. Estamos suados, empoeirados e exaustos, e nossas perdas são bastante pesadas. Green cai a meu lado com um ferimento na clavícula. Está perdendo muito sangue e eu não sei que fazer. Não tenho meios para socorrê-lo e não quero ficar para trás enquanto os outros avançam.

— Muito mal? — grito-lhe.

O americano sacode a cabeça negativamente. Encoraja-me com um sorriso apagado. Tem a mão espalmada sobre a ferida e o sangue lhe escorre por entre os dedos.

Ao cabo de vinte minutos, a resistência do inimigo enfraquece. Transpomos num assalto fulminante o portão da quinta, atravessamos o parque lançando granadas. Uma delas entra pela janela e explode dentro da casa.

Um súbito silêncio. Passam-se alguns minutos. Um dos nossos homens grita que *eles* estão fugindo na direção do rio. Um oficial destaca um pelotão para os perseguir.

Entramos na casa. Vem lá de cima o rumor de passos precipitados. São os nossos camaradas, que correm por todas as dependências do piso superior.

Escurece. Estou esgotado. Entro numa sala e atiro-me na primeira cadeira. A granada que aqui explodiu fez estragos. Três cadáveres estendidos no chão, um deles bem debaixo dum velho piano escuro, providencialmente intato. O tapete se acha empapado de sangue e uma das paredes está respingada dos miolos do soldado que tombou ao pé dela, com a cabeça aberta. É horrível, mas não tenho coragem para me erguer. Fecho os olhos por um instante.

Alguém me toca no ombro. É Sebastian Brown.

— Alguma novidade? — indaga ele.

— Green foi ferido.

— Grave?

— Na clavícula.

— E García?

— Não sei.

Entram outros homens. O polaco está parado à porta olhando para os cadáveres com olhos vagos. Ergue a cabeça e de repente seu rosto ganha uma expressão indescritível. Precipita-se através da sala e pára junto do piano, ergue-lhe a tampa e fita longamente o teclado amarelento. Senta-se na banqueta e deixa cair as mãos pesadas sobre as teclas. Um acorde dissonante que para os meus nervos soa como uma explosão. Mas de súbito, inexplicavelmente, é o paraíso. Brota do piano uma melodia inesperada e doce que inunda o ar, flutua neste lusco-fusco, envolve os móveis mutilados, os mortos e os vivos. A princípio cuido que tudo não passe dum milagroso acaso e que de um momento para outro a melodia se vai quebrar. Mas não, ela perdura, o seu desenho delicado se desdobra no ar, simples, puro e transparente. A música parece contar uma história de amor. *Für Elise*, de Beethoven. As notas pingam nas minhas feridas íntimas como um bálsamo — um estranho bálsamo que é ao mesmo tempo sedativo e pungente. Os outros homens se fecham como eu num mutismo embasbacado, enquanto aquele macaco obscuro de mãos brutais ali fica encurvado sobre o piano.

Silêncio. As últimas notas se esvaem no ar. De novo o polaco começa a tocar. Chopin. Suas mãos são como asas sobre o teclado. A melodia nos fala dum mundo para nós perdido. Conta as delícias do céu para quem está irremediavelmente condenado ao inferno.

Tudo isto é comovente, belo e absurdo. O crepúsculo... os cadáveres... o tiroteio longe... as mãos enormes do pianista...

Agora é Bach. Algo de tumultuoso, uma cavalgada para a distância, um arremesso, um desafio ao infinito e a Deus. O piano vibra, a casa toda parece ficar tomada dum estremecimento. Tenho a impressão de que os mortos vão despertar, quero gritar ao pianista que pare para não nos matar... Perco o domínio dos nervos e desato a chorar como uma criança.

O polaco se põe de pé, fecha o piano com carinho, atravessa a sala sombria, apanha o fuzil e sai sem dizer uma palavra.

13

A realidade parece ter um secreto prazer em desmanchar os elaborados desenhos de nossa imaginação. Fantasiei de mil modos o momento em que ia ser ferido e no entanto tudo se passa da maneira mais gratuita e inesperada.

É um dia calmo de claridade dourada e eu saio a andar ao longo das trincheiras. Vou tão absorto na contemplação dos efeitos de luz e sombra que o sol pinta lá longe no castelo de San Juan, que quando caio em mim me vejo a caminhar por um terreno desabrigado. Acontece que do outro lado do rio um insidioso caçador de homens divisa o meu vulto, faz uma pontaria cuidadosa com o seu fuzil de luneta e dispara...

Sinto um súbito enfraquecimento da perna esquerda como se um camarada gaiato e invisível me tivesse dado na curva uma pancada seca com o lado da mão. Caio ao chão e saio a rastejar na direção da trincheira. Vejo nas calças, pouco acima do joelho, um orifício escuro que começa a sangrar. A princípio não sinto nenhuma dor. Dois homens me levam numa padiola para o posto de saúde. Sebastian me acompanha, segurando-me a mão. Isso me dá um certo mal-estar, porque me parece que estão fazendo uma encenação muito grande por causa dum ferimento trivial.

— Não é nada, homem — tranqüilizo-o.

Mas a perna começa a doer e a dor aumenta de minuto para minuto.

— Erga os braços para o céu, moço — diz o médico que me faz o primeiro curativo. — O projétil não era explosivo. Se fosse, o seu joelho estaria em cacos.

— A bala ainda está alojada, doutor? — pergunto.

— Não. Entrou por um lado e saiu pelo outro. Um pequeno túnel.

O médico se afasta, fica um momento a conversar em voz baixa com um oficial.

— Você vai para a retaguarda — diz-me este último pouco depois, com uma expressão não sei se de inveja ou de rancor. — Mas o que merecia era passar um mês no batalhão disciplinar.

Apanha com a mão rude um punhado de meus cabelos e sacode-me a cabeça dum lado para outro com uma raiva não de todo destituída de ternura.

— Maroto! — exclama. — Isso é que se pode chamar um ferimento inteligente. Nenhum perigo de vida e meia dúzia de semanas com bonitas enfermeiras em Barcelona!

Metem-me num caminhão transformado em ambulância.

— Adeus, volte logo! — grita-me Sebastian. Mas, ao se aproximar para me apertar a mão, murmura: — Não volte mais para cá. Quando sarar vá embora para a sua terra.

— Adeus! — respondo.

Fecham a porta da ambulância. Fico sozinho aqui dentro. Faz calor. O carro se põe em movimento. Rumamos para Tarragona. Tenho um mau pressentimento que me esforço por afastar do espírito. O ferimento me está a doer de modo insuportável. Começam os solavancos: vamos por uma péssima estrada aberta há pouco e às pressas para fins militares. A padiola sacoleja dum lado para outro. Agarro-me com força às suas bordas para não ser jogado contra os lados do carro. Dói-me agora toda a perna e a coxa. Paira no ar uma poeira fina e amarelada. O suor me escorre pelo rosto. Tenho sede e meus lábios estão ressequidos. Deve ser já a febre. Febre... infecção. Sim, é bem possível... Um curativo malfeito, a maldita areia do Ebro — a areia que caía na nossa comida, que nos entrava nos olhos, nos ouvidos, que se entranhava nas nossas narinas, nos nossos fuzis, na nossa pele, nas nossas almas. Infecção... gangrena... a mutilação. Imagino-me de muletas... Mil vezes a morte! Mas... por que falar em morte? Não, eu devo ter calma, preciso ter calma. Tudo isto vai passar, depende de um pouco de coragem e paciência. Sim. Eu vou ficar sereno e no fim tudo estará bem. Cerro os olhos. Mas a dor não cessa, parece aumentar sempre e sempre. Os solavancos continuam. Tenho vontade de gritar que andem menos depressa, mas penso também que, se andarmos devagar, não chegaremos nunca. Minha cabeça dolorida começa a latejar e a sede e a febre me queimam a garganta. Num dado momento, a um solavanco mais forte, a perna ferida é arremessada com violência contra uma trava de ferro. Deixo escapar um urro de dor. As lágrimas me vêm aos olhos e tenho de fazer um esforço desesperado para não continuar gritando. Sinto escorrer pela perna um líquido morno. Soergo-me com dificuldade e olho... Não me enganava: a gaze está manchada de vermelho e o sangue pinga na lona da padiola. Penso em gritar por socorro, mas um estranho pudor me impede de fazer isso. Tiro um lenço do bolso e amarro-o fortemente por cima da gaze. Nada mais posso fazer. Talvez tenha chegado o meu fim. Atiro a cabeça para trás e me entrego. O carro continua a correr aos corcovos, ouço o ruído explosivo do motor, o pesado rolar das rodas e, dominando tudo, impetuosa também e igualmente cheia de altos e baixos, de trepidações e de saltos bruscos — a dor. Passo a mão pela testa, que escalda. Não há dúvida, estou com febre alta. Uma dormência alternadamente cálida e gelada me invade aos poucos o corpo e me quebra a vontade. Torno a pensar na gangrena. Daqui a pouco virá a sensação de envenenamento e os soluços, que se prolongarão até o último minuto. Um cheiro pútrido me subirá às narinas, a agonia será lenta e pavorosa e, quando abrirem a porta desta ambulância em Tarragona, encontrarão aqui dentro apenas um cadáver. Estarei verde, podre e acabado. Eles tomarão da padiola com nojo e atirarão meu corpo na vala comum.

Que foi que aconteceu? Esse rosto que há pouco se inclinou sobre o meu era o rosto dum morto ou dum vivo? Alguém esteve aqui dentro comigo ou tudo foi apenas um sonho? Quantas horas se passaram? Adormeci ou desmaiei?

Uma claridade forte me obriga a fechar os olhos. Sinto que me tiram da ambulância, que o sol me bate no rosto. Respiro ar mais fresco e puro. A ferida ainda dói sem cessar, se bem que de maneira menos aguda. Sinto-me fraco, devo ter perdido muito sangue e tenho na cabeça um enorme vácuo. Ouço alguém perguntar perto de mim:

— Como se sente?

Não sei que resto de feroz orgulho me faz responder numa voz que é apenas um sopro:

— Bem.

Abandonam-me na estação de Tarragona. Muita gente na plataforma: soldados e paisanos, mulheres, velhos e crianças. As caras me parecem lívidas e cansadas ao sol da tardinha; é como se todos tivessem perdido também muito sangue. Ao redor de mim vejo outras padiolas com feridos. A poucos passos de onde estou, um homem geme baixinho repetindo uma palavra que não consigo entender: tem a barba crescida, a pele esverdinhada e a cabeça está envolta em gaze suja e sanguinolenta. À minha esquerda um rapaz muito novo, com o gorro numa das mãos, espanta as moscas que lhe querem pousar no rosto. Parece que está com uma das pernas amputada. Talvez amanhã eu também esteja assim...

As pessoas se detêm para nos contemplar com um ar em que há muita piedade e uma sombra de repugnância. É-me desagradável ser objeto dessa piedade e dessa repulsa. Puxo o gorro sobre os olhos e procuro esquecer tudo quanto me cerca. Dói-me o corpo e ainda sinto muita sede. Apesar disso, não quero pedir água a nenhuma dessas criaturas que aí estão a nos olhar. O meu vizinho da direita continua a gemer e, erguendo um pouco o gorro, vejo que ele agora passa a ser alvo da atenção dos curiosos. Um homem se aproxima da padiola, ajoelha-se e diz-lhe algumas palavras. O bom samaritano! — penso, com sarcasmo, e ao mesmo tempo acho muito curioso que uma pessoa no meu estado de fraqueza ainda encontre forças para alimentar qualquer sentimento de ódio. Toda esta revolta vem do fato de me terem abandonado aqui sem nenhuma palavra.

Os minutos passam. Ouço duas badaladas, o apito de um trem. Por um momento todas as atenções se voltam para o outro lado da plataforma. Um comboio conduzindo tropas vai saindo da estação. Ouvem-se gritos, aclamações, cantos — vozes que vão enfraquecendo à medida que o trem se afasta.

Diviso um homem do posto de saúde.

— Olá!
O homem pára e me dirige um olhar indiferente.
— Que há?
— Ninguém nos atende?
Ele encolhe os ombros e diz simplesmente:
— Há milhares de feridos. Pensam vocês que são os únicos?
Volta-me as costas e eu lhe grito:
— Cachorro!
Mentalmente é um berro de revolta, mas na realidade a palavra sai num débil sonido.

O padioleiro se afasta e desaparece na multidão. Agora estou suando frio e o estômago começa a me doer vagamente. Lembro-me de que não como nada há oito horas. Aos poucos a estação vai ficando deserta. A meu lado o homem continua a gemer e o rapaz da perna amputada, com os braços caídos para fora da maca, parece agora dormir; as moscas passeiam-lhe livremente pelo rosto: seus lábios sorriem no sono.

Entardece. Sinto que minha febre sobe. Tenho a cabeça zonza. Uma mulher aproxima-se de mim, detém-se a meus pés e baixa os olhos para o meu rosto. Vejo-a através da névoa de minha fraqueza: é um rosto familiar. Ela se ajoelha a meu lado e leva-me à testa a sua mão fresca. Balbucio: Clarissa. Ela me sorri, sacudindo a cabeça, e com um lenço começa a enxugar o suor que me poreja a testa. Não compreendo nem quero compreender este milagre. Como foi que ela veio através do mar e da guerra, como foi que ela veio ter comigo? Agora as minhas feridas vão sarar e tudo estará bem. Suas mãos me acariciam os cabelos. "Água", murmuro. Ela me deixa por um instante e fico a lutar com os pensamentos confusos da febre. Tudo deve ter sido um sonho. Mas de novo ela volta, me soergue a cabeça, leva-me aos lábios um caneco, faz-me beber água fresca. Se esta dor passasse, seria o paraíso. Vozes, passos... Um homem se inclina sobre mim, brilha-lhe alguma coisa na mão. "Olá, doutor Seixas, fez boa viagem?" Creio que vou ser feliz de novo. Sinto algo gelado no braço; depois, uma picada. Doce, docemente, desce sobre mim uma benéfica sonolência, um manso esquecimento, a paz, a paz...

Quando torno a abrir os olhos, estou no trem de feridos que corre para Barcelona. Ouço gemidos. As luzes elétricas estão apagadas. Apenas as chamas frouxas e amarelentas de algumas lamparinas alumiam o interior do vagão. Anda no ar um cheiro ativo de água-da-guerra e iodofórmio, de mistura com o fartum de corpos suados. Só agora é que percebo que alguém me está segurando a mão. Volto a cabeça e vejo a meu lado uma mulher. Deve ser enfermeira — penso, tornando a fechar os olhos. Mas não sei que misteriosa intuição me leva a abri-los de novo. À luz mortiça esse rosto desconhecido tem uma beleza quase dolorosa. Dois olhos escuros e de ar insone estão postos em mim. Um lado do rosto se acha iluminado, o outro em sombra. A boca de grossos lábios está entreaberta. Suas mãos são quentes e macias. Ainda reluto um pouco antes de me entregar a este aconchego inesperado. A mulher não diz uma única palavra e eu tenho medo de fazer perguntas. O trem rola e trepida. Os feridos gemem. As chamas das lamparinas vacilam. Os minutos se escoam e, apesar do fragor das rodas do carro, eu posso sentir lá fora na noite o silêncio do campo e do mar. A desconhecida me põe sobre a testa uma compressa de água fria. Alguém murmura palavras que não consigo entender. Uma enfermeira se aproxima de mim e me dá uma injeção. Trazem-me um copo com leite, que bebo, enquanto a misteriosa companheira me segura a cabeça. O trem solta um apito longo e trêmulo como um choro de criança. E sempre a cadência das rodas, o cheiro enjoativo, os gemidos e os vultos silenciosos.

— Por que não acendem a luz? — pergunto.

A mulher me olha por um momento e depois responde:

— Os aviões.

Tem uma voz grave, meio rouca.

— É enfermeira?

— Não.

— Por que é que está aqui?

— Por sua causa.

— Mas nunca nos vimos...

— Não importa.

— Onde foi que me encontrou?

— Em Tarragona. Na estação.

Ainda não enxergo claro em tudo isto. A desconhecida tira a compressa, enxuga-me a testa com uma toalha e depois começa a passar a mão de leve pelos meus cabelos.

— Agora você vai dormir.

Fecho os olhos. A carícia continua. Dedos frescos me passeiam pelo rosto, leves, lentos, sedativos; chego a ouvir o seu rascar sobre a barba meio crescida.

— Como é o seu nome? — pergunto, sem abrir os olhos.

— Juana. Mas... durma, não fale mais.
Agora a minha rendição é incondicional. Um torpor me toma conta do corpo e do espírito. Juana... onde foi que eu ouvi esse nome? Talvez num sonho. As batidas das rodas do trem, duras, num ritmo de ferro. Não... Devem ser as pancadas musicais do destino. O destino... Marcus Silberstein... Juana... Tudo confuso, esfumado... Decerto foi morfina...

Guardo muitas recordações do hospital de Vallcarca, onde passei pouco mais de um mês. Para quem como eu vinha das trincheiras, aquilo era um paraíso. Camas limpas, enfermeiras eficientes e atenciosas, repouso, boa alimentação, a sonhada oportunidade de tomar bons, plenos e demorados banhos de chuveiro, com água limpa e sabonete perfumado, podendo, além do mais, vestir depois roupas duma brancura flamante.

Meu ferimento não teve complicações. A cicatrização se processou normalmente. Dentro de doze dias após a minha chegada ao hospital eu já andava pelos corredores e pelas áreas apoiado em muletas.

Uma noite, da sotéia do edifício, em companhia de outros convalescentes, assisto a um bombardeio aéreo. É uma traiçoeira noite de céu limpo e lua cheia. As luzes de Barcelona estão apagadas e a cidade, muito branca, parece um cemitério ao luar. Um ataque aéreo noturno é um espetáculo de trágica beleza. Tem uma qualidade pirotécnica e ornamental que chega a torná-lo fascinante. Não posso deixar de encará-lo do ângulo artístico e ao mesmo tempo me odeio por causa dessa atitude desumana. Troam os canhões antiaéreos e as balas traçam no ar sua trajetória luminosa. Os feixes de luz vermelha dos projetores cruzam-se no céu à procura das máquinas atacantes. Ouço o zunir das bombas que caem e, depois, as explosões, como relâmpagos que sobem dos telhados, das ruas, dos parques, dos pátios...

— Parece uma festa — murmura junto de mim um espanhol mirrado que perdeu ambos os braços em Teruel.

É um inferno colorido, um quadro fantasticamente animado. Dir-se-ia que nos estão proporcionando este espetáculo como uma espécie de prêmio aos nossos sacrifícios de sangue.

Depois que os aviões se retiram, faz-se um brusco silêncio dentro do qual aos poucos começamos a ouvir os prolongados gemidos das sirenas das ambulâncias que saem a recolher feridos ou dos carros dos bombeiros que correm a apagar incêndios. E Barcelona, branca e enorme, sangra e sofre ao luar.

Desço excitado para o dormitório. Os que não puderam subir fazem-me perguntas. Não sei contar-lhes nada. Estou aniquilado. Deito-me e fico a pensar na horripilante e dramática beleza da hora que nos tocou viver.

Perto da meia-noite começam a chegar as vítimas do bombardeio. O hospital está superlotado. Fico o resto da noite de olhos abertos, a ouvir o rumor de passos abafados, soluços, choro e gemidos.

Longas são as horas, e os pensamentos vêm e se vão, tornam a vir acompanhados de outros — são como pássaros que fazem pouso na minha imobilidade de árvore. Pela primeira vez em quatro meses encontro calma para me entregar a um exame de consciência. Chego à conclusão de que o Vasco Bruno que em fins de março entrou na Espanha pelo túnel de Cerbère não é o mesmo que aqui se acha estendido numa cama de hospital em Barcelona. Alguma mudança se operou dentro de mim. Nestes últimos meses tenho visto a vida no que ela tem de mais cru e brutal. No fim de contas, eu queria que acontecesse alguma coisa e minha vontade foi satisfeita. Conheci as muitas formas do medo e vi as diversas faces do horror. Convivi com homens cujos atos e palavras me decepcionaram ou surpreenderam, me deixaram intrigado, revoltado ou indiferente. Vi como eles se portaram diante da morte. Alguns me fizeram confissões, outros, pela fresta de uma palavra ou de um gesto, permitiram que eu lhes vislumbrasse territórios interiores. As surpresas que tive comigo mesmo não foram pequenas. Não sei que proveito tirar das duras lições que a vida me deu. Talvez seja ainda muito cedo para que essas experiências frutifiquem. Só sinto que estou diferente. Para melhor? Para pior? Mas pior ou melhor com relação a que padrão moral?

Nestas longas horas de hospital tomo e retomo as minhas lembranças e bem como um menino que brinca com esses cubos de madeira em cujas faces estão colados fragmentos simétricos dum quadro, procuro formar com minhas experiências um painel que tenha sentido revelador. Viro e reviro os blocos coloridos; tento as mais diversas combinações, fico alvoroçado, pensando que cheguei a algum resultado claro, para no fim verificar que tudo não passa duma caleidoscópica confusão sem pé nem cabeça. Desisto do jogo. Mas fico com a secreta esperança de que, com os elementos de que disponho, um dia ainda hei de resolver o problema.

* * *

Perdi Juana de vista na estação de Barcelona. Só torno a encontrá-la uma semana depois, quando ela me vem visitar no hospital. Vejo-a então pela primeira vez à luz do sol. Vai-se um pouco do mistério que a envolvia aquela noite no trem. À luz da lamparina não se viam as sardas que lhe pintalgam de leve o rosto, ao redor dos olhos, nem a pequena cicatriz que ela tem pouco abaixo da orelha esquerda. Mas, seja como for, gosto de sua beleza lânguida e um pouco fanada. E desse ar de resignada fadiga de quem muito viveu e sofreu e nada mais espera do mundo.

Quando Juana entra, a princípio não a reconheço, pois ela caminha para mim contra um fundo rútilo, a grande janela por onde jorra a luz do sol. É apenas um vulto sem fisionomia. O tapete abafa-lhe o ruído dos passos. Depois ela sai da zona de claridade intensa e fica parada ao pé da cama. Está vestida de preto e traz uma braçada de rosas vermelhas. Vejo-lhe a figura nitidamente contornada contra o branco esmaltado da parede. Juana é morena e seus olhos castanhos têm um lustro tristonho. Está sem chapéu: julgo ver-lhe nos cabelos negros vagos reflexos azulados. Ou tudo será obra de minha fantasia? Porque já começo a encará-la em termos de pintura. Fico a fazer-lhe o retrato, bem nessa postura. Desejo vivamente que este minuto se prolongue. É melhor que ela não fale, não se mova. Vamos fixar na tela esta imagem de humana e profunda beleza. Não só a desconhecida de preto, com uma braçada de rosas vermelhas, não apenas a mulher que se chama Juana e veio visitar um soldado ferido. É indispensável que o quadro sugira todo o mistério duma vida dolorosa, todo o silencioso drama dessa alma extraviada pela guerra — o gratuito milagre deste encontro que é belo porque é absurdo e não pode perdurar.

Mas o encanto se quebra. O modelo se move, a enfermeira toma das flores e vai colocá-las num vaso à minha cabeceira. Pouco depois Juana está a perguntar pela minha saúde e a me falar da vida de Barcelona, muito dura e triste, agora que os alimentos são racionados e a cidade vive sob a constante ameaça dos ataques aéreos.

Juana se oferece para me fazer a barba. Tem uma mão leve e eu cerro os olhos enquanto a gilete me desliza pelo rosto, produzindo um ruído crepitante e sonolento. Depois Juana me passa nas faces uma toalha umedecida, penteia-me os cabelos, afasta-se um pouco, mira-me com ar apreciador e por fim diz: "*Eso es*".

Ao sair beija-me a testa e promete voltar dois dias depois. Fico a sentir um ponto vivo e quente no lugar em que seus lábios pousaram. Não sei que pensar de tudo isso e o melhor mesmo talvez seja não pensar. As surpresas que a guerra me proporcionou de certo modo me prepararam o espírito para esta aventura.

Quem é Juana? Que terá visto em mim? Qualquer parecença com algum amigo querido que a morte levou?

Para o diabo a minha curiosidade! Sempre desejei um episódio assim. Um encontro fortuito de duas pessoas de sexo oposto que sentem repentinamente uma atração mútua. Aproximam-se, unem-se como se não tivessem passado e o tempo fizesse uma repentina parada no presente. Um mágico minuto roubado à eternidade. Nenhum compromisso. Nenhuma explicação.

De dois em dois dias Juana aparece. Traz-me revistas e jornais. Senta-se a meu lado, toma-me da mão e fala-me de assuntos cotidianamente triviais.

Pergunto-lhe duma feita se não acha que está perdendo o seu tempo comigo e ela responde que não tem mais nada a perder. Digo-lhe que provavelmente dentro de pouco mais de duas semanas terei de voltar para as trincheiras. Ela me contempla com ar absorto e por fim diz:

— Seja o que Deus quiser.

E como quem põe o assunto de lado para o esquecer definitivamente, começa a me ensaboar o rosto. Ficamos em silêncio por alguns minutos. E enquanto a lâmina vai e vem no meu rosto, fico a pensar no que será de minha vida depois que eu deixar o hospital.

Juana me lava o rosto, abotoa-me a camisa, passa-me o pente nos cabelos e murmura: "*Eso es*".

Inclina-se para me beijar a testa. Num ímpeto seguro-lhe os braços, puxo-a para mim e beijo-a nos lábios. Ela não oferece resistência nem dá o menor sinal de surpresa ou desagrado. Apanha o chapéu e, como sempre, diz *adiós* tranqüilamente e se vai.

De outras camas partem risadas maliciosas. A enfermeira que passa, e tudo viu, lança-me um olhar de censura. O ocupante da cama que fica à minha direita limita-se a sorrir com benevolência.

No salão em que me encontro, acham-se inúmeros soldados feridos em diversos setores da luta e alguns civis tombados por ocasião dos constantes bombardeios aéreos. Nossas noites nem sempre são tranqüilas. Ainda ontem morreu o rapaz louro que teve de amputar a perna: o coração estava fraco — o mísero não resistiu ao choque operatório.

Às vezes, quando não posso dormir, fico a ouvir queixas e gemidos ou então a conversa arrastada e confusa de alguém que fala dormindo. Um sargento que quebrou ambas as pernas às vezes berra ordens de comando na calada da noite. Há instantes em que o hospital mergulha numa quietude de mausoléu. Na meia-luz do salão passam os vultos das enfermeiras. Fico a olhar para a janela fronteira, através de cuja vidraça vejo o céu da noite varado de quando em quando pela luz vermelha dos holofotes das baterias antiaéreas.

O meu vizinho da esquerda é um homenzinho extraordinário. Terá quando muito um metro e cinqüenta de altura e pouco mais de sessenta anos. É desinquieto e impetuoso como um colegial de quinze. Esmagou os dedos de ambos os pés por ocasião dum desmoronamento num subúrbio de Barcelona e passa as horas a montar e a desmontar um velho relógio ou a mexer no mecanismo de uma pequena caixa de música. Chama-se Alfonso Navarro e é natural de Cádiz. Mora há vinte anos em Barcelona, onde exerce o ofício de relojoeiro. Tem uma grande paixão: a mecânica, e um grande ódio: *"los curas"*. É muito palrador, mas já notei que ele se diverte muito mais quando fala consigo mesmo; fica horas a resmungar coisas para *"sus adentros"*. Dir-se-ia que conversa com as molas e parafusos que fica a revirar nos dedos de pontas queimadas de ácido e cheias de pequenos talhos escuros. De quando em quando Alfonso puxa conversa comigo. Já me perguntou mais de uma vez onde nasci e por que razão me encontro aqui, e se ainda não sabe é porque quando lhe dou a resposta ele já se acha distraído, a resmungar para si mesmo. Magro, ossudo, encurvado, ali está o velhote sentado na cama, com os óculos de aro de metal acavalados na ponta do nariz. Tem um rosto miúdo, a boca muito rasgada e um queixo prognata que lhe dá um grande caráter à fisionomia. A barba de três dias branqueia híspida contra o moreno da pele rugosa.

Depois de algum tempo Alfonso Navarro me concede a graça de lhe chamar simplesmente Alfonsito, mas apesar disso continua a me tratar com uma hostilidade positivamente cômica. Parece ter ciúmes desta guerra, que, segundo ele, deve ser feita *"entre nosotros los españoles"*, sem a interferência de estrangeiros.

É anarco-sindicalista e no fundo, confessa, não acredita em nada. Queixa-se dos médicos, das enfermeiras, do hospital e da vida. Não é lamuriento nem assume ares de mártir; pelo contrário, mostra-se áspero e agressivo. Acha Alfonsito que todos os males do mundo vêm dum modo geral da idiotice irremediável do gênero humano e da malévola esperteza dos padres. Amaldiçoa Franco, que desencadeou a guerra, e odeia os italianos, cujos aviões lhe deitaram abaixo a casa, lhe mataram a filha, lhe destruíram a loja e lhe feriram os pés.

E o mais engraçado é que quando algum doente espirra, seja a que hora for, Alfonsito se julga na obrigação de gritar com sua voz rouca e mal-humorada, erguendo um pouco a cabeça:

— *Salud!*

14

Meu vizinho da direita, dom Miguel, é um homem tranqüilo e simpático, que passa as suas horas lendo os clássicos espanhóis. Tem uma bela cabeça, e sua longa cabeleira parece de torçal cor de prata, num agradável contraste com a pele requeimada. Conta-me que era professor num liceu e que foi ferido na rua por ocasião dum bombardeio aéreo. Chegou aqui uma semana depois de mim e passou os primeiros dias agoniado de dor. É um homem de grande energia, pois não lhe ouvi o menor gemido, a mais leve queixa. Continua a acreditar nos homens e na possibilidade de um mundo melhor. E quando, com sua voz grave e cansada, se põe a transformar sonhos e esperanças em palavras, Alfonsito se agita na cama e brada que antes de mais nada é preciso mandar fuzilar "*todos los malditos curas*". E como dom Miguel, sorrindo com tolerância, lhe replica que a violência não só é desagradável como improdutiva, o relojoeiro põe a funcionar a caixinha de música. Ouve-se um velho minueto ingênuo e melancólico que soa de maneira bem estranha nesta vasta sala branca.

— Aqui está! — exclama Alfonsito batendo na caixa. — Suas palavras são como esta musiquinha. Pura conversa para ninar crianças. Abaixo os padres! Viva Espanha!

E nestes compridos dias e às vezes nas intermináveis noites em que o sono se esquece de nos fazer a visita habitual, dom Miguel e eu ficamos a conversar sobre a vida e os homens.

A propósito dos clássicos, o velho professor me fala "nessa beleza das coisas antigas que resistiram à grande prova do tempo — beleza feita de equilíbrio, solidez e repouso, amálgama de sonhos, sofrimentos, paixão, sacrifício e fé".

Uma noite ele me pede que lhe conte alguma coisa do Brasil. Começo a falar com a alegria de quem descobre uma criatura que se interessa por algo que está próximo de nosso coração. Ao cabo de alguns instantes surpreendo-me a parlar com tal entusiasmo, que Alfonsito larga o trabalho que está fazendo e fica de braços cruzados, escutando. Conto-lhes dum país grande e belo, das alegrias duma terra de paz e boa vontade onde não há conflitos de raça e onde se joga a riqueza pela janela. Digo-lhes da índole dum povo que cultiva o espírito de gentileza e hospitalidade; dum povo que parece não ter a menor pressa ou ânsia de construir uma civilização mecânica. Falo-lhes no Rio de Janeiro, onde nascem as anedotas mais saborosas do mundo. E em breve estou como um pintor maluco a misturar as cores alucinadamente numa tela fantástica. Mas de repente calo-me, à beira duma revelação... É que de certo modo eu acabo de descobrir o Brasil para mim mesmo.

Alfonsito estende na minha direção um dedo acusador:

— Que é que está fazendo aqui? Não tinha na sua terra um relógio para consertar... um pedaço de terra para lavrar?

Olho para ele num silêncio embaraçado. Ouço a voz de dom Miguel.

— É realmente bastante estranhável que com tanta coisa a construir num país novo como o seu, você tenha vindo para cá ajudar esses pobres loucos a destruir a velha Espanha.

E mais tarde, ao falarmos na revolução de Franco, ele diz:

— A Espanha não passa duma cobaia... ou dum bode expiatório. O problema é mais profundo, mais complexo e largo. Não é apenas a luta do fascismo contra o comunismo. Não se iluda. Não há nada mais parecido com o comunismo do que o fascismo. E que é o fascismo senão um monstro construído pelo Frankenstein da plutocracia para fazer frente ao perigo soviético? Agora o monstro ganhou força e vida próprias e se ergue numa ameaça contra o próprio criador. Não pense que você deu o seu sangue como protesto contra a matança de mulheres e crianças. A questão não é tão simples assim, meu amigo; se fosse, os problemas da vida se resolveriam com a maior facilidade. Pense no que está por trás de tudo isso: interesses comerciais da City, o balanço das fábricas de armamento, a estabilidade de Stálin, Hitler e Mussolini no poder. É um emaranhamento dos diabos. E um jovem idealista atravessa o Atlântico, mete-se na Espanha, alista-se na Brigada Internacional e de carabina em punho sai a dar tiros, a matar e a correr o perigo de ser morto, convencido de que está vingando o massacre dos inocentes... Seria melhor que tivesse ficado na sua pátria tratando de evitar com todas as suas forças que ela seja vítima da mesma traição que feriu a Espanha.

Escuto-o num silêncio melancólico. E dom Miguel prossegue com a sua voz lenta e fatigada:

— Os homens complicaram muito a vida. Veja... Rádio, jornais sensacionalistas, televisão, aviões. Pressa, muita pressa. Vive-se depressa, morre-se depressa, come-se depressa, ama-se depressa. É como se quiséssemos chegar o quanto antes a um ponto determinado. No fim veremos que não há nenhum objetivo sério. E os homens, cansados e gastos, vítimas das máquinas e dos mitos que eles mesmos criaram, chegarão à certeza de que é preciso procurar outra coisa...

E como eu lhe pergunte de sua filosofia da vida, dom Miguel me responde com uma frase de frei Luís de Leon:

— A beleza da vida está em que cada um proceda de acordo com a sua natureza e o seu ofício.

E, antes de puxar a coberta para o queixo, preparando-se para dormir, ele me diz com voz sonhadora:

— Sabe o que eu faria se por um milagre pudesse ter de novo vinte anos? Voltava para a terra, para o convívio das coisas simples. O mal do nosso tempo é que os homens se afastaram demais da natureza.

Esta noite não consigo conciliar o sono. Meus pensamentos estão em tumulto. Entrego-me à saudade e ao desejo de voltar ao Brasil. E no silêncio do hospital, Clarissa vem conversar comigo...

Numa outra noite, quando tudo está silencioso, ouço pingar inesperadamente a melodia do velho minueto. Já sabemos que é a caixinha de música de Alfonsito. A enfermeira de plantão aproxima-se da cama do meu vizinho e num cochicho zangado repreende-o, ameaçando-o de lhe arrebatar para sempre "o brinquedo". Enroscado e quieto debaixo dos cobertores, o velho fica muito calado, como uma criança obediente. A música cessa. Mas continua na minha imaginação — agora é o *Für Elise* que o polaco toca com suas mãos enormes no piano da quinta invadida. Vejo os cadáveres no chão sangrento, e, sobre o fundo musical, desfilam-me na memória as negras imagens desta guerra. Apodera-se de mim o horror de voltar para a trincheira. Dum modo confuso penso nas obrigações de camaradagem que tenho para com Sebastian, García, De Nicola e os outros... Mas sinto agora, mais do que nunca, a saudade do Brasil. Sem a menor reação, com uma fraqueza e um torpor de convalescente, entrego-me à recordação de pessoas, paisagens e coisas de minha pátria. Elas me brotam na mente como estranhos cogumelos à umidade de minhas lágrimas interiores. Quem com mais freqüência está comigo é Clarissa. Tornamos a bater, de mãos dadas, as velhas estradas do passado, vamos revendo cenários amigos e para cada um deles temos um "tu te lembras?". E aqui deitado e de olhos cerrados vejo os vultos de Clarissa e Vasco a caminhar, muito juntos, por uma longa estrada que se perde no horizonte. À medida que se afastam vão ficando cada vez menores — são apenas dois pontos negros e minúsculos que esmaecem lenta e misteriosamente, dissolvendo-se no meu sono.

Morreu esta madrugada um rapaz de dezoito anos que foi ferido nos intestinos. Dois enfermeiros carregam-lhe o corpo numa padiola, coberto da cabeça aos pés por um lençol. Atravessam lentamente o salão.
— Lá vai o Perez... — murmura alguém.
Outra voz.
— Era uma criança...
Sentado na cama Alfonsito fica a acompanhar a padiola até vê-la desaparecer na porta, e depois vocifera:
— A morte é uma desavergonhada que depois de velha deu para andar metida com rapazinhos... Prostituta caduca!

Vinte dias depois de entrar no hospital estou em condições de andar sem o auxílio das muletas. Ensaio os primeiros passos em cima do trilho de linóleo. As articulações da perna esquerda estão ainda um pouco duras e ao caminhar claudico um pouco. O médico me assegura que dentro de menos duma quinzena estarei em condições de voltar para a frente.
Consigo licença para sair e o diretor do hospital me entrega algumas pesetas. Saio em companhia de Juana. Sou um homem novo e é natural que esteja alegre. Mas nas ruas centrais de Barcelona, no meio dos transeuntes que vão e vêm em todas as direções, dos veículos que

passam rodando, do ruído dos pregões e do buzinar dos automóveis — começo a ficar tonto.

A vida desta cidade parece correr normalmente. Dir-se-ia que a população já encara os bombardeios como parte da rotina cotidiana.

Tomamos um bonde que nos deixa na Plaza de Cataluña. É uma vasta e bela praça, ponto de ligação da cidade antiga com a nova. Ficamos a caminhar por entre os canteiros de relva verde e paramos um instante para olhar um chafariz, cujo repuxo o sol irisa. Tudo isto para mim está muito confuso. Deve ser a tontura da convalescença. Custa-me crer que estou em Barcelona, num dia de verão, ao lado duma mulher que entrou inesperadamente na minha vida e cujo passado ignoro de maneira absoluta.

Entramos no Paseo de Gracia, uma larga avenida com quatro fileiras de plátanos que termina num horizonte de montanhas.

Sugiro um cinema. Juana aceita a idéia e entramos no primeiro que se nos depara. Saímos na metade do filme, pois sentimo-nos ambos inquietos e meio enervados.

Ao entardecer estamos a andar pela Rambla de las Flores. A idéia de que dentro de duas semanas tenho de voltar para as trincheiras me enche duma angústia que a tristeza da hora acentua. Juana também está um pouco taciturna e procura esconder qualquer preocupação por trás dum muro feito de conversa fútil.

De repente ouvimos o som das sirenas de alarma, anunciando um ataque aéreo. Os alto-falantes berram ordens, recomendam aos civis que corram para os abrigos.

Juana e eu descemos para o refúgio mais próximo, o porão duma casa, e ficamos à espera. Dentro de alguns minutos as baterias antiaéreas rompem fogo.

O lugar em que nos encontramos, sombrio e fresco, está guarnecido de sacos de areia. Há aqui dentro outras pessoas. Uma rapariga que chora baixinho. Uma velha que desde o princípio está a rezar. Um jovem pálido que mastiga frenético um pau de fósforo. E um senhor de grossos bigodes que lê com calma um jornal à escassa luz do ambiente.

Ouvem-se as explosões das primeiras bombas. O homem do jornal nos assegura que elas estão caindo para as bandas do porto. De pé junto da parede do abrigo, o moço pálido murmura qualquer coisa que não consigo ouvir com clareza.

Passam-se os minutos. As explosões continuam, mais fortes e freqüentes. O fogo da artilharia redobra.

Estou cansado, estendo-me no chão. Por entre as frestas dos sacos passa um rato. A moça solta um grito histérico e o senhor de bigodes afirma que prefere enfrentar os ratos às bombas dos aviões.

O cheiro deste porão me evoca recordações que eu julgava perdidas. Lá em casa (e ao pensar nestas coisas sinto uma grande e esquisita doçura) no meu tempo de menino havia um porão a que atribuíamos grandes mistérios...

Juana está deitada a meu lado: vejo-lhe o rosto ansioso junto do meu.

— Assustada?
— Não. Só pensando...
— Em quê?
— Tu tens de voltar. *Lá* é pior...
— Nem sempre.
— Quando é que embarcas?
— Dentro de uns quinze dias, acho...

Uma pausa. O olho dum rato, arisco e assustado, lucilando num desvão escuro. O farfalhar do jornal que se dobra. O moço pálido boceja longamente. A senhora que está ajoelhada desfia as contas de seu rosário. Lá fora, os estrondos.

Sem que eu chegue a perceber claramente a mudança, faz-se silêncio na cidade. Passa-se um minuto, dois, cinco... Tornam a soar as sirenas. Os alto-falantes anunciam que o perigo passou.

O homem de bigodes dobra cuidadosamente o jornal e sai.

O moço pálido (quando leva a mão aos cabelos pode-se ver que seus dedos tremem) retira-se também. As duas mulheres são as últimas a deixar o abrigo: ouvimos-lhes os passos na escada de madeira, passos que morrem lá em cima nos últimos degraus. O ruído duma porta que se fecha.

Deixamo-nos ficar onde estamos. O silêncio aqui é tão grande, que eu julgo ouvir as batidas de nossos corações. Os seios de Juana sobem e descem. Num gesto instintivo minhas mãos os acariciam docemente. Juana não faz o menor movimento, mas seus olhos agora estão velados por uma bruma de desejo. É como se estivéssemos sós no mundo — únicos sobreviventes dum mortífero bombardeio. Mundo fantástico, estúpido, belo e incerto — este em que vivemos. Amanhã Juana e eu estaremos separados. Ela talvez esmagada sob as ruínas duma casa derribada pelos aviões. Meu corpo a apodrecer em alguma parte às margens do Ebro. Mas por ora nosso sangue corre tumultuoso, e os seios de Juana têm o palpitante calor da vida. Sim, estamos vivos! Esta idéia dá um novo ritmo a minhas carícias, que deixam de ser suaves para começarem a ser furiosas.

Nunca pensei que o corpo de Juana fosse tão branco nem tão desesperado o nosso desejo.

Quando subimos para a rua é noite e a lua brilha por entre os plátanos da Rambla de las Flores.

Minha última semana em Barcelona.

Juana e eu no pequeno quarto dum modesto hotel, na proximidade do cais. As nossas cálidas noites cortadas do gemido das sirenas de alarma e às vezes do fogo da artilharia. Gostamos de olhar o céu noturno varado pelos feixes luminosos dos holofotes.

Dificilmente hei de esquecer este pequeno quarto sombrio. O jarro de louça branco aninhado na grande bacia trincada, em cima do lavatório antigo. Uma cadeira de palhinha com o meu casaco estendido em seu respaldo. O papel desbotado da parede — cravos que já foram vermelhos —, o guarda-roupa com um desses espelhos ordinários que deformam as imagens refletidas, o bidê com prancha de mármore, a cama de ferro...

É estranho como as coisas acontecem. Aqui estamos nós dois e nada temos para oferecer um ao outro senão os nossos corpos e desejos. Somos uma ilha no espaço e no tempo — uma ilha quente, tempestuosa e efêmera.

Juana aos poucos me vai contando trechos de sua vida. Uma história vulgar. Seria mil vezes preferível que ela tivesse guardado o mistério. Mas é que passamos longas horas juntos e quando o desejo está saciado vem um período de extenuada calma propício às confidências.

Juana ainda não me perguntou se a amo. É melhor que nunca pergunte nada. O que sinto por ela é uma singular mistura de piedade e desejo. Sei que não tenho coragem de lhe mentir... e muito menos de lhe dizer a verdade.

As noites de Barcelona...

Muitas vezes desperto de madrugada em sobressalto. Juana dorme a meu lado e sua respiração é tranqüila. Fico a pensar nas trincheiras e — barro e muquiranas, sangue e suor, medo e miséria — toda a sordícia da guerra aos poucos me toma conta da memória.

Uma vez assisto insone da janela do quarto ao raiar de um dia. Um calafrio me viaja pelo corpo e eu começo a tiritar. O horizonte clareia aos poucos. Em muitas casas há luzes desmaiadas nas janelas. Olho na direção do cais. Vejo na claridade pálida da madrugada as extremidades dos mastros boiando na bruma cinzenta. Fico a pensar no Brasil... Talvez eu nunca mais torne a vê-lo.
Volto-me. Juana ainda dorme. Começo a me vestir vagarosamente com um negro presságio, como se esta fosse a madrugada de minha execução.

Despeço-me dos amigos no hospital, apanho o meu saco de roupas e me vou. Alfonsito faz funcionar a caixa de música e a melodia inocente do minueto me acompanha até a porta, como uma música de adeus.
Juana me espera na estação. Odeio as despedidas. Atrasei-me no caminho propositadamente para diminuir estes momentos de espera. Estamos frente a frente e Juana, duma palidez impressionante, parece ter algo a me dizer. Sinto isso desde ontem. É um pressentimento que não saberia explicar.
A estação regurgita de gente. Muito barulho. Passam troles com bagagens. Os soldados estão às janelas dos carros. Na plataforma mulheres velhas e moças choram desatadamente ou apenas sorriem por entre lágrimas.
Não tenho nada a dizer. Qualquer palavra aqui seria inútil e tola. Limito-me a olhar para Juana. Neste momento não tenho com relação a ela o menor desejo. Apenas piedade. Piedade dela, de mim, de toda a humanidade nesta hora doida. Há uma grande tristeza em quase todos estes rostos. Creio que ninguém mais acredita na vitória. As últimas notícias que vêm da frente do Ebro são desanimadoras. A ofensiva de Franco prossegue com violência.
Os lábios de Juana se descerram, mas ela continua calada, a boca entreaberta, os olhos a quererem dizer alguma coisa que não consigo entender. Olho o relógio. Partimos dentro de cinco minutos. Ouvem-se duas badaladas de sino. Juana estremece e de repente, num ímpeto, me envolve nos braços, encosta com força a cabeça no meu peito e começa a soluçar. Não encontro palavras de consolo ou despedida. Ao cabo de alguns instantes os soluços cessam.
— Não sei se devo te dizer... — balbuciou ela.

Cala-se, hesitante.

— Que é?

Mais três minutos e o trem estará em movimento.

— Vamos, Juana, diga o que é...

Ela meneia a cabeça, numa negação silenciosa. Seguro-a pelos ombros e sacudo-a de leve. Seus olhos estão falando, estão contando o segredo que os lábios recusam revelar. De repente, numa sensação de desfalecimento, uma idéia me ocorre. Talvez ela queira me dizer que está grávida. Impossível! Mas não... não é impossível. Em nosso estonteamento nunca pensamos na probabilidade de um filho. E agora quem tem medo de saber da verdade sou eu.

O sino torna a soar. O trem apita. Hesito à beira duma pergunta. Vejo no rosto de Juana o desespero que vem duma situação sem remédio. Abraçamo-nos em silêncio e depois, com o trem já em marcha, desprendo-me dela e salto para um vagão.

Volto a cabeça e ainda diviso por alguns segundos o vulto claro de Juana, que depois se some no meio da multidão.

E o segredo que ela não me disse vai aqui comigo, pesa-me no peito, assombra-me os pensamentos, confunde-se com esta sensação geral de desalento e incerteza.

15

Setembro. Estou de novo com o meu batalhão, agora na serra de Caballs. Dos antigos companheiros só encontro Sebastian Brown, García e o polaco. Ninguém sabe notícias certas de Green. Contam-me que De Nicola foi morto há menos de uma semana, com o peito rasgado por um estilhaço de obus.

Sinto-me deprimido e meio tonto. Este é o setor mais duro da frente do Ebro. Os bombardeios e os ataques de infantaria são repetidos, violentos e nossas baixas sobem a cifras assustadoras.

Quando pergunto a Carlos García que é que há de novo, ele me responde simplesmente que as pulgas e as muquiranas estão mais assanhadas do que nunca. Pede-me um cigarro. Dou-lhe o último que tenho no bolso. Tudo aqui tem estado muito difícil neste último mês. Come-se pouco, mal e irregularmente. As rações de vinho escasseiam e minguam e não se distribuem cigarros há mais de uma semana.

— Divertiu-se em Barcelona? — indaga ele sem me olhar.
Não sei que responder. Mas qualquer palavra serve, porque daqui a dois minutos é possível que ambos estejamos mortos.
— Muito — respondo.
— Temos roído um osso duro nesta posição.
E em voz baixa, olhando para os lados:
— Sabes que fuzilaram o americano?
— Green?
O chileno faz um sinal afirmativo com a cabeça.
— Voltou do hospital e parece que andou por aí convidando outros voluntários americanos para assinar um memorial ou coisa parecida ao cônsul dos Estados Unidos em Barcelona, pedindo para serem retirados da Brigada.
Custa-me acreditar em que Green tenha tido tal idéia.
— Mas você tem certeza disso?
García encolhe os ombros.
— Certeza? A única coisa certa neste inferno é que a qualquer hora *eles* estão em cima de nós outra vez. Não temos tempo nem de nos coçar.
Na noite mesma de minha chegada entro em combate. O inimigo nos ataca de rijo e nós resistimos com todas as forças. É uma fuzilaria desesperada. Prolonga-se com pequenos intervalos noite adentro. A madrugada nos encontra ainda em ação. Perdemos muitos homens. Ficam por aí atirados na lama, ninguém tem tempo nem paz para os enterrar.
O novo dia entra em relativa calma. Creio que os franquistas se reorganizam para um novo assalto. Não tenho ilusões: nossa posição é difícil e não podemos agüentar por muito tempo aqui.
Aproveitamos a pausa para enterrar os mortos. Sou destacado com outros camaradas para abrir sepulturas. O sol brilha. Estamos sem camisa e nossos torsos nus e úmidos de suor reluzem. Abrimos na terra covas compridas e largas, não muito profundas, e depois atiramos os cadáveres para dentro delas uns por cima dos outros. À claridade solar estes corpos apresentam um aspecto hediondo. Alguns estão mutilados. Caem nas atitudes mais grotescas. Um deles tem os dentes arreganhados num ríctus canino, os olhos desmesuradamente abertos. É um entrelaçamento de membros, uma promiscuidade nojentamente trágica, um quadro como eu nunca tinha imaginado. E ali ficam de mistura, hirtos e imóveis, sangrentos e repelentes — espanhóis, italianos, franceses, polacos, americanos, húngaros, ingleses... Dos sonhos

que tiveram, das coisas que pensaram, fizeram e disseram, só restam esses montões de carne fria e em processo de decomposição. Não estou comovido porque a náusea domina todas as outras sensações. E quando, com a pá, jogo terra sobre a cova, vêm-me à memória as palavras de dom Miguel: "... que cada um proceda de acordo com sua natureza e seu ofício". Sim, essa é a beleza da vida. No entanto não há nada mais contrário à minha natureza do que este lôbrego quadro, nenhum ofício mais diverso do meu do que esta torva tarefa de enterrar mortos.

Os homens suam. A terra caindo sobre os corpos produz um ruído surdo e fofo. Ainda as palavras de dom Miguel: "... voltaria para a terra, para o convívio das coisas simples". Sim, esta mesma terra que envolve os defuntos, esta mesma terra que as granadas rasgam é a terra boa e amiga que produz as árvores e os trigais.

A noite cai sem maiores acontecimentos. Creio que hoje podemos dormir. Trazem-nos uma sopa que sabe à água suja e alguns pedaços de pão duro. Não tenho fome. Quero dormir, dormir para esquecer. Talvez no sono eu consiga fugir para uma terra de paz e ar puro. Recuso-me obstinadamente a me entregar a esta escura realidade. Dentro de mim existe ainda uma luz de esperança. A beleza e a paz ainda não desapareceram do mundo. É preciso ter coragem — não apenas a coragem de lutar contra a morte, mas a lenta, paciente e obscura coragem de esperar, resistindo à desagregação moral. Tenho um desejo imenso de viver. E a vida para mim se concentra numa imagem — Clarissa. Por ela e pelo que ainda resta no meu íntimo de decência e bondade, é preciso mais do que nunca ter coragem.

Um sargento anda escolhendo homens para uma sortida. Trata-se de retomar num golpe fulminante e de surpresa uma posição inimiga. Vamos aproveitar a escuridão da noite. O sargento pára na minha frente e pergunta:

— Veterano?

Posso dizer-lhe que não, explicar-lhe que acabo de chegar do hospital e ainda não me readaptei à rotina dos combates. Mas não sei que estranho orgulho, que estúpido pudor me leva a dizer:

— Veterano.

Meia-noite. Estamos atravessando a terra de ninguém, caminhamos há já cinco minutos, descendo das nossas posições, e ainda não ouvimos nenhum disparo.

Vem agora a parte mais difícil da empresa. Trata-se de subir a encosta que leva à cota que queremos tomar. Vamos ganhando terreno lentamente, agachados e em silêncio. O mais dramático é que não sabemos com precisão onde está o inimigo. É um assalto cego. Compreendemos isso desde o primeiro instante, mas é inútil e perigoso tentar fazer a menor objeção aos comandantes. O remédio é prosseguir.

De súbito na treva relampagueia a fuzilaria, a uma centena de metros à nossa frente. As balas passam zunindo em torno de nós. A meu lado um homem cai gemendo. É uma loucura continuar o avanço. Mas Juarez, o nosso tenente, um sujeito calmo e tenaz, grita: "Adelante!". Rebentam granadas a pequena distância. Despedem um cheiro ativo e acre, que tonteia. Atiramos a esmo. Encontramo-nos desabrigados, à mercê do inimigo. Ao clarão das explosões, vejo os camaradas. Alguns tombam. Outros hesitam. Ouvem-se vozes desencontradas de comando. É a desordem. "Adelante!", continua a gritar o tenente. Mas reina o pânico entre os internacionais. Precipitam-se encosta abaixo numa debandada desordenada. O oficial tenta deter os mais próximos, ameaçando-os com a pistola automática. Não consegue. Cegos e alucinados, largando os fuzis, eles saem a rolar colina abaixo. A fuzilaria continua. As granadas explodem. Atiro-me ao chão e começo a rolar também pela encosta, resfolegando como um animal, a ouvir gritos de pavor ou de dor, o zunir das balas, o matraquear das metralhadoras. Chegando ao pé do outeiro, ergo-me e deito a correr através da terra de ninguém, rumo das nossas posições.

Ao clarear do dia vemos a extensão da nossa derrota. Dos cento e vinte homens que saíram para o assalto, só voltaram cinqüenta e oito. O ten. Juarez se acha entre os desaparecidos.

Há dois dias que estamos sob o fogo da artilharia inimiga. Eles atiram com uma grande precisão. Perdemos em nosso batalhão de dez a vinte homens por dia. Estamos metidos em tocas, e o nosso aspecto é lamentável. Não podemos deixar o abrigo, e a cada momento estamos sujeitos a ir pelos ares. Alguns dos camaradas jogam cartas. Eu me deixo ficar a um canto entregue a meus pensamentos.

Olho para os rostos dos companheiros. Estão serenos e resignados. Muitos ainda acreditam na vitória. Quando entraram nisto estavam resolvidos a não voltar. Para eles a vida pouco vale e a morte tanto pode chegar-lhes hoje como daqui a vinte anos, é-lhes completamente indiferente. São bravos e fortes e ao vê-los sinto obrigações de solidariedade para com eles. Venha o que vier, é preciso ter coragem e lutar. E é por isso que às vezes chego a ter pudor até do simples desejo de ir embora.

Cessa o bombardeio. Saímos. O quadro é desolador. Casamatas destruídas, árvores arrancadas do chão, cadáveres de homens e animais. Esta confusão de destroços sangrentos e enlameados oferece um aspecto repugnante. Temos de fazer as nossas refeições aqui junto destas carnes decompostas que ninguém mais pensa em sepultar.

No dia 6 de setembro pela manhã recomeça o fogo de artilharia com uma violência enorme. Um oficial nos assegura que os tiros vêm numa cadência de seis mil por hora contra uma frente de um quilômetro.

Achamo-nos de novo enfurnados. Todas as trincheiras estão sendo duramente batidas pelos obuses. As comunicações telefônicas, cortadas. Impossível a remoção dos feridos para a retaguarda.

De súbito calam-se os canhões e temos de correr ao parapeito para repelir um ataque das tropas mouras. Elas se aproximam muito das nossas trincheiras, mas são repelidas depois de meia hora de luta. Estamos cobertos de terra e exaustos.

Nesta mesma tarde assistimos a um combate entre aviões italianos e espanhóis por cima de nossas cabeças. São alguns minutos de emoção. Ouvimos o ra-ta-tá das metralhadoras e ficamos a olhar as doidas evoluções dos aparelhos. Um dos italianos se precipita, incendiado, e vai cair para além das linhas inimigas. A luta prossegue. Os aviões republicanos, em inferioridade numérica, põem-se em fuga ao cabo de algum tempo. Vemos um deles subir a grande altura com a cauda em chamas. De repente destaca-se um ponto escuro do corpo do aparelho. O aviador. Vemos o vulto precipitar-se para baixo. Não abriu o pára-quedas. Está perdido... Mas de súbito, a poucas centenas de metros do solo, o pára-quedas se abre e o piloto desce serenamente. Começamos a gritar. O vento impele o pára-quedista para o lado das forças de Franco. São minutos de ansiedade. O aviador está a cem metros do solo, talvez se salve... Das trincheiras inimigas rompe a fuzilaria. As metralhadoras alvejam o pára-quedista, que cai perto de nossas posições crivado de balas.

Acordo no meio da noite com a impressão de que estou sendo vítima duma alucinação auditiva. Chega-me aos ouvidos a melodia do *Bolero* de Ravel. Impossível... Esfrego os olhos, ergo-me ainda sonolento e começo a procurar... Não há dúvida. Anda uma música no ar. Levanto-me. Perto de mim outros camaradas dormem. Vejo luz numa das casamatas. É de lá que vem a melodia. Aproximo-me dela. Da entrada vejo quatro soldados sentados ao redor duma mesa, em cima da qual está a funcionar um gramofone portátil. Os homens escutam em silêncio. E aqui fico eu como que parado na fronteira de dois mundos: o abrigo cheio de sons musicais e a grande noite povoada de destroços e cadáveres. O *Bolero* soa tragicamente. Ele agora como que se associa à nossa vida de imundície e pavor, fica para sempre manchado de sangue, lama e aflição. A melodia segue num crescendo enervante, e seu ritmo tem uma beleza pressaga.

O disco termina. No silêncio ouço o chiar da agulha a passar pelas estrias sem música. Convidam-me para entrar.

— De onde saiu isso? — pergunto, apontando para o gramofone.

— O Gambini, que voltou anteontem do hospital, encontrou essa coisa numa casa abandonada — explica-me um dos homens. — Tinha só esse disco.

— Por desgraça — observa outro. — Eu preferia que fosse qualquer ária pelo Schipa.

— O Schipa é um carneiro. Tenor másculo é o Martinelli.

— Que Martinelli! Não seja idiota.

A discussão se acalora. Um dos soldados põe o gramofone a funcionar. Outra vez o *Bolero*.

No dia seguinte pela manhã torno a ouvir a mesma melodia. Uma, duas, três, cinco vezes seguidas. As agulhas se gastam. O gramofone está rouco.

Novo bombardeio. Corremos para as casamatas. E no meio das explosões ouço trechos da música de Ravel — serena no meio do caos, recusando-se com feroz orgulho a seguir o ritmo irregular dos estrondos.

Está ainda a rouquejar dentro do abrigo, parece um desafio, um protesto dos homens enfurnados contra a fúria dos canhões. E depois que o canhoneio termina, ouvimos ainda o *Bolero*, cada vez mais áspero e obstinado. E a seu ritmo os feridos sofrem, gemem e morrem.

Um catalão cujos nervos os constantes bombardeios abalaram, precipita-se para dentro da casamata, investe furioso contra o fonógrafo, agarra o disco e parte-o em cacos.

Mas o *Bolero* continua a soar na minha cabeça, nos meus nervos.

* * *

Nos dias que se seguem a nossa situação piora. Os ataques das tropas mouras se tornam mais freqüentes e impetuosos. Estamos há vinte e quatro horas sem comer. O inimigo se precipita contra nós em cargas cerradas. Nossos fuzis e metralhadoras despejam fogo e, morrendo como moscas, os mouros avançam, chegam a uma centena de metros de nossas trincheiras, surgindo de todos os pontos, tão numerosos e decididos que fatalmente acabarão por nos desalojar.

Vejo tombar meus companheiros. Alguns dão mostras de indecisão e enfraquecimento. Um oficial percorre a linha animando-os. Um comissário político, espanhol retaco de olhos selvagens, começa a cantar uma canção talvez improvisada no momento e da qual me ficam apenas estas palavras: "*No me muevo de aquí, no me muevo de aquí...*". E não se move mesmo. Uma bala na testa derruba-o no mesmo lugar, de onde só o retiram, morto, ao anoitecer, quando o tiroteio cessa e os mouros, mais uma vez repelidos, voltam às suas posições.

Com lanternas de luz azul saímos a recolher os feridos. Passamos de largo pelos cadáveres, alguns dos quais estão aí atirados desde ontem. Ouvimos gemidos. E de poucos em poucos passos, à luz da minha lanterna, surge um quadro de horror. Sangue e pulgas. Ratos e carnes dilaceradas. E por mais que eu me esforce não consigo afastar da memória a melodia do *Bolero*.

Só temos descanso pouco depois da meia-noite. Vemos luzes nas trincheiras franquistas. Olho através do parapeito para a extensão de terra que nos separa do inimigo. Tudo escuro. Uma escuridão povoada de horrores.

O tempo passa. As estrelas brilham. Os cadáveres apodrecem.

Nossa companhia recebe ordem para ir ocupar uma das posições mais perigosas deste setor. É um lugar relativamente baixo, cercado de morros mais altos e por conseguinte muito exposto ao fogo do inimigo. Chamam-lhe "la cota del infierno". Nenhuma companhia consegue manter-se ali por muito tempo.

Ao chegarmos à nova posição, depois de penosa travessia em que perdemos muitos homens, tratamos de melhorar as trincheiras e os abrigos.

Passam-se inexplicavelmente dois dias sem que sejamos atacados uma única vez. Achamo-nos tão próximos do inimigo que quando a noite é silenciosa podemos ouvir as vozes que vêm do outro lado. Chegam a nossos ouvidos pedaços de canções italianas. Em breve começa um curioso duelo de palavras.

— Viva Franco! — berra alguém.
— Viva a República! — retruca um dos nossos homens.

São vozes que partem da sombra. Em breve começam os palavrões, e as mães dos guerreiros são imediatamente envolvidas na questão.

— *Rojillos del infierno, teneis las piernas listas para correr?*
— *Correremos tras de vosotros, mercenarios del diablo!*

Um internacional muito vermelho infla o peito e berra, de olhos esbugalhados e chispantes de ódio:

— *Ti spaccherei il cuore con un pugnale unto d'aglio!*
— *Figlio duna troia!*
— *Scellerati!*

E o duelo se prolonga noite adentro. É singular como até mesmo nestas circunstâncias as simples palavras têm ainda força contundente. Um dos meus camaradas, um siciliano barbudo, fica espumando de raiva quando alguém lá do outro lado põe em dúvida a sua heterossexualidade. Tenho a impressão de que ele vai saltar o parapeito e precipitar-se encosta abaixo para ir partir o coração do inimigo com um punhal untado de alho.

Às sete da manhã do terceiro dia o ar é de súbito rasgado pelo atroar dos canhões. Um ronco medonho que nos apanha ainda meio estremunhados. As granadas passam sibilando por cima de nossas posições e vão rebentar na retaguarda. A cada minuto que passa o bombardeio cresce em intensidade. Corremos para os abrigos. Começam as explosões na cota. Estou completamente zonzo. Nada mais podemos fazer senão esperar. Começam a cair granadas incendiárias sobre o bosque que fica à direita do lugar em que nos encontramos. Cada obus que explode levanta uma nuvem de poeira. O ar está escuro. Uma de nossas casamatas acaba de ser completamente destruída. Ouço gemidos e pragas no meio das explosões. Creio que desta vez é o fim.

Estranho... Não sinto o menor medo. O destino me bate de novo à porta. É inútil lutar contra ele. Baixo a cabeça dolorida e espero.

Onze horas. O bombardeio continua. Sebastian Brown morre aos poucos dentro da casamata, com o tórax crivado de estilhaços de granada. Nada podemos fazer. O posto médico fica longe e não podemos sair.

O negro está deitado no chão, os olhos parados, fitos no meu rosto, e seu pulso vai ficando cada vez mais fraco. Parece querer dizer-me alguma coisa, move os lábios, mas da boca lhe sai apenas sangue. A pressão de seus dedos na minha mão aos poucos afrouxa. Estamos todos em silêncio com os olhos postos no moribundo. Fora, a trovoada continua.

Para Sebastian Brown terminou a guerra. Seus olhos parados, vidrados e vazios ainda estão fitos nos meus. Mas já não querem falar. O morto tem um aspecto quase hostil, é como se fosse um novo inimigo. Cruzo-lhe as mãos sobre o peito ensangüentado.

Logo que o bombardeio cessa, o silêncio súbito chega a ser doloroso. Deixamos a casamata e corremos para o parapeito. O comandante aparece e começa a gritar ordens. Estamos terrivelmente dizimados. A infantaria moura começa um ataque pelo flanco esquerdo: centenas de soldados se precipitam contra nós. É um encontro desigual. O tenente ordena a retirada. Mas tentar a travessia da zona batida pela artilharia é quase um suicídio. Há um momento de indecisão.

Nossos homens atiram ao chão bornais e mochilas e precipitam-se encosta abaixo, levando na mão apenas o fuzil. Outros despojam-se de tudo quanto lhes possa embaraçar a fuga e deitam a correr alucinados.

Aproximo-me do parapeito. Os mouros se encontram a menos de uma centena de metros da cota. Não há tempo para pensar. Sinto-me repentinamente tomado por uma doida esperança, que me dá uma impetuosidade diabólica. Lanço-me morro abaixo e saio a rolar cegamente por entre pedras e arbustos. Vejo de modo obscuro os outros internacionais que correm e viram cambalhotas em torno de mim. Ao cabo de uns dez minutos começo a ouvir o sibilar das balas que se cravam no chão a meu lado ou penetram no corpo dos fugitivos.

Arde-me a garganta, tenho as mãos esfoladas, os olhos turvos, as roupas rasgadas. Mas continuo a rolar, arquejando, suando, gemendo, desejando mais do que nunca viver, viver, viver!

E com a respiração rouca e cansada de fera perseguida, chego a um ângulo morto e detenho-me para descansar um instante. Olho e estremeço. Os obuses continuam a explodir na minha frente. Enchem o ar de clarões, estilhaços e nuvens de fumaça e poeira. Se eu conseguir atravessar essa zona com vida, estou salvo. Acho-me a uns seiscentos metros de nossas linhas.

Vejo o chão juncado de cadáveres mutilados. As árvores saltam ou se quebram, partidas pela metralha. Abrem-se grandes buracos no solo. A poeira cai sobre mim, entra-me nos olhos, nos ouvidos, no nariz. Meu coração pula dentro do peito. Tenho a impressão de que as veias do pescoço vão rebentar.

Por entre o fumo e o pó avisto, descendo uma encosta, longe, três carros blindados inimigos que se dirigem para as nossas trincheiras despejando fogo. Se espero mais um minuto, fico com o caminho cortado e tudo estará perdido.

Na cegueira do desespero deito a correr. Algumas centenas de metros mais adiante, atiro-me ao chão. Uma explosão e uma nuvem de poeira que me encobre. Nova corrida, desta vez mais curta. Torno a me lançar ao solo. Estou com a cara metida na terra, a boca aberta a babujar o pó... O simples respirar me chega a ser doloroso. Tenho a sensação de que meu corpo se vai desmanchar dum momento para outro, a começar pelo crânio, cujas paredes parecem fendidas, abaladas, prestes a se desfazerem em cacos. A poeira me sufoca. O cheiro de pólvora e enxofre me atordoa. Tenho vontade de gritar. Grito, mas não ouço minha própria voz e com o esforço que faço dói-me o tórax, a cabeça, a garganta, os dentes.

Mas eu quero viver... Tomando novo alento ponho-me de pé. Dou alguns passos. Um obus explode no ar por cima de minha cabeça. Tenho consciência apenas dum clarão vermelho e cegante. Depois perco a noção de tudo.

Quando torno a recobrar os sentidos estou deitado no fundo dum valo. O bombardeio continua. Sinto uma dor dilacerante na perna direita e quando vou respirar tenho a sensação de que mãos poderosas me comprimem o tórax. A respiração me é irregular e difícil. Sinto na boca um líquido quente e de estranho sabor. Levo os dedos aos lábios e tiro-os manchados de sangue.

Aos poucos, vencendo a tontura, vou compreendendo a situação. Fui atingido por um estilhaço de obus. Mas é singular... A dor é na perna e no entanto me vem sangue à boca e minha respiração é penosa. De súbito, num susto, eu concluo: estou ferido no pulmão. Começo a apalpar o peito num frenesi e encontro finalmente do lado esquerdo, entre duas costelas, um pequeno orifício do tamanho dum grão de milho. A perna continua a doer intensamente e as calças, pouco acima do tornozelo, acham-se manchadas de vermelho. Meus olhos se turvam, o sangue me escorre das feridas, as forças me faltam, estou cego, fraco, muito fraco...

16

Outubro. Encontro-me recolhido a um hospital em Mataró, nas proximidades de Barcelona. Só fui atendido convenientemente vinte horas depois de cair ferido, e a viagem de trem do Ebro até aqui foi longa, lenta e penosa. Apesar de todos os sofrimentos estou contente, porque escapei com vida e tenho esperanças de sarar. Quem me operou foi o dr. Andrew Martin, um canadense baixo e magro, de rosto comprido e rosado. Seu nariz em sela, comprido e afilado, o lustro de suas faces bem escanhoadas e da calva oval; o frio azul de seus olhos, o aspecto asséptico e os movimentos rápidos e decididos — tudo isso me leva a compará-lo a um bisturi. Mas a um bisturi não de todo destituído de uma discreta dose de ternura humana.

Sinto-me bem quando ele aparece. Não é propriamente desses médicos de presença sedativa e ares paternais, que sabem nos bater no ombro no momento preciso e dizer justamente as coisas que desejamos ouvir. Mas, por outro lado, não se pode dizer que sua atitude diante dos doentes seja fria e puramente técnica.

Fazemos boa camaradagem e aos poucos, à medida que vou melhorando, ele transfere o seu interesse por mim do terreno médico para o humano. Até havia pouco eu era para ele apenas um empiema. Agora já perguntou onde nasci e ficou muito espantado por saber que sou brasileiro.

— Quanto tempo tenho de ficar de cama, doutor? — pergunto-lhe um dia.

O homem tira os óculos, limpa-lhes as lentes com um lenço de seda, fita em mim os olhos claros e pergunta:

— Tem muita pressa em voltar para a frente?

Sorrio e respondo sem titubear:

— O senhor é capaz de guardar um grande segredo?

— Claro que sou.

— Pois então escute... Não tenho nenhuma vontade de sair daqui.

O dr. Martin torna a pôr os óculos e me assegura, num ar de conspiração, que os ferimentos, seja como for, me pregarão à cama pelo menos por três meses.

Minha primeira quinzena aqui foi negra. Nos pesadelos da febre eu me via jogado vivo para dentro da vala comum, sentia o contato frio, viscoso e pútrido dos cadáveres, cujo sangue me entrava pela boca e pelas narinas, sufocando-me. Dum modo confuso eu era o coveiro de mim mesmo, eu me via enterrando e enterrado. Mãos escuras cobertas duma lama avermelhada me surgiam diante dos olhos e os canhões martelavam-me as paredes do crânio.

Minhas noites não tinham mais fim. E às vezes — dormindo, acordado ou em madorna? — eu tinha a impressão de sentir de novo as emanações fétidas e adocicadas dos cadáveres apodrecidos. Era como se esse cheiro nunca mais me fosse sair das narinas.

Em delírio via feições familiares, amigos do Brasil, camaradas da trincheira. Depois já eram seres horrendos e eu vivia a me agitar num país de pesadelo, num mundo sem lógica e em contínuas mutações fantásticas. Às vezes confundia as enfermeiras com os monstros de meu delírio e tinha-lhes pavor. Uma noite me ergui da cama ardendo em febre e dei alguns passos cegos pela sala. A enfermeira de plantão a muito custo me fez voltar para a cama. Quando a febre baixou, ela me contou a história. Eu não me lembrava de nada.

As noites do hospital de Mataró são longas e quase quietas, agora que os monstros desertaram meu sono. Fico a relembrar com mórbida volúpia justamente as coisas que mais desejo esquecer.

O tumulto interior ainda não cessou. É preciso que desça para o chão a poeira que as explosões levantaram para que o ar se torne outra vez límpido e eu possa ver o azul do céu. No céu está a minha alma. Penso que sempre lá esteve nos momentos em que o corpo refocilava na lama das trincheiras. É para o céu que sempre olham os que se julgam perdidos, os que querem fugir, os que se atolam na miséria. É no céu que mora a esperança.

Essa é a única indicação que tenho da existência de Deus. Mas quantas coisas vi que são a negação d'Ele?

Pelo dreno se vai o pus do empiema. Assim se fosse com ele toda a amargura que tenho dentro de mim. Torno a retomar os cubos coloridos das minhas experiências e tento de novo formar o quadro. Nestas lentas horas de hospital meus pensamentos correm como um rio preguiçoso sob um sol de marasmo. Sinto-me prisioneiro da cama e dum punhado de memórias. Não há fuga possível. Muitas vezes ouço em pensamento a voz estrídula de Alfonsito ou as palavras graves e cansadas de dom Miguel.

Atravessei o oceano para vir ao encontro justamente das coisas que mais odeio. Não posso culpar ninguém do que me aconteceu. Quando eu vivia no Brasil a minha vida de sonhos insatisfeitos, comparava-me ao peru que, segundo se diz, metido no centro dum círculo traçado a giz no chão, se julga irremediavelmente prisioneiro dele. Um dia achei que devia correr para a liberdade, saltando o risco de giz. Cortei as amarras que me prendiam a todas as convenções sociais e a esse manso comodismo dos hábitos. Dei o salto... E agora, moendo e remoendo experiências recentes, comparando-as com as antigas, chego à conclusão de que a vida não passa duma série numerosa de círculos de giz concêntricos. A gente salta por cima de um apenas para verificar depois que está prisioneiro de outro e assim por diante. É a condição humana.

Os curativos são dolorosos, mas até a eles me vou habituando. A alegria de estar vivo e longe da frente de batalha compensa as tristezas e dores que porventura insistam em se alojar no meu corpo.

Já estou em condições de ler. Peço livros da biblioteca do hospital. Encho agora as horas com novelas policiais, mas estou particularmente ansioso para ler qualquer história em torno dum homem que viva próximo da terra e das coisas simples e tranqüilas.

Trazem-me também jornais. Creio que eles escondem a verdadeira situação das tropas governistas. O dr. Martin me assegura que a causa do governo está quase perdida. As tropas de Franco avançam. Dentro de poucos meses estarão em Madri. Os jornais falam também que o governo dentro de poucos dias vai retirar os combatentes da Brigada Internacional. Alegra-me a idéia de que ao me erguer da cama possa sair da Espanha.

À medida que vou melhorando, mais aguda se faz a minha saudade da pátria. Sonho freqüentemente que voltei. E a noite passada estive em Jacarecanga com velhos amigos da meninice. Mas a imagem pálida de Axel atravessou estranhamente o meu sonho.

Às vezes o dr. Martin vem sentar-se junto de minha cama e ficamos a conversar por algum tempo. Falamos um dia em Deus e o canadense me diz:

— De certo modo Deus existe. O erro é pensarmos que Ele tenha de ser necessariamente bondoso e justo. Deus está acima do bem e do mal. Aliás *bem* e *mal* são idéias que existem apenas no tempo. No plano da eternidade elas se dissolvem como um grão de sal no oceano... com o perdão da pobreza da imagem.

— E que vem a ser a Eternidade?

— Não pergunte isso a um homem finito. A eternidade talvez seja simplesmente uma idéia na mente de Deus.

— E Deus?

— Uma projeção do nosso medo da morte e de nosso anseio de eternidade.

— Círculo vicioso.

— Que outra coisa é a vida senão essa eterna ronda? Andamos a girar em torno dos mesmos apetites, hábitos e preocupações, desde o primeiro até o último momento.

— Filosofando, hem, doutor?

— Que remédio, se aqui não posso jogar o meu golfe?

Doutra feita lhe conto a minha história e as minhas dúvidas e descobertas diante da vida. O dr. Martin escuta em silêncio, olhando para a parede e não para mim; e quando me calo, ele simplesmente tira os óculos e começa a limpá-los com o lenço, a testa franzida e o olhar vago.

— Enfim — pergunto —, qual a conduta a seguir na vida?

Ele franze os lábios antes de responder.

— Eu sempre sigo o meu nariz.

Sorrio e o dr. Andrew Martin me olha com um ar de cômica desconfiança.

— Eu sei o que você está insinuando com esse sorriso. Nariz é coisa que não me falta...

Bota os óculos, mete-me um termômetro na boca e prossegue:

— Pois eu sigo as minhas inclinações. Faço o que gosto. A cirurgia é o meu *hobby*, o meu passatempo e o meu ofício.

Fica um instante em silêncio, apanha o termômetro, examina-o e diz:

— Nada de febre. Vai tudo bem. — E quase sem mudar de voz: — Não tenho ambições desmedidas nem sonhos irrealizáveis. Nas horas vagas gosto de ler bons livros e ouvir música.

— Beethoven? — arrisco.

— Sim, mas principalmente Mozart, que ajuda a repousar e nos proporciona um prazer musical quimicamente puro. Beethoven está saturado de sofrimento e de intenções demasiado humanas. Não nos oferece a menor possibilidade de fuga... Ah... e por falar em fuga, Bach também é o meu homem. E a propósito, a perna tem doído?

— Um pouco... não muito — respondo, sem saber que conexão possa haver entre minha perna ferida e Johann Sebastian Bach.

O dr. Martin se ergue para sair, mas eu o detenho com uma pergunta:

— E... a respeito de sexo?

O médico me lança um olhar oblíquo.

— Padre confessor?

— Bom, se não quiser responder...

— Não tenho nenhuma superstição nesse assunto. Ouça lá. Mesmo *nisso* eu sigo as minhas inclinações, evitando que elas entrem em conflito com as inclinações alheias.

— E por que deixa de segui-las quando elas podem ferir o próximo? Não será o sentimento de *bem* e de *mal*, a velha idéia do pecado?

O dr. Martin fica por alguns segundos de testa franzida e olhos perdidos.

— No fundo pode ser... Tive uma educação religiosa. Meu pai era pastor protestante. Em minha casa lia-se obrigatoriamente a Bíblia e falava-se muito em céu, inferno, castigo e recompensa. Essas idéias me impregnaram a consciência. Quando mais tarde com o auxílio das leituras, da experiência e da malícia eu procurei esvaziar o espírito desse conteúdo medieval, foi para verificar no fim que ficava nele alguma coisa que já pertencia à minha natureza, e que dificilmente ou nunca desapareceria de todo...

— Mas, de um modo prático, qual é o seu conceito de *bem* e de *mal*?

— Mal para mim é tudo quanto fere o meu sentimento de beleza e harmonia. Bem é tudo quanto me satisfaz esse mesmo sentimento. Está claro?

— Quase.

— Que é que falta ainda?

— Diga-me uma coisa. O senhor ama os seus semelhantes?

— Alguns.

— E quanto à humanidade dum modo geral?

O dr. Martin encolhe os ombros ossudos.

— O homem nem sempre é mau. A humanidade quase sempre o é.

Faço nova investida.

— Mas o seu amor pela cirurgia é de caráter puramente técnico e recreativo ou tem alguma relação com o desejo de ser útil e de praticar o bem?

— É claro que tem relação com o desejo de ser útil, porque no fim de contas todos nós estamos dentro do mesmo barco e a idéia de que salvamos uma vida é grata ao meu sentimento de beleza e harmonia.

— Mesmo quando salva uma criatura para devolvê-la a uma vida de miséria e sofrimento?

O doutor faz uma careta.

— Meu caro, eu parto do princípio segundo o qual todos os homens amam a vida e tudo fazem para sobreviver.

Tenho outra pergunta a fazer ao dr. Martin, mas ele corta a palestra com um gesto.

— E por falar em próximo, lembro-me de que, enquanto estou aqui a conversar fiado, os outros doentes estão me esperando. Até à vista!

Reatamos a palestra na manhã seguinte quando ele passa na sua visita habitual. Depois das perguntas de costume, do exame da papeleta com o gráfico da febre, lanço-lhe a pergunta:

— Mas enfim, doutor, qual é a solução para esta velha humanidade doída?

O dr. Martin sorri e me olha intensamente. — Esteve ruminando a nossa conversa de ontem?

Larga a papeleta e senta-se na beira da cama.

— Solução? — repete ele. — Tolice! Um par de sapatos único para todos os pés? Absurdo. O que pode haver é uma solução para cada indivíduo de acordo com as suas glândulas, o ambiente em que vive, as suas possibilidades econômicas e espirituais...

— Para o doutor Martin, a cirurgia, os bons livros e Mozart.

— Isso dum modo grosso. Há ainda uma série interminável de detalhes que muitas vezes deitam a perder as nossas inclinações fundamentais. Tudo depende de termos a coragem de sacrificar os pequenos desejos em benefício dos grandes.

— De sorte que o homem que segue o seu nariz mais tarde ou mais cedo encontra o seu rumo...

— Claro. Não vejo razão para que você renuncie aos seus ideais de beleza, à sua pintura e ao seu Beethoven.

Tenho o pudor dos gestos dramáticos, odeio as efusões sentimentais. Faz muito que desejo dizer alguma coisa realmente importante ao dr. Martin, mas não encontro jeito. Hoje chego a ela por um caminho indireto.

— Estou pensando numa história muito engraçada, doutor... — digo-lhe.

Andrew Martin acha-se parado ao lado de minha cama.

— Vamos lá. Ponha isso para fora...

— Contaram-me que o senhor andava na linha de fogo, no meio da fuzilaria, ajudando a recolher os feridos...

Faço uma pausa.

— E que tem isso? — resmunga o médico.

— Disseram-me mais uma coisa... Os padioleiros que me recolheram, num certo momento ficaram tomados de pavor e quiseram me abandonar no campo... e o senhor, de revólver em punho, obrigou-os a continuar....

— E que tem isso? — repete ele quase hostil.

— É que parece uma ação um pouco diferente da sua filosofia...

— Não vejo diferença nenhuma. Mesmo nesse momento segui o meu nariz.

— Grande nariz, bravo nariz. Não me esquecerei nunca que a ele devo a minha vida.

O dr. Martin suspira baixinho, com ar contrariado, e quando, constrangido, começo a pensar em palavras de agradecimento, ele se inclina sobre mim e diz:

— Acha que eu lhe salvei a vida, não é? Pois eu só gostaria de saber que vai você fazer com essa vida...

E sem esperar a resposta, afasta-se calmamente e sai a visitar os outros doentes.

Em fins de novembro deixo a cama e passo os dias sentado numa preguiçosa. Faz já muito frio.

Consigo um caderno de desenho e um lápis. Fico-me às vezes a rabiscar retratos. Um dia tento desenhar de memória a cara de Sebastian e Axel. Não acerto os traços. No entanto eles estão vivos, nítidos na minha lembrança.

O meu vizinho de cama, um sevilhano de barba hirsuta, fica indignado ao ver o retrato que fiz dele. Julgo a princípio que caça, mas verifico depois, espantado, que o homem está com a vaidade ferida, pois fazia de si mesmo uma idéia mais lisonjeira.

— Eu não tenho essa cara.

— É o que você pensa — replico.

— Vá aprender a desenhar, ouviu?

Agarra o papel e amassa-o, com raiva. Viro-lhe as costas e começo a fazer um retrato imaginário de mulher.

Os homens são engraçados. Na *cota del infierno* meus camaradas ficavam furiosos quando alguém lá do outro lado lhes lançava uma palavra ofensiva. E esse pobre-diabo macilento e peludo julga-se um Adônis e se enfurece comigo porque os traços de meu lápis não correspondem à imagem ideal que ele tem do seu próprio físico.

17

Faço amizades, adquiro hábitos. Lentamente as forças me voltam e as feridas do corpo e da alma se vão aos poucos cicatrizando. Não sei com que sentido a gente aufere o tempo, mas, seja como for, esse aparelho auferidor em mim não está funcionando bem. Às vezes tenho a impressão de que me encontro aqui há quase um ano. Doutras, parece-me que entrei ontem e que ainda tenho a ecoar nos corredores do cérebro o ribombo dos canhões.

Dezembro entra com um frio intenso e céus nublados. Uma grande melancolia baixa sobre o hospital. Estou abatido. Ouço o vento lá fora e penso nos homens que ainda se acham na frente de batalha. Peço mais um cobertor. A enfermeira me satisfaz ao desejo e me traz também uma botija quente para os pés. Ao cabo de algum tempo descubro que meu enregelamento é interior, não é uma questão de mais botijas ou cobertores.

Os homens aqui dentro inventam brinquedos e festas para se divertirem. Um deles toca acordeão, o da terceira cama da direita é tenor (sempre há um tenor) e em certas horas do dia o salão dos convalescentes parece um *music-hall*. Vejo hoje um espetáculo que à maioria dos homens faz rir, mas que a mim causa grande mal-estar. Um jovem catalão que perdeu uma das pernas no Ebro ouve uma rumba e vai para o meio do salão e começa a pular numa perna só, procurando acompanhar o ritmo da música. Seu rosto exangue e chupado tem uma expressão de selvagem e grotesca alegria.

Na segunda semana de dezembro concedem-me alta. Consigo licença para ir passar uns dias em Barcelona. Dão-me umas boas centenas de pesetas, uma fatiota, um sobretudo e uma boina. Torno a calçar sapatos, depois dos muitos meses em que andei com os pés metidos em alpercatas.

Estou na frente do espelho a dar um nó na horrenda gravata cor de morango que o destino me reservou. Volto-me e vejo o dr. Martin atrás de mim. Faz-me algumas recomendações de caráter médico e deseja-me boa viagem.

— Doutor...
— Que é que há?
— Fale com franqueza... Esta história... quero dizer... o pulmão. Não haverá complicações no futuro?

Ele sacode a cabeça negativamente.

— Não creio. Você é moço. Procure levar uma vida sã, faça ginástica respiratória, tome sol.

A palavra *sol* evoca uma recordação do Brasil. Agora lá é verão — penso. — Em breve estarão festejando o Natal.

Despeço-me dos camaradas, das enfermeiras e empregados do hospital.

O doutor me acompanha até a porta. Com o meu embaraçante horror ao melodrama reprimo o desejo de apertar contra o peito esse homenzinho. Toda a minha gratidão por ele se resume num aperto de mão e num:

— Obrigado, doutor.

No meio da escada me volto para gritar:

— Adeus!

O dr. Andrew Martin faz um sinal amistoso e diz:

— Até à vista! O mundo é muito pequeno.

Barcelona vive sob a constante ameaça dos bombardeios. Os víveres escasseiam. A cidade tem um aspecto de miséria e catástrofe. Este inverno tem sido duro e cruel. A prostituição aumenta assustadoramente, e por um cartão de racionamento que dá direito a um prato de lentilhas há mulheres que entregam o corpo ao primeiro desconhecido.

Hospedo-me num hotel do centro. No primeiro dia sou chamado à polícia, pois suspeitam-me de espionagem. A famosa Quinta Coluna anda espalhada por todo o território ainda em poder do governo, e a sua função é espalhar boatos, semear o desânimo e o derrotismo. Submetem-me a um interrogatório, mas a caderneta militar que trago comigo evita todas as dificuldades. Mandam-me embora em paz.

Caminho agora pela Rambla de las Flores, pensando em Juana. Que fim terá levado? Passo por curiosidade pelo hotel onde estivemos juntos durante uma quinzena. Não encontro mais que um montão de ruínas.

Sinto muito frio e arrependo-me de ter vindo. Não tenho amigos nesta cidade e os homens a quem dirijo a palavra na rua miram-me com desconfiança e com um certo ar de hostilidade.

Os últimos bombardeios aéreos causaram muitos danos pessoais e materiais. Os hospitais estão cheios. O porteiro de meu hotel conta-me que as operações de guerra estão presentemente paralisadas e ainda há tênues esperanças de paz. Diz isso num cochicho medroso, olhando para os lados.

Um dia, ao anoitecer, encontro uma mulher parada a uma esquina. É bonita e de aspecto sadio. Acha-se encostada a um poste e, quando passo, noto que ela me olha com insistência, como se me quisesse falar. Detenho-me e sorrio. Ela corresponde ao sorriso e eu lhe pergunto:

— Quer tomar alguma coisa?

— É estrangeiro?

— Americano. Da Brigada Internacional.

— Tem cartão de racionamento?

— Tenho. É do meu hotel. Quer ir comigo?

Tomo-lhe do braço, numa alegre antecipação da aventura. Ela fica um instante pensativa, as mãos metidas no casacão, e depois:

— Pode me conseguir duas latas de leite condensado?

— Claro. E alguma coisa mais.

— Está bem. Vá buscar tudo. Eu moro ali. Segundo andar, a primeira porta.

E mostra-me uma casa.

Dentro de vinte minutos estou de volta. Bato à porta indicada e é a própria mulher quem ma vem abrir.

— Entre.

Um apartamento modesto, mas limpo e bem-arranjado.

Ponho as coisas que trago em cima da mesa e tiro a boina e o sobretudo.

A desconhecida me olha com um ar de gratidão e vai buscar um abridor de lata. É uma bela mulher de corpo forte e harmonioso. Seus cabelos são cor de castanha e sua pele tem uma tonalidade de marfim.

Começa a abrir a lata de leite condensado.

— Deixe que eu abro.

— Obrigada — diz ela, passando-me o abridor.

Ouço ruídos de passos no quarto contíguo. A porta se abre e duas crianças de cinco e seis anos presumíveis entram dizendo em catalão palavras que não compreendo.

— Eles querem pão e óleo — traduz-me a mulher. — Há muito tempo que não comem outra coisa.

Diante dos pequenos fico desconcertado, e, com um jeito de quem se desculpa, a desconhecida explica:

— São meus filhos.

Um menino e uma menina. Falidos, emagrecidos e de olhos graúdos e cintilantes.

— Viúva?

Ela sacode a cabeça negativamente e me faz um sinal na direção de um consolo. Olho e vejo o retrato dum homem.

— É o meu marido. Desapareceu há seis meses. Estava na frente do Ebro.

— Tem esperança de que ele volte?

— Tenho.

Baixo a cabeça e continuo a abrir a lata.

Enquanto a mulher se põe a preparar o leite, sento-me numa poltrona, invadido por um grande mal-estar. Este ambiente morno me convida a ficar, pois lá fora faz frio e a rua está cheia de almas sem rumo.

As crianças fazem grande alvoroço quando a mãe lhes dá uma xícara de leite quente com grossas fatias de pão. Volta-se ela depois para mim e diz:

— Isto para eles é um banquete.

Passam-se alguns minutos Os pequenos estão lambendo a xícara gulosamente, o rosto a pingar leite.

— Vamos! — diz-lhes a mulher com uma doce alegria.

Fá-los passar para o quarto contíguo e fecha a porta à chave. Caminha na direção do quarto de dormir e, sem malícia nenhuma, com uma naturalidade melancólica me diz:

— Pode vir.

Os olhos do marido, no retrato, parecem fitos em mim. Um invencível acanhamento e uma espécie de repugnância por mim mesmo e pelos meus apetites carnais me dominam de tal forma que eu apanho boina e sobretudo com fúria, abro a porta e precipito-me escadas abaixo, como que a fugir de um perigo de morte.

Na véspera de Natal chegam a Barcelona notícias de que após trégua de um mês as hostilidades tornam a se reatar. Os canhões estão de novo roncando e nos vales nevoados do rio Segre os dois exércitos inimigos se acham empenhados numa grande batalha.

Passo a vigília de Natal num café quase deserto, na frente dum tristonho cálice de conhaque. Assaltam-me memórias doces e amargas. Lembro-me de pessoas queridas e para os meus camaradas mais recentes tenho também um pensamento de ternura.

Axel... Brown... Green... Martin... De Nicola... Juana... dom Miguel... Alfonsito. Seja como for, esta guerra para mim não foi de todo perdida, porque eu vos conheci.

Levo o cálice aos lábios num silencioso brinde aos companheiros extraviados.

Janeiro de um novo ano. O governo está derrotado. Os exércitos de Franco prosseguem vitoriosos na grande ofensiva. Cai Tarragona. Grandes multidões começam a deixar Barcelona em demanda da fronteira francesa.

Faço parte dum batalhão de recuperação que está encarregado de recolher o material de guerra abandonado pelas forças que se retiram e prestar assistência às populações civis fugitivas.

Julguei que os horrores tinham acabado para mim. Mas o que vejo agora é cem vezes mais trágico do que a guerra nas trincheiras.

Milhares e milhares de criaturas, numa fileira interminável, caminham pelas estradas cobertas de neve na direção dos Pireneus. Querem fugir aos bombardeios, às tropas mouras que se aproximam, aos tanques italianos — anseiam por atingir uma terra onde possam viver longe do fantasma da guerra. Alguns viajam em carroças, outros montados em cavalos ou mulas, mas a grande maioria segue a pé, com trouxas às costas. Nunca vi tantas caras apavoradas nem ouvi tantos choros e lamentações. É um quadro de miséria e desolação. Os retirantes vivem num pavor constante. Muitas vezes os aviões inimigos descem a pequena altura para os metralhar. Os caminhos ficam juncados de cadáveres que ninguém pensa em sepultar. São marcos sinistros da estrada mais sombria que eu já trilhei em toda a minha vida.

Agora a marcha se faz de preferência na escuridão da noite, pois durante o dia os fugitivos se metem nos matos, com pavor dos aviões.

Nos nossos caminhões atestados de material de guerra, recolhemos os feridos e os velhos na medida do possível. Fazemos repetidas viagens de ida e volta entre uma e outra localidade dos Pireneus.

Bandos armados andam pelas estradas alucinados pela fome e entregam-se a pilhagens e violências. Contra muitos deles temos de voltar as nossas metralhadoras. O morticínio continua. Estou abatido e amargurado. Não sei que subterrânea força conspira contra mim e se obstina perversamente em me puxar para o lodo, cortando-me toda a possibilidade de fuga.

O frio é intenso. Os caminhos cobertos de neve se tingem do sangue dos feridos e dos mortos.

Pálidos de medo e de fome, os fugitivos prosseguem. Alguns caem sem forças. As mulheres correm para o nosso caminhão e erguem para nós os filhos, suplicando que os levemos conosco. Choram e guincham, escabeladas e meio loucas. Nada podemos fazer.

Em Figueras há uma grande concentração de retirantes. Conduzo hoje dez feridos e doentes para um hospital improvisado onde falta tudo, a começar pelos leitos. Pelas ruas da povoação andam mulheres gritando em desespero, à procura dos filhos extraviados. Todos os lugares-comuns da tragédia surgem aqui em carne e sangue.

As ruas regurgitam de gente. Temos de matar cavalos para dar de comer aos refugiados. Anda no ar um mau cheiro insuportável. E como se todas essas desgraças não bastassem, os aviões inimigos vindos de Majorca bombardeiam à noite a povoação. Figueras assume o aspecto dum fantástico açougue de carne humana. Os cadáveres entulham as ruas. Temos de queimá-los com medo da peste, pois não há tempo para os enterrar.

E olhando essas criaturas esfarrapadas, lívidas e acossadas, que mais parecem animais; contemplando as multidões que se precipitam adoidadas pelos caminhos ásperos e gelados, rumo da fronteira francesa, um de meus companheiros fica a murmurar:

— Não sei por que é que eles se apegam tanto à vida. Sabem que estão condenados ao sofrimento e à miséria. E assim mesmo querem viver.

Fico a olhar pensativo para uma criança que brinca alegre num montinho de areia.

Sinto-me envelhecido, cansado e triste. Ergo os olhos para a massa azulada dos Pireneus numa última esperança.

Sórdido interlúdio

Cavo na areia com minhas próprias mãos uma cova para o meu corpo. Quando a morte vier já me encontrará deitado nesta sepultura rasa, e os meus companheiros não terão outro trabalho senão o de atirar um pouco de terra em cima de meu cadáver.

Mas eu quero viver! Grito essas palavras para mim mesmo. Busco no fundo de meu eu reservas de coragem e de calor. E deitado de costas sobre a areia molhada fito os olhos no céu fechado de chumbo. O vento furioso que vem do mar ergue uma tempestade de areia e neve. Este buraco é a minha trincheira, o meu abrigo, a minha casa e o meu túmulo. Encolho-me dentro dele, de olhos cerrados, e espero. Tenho o corpo enregelado, doem-me os dentes, que batem sem cessar, e esta umidade gélida me vai aos poucos penetrando nos ossos. O vento uiva. Talvez eu nunca mais torne a ver o sol.

Fevereiro. Estamos num campo de concentração de Argelès-sur-Mer, nos Pireneus Orientais. Estas são terras de França e para chegar até aqui caminhamos mais de cinqüenta quilômetros a pé, sofrendo frio e fome. Somos cerca de cento e oitenta mil homens encurralados como animais entre o mar e uma cerca de arames farpados guardada por tropas senegalesas. Na fronteira as mulheres e as crianças refugiadas foram separadas dos homens e mandadas para outro campo.

A neve dá a esta praia um aspecto de desolação. Não temos casas nem barracas, dormimos ao relento, amontoados uns por cima dos outros, numa espécie de fétida cooperativa de calor.

Encontro-me no campo nº 7, bis. Temos à frente o Mediterrâneo e, às costas, a muralha dos Pireneus.

Sujos, peludos, esfarrapados e lívidos, os homens formigam sobre a areia. Tenho a impressão de que são defuntos desenterrados e reunidos aqui por algum deus perverso para desígnios ainda mais sórdidos e temerosos que a morte. Não vejo nestas caras maceradas o menor traço de bondade. O sofrimento as animaliza. Sinto que em mim a piedade morreu. Morreu de frio e de miséria.

Surge o sol. Ergo-me da sepultura e saio a pular e a bater com os braços para me aquecer.

Multidões se precipitam para os carros e caminhões que vieram da Espanha e começam a destruí-los freneticamente. Tiram deles pranchas de madeira, depósitos de gasolina, estofos de banco, holofotes, pneumáticos e placas de metal. Com essas coisas começam a construir abrigos e a improvisar utensílios de cozinha.

As autoridades francesas intervêm a tempo para evitar que todos os veículos sejam depredados. Os soldados senegaleses investem brutais contra os prisioneiros. Estes se encontram demasiadamente enfraquecidos e desmoralizados para reagir. De resto, que resistência poderiam opor a uma força armada de fuzis e metralhadoras?

Os alto-falantes, colocados de cem em cem metros através do campo, estão constantemente a nos advertir que, a qualquer demonstração de indisciplina, os culpados serão "sancionados no ato pelas tropas senegalesas".

Recebemos rações frias de alimentos: carne congelada de Madagascar, lentilhas e pão branco. O cozinheiro de nosso grupo é um galego retaco de feições grosseiras. Utiliza como panela o tanque de gasolina dum caminhão. Um holofote de automóvel nos serve de bacia e às vezes de prato.

Dão-nos um dia carne apodrecida. Atiro o meu pedaço ao mar e um velho espanhol me olha furioso e vocifera:

— Estúpido! Por que não deu a sua ração a um companheiro?

Encolho os ombros e me afasto sem dizer palavra. Sinto dores quase constantes no estômago. A única água que temos para beber nos é fornecida por bombas cravadas na areia ao longo da praia, de vinte em vinte metros. É escassa, suja e salobra. E para obter um bocado desse líquido repelente esperamos longo tempo na fileira, com um caneco na mão.

Reina aqui grande desordem. A distribuição de víveres é muito irregular. Certa noite, um grupo de homens exacerbados pela fome e pelo frio mata um cavalo para lhe comer a carne. Chamuscam-na às pressas num braseiro e temperam-na com borrifos de água do mar. Pela manhã encontramos na praia a carcaça do animal.

As autoridades francesas se apossam do material que veio da Espanha — caminhões, automóveis, ambulâncias, cavalos, mulas — e empregam-no nos serviços do campo.

Passam-se os dias. A miséria da condição humana me parece infinita. Manifesta-se de mil modos grotescos ou trágicos. E às vezes, sobre as nossas noites de sujeira e desalento, brilham as estrelas distantes.

* * *

Vamos sendo comidos e sugados aos poucos. Por dentro pelos bacilos da colite e, por fora, pelos parasitas.

O vento do mar nos castiga as carnes. Um vento de desespero nos enregela a alma.

A disenteria faz dezenas de vítimas. Não temos recursos para os medicar. Há homens que caem e se entregam. Ficam a gemer e a se retorcer de dor. Para esses pobres-diabos o único remédio e a única dieta que podemos dar é carne velha de Madagascar e água salobra.

Existem neste campo três médicos. São os que vivem em maior desespero, pois compreendem mais fundamente a extensão desta calamidade e vêem-se impotentes para lhe fazer frente. Um deles consegue chegar até as autoridades francesas e pede recursos. Fornecem-lhe bismuto, mas em quantidades tão pequenas, que de pouco ou de nada serve.

Os alto-falantes dão constantemente notícias da situação. Berram que as fronteiras de Espanha estão abertas para os que quiserem voltar à pátria. Essas palavras são recebidas com exclamações de ódio ou ironia. Mas alguns homens resolvem apresentar-se às autoridades do campo, declarando-se dispostos a voltar. Vão-se de cabeça baixa no meio de vaias e gritos.

E do meio desta população ignóbil de vermes, deste nó imenso de lombrigas — começam a surgir homens, personalidades, criaturas que se destacam da massa, que revelam ânimo forte, espírito organizador. São vozes lúcidas e cheias de esperança no meio da desordem.

Tornam-se chefes de grupos, promovem reuniões, fazem-se porta-vozes de reivindicações perante os administradores do campo...

No nosso setor há homens encarregados do policiamento, do serviço de correios, do cuidado aos doentes e da distribuição de víveres.

Consigo papel, lápis e envelope e escrevo uma carta ao embaixador brasileiro em Paris, contando-lhe minha situação e as dificuldades que tenho encontrado para sair daqui, apesar de meus papéis estarem em ordem. Consigo que minha carta seja posta no correio e, nas horas que se seguem, sinto-me animado por uma esperança tão grande de liberdade que chego a ter uma sensação física de calor. Durante o resto da semana continuo a esperar o correio com uma ansiedade trepidante. Mas não recebo a mais leve notícia, o menor recado. Ponho-me a imaginar que a carta se extraviou ou que a censura não consentiu que ela chegasse ao destinatário.

A colite me aniquila. Passo a mão pelo rosto barbudo e sinto-o descarnado.

Durante horas e horas fico a pensar no Brasil e às vezes, na névoa da fraqueza, descubro aflito e miserável que não me consigo lembrar com nitidez dos traços fisionômicos de Clarissa. Acho-me tão debilitado e sem vontade, que as lágrimas me vêm aos olhos com uma facilidade embaraçante.

E o mais curioso é que do fundo da minha abjeção ainda tenho olhos e alma para apreciar os crepúsculos de inverno por trás dos Pireneus. Os reflexos alaranjados do último sol na neve dos cimos, a vaga bruma cor de violeta que envolve as montanhas, são o único indício de que a beleza e a paz ainda não desertaram do mundo e a certeza de que no final de contas ainda não estou morto.

Morreu hoje um homem de nosso grupo. Foi horrível o que a pobre criatura sofreu. Quando seu coração cessou de bater, o amigo que o assistiu até o último minuto, em vez de desatar o choro, rompeu em gritos de triunfante alegria. Era como se estivesse a agradecer a Deus a libertação do companheiro.

Os outros refugiados se aproximaram do cadáver e baixaram para ele um olhar grave. E em muitas caras julguei vislumbrar uma expressão de inveja.

Dom José, o chefe de nosso grupo, um valenciano de cabelos grisalhos e feições bem marcadas, não se cansa de dizer aos companheiros da sua esperança de que o presidente Cardenas abra as portas do México aos refugiados espanhóis. Os alto-falantes atroam os ares. "As fronteiras da Espanha estão abertas para aqueles que desejarem voltar a seus lares."

De quando em quando um refugiado é reclamado no campo por algum parente, amigo ou pelo cônsul de seu país.

Perto de minha cova mora um velho encurvado e melancólico que se recusa a tomar qualquer alimento. Extraviou-se da família ao sair de Barcelona e não sabe se os filhos e os netos estão vivos ou mortos. Não fala, não se move e quando lhe quero meter os alimentos na boca à força, ele cerra os lábios e os dentes, obstinado, e sacode a cabeça numa negativa frenética. Creio que em breve estará morto.

Esta noite um homem teve um acesso de loucura. Fomos obrigados a amarrá-lo fortemente com mantas e cintas. Alguém sugeriu que o atirassem ao mar, como remédio. A idéia encontrou adeptos entre estes homens irritados e obnubilados pelo sofrimento. E se o chefe do grupo não interviesse, o pobre-diabo teria morrido gelado.

Os casos de loucura aqui não são poucos. Conheço um rapaz que passa as horas a catar piolhos e a metê-los num pequeno vidro com paixão de colecionador. Assegurou-me ele que vai fazer fortuna vendendo estes "animalitos" ao governo francês, que os empregará como a mais mortífera das armas na próxima guerra.

O humor sarcástico dos espanhóis se revela aqui em muitos aspectos. Um asturiano silencioso e soturno construiu um rancho com troncos e ramos de árvores e pregou à sua porta de aniagem uma tabuleta com estes dizeres: "Grande Hotel Savoy-Platz". Diária 1.000 pesetas, com direito a banhos quentes.

Um grupo de ex-funcionários da municipalidade de Madri improvisou um *broadcasting* ao ar livre, em que um velho farol de automóvel na ponta dum cabo de vassoura faz as vezes de microfone. "Irradiam" eles um grande programa "em benefício dos refugiados de Argelès-sur-Mer". Um aragonês enorme, de construção tosca, canta jotas com voz bastante agradável e o *speaker*, com azeda ironia, divulga as maravilhas da praia de Les Pins.

— Senhores e senhoras, é extraordinária este ano a afluência de turistas a esta bela e aprazível praia. Os hotéis são de primeira ordem e, nos seus cardápios finíssimos, nunca falta um bom prato de colibacilo à milanesa ou uma salada de percevejos frescos. Os esportes mais esquisitos se praticam aqui e entre eles devemos salientar a caça aos piolhos e o difícil jogo que é correr pela praia sem pisar nas graciosas incrustações que cinqüenta mil turistas com inclinações artísticas ali deixam diariamente. Senhoras e senhores de todo o mundo, esquecei os vossos cuidados e as nuvens da guerra que pairam sobre o mundo e vinde todos a esta maravilhosa praia do Mediterrâneo. Nós vos esperaremos de braços abertos!

* * *

Faz quinze dias que cheguei a este chiqueiro onde mais de cento e cinqüenta mil criaturas refocilam. Os senegaleses são brutais e se fazem surdos aos nossos pedidos. Se lhes perguntamos alguma coisa, limitam-se a dizer com voz gutural *"Allez! Allez!"*.

O meu mundo, o meu território, a minha nação neste campo compõe-se agora de cinqüenta e poucos homens, alguns dos quais já conheço pelos nomes. Temos um chefe e, para efeitos de aconchego, estamos divididos em pequenos grupos. Abolimos as tocas individuais e cavamos buracos maiores em que cabem seis ou sete homens. Cobrimos essas valas comuns com mantas, ramos de árvores e cercamolas de pedras. À noite nos deitamos uns agarrados aos outros, num desejo mútuo de calor.

Sempre pensei que houvesse solidariedade no sofrimento e que na hora de provação os homens apagassem um pouco o egoísmo e tratassem de ajustar as diferenças pessoais em benefício da comunidade. Puro engano. Estas criaturas sujas que exalam um cheiro fétido, que sofrem física e moralmente, conservam aqui os mesmos característicos que na vida social normal provocam os conflitos espirituais e materiais e que, dum certo modo, são a causa das guerras entre as nações.

Quando, noite alta, estamos aqui amontoados nesta troca de calor, basta que um dos homens por descuido bata com o calcanhar na canela de outro para que de repente comece uma discussão violenta, áspera e cheia de ofensas pessoais. E como as palavras aqui continuam a ter o mesmo valor que lá fora no mundo dos vivos, mais de uma vez a discussão degenera em luta física e os contendores, engalfinhados como feras, saem a rolar pela neve.

Observo também que o instinto de posse nestas criaturas não adormeceu e muito menos se anulou. Ouço dizer — a *minha* ração, o *meu* prato, o *meu* lugar — e há poucos dias vi um sujeito morder a orelha do outro na disputa dum simples caco de espelho.

Muitos dos refugiados trouxeram dinheiro, relógios, uma ou outra jóia ou objeto de valor. As pesetas andam de mão em mão em curiosas transações. Conheço um tipo — é de Cádiz e parece ter sangue mouro — que vendeu o sobretudo por cem pesetas e ficou por aí tiritando de frio mas contente por ter feito "um bom negócio". Passa o tempo com a mão no bolso fazendo tilintar as moedas.

Uma noite dois catalães de nosso grupo se atracam a socos por causa duma dúvida no pôquer e um deles abre os intestinos do outro com uma faca. O ferido tomba e a neve se tinge de vermelho. Tumulto. O nosso médico é chamado às pressas, mas nada pode fazer. O ferimento é mortal e em pouco tempo o pobre-diabo expira. Dom José procura esconder o crime às autoridades, pois sabe que ele pode dar lugar a represálias, principalmente pelo fato de se ter descoberto uma faca entre os homens. Fica combinado que o morto deve ser enterrado em segredo durante a noite. Quando estamos nos preparando para levar a cabo o plano, surge um oficial acompanhado de soldados. É evidente que houve um delator. Não há remédio senão prestar um depoimento exato sobre o caso. O morto é levado para fora do campo numa carroça e quando o oficial sai com os soldados à procura do assassino é para verificar que ele desapareceu entre estes milhares e milhares de almas perdidas que enchem o campo de concentração.

Não consigo pregar olho o resto da noite. Estou saturado de sangue, violência e miséria. Não me lembro mais das feições de meus amigos que estão do outro lado do mar.

Deitado na vala comum, no meio de meus companheiros sujos mas quentes, vejo o dia raiar no horizonte do mar.

Com ele me vem uma gélida, trêmula e absurda esperança.

O inverno continua duro e todos os dias temos notícias de novas mortes. A água está cada vez mais intragável e tenho a impressão de que o líquido que os homens vertem na praia é absorvido pela areia e volta-nos depois pelas bombas na água que bebemos.

É estranho estar diante do mar e não poder tomar banho; é doloroso e ao mesmo tempo animador pensar em que a alguns quilômetros de onde nos encontramos existem cidades onde as criaturas vivem normalmente, bebem água pura, comem alimentos sãos, ouvem música e sabem sorrir.

As pessoas que vejo a meu redor, quando não se entregam ao desânimo e à apatia, desandam a praguejar. Acham sempre um culpado para a situação em que se encontram. Franco. Negrin. A Inglaterra. O capitalismo. O fascismo. O comunismo. E até Deus. Os próprios ateus culpam Deus da miséria em que se arrastam.

Entramos na nossa terceira semana de martírio. A situação piora de dia para dia. Já não se ouvem cantigas. Calou-se a vitrola que rouquejava não sei onde tangos e *paso dobles*. Não temos dinheiro para comprar cigarros. O velhote francês de sobrecasaca sebosa que vem duas vezes por semana com um caminhão cheio de bugigangas — latas de conserva, carteiras de cigarro, sabonetes — já limpou a nossa sociedade de suas últimas pesetas. Entre nós já havia capitalistas e proletários: dum lado, homens que sabiam fazer negócio e tinham senso econômico; e de outro, criaturas que mesmo nesta situação de penúria niveladora "descobriram" um meio de ficar ainda abaixo do nível geral. Dom José, o nosso chefe, ergue os braços e grita:

— Meus amigos, estamos livres da influência nefasta do dinheiro! Libertamo-nos da máquina e do regime capitalista. Somos os homens novos. Voltemos para a terra, comecemos uma nova idade de artesanato, uma sociedade ideal. Meus irmãos, vós não compreendeis o que isto significa.

Os outros o ridicularizam. Mas dom José continua a pregar. Está magríssimo e seus olhos são dois carvões acesos. Depois de algum tempo vejo que o infeliz velho está ardendo em febre e que suas palavras são ditadas pelo delírio.

Entanguidos de frio, esfarrapados, doentes, sem vintém no bolso — estes homens continuam a alimentar erros e ilusões, desejos doidos e superstições, egoísmo e ódios.

Eu me considero um monstro porque, miserável como os outros e como os outros condenado também à morte, surpreendo-me no insensato desejo de ter aqui tela, pincel e tinta para pintar esse quadro de horrenda beleza, a fim de que amanhã, quando estivermos todos mortos, e homens indiferentes vierem enterrar nossos cadáveres, um deles possa encontrar o estranho quadro e ver a um canto dele o meu nome.

Sou um homem como os outros e não mereço nem a compaixão de mim mesmo.

Aquele crepúsculo vermelho e dourado por trás dos Pireneus é como que um misterioso sinal. Fico a contemplá-lo tomado de secreta esperança.

E antes mesmo que ele desapareça, o alto-falante começa a berrar o meu nome. Alguém me procura no escritório da administração do campo. "Vasco Bruno deve apresentar-se com seus papéis..."

Estas palavras como que me martelam violentamente o peito. Sinto uma tontura, não sei que fazer, olho em torno atarantado.

O último vestígio de sol desaparece do cimo branco das montanhas. No céu apontam as primeiras estrelas.

Começo a caminhar com passos incertos, levando no peito uma alegria dolorosa.

O destino bate à porta

I

É também com uma alegria dolorosa que desço do vapor para o cais, onde uma rapariga vestida de verde-jade me espera. Largo a mala no chão e tomo Clarissa nos braços com uma violência cheia de ternura. Estreito-a contra o peito e, a sentir as pulsações desordenadas de seu coração, beijo-lhe os cabelos, a testa, os olhos, as faces... Não tenho palavras para este momento doce e grave, e como ela também permanece no seu silêncio ofegante — ficamos unidos os dois num prolongado abraço. Faço um tremendo esforço para reprimir as lágrimas e percebo agora que o ritmo de meu coração também se acelerou como naqueles dias das trincheiras do Ebro, quando recebíamos ordens para um assalto. Para essas memórias amargas, uma esponja embebida em esquecimento! Sou um fugitivo do inferno e toda a minha vontade de viver se concentra na morna e trêmula criaturinha que tenho agora em meus braços. Creio que sou um homem novo. No subsolo de meu ser, em que cada provação vale por muitos anos, havia um pedaço de carvão bruto e negro que, trabalhado de sofrimentos, se cristalizou num pequeno diamante. Custou a vida de muitos homens, de muitas ilusões e esperanças: agora ele cintila puro e límpido e eu quero dá-lo de presente ao único coração que neste vasto mundo vário parece ainda pulsar por mim. Mas por muito que eu procure não o encontro em meus bolsos, onde há apenas um pente, um lápis, um punhado de papéis, uma carteira de cigarros e uma cédula de vinte mil-réis. Afora a feia e surrada roupa que trago no corpo e na velha mala a meus pés, a isso se resumem os meus bens materiais.

Seguro Clarissa pelos braços e afasto-a um pouco de mim para lhe ver o rosto. Os mesmos olhos pretos, lustrosos e levemente oblíquos. A velha expressão de ansiosa ternura diante do primo maluco de quem está sempre a esperar um gesto áspero que para ela signifique inquietação, cuidado, sofrimento. Sinto-a agora mais mulher, mais amadurecida, e esse ar de aflita tristeza não lhe fica nada mal. Seus lábios tremem e ela balbucia:

— Vasco... tu sempre com a gravata torta...
— E tu... sempre com o nariz arrebitado...

Ficamos a nos mirar, de mãos dadas, frente a frente. É absurdo e ao mesmo tempo comovente que estejamos a dizer exatamente estas coisas, que sejam estas as nossas primeiras palavras um para o outro.

A nosso redor uma pequena multidão se agita, barulhenta. Exclamações de alegria, palavras sôfregas, gritos, ruídos metálicos. O rolar surdo dum trole atestado de bagagens, carregadores que passam com malas à costas.

— Botei este vestido porque me lembrei que gostas de verde. Fizeste boa viagem?

— Ótima.

— Mas Vasco... estás mais magro. Andas doente? Que foi que te aconteceu?

— Nada, minha filha. Sou como cachorro: engordo e emagreço depressa. É bem como diz a tua mãe.

Clarissa me olha intensamente por alguns segundos, como se quisesse penetrar com os olhos na minha alma. E de súbito, rompendo no choro, torna a descansar a cabeça no meu peito.

— Ora, não faças assim. Para que chorar? Ora...

As lágrimas de Clarissa me empapam a camisa e nos meus braços o seu corpo freme, sacudido de soluços.

Na amurada do vapor o cozinheiro de bordo, um nortista amarelo de ar doentio, nos contempla sorrindo maliciosamente. Estamos ao pé da arcada dum grande guindaste e, através dessa moldura de ferro, vejo a perspectiva multicolorida do cais: os outros guindastes com suas torres metálicas, o casco negro dos vapores, uma floresta de mastros e cordas, a plataforma do cais com zonas de sombra e de sol; logo atrás de Clarissa, no primeiro plano, quatro fileiras de tonéis cor de laranja, como um pelotão de soldados baixos e obesos. São onze horas da manhã. Anda no ar enfumaçado um cheiro de óleo cru. Uma gasolina barulhenta singra as águas, rumo de uma ilha. Aguapés flutuam no rio que cintila no seu pardo chamalotado com reflexos de um cinza-azulado de aço.

Clarissa empertiga o corpo e começa a enxugar os olhos. Ergue para mim o rosto desanuviado, tocado agora de uma luminosidade líquida, como um céu depois da chuva. Toma-me do braço e diz:

— Vamos?

— Vamos.

— E a tua bagagem?

— Não tenho bagagem. Só esta mala.

— Ah... Está bem. — E noutro tom: — Mamãe, Fernanda e Noel não vieram te esperar porque tu pediste na carta que só eu viesse ao cais...

— Pois é. Tu compreendes. Detesto despedidas e recepções. A gente fica com uma cara de idiota e tem de dizer coisas que não sente... e não sabe como dizer as que sente... pois não é?

Clarissa me aperta o braço ternamente e murmura:

— Gato-do-Mato!

Era assim que ela me chamava quando éramos crianças. Gato-do-Mato. Arisco, agressivo, selvagem e orgulhoso.

Apanho a mala e saímos a caminhar devagarinho na direção da porta de um dos armazéns do cais.

— O auto de Fernanda está lá fora nos esperando.

— Auto? É engraçado... Eu ainda não tinha pensado numa coisa...

— Que é?

— Não sei ainda para onde vou. Tenho de começar tudo de novo. Sou como um imigrante que chega com a sua trouxa e um montão de esperanças. Só sei com certeza de uma coisa: quero viver. O resto é mistério.

Clarissa estaca e puxa-me do braço, fazendo-me parar também.

— Vasco! Mas o teu quarto lá em casa está bem como deixaste. A tua cama... os teus livros... os teus quadros...

— Não sei, minha filha, mas acho que não volto pra lá...

— Gato-do-Mato!

A testa de Clarissa se franze, seus olhos se estreitam e turvam. Acho que vamos ter mais choro.

— Bom... bom... Não quero discutir.

Ela encosta a cabeça no meu braço e com ambas as mãos me segura os pulsos, como para me impedir a fuga. E assim docemente algemados, saímos a andar lado a lado.

Eu não estava mais habituado a esta deliciosa, morna e humana sensação de aconchego. Não tenho argumentos a opor. O que sinto é vontade de gritar: Vou para onde me levares! Esta carne de canhão que sobrou da guerra agora te pertence. Sou teu, só teu, e a alegria de estar vivo e de voltar à pátria me sufoca. Tenho um presente para ti, sabes? O mais puro diamante. Tem todas as cores do arco-íris. O seu único defeito é ser invisível. Mas eu te asseguro que ele existe. Eu o sinto, eu o vejo faiscar dentro de mim. Havemos de comprar com ele alguma coisa maravilhosa para nós. Talvez a felicidade. Tu mereces.

Axel... dom Miguel... Alfonsito... Brown... Green... De Nicola... Martin, se vocês pudessem me ver! Aqui vai um ressuscitado, um homem que, sendo senhor de um tesouro, jogou-o fora e correu atrás dum sonho doido. Um pobre peru ébrio que volta voluntariamente para o seu círculo de giz. Os mortos apodrecem debaixo da terra às margens do Ebro. Ninguém sabe onde enterraram o corpo de Pepino Verga, o palhaço. Os mouros crucificaram o Cristo Legionário. Em algum lugar da Espanha uma mulher chamada Juana talvez leve no ventre o filho dum combatente da Brigada Internacional a quem um dia se entregou no fundo dum abrigo antiaéreo. Ou terá ela morrido estraçalhada por uma bomba? A vida é absurda. A vida é horrendamente bela. Meus pobres companheiros mortos, perdoai-me por eu estar vivo!

— Vou te fazer um pedido, Clarissa. Vamos a pé, sim? Pelo menos umas duas ou três quadras... É tão bom estar no Brasil, não ouvir tiros nem ver cadáveres pelo chão...

— Agora que estás comigo, nada mais importa. Vamos como quiseres.

Enlaço-lhe a cintura. Atravessamos o armazém sombrio.

— Nada de tristezas — digo. — Faz de conta que voltamos àquele tempo em que eras a Princesa do Figo Bichado e eu, o Gato-do-Mato. Vamos nos meter numa grande travessura. Feito?

— Feito.

E pelo meio de sacos e caixas, envolvidos por um cheiro ativo e grosseiro de charque, Clarissa e eu caminhamos dentro de nosso sonho mais querido.

Quando saímos do armazém, dois homens se aproximam de nós e nos barram a marcha. São ambos jovens e estão bem-vestidos. Um deles me pergunta:

— O senhor se chama Vasco Bruno?

— É esse o meu nome.

O desconhecido vira a lapela do casaco, pondo à mostra um distintivo da polícia.

— Faça o favor de nos acompanhar — diz ele.

— Já?

— Já.

— Não posso ir antes até a casa?

— Não.

— Que é que há contra mim?

— Na delegacia o senhor será informado.

Volto-me para Clarissa, em cujo rosto vejo uma expressão de doloroso espanto.

— Não é nada — tranqüilizo-a eu. — Vai no carro da Fernanda. Depois nos encontraremos em casa.

— Mas Vasco... — tartamudeia ela.

Curioso: neste momento estão a me martelar na cabeça as quatro notas iniciais da Quinta Sinfonia de Beethoven. Talvez o Destino esteja agora batendo à minha porta.

— Estou pronto — digo secamente.

Um dos investigadores me arrebata a mala das mãos. À porta do automóvel, novamente em lágrimas, Clarissa me abraça e beija. Murmuro-lhe ao ouvido:

— Coragem. Um bombardeio é muito pior e eu escapei de muitos com vida.

Entro no carro da polícia e sento-me entre os dois agentes. Consola-me a idéia de que nem sempre o Destino nos visita para trazer a morte e o sofrimento. Bate às vezes à nossa casa e quando vamos abrir-lhe a porta e perguntar-lhe que deseja, ele responde com um ar casual:

— Nada de importante. Eu só vim ver como você vai passando.

Mandam-me esperar o delegado numa sala triste que cheira a sarro de cigarro e a papéis velhos. Tudo isto é muito curioso e novo depois desta minha ausência de um ano. (Ou dez?) Vejo um retrato de Júlio de Castilhos — figura familiar para mim desde a escola primária — e um busto de bronze de Borges de Medeiros. Lembro-me de Jacarecanga, a pequena cidade onde passei a maior parte de minha vida. No edifício da Intendência Municipal havia um retrato e um busto como os que vejo aqui. Eu os associava sempre aos homens e às coisas da torva política local. O gen. Campolargo, degolador e despótico... Capangas mal-encarados, de bombachas e chapelões de abas largas... Eleições... Tiroteios nas noites silenciosas... Cadáveres no barro da rua... Enterros graves e misteriosos... Manifestações com foguetes, banda de música, discursos e vivas... Os longos invernos de revolução... Lenços verdes, lenços vermelhos... Bravatas... Lendas... Ódios... Silveira Martins... Júlio de Castilhos... Frases... Idéias não são metais que se fundem... Inimigo não se poupa... Minuano... Revolução... Rio Grande.

Essas recordações me assaltam a cidadela interior, tomam conta da praça. Eu me rendo incondicionalmente ao invasor. Mas em breve elas se vão, pois não passam de um exército de fantasmas, soldados inconsistentes que não se entregam à pilhagem nem à violência. Vão-se mas deixam uma vaga saudade nem eu mesmo sei de quê.

Caminho até a janela e envolvo a minha cidade num olhar quase amoroso. Esta paz me adormenta e embala. Os telhados vermelhos e escuros parecem em madorna ao morno sol outonal. Olho a rua. Estas casas incaracterísticas e sem história — tão diferentes das velhas casas muitas vezes centenárias das cidades de Espanha, edifícios com caráter, dignidade e tempo — têm um ar quase infantil em suas fisionomias brancas sem a marca dos séculos. Ao vê-las chego a me comover e a sentir um inexplicável desejo de protegê-las, como se o simples fato de ter andado por guerras e terras mais antigas me tivesse conferido mais idade, sabedoria e força.

Às doze e vinte sou levado à presença do delegado. É um homem moço, de aspecto simpático. Olhar claro. Começa por me fazer as perguntas de costume. Mostro-lhe meu passaporte. Depois:

— Esteve combatendo na Espanha, não é verdade?

— É verdade.

— Ao lado dos comunistas, não?

— Ao lado dos governistas.

O delegado passa a mão pelo queixo e me diz noutro tom:

— Eu preferia que o senhor me respondesse *sim* ou *não*.

Não posso reprimir um sorriso.

— Permita então uma pergunta preliminar...

— Faça-a.

— O senhor quer esclarecer uma situação ou deseja apenas que eu confirme as suas suspeitas?

O homem baixa a cabeça, sorrindo, e começa a brincar com um corta-papel de osso.

— Como foi que conseguiu entrar na Espanha?

Respondo sem pestanejar:

— Pelo túnel de Cerbère-Portbou.

— Não é isso. O senhor bem que entendeu a minha pergunta. Responda e não me dificulte o interrogatório.

Os olhos de bronze do busto de Borges de Medeiros parecem estar fitos em mim. Quando menino eu tinha medo desse olhar vazio que do saguão da Intendência Municipal dominava a praça de Jacarecanga.

— Estou dizendo a pura verdade — afirmo.

— Está bem. Mas... me diga uma coisa. Havia ou não muitos comunistas nas tropas do governo?

— Havia muitos comunistas. E muitos católicos também.
O homem ergue para mim os olhos incrédulos.
— Que razões o levaram a lutar na Espanha?
— Simples espírito de aventura.
— Só isso?
Encolho os ombros de leve.
— Bom... Um pouco de idealismo, talvez.
— Razões ideológicas... não é o que quer dizer?
— Não. Refiro-me a ideais que nada têm a ver com assuntos de camisaria.
— Camisaria? Não entendo.
— Essa história de partidos ligados a camisas de cor hoje em dia parece uma questão que pode ser resolvida com uma visita ao camiseiro.
— O senhor é muito simplista.
— *Simplório* talvez seja o termo.
E completo a frase para mim mesmo: Só um simplório é que vai tentar resolver os problemas da pátria alheia antes de ter resolvido os da terra onde nasceu, cresceu e vive.
— Mas... que pretende fazer agora?
— Viver.
— Sim, mas de que modo?
— Decentemente. E em paz, se possível.
— O senhor está procurando me irritar gratuitamente. De que meios materiais de vida dispõe no momento?
— Dos da minha profissão. Sou desenhista.
O meu interlocutor larga o corta-papel em cima da mesa, reclina-se na cadeira e me diz:
— Está bem. Estou satisfeito.
— Posso ir?
— Um momento...
Inclina-se de novo sobre a mesa e toma duma folha de papel.
— Conhece a senhora Fernanda Madeira?
— Conheço. É minha comadre.
— O senhor está caçoando outra vez?
— Estou falando sério. Aliás não fiz outra coisa desde que entrei aqui.
— Pois bem. Essa senhora veio interceder em seu favor. Para todos os efeitos o senhor é um elemento suspeito. Dona Fernanda Madeira vai ficar sendo perante a polícia a fiadora moral e material de sua conduta daqui por diante.

— Farei o possível para não a decepcionar.

O delegado larga o papel e suspira com um ar de quem pinga um ponto final numa questão aborrecida.

— Agora pode ir. Faço votos para que não tenha de aparecer mais por aqui.

— Amém!

Apanho a mala, faço um breve cumprimento com um gesto de cabeça e caminho para a porta.

Na sala de espera encontro Clarissa e Fernanda.

— Entra em cena o herói! — exclama esta última ao me ver surgir.

— Fernanda!

Abraçamo-nos e quando saio dos braços dela é para cair nos de Clarissa. Estou desabituado a estes carinhos. Realmente, a vida é bastante boa, senhores patriarcas, estadistas e heróis — penso eu, olhando para os retratos que se enfileiram nestas tristes paredes em grossas e imponentes molduras douradas.

— Então o mata-mouros está de volta? — diz Fernanda tomando-me do braço esquerdo. E Clarissa, que está agarrada ao direito, me puxa docemente na direção da porta.

Deixo-me levar meio estonteado, não sei se de fome ou de felicidade.

— Tenho de pensar num hotel... — balbucio sem muita convicção.

— Não seja bobo — reage Fernanda. — O que você precisa é comer. Vamos lá para casa.

— Ninguém ainda almoçou, Vasco — explica Clarissa. — Estão todos te esperando...

— Matamos uma vitela gorda para o filho pródigo.

— E já prepararam o anel para o meu dedo? — pergunto, ao descermos para a calçada.

E Fernanda:

— O anel quem vai comprar é você mesmo... Uma aliança de noivado para Clarissa, senhor Dom Quixote!

Diz isso e me empurra para dentro do automóvel.

2

Estamos reunidos em torno da mesa, na casa de Noel e Fernanda. Encontro-me quase num êxtase místico diante deste bom e farto almoço brasileiro. Faz mais de um ano que não me sento a uma mesa assim bem-arranjada e limpa para comer tranqüilamente, sem sobressaltos nem restrições. Dizem que o jejum e a maceração são caminhos para Deus. Mas eu prefiro chegar ao Criador por outras veredas menos ásperas. E depois é preciso ver que um perfumado prato de comida pode trazer um sorriso à face dos famintos, uma esperança ao coração dos miseráveis. Porque é uma certeza de calor, de prazer, de vida. E sendo expressão do mundo material, é duma importância tão grande que sem ela não pode funcionar essa fábrica de sonhos e ideais que é o homem. Lembro-me de Barcelona e dos cartões de racionamento. As raparigas vendiam sua virgindade por um prato de lentilhas. Perto disso, como é inocente a história bíblica de Esaú e Jacó... Olho em torno. Desconfio que estou comovido.

— Por que não começa, capitão? — indaga Fernanda, apontando para os pratos. — Em que é que está pensando?

— É que... eu queria saber se todos os brasileiros compreendem a grande bênção que é ter paz e uma mesa farta como esta...

Dona Eudóxia, mãe de Fernanda, deixa escapar um suspiro dolorido. Seu rosto tem um ar de dor e martírio. Parece uma daquelas velhas que se arrastavam pelas estradas nevadas, fugindo de Barcelona sob a ameaça dos aviões.

Faz-se um curto silêncio.

— Come, Vasco — diz Clarissa com doçura. — Precisas engordar. O talharim está tão gostoso...

Belas palavras, grandes palavras. Quero ter sempre junto de mim alguém que me diga coisas assim, simples e próximas da terra e da paz. Ponho-me a comer quase com unção religiosa. E, por um desses inquietantes caprichos da memória, começam a me desfilar pela mente os fantasmas do campo de concentração. Olham-me com inveja e ódio, estendem-me as mãos esqueléticas, pedindo... Nada posso fazer por eles, nem mesmo esquecê-los.

A luz do sol, dum amarelo de âmbar, inunda esta sala de móveis severos e escuros, em estilo colonial espanhol. As cortinas cor de vinho e os tapetes dum pardo profundo dão ao ambiente um ar de calma familiar tépida e amiga.

Ergo os olhos para Noel. Retrato dum elfo — penso.

Uma cara alongada e pálida, de feições finas e meio vagas, olhos de expressão cândida e cabelos loiros. Um dia ainda hei de pintar essa cabeça contra um fundo de sonho: paisagem do país das fadas, com gnomos e gênios bons, árvores azuis e céus verdes. Olho para Fernanda, que tem no rosto de expressão impávida um resplendor de vida — um verniz que parece vir do fundo da personalidade para cintilar na superfície da epiderme — e penso no amor dos contrários. Não conheço no mundo par mais desigual não só moral como fisicamente.

Poucas semanas antes de eu embarcar para Espanha operou-se uma grande e súbita transformação na vida do casal. Faleceu o pai de Noel e este se viu dum momento para outro herdeiro de quase mil contos de réis. A mãe recebeu a parte que lhe tocava e embarcou para o Rio, onde foi morar. Noel voltou com a mulher e a filha para a casa onde nascera. Fui vê-los na véspera de embarcar. Estavam abalados e perplexos. Lembro-me de ter dito a Fernanda:

— Mil contos... Que responsabilidade para uma idealista.

Ela sacudiu a cabeça lentamente, concordando.

— Há dois perigos — disse ela. — O primeiro é o de eu descobrir de repente que não havia idealismo nenhum em mim. Nesse caso trataremos de multiplicar o dinheiro sem escolher meios. Seremos duros, egoístas e esqueceremos os nossos decantados ideais...

— Disso vocês estão livres — afirmei. — Tenho a plena certeza.

— O outro perigo é o de tomarmos os nossos sonhos muito ao pé da letra. Jogaremos então o dinheiro pela janela em benefícios absurdos. Em breve estaremos de novo pobres e em dificuldades, sem que isso tenha trazido vantagem a ninguém.

— Também não acredito que haja esse perigo.

— As criaturas revelam o que realmente são quando enriquecem ou sobem para uma posição de mando.

— Tenho confiança em você. É só o que sei dizer.

E agora aqui estou eu, passado mais de um ano, na casa em que Honorato Madeira, gordalhufo e tranqüilo, passou a vida a sonhar os seus sólidos sonhos de negociante de cereais — a mesma casa em que Noel nasceu, cresceu e edificou o seu mundo de "faz-de-conta". Por estas salas Virgínia Madeira arrastou os seus caprichos e a sua angústia de envelhecer.

— Major, você está pensativo... — observa Fernanda.

— Enquanto vocês falam, eu como — retruco.

D. Clemência, mãe de Clarissa, conversa com d. Eudóxia. Receitas de tricô. Doenças. Roupas.

Inclino-me para Fernanda, que está a meu lado e, fazendo um sinal com os olhos na direção de d. Eudóxia, pergunto-lhe:

— Como vai a Musa da Tragédia?
— Guapa. As desgraças a trazem de pé.
— Onde é que ela busca motivos de tristeza, agora que vocês se livraram das dificuldades financeiras?
— Preocupa-se com os problemas alheios e vive a imaginar para nós desastres, fracasso nos negócios, histórias tenebrosas...

Olho para d. Eudóxia. É uma criatura que sempre observei com interesse. Tem a volúpia da desgraça, um permanente agravo contra a vida. É um tipo de matrona bem característico do Rio Grande. Cheguei, a respeito dela, a uma teoria segundo a qual a nossa vida áspera e cortada de revoluções é a responsável pela existência dessa atmosfera de tristeza, pessimismo e negro presságio que envolve essas mulheres. Imagino-as metidas nas fazendas, em casas sem conforto, enchendo lingüiça, tirando leite, fazendo queijo, tendo sobre os ombros os trabalhos pesados da casa e cuidando dos filhos. Mal despejavam o que lhes ocupava o ventre, lá ficavam grávidas de novo, numa competição com as vacas e as gatas. Viviam peadas aos compromissos domésticos, seus motivos de alegria eram poucos e raros e as fontes de incômodo e dor, muitas. Nasciam e se criavam dentro do tabu da sagrada dignidade do trabalho e era à sombra dessa mesma superstição que educavam as filhas. Lá vinham um dia as revoluções ou as guerras para lhes levar maridos e filhos. As campanhas platinas... A guerra do Paraguai... Trinta e cinco... Noventa e três... E assim, através dos anos, se foi formando uma tradição de tristeza, luto e apreensão. Era a sensação do perigo iminente. O marido ou o filho que ia para as carreiras podia voltar a qualquer momento nos braços dos amigos, coberto de sangue, agonizante ou morto.

A vida no Rio Grande mudou. Vieram os tempos modernos, o progresso, um maior conforto nas fazendas, o crescimento das cidades e o advento de uma nova mentalidade. Mas a tristeza está no sangue dessas senhoras de mais de cinqüenta anos que continuam a esperar desgraças...

Clarissa me criva de perguntas sobre a Espanha. Fica muito espantada quando lhe conto que fui ferido duas vezes. Larga o talher, de respiração cortada, arregala os olhos e seu rosto revela uma expressão tão marcada de susto que parece até que acabo de ser ferido neste momento.

— Mas isso tudo passou. Não fiques com essa cara.

Pedem-me pormenores. É desagradável, mas tenho de dá-los.

— Você nem escreveu pra nós — censura-me d. Clemência. — Esse menino podia até ter morrido.

Aqui está outro tipo muito encontradiço no Rio Grande. A mulher que sabe querer bem sem alarde, sem carícias nem perguntas. Escondem a ternura por trás de uma certa secura de palavras e gestos. São eficientes, prestativas, nas noites de inverno nos põem uma botija nos pés, remendam as nossas meias ou nos dão um chá quente com limão quando desconfiam que vamos apanhar um resfriado. Mas quem as vê paradas e de rosto inexpressivo, ásperas no repreender, sempre com restrições ao nosso comportamento e com limitações aos nossos movimentos; quem as vê serenas e sem choro quando alguma pessoa da família está gravemente enferma — fica a dizer interiormente: "Ali está uma alma fria. Não tem afeição por ninguém".

Sei o juízo que d. Clemência faz de mim. Para ela sou um rapaz malcriado e meio maluco "que hoje está aqui e amanhã está na China. Ninguém pode com a vida dele...". Aprova o meu casamento com Clarissa, mas tem no fundo da alma uma secreta desconfiança de que a filha vai ser infeliz comigo. Há pouco, ao me dar o seu abraço seco (sem beijo), as primeiras palavras que me disse foram:

— Essa história de ir para a Espanha só mesmo dessa tua cabeça de vento. Tu te esqueceste de levar aquela camiseta que eu fiz pra ti. Dizem que cai neve lá na Europa.

E agora, com toda a candura, afirma que eu podia ter morrido...

Noel, como de hábito, está silencioso: até hoje não consegui descobrir seus verdadeiros sentimentos para comigo. Pouca coisa disse desde que nos sentamos a esta mesa. Não sei que pensamentos lhe estarão cruzando a mente, mas imagino que continua a se debater em grandes problemas morais. Tenho a intuição de que foram vãos os esforços de Fernanda para trazê-lo ao mundo real e matar nele o medo da vida.

— Que notícias me dás de teu livro? — pergunto.

Ele encolhe os ombros.

— Teve o destino de quase todos os livros que não oferecem a literatura de que o público gosta.

Fernanda intervém:

— Tenho tentado explicar ao Noel que o fato de um livro ficar nas prateleiras das livrarias não deve constituir motivo de desencorajamento para o autor.

— Claro.

— De resto — continua ele, brincando com o guardanapo —, para que escrever? Pensei que escrevendo pudesse encontrar a libertação que procurava. Vejo agora que ela não está na literatura.

— Talvez esteja na vida — digo.

Noel se limita a fazer um gesto de dúvida.

Clarissa lança uma pergunta:

— Um escritor deve agradar o público ou agradar a si mesmo?

E Noel:

— Nesse particular não tenho a menor dúvida. Um escritor deve ser fiel a si mesmo.

— Sim — diz Fernanda. — Mas essa fidelidade pode ir a exageros em que se transforma numa espécie de auto-indulgência.

— Explique isso — peço.

— Muito bem. Vamos a um exemplo grosseiro. O poeta gosta muito da bruma azulada. Em todas as suas paisagens há brumas azuladas, em todas as almas há névoas azulíneas e os seus céus são dum azul brumoso. Para ser fiel a si mesmo o poeta fica a espalhar as suas brumas azuis por todos os seus poemas, porque ele gosta disso de modo mórbido, bem como uma criança gosta de chupar o polegar. Com essa autocomplacência preguiçosa não haverá progresso e a poesia será um círculo vicioso.

Noel sorri.

— O exemplo é quase bom, mas muito capcioso.

— Eu disse que era grosseiro. Porém não poderemos chegar a nenhuma conclusão se não estabelecermos preliminarmente as intenções do artista quando ele pega da pena ou do pincel para pintar ou escrever. É preciso saber se ele escreve ou pinta para satisfação íntima ou para transmitir aos outros mensagens de beleza.

— Eu escrevo para me proporcionar uma satisfação íntima — declara Noel. — Por uma necessidade de expressão.

— Eu pinto porque gosto.

— Sem pensar em que alguém mais possa gostar de seus quadros? — indaga Fernanda.

— Até certo ponto, sim.

— Que ponto?

— O ponto da coincidência de gosto. Minha teoria é esta. Gostou? Muito bem. Não gostou? Não coma. Mais me sobra.

Fernanda sacode a cabeça.

— Esse individualismo não nos levará nunca a um mundo melhor. É preciso que os capazes, os bons e os talentosos espalhem pela terra coisas belas, boas e úteis.

— A arte é inútil — avança Noel.

— Só sei que é bela — digo eu.

— Pois se é bela é útil — intervém Fernanda. — Se milhares de pessoas lerem o seu livro e vibrarem à sua leitura, você diante disso sentirá uma enorme alegria interior e ao mesmo tempo terá realizado um trabalho nobre e proveitoso.

Noel:

— Mas como é possível agradar a massa senão descendo ao nível dela? E como é possível fazer coisas belas nesse nível baixo e vulgar?

Os olhos de Clarissa dançam dum lado para outro, brilhantes, atentos, ansiosos.

Fernanda volta-se para mim.

— Qual é a sua opinião, coronel?

Faço um gesto de paquiderme.

— Estou empanturrado.

Anabela, filha de Noel e Fernanda, entra na sala correndo. Levanto-me e tomo-a nos braços, beijo-lhe as bochechas coradas. Ela me olha um pouco espantada e arisca.

— Não conhece então o seu padrinho?

Lembro-me de que a última criança que tive nos braços foi um menino de quatro anos, esquelético e sujo. Isso se passou naqueles dias terríveis em que as multidões se retiravam de Barcelona em demanda da fronteira francesa. Encontrei-o à beira da estrada atirado na neve, tiritando de frio. Ao lado dele, a mãe agonizava. Deixamo-la para trás e levamos o pequeno. Atirei-o para cima dum caminhão carregado de carabinas, pneumáticos, cunhetes de munições e sacos. Agasalhei-o bem com uma velha manta de lã, entreguei-o aos cuidados do condutor do carro, um sevilhano barbudo de pele requeimada, e continuei no meu trabalho. Em Figueras lembrei-me da pobre criaturinha e saí a procurar o homem a quem a confiara.

— Onde está aquele pequeno que eu lhe entreguei?

— O que estava em cima da bagagem?

— Sim, esse mesmo.

— O carro ia a toda a velocidade. Dava solavancos, você sabe...

— Sim... e depois?

— As mulheres avançavam para o caminhão, querendo subir. Os aviões andavam rondando os fugitivos. Era um inferno, ninguém se entendia...

— Por amor de Deus, conte duma vez onde está o menino.

Ele me olhou com uma expressão fria e disse:

— Acho que caiu na estrada.
— E você diz isso com uma indiferença...
— Que quer que eu faça? Milhares de crianças morreram pelo caminho. O menino era seu filho? Era seu parente?
— Não.
— Então para que tanto alvoroço?

Olho para Anabela e penso que talvez a nossa obrigação mais séria no Brasil seja a de fazer que estas nossas crianças fiquem para sempre livres de perigos e horrores como os que vi na Espanha.

— Venha com a madrinha — diz Clarissa. E Anabela estende os braços para ela.

Torno a me sentar. Lembro-me de repente do irmão de Fernanda.
— Como vai Pedrinho?

D. Eudóxia responde com um suspiro e uma triste expressão no olhar.

Lembro-me que uma travessura sexual levou o rapaz a um casamento compulsório, apressado e precoce. Não creio que essa união tenha fugido à regra geral e posso bem imaginar o que aconteceu.

— Você não pode calcular — diz Fernanda — no que deu aquele casamento errado. — E, baixando a voz, acrescenta: — Estão morando todos aqui em casa, lá no andar de baixo. Pedrinho, a Ernestides, mulher dele, o velho Braga, pai da Ernestides, a mãe da Ernestides e as duas irmãs da Ernestides...

— Mas é fantástico! — exclamo.

D. Eudóxia, com voz dorida:
— Tudo nas costas da gente.
— Mas o sogro de Pedrinho não tinha emprego?
— Era funcionário público, foi atingido pelo 177 e aposentado com vencimentos reduzidos.
— Você sempre fazendo o Exército de Salvação...

Fernanda encolhe os ombros, sorrindo.
— Dos males o menor.
— Mas o pior — intervém Noel — é que eles não se mantêm dentro do território que nós lhe concedemos. Invadem o nosso, sobem, metem-se na nossa vida.
— Que gente! — diz d. Eudóxia. E d. Clemência sacode a cabeça devagarinho, numa solidariedade muda.
— A filha mais moça canta no rádio. Chama-se Modestina. — Fernanda segura no braço do marido, sorrindo. — Imagina você, Vasco,

que o velho Braga obriga o Noel a abandonar o seu Debussy, o seu Ravel ou a leitura de seus livros para ir ouvir a Modestina cantar sambas e marchinhas.

Noel franze a testa, contrariado.

— O lar dum homem é o seu refúgio, a sua fortaleza. Agora imagine você como é horrível quando o inimigo consegue penetrar nessa fortaleza. Acaba o resto de liberdade de que gozávamos. Estamos perdidos, completamente perdidos.

— O Noel tem uma paciência... — observa Clarissa. — Seu Braga obriga-o a ler até as cartas que ele escreve para as Queixas do Público, no jornal.

Esses pequenos desencontros e conflitos domésticos têm para mim um sabor quase novo. Eu já os esquecera por completo. Vejo que Noel está realmente contrariado e que essa situação é para ele um problema que o preocupa e tortura.

A palestra se desenvolve em torno da família Modesto Braga. D. Eudóxia critica amargamente a nora. Uma perdulária, uma desfrutável que vive na rua fazendo compras ou metida em cinemas e casas de chá. Qualquer dia está na boca do povo. Também o Pedrinho é culpado, porque não põe um freio na Ernestides. É o que acontece quando um rapaz casa muito moço. Passada a lua-de-mel, ele aborrece a mulher e depois vive encafuado nas salas de bilhar, nos cafés ou em lugares piores. É por isso que a Shirley Teresinha anda por aí atirada...

— Cruzes! — exclamo. — Quem é Shirley Teresinha?

— A filha de Pedrinho.

— De quem foi a idéia?

— Coisa lá de baixo... — afirma d. Eudóxia.

— De sorte — digo eu — que desse modo eles acendem uma vela a Roma e outra a Hollywood.

E Fernanda, erguendo-se da mesa:

— Sinais dos tempos.

Noel:

— Tristes tempos.

— Belos tempos — murmura Clarissa, aproximando-se de mim.

Vamos com Fernanda até a janela.

— A cidade está mergulhada numa bruma azul — digo, voltando-me para Fernanda. E acrescento: — Como diria o teu poeta.

Vejo longe o vulto do Edifício Megatério, dominando a cidade.

— Vasco — diz Fernanda. — Preciso de você.

— Diga.
— Ainda não lhe disse o que estamos fazendo.
— Sim...
— Procuramos empregar da maneira menos egoísta o dinheiro que Noel herdou. Para principiar construímos um pequeno hospital para crianças pobres. Foi-se só nisso uma boa parte do dinheiro, mas você sabe como sempre me impressionou a assistência às crianças doentes sem recursos.
— E como é que o hospital se mantém?
— Com contribuições mensais de algumas pessoas de boa vontade e com uma pequena subvenção do governo. E nós... tapamos os buracos do orçamento.
O que Fernanda me está contando é mais fantasticamente maravilhoso que os contos de fadas que povoam o espírito de Noel.
— O diretor é o doutor Eugênio Fontes — prossegue ela —, um novo amigo nosso, um moço que conhecemos por intermédio do doutor Seixas. Excelente sujeito. Mandamos o Eugênio fazer um curso de especialização nos Estados Unidos. Mas... isso não é tudo. Você está vendo o Megatério?
— Estou.
— Pois bem. No andar térreo do edifício fica o Cinema Aquarium, a maior casa de espetáculos da cidade. Nós a arrendamos por cinco anos.
— A última coisa que podia me passar pela cabeça...
— Fazemos programas com filmes educativos e escolhemos de preferência as fitas que tenham um sentido otimista e construtor, compreende? Aos domingos damos funções pela manhã e à tarde para as crianças. Desenhos, jornais, comédias. E gratuitas, note bem!
— Fernanda, você é das Arábias!
Ela sorri sem vaidade. Vejo-lhe o perfil nítido, que dá uma idéia de arremesso, ímpeto e vitória.
— Há ainda mais uma coisa — continua Fernanda. — Um de nossos grandes sonhos foi realizado. Noel e eu fundamos uma revista infantil. Chama-se *Aventura*, e é impressa em cores. Um sucesso em todo o país! — Uma pausa. Fernanda volta-se para mim e me olha de frente. — Vasco, você quer trabalhar conosco?
— Não pergunte duas vezes...
— Você desenha, escreve, tem entusiasmo... enfim, é um dos nossos. Pago-lhe um ordenado decente. Pode começar quando quiser. Aceita?

Estou meio estonteado. Sinto no braço a suave pressão dos dedos de Clarissa. As únicas palavras que encontro para dizer são:
— Fernanda, você não existe.
Fico a pensar em que a esta hora eu podia estar morto, enterrado em alguma parte da Espanha.

3

Passei a primeira quinzena de maio a escrever as páginas que ficaram para trás. Se me fosse possível, eu contaria as minhas andanças na Espanha por meio de desenhos animados e interpretaria os meus estados de espírito em termos de música. Acho a palavra um pobre instrumento de expressão. Dir-se-ia um vidro — às vezes deformador, quase sempre embaciado, quando não exageradamente colorido e cintilante — que o autor coloca entre o fato e o leitor.

Escrevi este livro talvez mais para mim mesmo e para Clarissa (com quem quero ser absolutamente sincero) do que para os outros, e se o divulgo é levado pela esperança de que alguém mais possa tirar algum proveito de minhas experiências.

Desde que cheguei ao Brasil até o dia em que o destino me bateu outra vez à porta, dando um novo rumo à minha vida, mantive um diário com a regularidade que um temperamento impetuoso e avesso ao método permitiu. Dele passo a transcrever daqui por diante os trechos que se me afiguram mais importantes. Deixei de lado as anotações de caráter puramente artístico, algumas reflexões sobre a paisagem e vários colóquios que, se bem fossem interessantes em si, nada acrescentariam ao espírito da história.

16 de maio

Encontro na rua o dr. Seixas. Paramos bem defronte ao Megatério e ele me diz com a sua voz felpuda, meio a morder os bigodes grisalhos:
— Essa casa foi erguida em cima do cadáver de uma menina.
E como permaneço em silêncio, sem saber que sentido dar a essas palavras, o dr. Seixas me conta a história do homem que construiu o Megatério. Sacrificou à sua ambição de enriquecer e à sua sede de mo-

numental o que tinha de mais humano. Obcecado pelos grandes negócios, pôs neles todas as suas forças, deu-lhes todos os pensamentos, toda a alma. Negligenciou de tal forma a família que a mulher acabou nos braços de outro homem e a filha, sem o amparo dos pais, foi envolvida num enredo sórdido e morreu esvaída em sangue nas mãos duma parteira sem escrúpulos.

— Há homens loucos... — digo, pensando mais nos meus fantasmas da guerra que no construtor do Megatério.

Seixas me olha com o rabo do olho e resmunga:

— E você é um deles. Tão louco que foi se meter naquela embrulhada da Espanha.

— Talvez não fosse loucura.

— Por quê?

— A experiência me serviu de muito. Alguma coisa amadureceu dentro de mim.

— A gente consegue esse amadurecimento também no cabo duma enxada. Por falar nisso, como vai o pulmão? Você ficou de aparecer lá no consultório...

— O doutor Eugênio me examinou a semana passada.

— O doutor Eugênio é um charlatão sem-vergonha.

É desse modo que Seixas demonstra a sua afeição às pessoas: ofendendo-as, dizendo-lhes nomes feios ou então atribuindo-lhes vícios e defeitos detestáveis.

Grandalhão, meio encurvado, barba eriçada e aspecto selvagem, parece à primeira vista um ogro devorador de crianças. Creio que nunca tirou do corpo essa roupa cor de chumbo, de calças lustrosas nos fundilhos e nos cotovelos, nem nunca meteu na cabeçorra, para cobrir a juba escura riscada de prata, outro chapéu senão esse de tipo-carteira, preto e quase informe. Penso que é o único civil em toda a cidade que ainda usa botinas de elástico e um dos raros cidadãos que conservam no vocabulário ativo palavras que caíram em desuso há mais de vinte anos.

Vejo-o agora descarnado e abatido. Eugênio me assegurou que seu velho amigo não tem vida para muito tempo. Tentou levá-lo para um sanatório ou para uma chácara onde ele pudesse repousar e fazer um tratamento adequado. O homem ficou todo abespinhado e vociferou:

— E quem é que vai dar de comer à minha família enquanto eu estiver sem trabalhar?

— Ora, doutor — retorquiu Eugênio —, nós, os seus amigos, nos encarregamos disso.

— Caridade, hem? Quase que te mando para aquele lugar. Caridade! Essa é muito boa. Havia de ter graça que agora, no fim da vida, eu visse dona Dodó entrar na minha casa com um balaio cheio de comida e agasalho, assim com ar de santa Isabel. Comigo não, Genoca!

E assim o dr. Seixas continua a se arrastar na sua rotina, bem como tem feito nestes últimos trinta e cinco anos. Trabalha da manhã à noite e com freqüência é tirado da cama altas horas da madrugada para ir ver algum caso de emergência. Sua clientela em geral é pobre, quando não miserável, e os seus doentes mais favorecidos da fortuna são pequenos empregados de banco e do comércio e velhos funcionários públicos aposentados que vivem (pelo menos a gente tem a impressão disso) na cidade baixa. A maioria de seus clientes, porém, é formada de operários de São João e Navegantes ou pobres-diabos que moram em casebres na Colônia Africana ou no Arraial da Baronesa. Pelas ruas escuras da ilhota passa às vezes à noite o vulto dum homem grande que os moradores da zona quase todos reconhecem pela tosse e pelo fogo do grosso cigarro.

— O doutor Seixas não está hoje de boa veneta.
— Por quê?
— Passou por mim e não me disse nenhum nome feio.

Lá se vai o vulto familiar com a maleta na mão, os passos arrastados. Se é um caso de parto, já da porta da rua ele começa a gritar:

— Mulheres sem-vergonha! Não criam juízo. Vivem parindo todos os anos. Parecem gatas!

No fim de cada mês sua féria é magra. Mal dá para pagar o aluguel da casa, a conta do armazém, as outras despesas habituais e para cobrir a nudez da família, que por sinal deve ser uma nudez bem triste, porque tanto a mulher como a filha são criaturas magras, feias e melancólicas, de formas angulosas e bustos rasos como tábua.

Seixas torna a olhar o Megatério de cima a baixo.

— E você também está agora envolvido nessa engenhoca, não?

Limito-me a sorrir e olhar para o velho, que enrola um cigarro.

— Coisas de cinema — prossegue ele. — Arranha-céus, automóveis, gramofones, rádios, manias de grandeza... Olhe só aquele idiota do Cambará.

Aponta para uma grande tabuleta que abrange oito janelas no décimo andar. Lêem-se nela, em caracteres vermelhos, estas palavras: ERCA — (Empresas Reunidas Cambará).

Seixas lambe as bordas do papel do cigarro e depois, cuspinhando, acrescenta:

— Quer abarcar o mundo com as pernas. Conheci o pai desse menino. Um índio ignorante que nem sabia andar de botinas. Agora o filho anda por aí com jeitão de grande homem de negócios. Metido em tudo quanto é bandalheira. *Trust* de cinema, negócios de terrenos, construção de casas e nem sei quanta besteira mais. Chô égua!

— Conheci o Almiro Cambará em Jacarecanga quando ele tinha uns dezoito anos. Nós somos da mesma idade.

— Qualquer dia dá com os burros na água. E é muito bem feito. Assim ele vai aprender com quantos paus se faz uma canoa.

— Naquele tempo o Almiro parecia um sujeito sonhador. Preocupava-se muito com a imortalidade da alma...

— Sarampo, dores de barriga, onanismo e soneto são coisas de que um menino brasileiro não se livra desde que nasce até os dezoito. Mas o pior em geral vem depois.

E mudando de tom:

— Como vai a luta dele com a Fernanda?

— Cada vez mais séria. Não há recurso sujo de que o Cambará não lance mão...

— Mas no fim de contas que é que o diabo do rapaz quer?

— Que ela lhe ceda o contrato de arrendamento do Aquarium, porque é o único cinema da cidade que ele não controla.

Seixas sacode a cabeça abandonadamente:

— Eu não digo? Estão brincando de fita de gângster. Esses fedelhos que ainda cheiram a cueiros!

Mete entre os lábios o cigarro apagado. Olha para a fachada do cinema, bem na nossa frente: toda de granito azulado, tendo sobre a marquise um enorme aquário de cristal onde peixes ornamentais passeiam por entre plantas aquáticas.

— Que é que parece aquilo? Que é que cinema tem a ver com peixe? É ou não é macaqueação?

Quando ele fala, o cigarro, preso aos lábios, sobe e desce em movimentos bruscos.

— E que é que a Fernanda diz a todas essas?

— A Fernanda está firme e não cede.

— Aí está uma menina de valor que anda perdendo tempo com bobagens. Devia ter estudado medicina ou coisa que o valha. Tem a mania de salvar a humanidade. Eu sempre digo: Fernanda, sossega, a humanidade não quer ser salva. Você vai acabar gastando tudo que tem. Ela dá risada, diz que eu estou caducando.

Faz uma pausa reflexiva e depois acrescenta:
— Talvez esteja... Me dê o fogo. Sempre esqueço a caixa de fósforos na casa do último cliente.
Seixas acende o cigarro. Separamo-nos com um aperto de mão.

18 de maio

Oito da manhã. Num dos elevadores do Megatério encontro Gedeão Belém, diretor do jornal *A Ordem*. Um tipo que venho observando com interesse. Veste-se com uma elegância exagerada, toda feita de amido e enchimentos.

Seu rosto muito sangüíneo e gordalhufo, ornado dum bigode sempre bem aparado, como relva de jardim de luxo, tem uma expressão que não inspira simpatia nem confiança. Há nele qualquer coisa de viscoso e oblíquo.

O elevador vai subindo. Muito perfilado junto do ascensorista preto, ali está o dr. Gedeão Belém no seu casaco de *tweed* em tom bege, num gracioso contraste com as calças de flanela marrom.

Subir! Eis o verbo mais importante da vida desse aventureiro municipal. Subir a qualquer preço. Não apenas subir ao vigésimo segundo andar do Megatério, onde fica a redação de seu jornal. Mas subir na sociedade, nas esferas oficiais, no mundo das finanças e das pequenas vaidades cotidianas. Ultimamente o dr. Belém deu a seu jornal uma orientação católica. Quer fazer da Igreja um trampolim para os seus saltos espetaculares, rumo das boas posições e dos negócios vantajosos. É demagogo e politiqueiro. Do pai, velho caudilho e político decaído, parece ter herdado o amor à intriga e à chicana.

Nos seus artigos de fundo o lobo veste pele de cordeiro e, com um estilo florido e falso como as suas roupas, ele adula o clã de d. Dodó, exalta o arcebispo e, seguindo uma técnica que já se vai fazendo sediça, classifica indiscriminadamente de comunistas todos quantos não são adeptos declarados da Igreja. *A Ordem* já começou a sua campanha surda contra Fernanda, pois Gedeão Belém é muito chegado a Almiro Cambará e ambos têm interesses comerciais em comum.

Se me pedissem uma definição desse curioso exemplar humano eu diria que ele é um "pequeno Maquiavel em imitação de Sloper". Sua presença me causa um vago mal-estar.

Gedeão Belém me olha com insistência e, num momento em que

desprevenidamente passo os olhos pelo seu rosto, ele lança na minha direção um tímido sorriso aliciador de companheiro de viagem que deseja estabelecer conversação. Mantenho uma seriedade rígida e ignoro-o.

Será que já começo a odiá-lo? Creio que não sei olhar a vida desapaixonadamente. Os inimigos de meus amigos são meus inimigos. Quem é que vendo uma víbora passear por um jardim-de-infância lhe poupa a vida na franciscana esperança de que ela não vá picar as crianças?

Só desejo que nunca mais me veja na contingência desagradável de esmagar inimigos... Estou cansado de violência.

— É o vinte! — diz gaiatamente o ascensorista, abrindo a porta para mim.

Sorrio para o negrinho e saio.

A redação de *Aventura*. Simples, sóbria e confortável. A luz esbranquiçada das manhãs jorra pelas largas janelas. Encontro Fernanda à sua mesa a ler um jornal.

— Bom dia!
— Olá, capitão!

Aproximo-me dela.

— Que é que há de novo?
— Leia isto.

Fernanda mostra com o dedo uma coluna do jornal. Inclino-me sobre o ombro dela e leio. É o artigo de fundo de *A Ordem* firmado com as iniciais G. B. "Propaganda Nefasta" — é o título.

"Guardiães da Pátria, sentinelas da ordem social e paladinos da grande causa do espírito, não podemos ficar indiferentes ante essa nefasta propaganda bolchevista que se vem insinuando através de revistas, livros e filmes tendentes a abalar os sagrados alicerces da sociedade cristã..." Mais adiante: "Chamamos a atenção da polícia para certas revistas intituladas de educação infantil que publicam em suas páginas, onde se nota a visível influência do judeu internacional e do ouro de Moscou, histórias de caráter nitidamente 'materialista', nas quais é absoluta a ausência dos salutares princípios cristãos e das nobres finalidades que tornam digna e bela a existência do homem".

Sento-me na beira da mesa. Fernanda cruza os braços, reclina-se para trás na sua giratória e me olha sorrindo.

— Que é que você diz?

— Encontrei há pouco no elevador essa jóia do Gedeão Belém. Corado e fresco como uma rosa rorejada de orvalho. Que patife!

— E a coisa tende a piorar de hora para hora. O Cambará está cada vez mais encanzinado. Hoje o Goldstein, da Triangle, a única companhia importante que exibe filmes no Aquarium, me telefonou, todo cheio de desculpas, para dizer que no próximo ano não pode renovar o contrato.

— E como vai ser?

Fernanda encolhe os ombros.

— Ficar sem filmes.

— Mas e a Warner? — pergunto. — A Metro? A Twentieth Century, as outras?

— Que é que você quer? Foram nos deixando aos poucos. E isso é muito natural. Todos os cinemas da cidade acham-se nas mãos do Cambará. Para essas companhias está claro que é mais vantajoso ficar com a ERCA. Eu não as censuro.

— Não se trata de censurar ou não. Eu quero saber se um cinema pode funcionar sem filmes.

— Talvez possa. Em último caso levarei teatro para o Aquarium. O melhor teatro, nem que seja preciso eu mesma formar uma companhia, montar peças, fazer artistas.

— Fernanda, você é impossível. Mas pense só numa coisa. Tudo tem um limite. Até mesmo as suas forças.

Fernanda sacode a cabeça:

— Sim, mas talvez o meu entusiasmo e a minha fé sejam menos limitados do que você imagina.

Da sala contígua vem o ratatá das máquinas de escrever. Entra um empregado de tipografia com provas de página para Fernanda examinar.

— Coragem, capitão! — exclama ela, baixando os olhos para as provas.

— Coragem eu tenho — replico. — O que me falta é ar, como disse o homem...

Caminho para a janela. O Guaíba está sereno sob o sol.

Serenas também estão as montanhas que azulam, lá longe. É que elas não participam das angústias humanas. Os Pireneus se mantinham impassíveis enquanto em terras de Espanha os homens se espedaçavam uns aos outros. Vêm-me à memória as palavras daquele camponês catalão: "A terra é boa, os homens é que são maus".

Contemplo a zona do Gasômetro: foi ali que a cidade começou há mais ou menos duzentos anos. Ponho-me a imaginar os casebres dos casais açorianos, a refletir sobre o mistério do tempo e das criaturas, a pensar na passagem dos anos, no fluxo e refluxo de sonhos e idéias, trabalhos, sofrimentos, ambições e esperanças que, com o escoar de dois séculos, resultaram neste estado de coisas de que o Megatério e a luta de Fernanda são símbolos pungentes. Vislumbro o que há de falso no mundo em que agora nos movemos e fico com a estranha impressão de que, bem como me disse o dr. Seixas, nós somos crianças que estão brincando de gente grande. Falta-nos *tempo* nas nossas casas, nas nossas cidades, nos nossos desejos, na nossa memória, na nossa alma.

Sento-me à mesa. Começo a trabalhar na ilustração duma história que Noel escreveu para a revista. Trata-se, como era de esperar, de um conto de fadas. Um menino louro e sonhador que consegue entrar milagrosamente num livro de histórias maravilhosas, com gravuras coloridas, e passa a viver dentro dele, de mistura com as clássicas personagens Branca de Neve, a Bela Adormecida, o Gato de Botas...

— Em quantas cores queres as ilustrações? — grito para a Fernanda.

— De quantas precisas? — responde-me ela lá do outro lado desta grande e clara sala.

— De cinco.

— Não seja perdulário. Pense na crise e contente-se com três.

Solto um suspiro de resignação.

— Você manda.

Ponho-me a desenhar o menino louro diante do livro de histórias. Ao cabo de alguns minutos Fernanda ergue a cabeça e pergunta:

— Não sabe trabalhar sem assobiar?

— Eu estava assobiando? Nem dei por isso.

— Sim senhor. E por sinal era o *Bolero*, de Ravel.

Curioso. O *Bolero*. As trincheiras do Ebro durante os dias daquele pavoroso setembro. Sinto um leve mal-estar. Afasto de mim o esboço começado, tomo dum novo papel e, furiosamente, como se de repente o espírito de um artista diabólico se tivesse apoderado de mim, desenho em traços nervosos este quadro: Sebastian e Vasco arrastando pela poeira o corpo de Axel com as pernas decepadas. E não sei por que me sinto tomado dum súbito aborrecimento por Noel. A vida está cheia de dramas e misérias e ele se obstina em escrever doces histórias impossíveis, prometendo às crianças um mundo que elas nunca hão de encontrar na realidade. Rasgo o desenho e atiro os pedacinhos de papel na cesta ao lado da mesa.

— O Noel não veio? — pergunto, nem eu mesmo sei por quê.

— Veio, sim — responde Fernanda, fazendo com a cabeça um sinal na direção de uma das portas. — Está metido lá dentro com o padre Rubim.

— A esta hora da manhã?

— Que é que você quer? A fé madruga...

Noel está convertido ao catolicismo. Chegou à Igreja seguindo um curioso trajeto: Contos de Fadas — G. K. Chesterton e Maritain. O pe. Rubim foi o seu guia.

— Que é que você diz à conversão de Noel? — perguntei, faz poucos dias, à Fernanda.

— Digo que fé religiosa é assunto íntimo. De resto, acho que sem fé em alguém ou alguma coisa não se pode viver com serenidade e alegria.

— E acha que Noel encontrou paz em Deus?

— Acho. Seu espírito estava talhado para o catolicismo. A princípio tentei levá-lo para outros caminhos, não porque detestasse a religião, mas simplesmente porque julguei que ele pudesse encontrar na simples aceitação da vida e de suas lutas e num desejo de beleza e harmonia a compreensão de si mesmo e a paz de espírito que todos nós buscamos.

— Vocês são diferentes. Água e azeite.

— Razão bastante para que cada um fique dentro de seu continente. E de resto — prosseguiu ela com animação — eu que vivo a falar contra a intolerância cairia em ridícula contradição se me mostrasse intolerante nesse particular.

Vim depois a saber que Noel vive atormentado à idéia de que sua mãe leva no Rio uma vida dissoluta e escandalosa, numa grotesca prostituição, a encher de presentes gigolôs jovens e esportivos. Não falta quem, por meio de cartas anônimas, venha contar ao rapaz que Virgínia Madeira tem um apartamento em Copacabana, joga desbragadamente no Cassino da Urca, e que certa noite, no Assírio...

A ferida de Noel estava aberta e sangrando dolorosamente quando o pe. Rubim apareceu. E contra a carne viva o sacerdote aplicou o primeiro tampão da fé. Paciente, persuasivo, manso e amigo, ele foi medicando a ferida.

— Sabes? — diz Fernanda. — Noel vai tomar a primeira comunhão domingo que vem.

— É?

Nada mais encontro para dizer. Não sei se o invejo ou se o deploro.

Cinco minutos depois a porta se abre e o pe. Rubim aparece acompanhado de Noel. É um homem baixo e vivo, de expressão alegre. Tem olhos azuis de criança, lábios finos e nariz muito vermelho e lustroso. Caminha de mão erguida na direção de Fernanda e vai dizendo com sua voz macia e nasalada:

— Então, quando é que a menina Fernanda também vai seguir o exemplo de seu marido?

— Tenha paciência, padre — responde Fernanda a sorrir.

Noel vem olhar o meu trabalho. O pe. Rubim, brincando com a pasta de couro que tem debaixo do braço, pergunta:

— Por que é que não cria na sua revista uma pequena seção católica? É uma sugestãozinha, espero que não se zangue. A senhora sabe que a maioria das famílias brasileiras são católicas. Ficaria tão bonito uma página religiosa, com figuras, um pouco de doutrina, historietas edificantes... Não é mesmo?

— Ora, padre, é muito difícil de responder. Por que não fazer uma página espírita, uma página protestante, uma página budista, uma página... esotérica?

O pe. Rubim volta-se para Noel, sorrindo e a sacudir a cabeça:

— A dona Fernanda sempre com as suas... Oh! mas eu sei que no fundo, bem no fundo ela é uma boa católica!

Para desconversar, Fernanda contorna a mesa e caminha na minha direção.

— Padre, eu quero lhe apresentar o amigo de que lhe falei. Vasco, este é o padre Rubim.

Ergo-me e aperto a mão que se estende para mim.

— Ah! O senhor é o moço que esteve lutando na Espanha?

Fica a me contemplar, meio abstrato.

E depois ingenuamente:

— Não é comunista, é?

— Não, senhor. Sou desenhista.

Ele ri, mostrando os dentes desiguais e amarelados. Mas é um sorriso sem malícia. Sacudindo o dedo no ar, como um bondoso professor que ameaça, por pura brincadeira, o seu aluno predileto, ele diz:

— Eu preciso falar com o senhor... Preciso mesmo falar *muito* com o senhor.

— Quando quiser, padre...

— Está bem. Qualquer dia eu apareço... Bom. Com licença, vou andando.

Quando ele sai com Noel, Fernanda fica olhando para a porta.

— Um sujeito decente, sincero e duma pureza rara — comenta ela. — O mal do catolicismo é que para cada padre Rubim existem duzentos Gedeões.

4

22 de maio

Pouco depois do meio-dia. Vou levar Clarissa até a porta do colégio onde ela leciona.

— Joãozinho e Maria — murmura ela, olhando para as nossas sombras na calçada.

— Qual! Apenas Clarissa e Vasco, dois seres de carne e osso. Nada de contos de fadas. Deixemos isso para o Noel.

— Oh, Vasco, a gente não pode nem brincar?

Tomo-lhe do braço carinhosamente e sussurro-lhe ao ouvido:

— Não precisamos brigar. Dentro de três meses estaremos casados e vamos ter o resto da vida para as nossas rixas. E é bem possível que um dia amanheças estrangulada.

Clarissa ergue os olhos para mim, sorrindo.

— Nós não vamos ser como os outros, não é? — pergunta ela franzindo o nariz e pisca-piscando de leve.

— Que outros?

— Por exemplo... o Pedrinho e a Ernestides.

— Claro que não.

— Vivem como cão e gato.

Paramos a uma vitrina onde se expõem objetos de cerâmica.

— Que lindo vaso! — exclama Clarissa, mostrando com o dedo. — Quanto custará?

— Vamos embora. Comprar é o verbo que vocês mulheres mais usam.

Puxo-a pelo braço. Entramos em outra rua. — Clarissa... se tu soubesses o que eu sei...

— Que é que tu sabes?

— Uma coisa que eu vi.

— Que é? Diz logo, Vasco!

— Eu não ia te dizer. É um assunto desagradável. Mas preciso contar a alguém, e é bom a gente começar a não ter segredos um para o outro.

— Diz logo!

— Tu sabes que eu estou pintando o retrato da Roberta Erasmo...

— Sei, sim.

— Hoje de manhã subi ao vigésimo quinto andar para ir à casa dela... Imagina quem vi no corredor... A Ernestides.

— E que tem isso?

— Ia entrando toda arisca por uma porta, olhando para os lados com ar assustado. Fiquei curioso, fui ver. Era o apartamento do Manoel Pedrosa.

— Não diga!

Sacudo a cabeça. Clarissa pára e fica a me olhar espantada, a boca entreaberta, a sobrancelha direita mais alta que a esquerda.

Continuamos a andar mais devagar.

— Vais contar à Fernanda? — pergunta ela.

— Que é que tu achas?

— N... não sei. É horrível.

Não acho horrível. Acho tolo. Sem graça. Triste.

É um doce e repousado dia de outono. Fico um pouco aflito por não encontrar um meio de levar para a tela esta luz cor de mel, o céu distante e nevoento, as sombras de tons misteriosos e sobretudo certos insituáveis e esfumados toques de azul que são como que os fantasmas da paisagem. Eis um dia em que o homem não se sente separado da natureza, mas se integra nela, com humilde alegria. Talvez a maior homenagem que um artista possa prestar a um momento como este seja a de não tentar absolutamente descrevê-lo ou pintá-lo. A simples aceitação de sua beleza será provavelmente a atitude mais sensata e natural.

— Amo este outono do Rio Grande — digo a Clarissa.

— Eu também. Tu te lembras da nossa paineira em Jacarecanga? Agora ela deve estar florida.

— Se não a derrubaram...

Clarissa fica um instante pensativa.

— É mesmo... Vasco, por que será que a gente nunca esquece o lugar onde nasceu e cresceu?

Minha resposta também é uma pergunta que eu passo adiante a uma terceira pessoa invisível:

— Por que será?

Avistamos o colégio. Por cima do muro ao longo do qual agora caminhamos, pendem para a rua os galhos duma grande magnólia com graúdas flores creme e folhas de um verde-escuro e oleoso.

Anda no ar um cheiro de folhas secas que me lembra esquisitamente de arcas antigas, com segredos e ternas recordações.

— O outono é a estação que tem mais dignidade — digo. — Sua beleza possui equilíbrio, maturidade e calma. Sabes duma pessoa que pode bem simbolizar o outono? Roberta Erasmo.

Clarissa me olha de viés.

— Vasco, é a segunda vez que tu dizes esse nome hoje.

— E que tem isso?

— Nada...

E em silêncio andamos mais alguns passos. Depois, subitamente ela pergunta:

— Tu sabes que falam muito dela?

— E que tem isso?

— Nada.

Na frente do colégio, ao nos despedirmos, Clarissa me faz uma pergunta, esforçando-se por dar à voz um tom de indiferença.

— Quanto tempo falta para terminares o retrato?

Finjo não entender.

— Que retrato?

— O dessa senhora... Erasmo.

— Mais uns dez dias talvez. Por quê?

— Nada... Não posso perguntar?

Seguro-lhe o queixo.

— Ciumenta.

Clarissa me volta as costas e sobe as escadas do colégio, correndo.

26 de maio

Eugênio nos telefona para dizer que o dr. Seixas está passando muito mal no Hospital Metropolitano. Ao entardecer vou visitá-lo em companhia de Clarissa e Fernanda e encontramo-lo um pouco melhor, especado entre travesseiros, muito lívido, a respirar com alguma dificuldade.

— Vieram ver o velho morrer, hem?

— Nem fale nisso, doutor Seixas! — diz Fernanda, apertando-lhe a mão. — Nós ainda vamos festejar o seu centenário.

Seixas mira-a por longo tempo e depois diz:

— Viver mais quarenta anos neste estado? Não desejo esse castigo a ninguém.

Sentada ao pé do leito, com as magras mãos pousadas nas coxas, encurvada, ossuda, feia e resignada, sua mulher olha e escuta em silêncio.

— Mas então, que foi isso, doutor? — pergunto.

— O velho coração... — responde ele.

— O culpado é o senhor — diz Clarissa. — Usou-o demais.

Ficamos a conversar por alguns instantes. Seixas nos conta um curioso sonho que teve a noite passada. Estava no meio duma vasta planície amarrado a um palanque e via desfilar um enorme rebanho de elefantes negros. Tudo muito confuso. Os animais corriam em tropel campo em fora num rumo desconhecido. Ele sentia vontade de seguir o rebanho, mas não podia, e isso lhe causava angústia.

— Que besteira! — diz ele. — A troco de que eu havia de sonhar logo com elefante? O último que eu vi foi um que andava na rua ainda o outro dia, fazendo reclame dum circo.

Retiramo-nos ao anoitecer. Seixas pergunta a Clarissa quando é que vai "botar o Gato-do-Mato numa jaula". E ela:

— Acho que nunca, doutor.

No corredor Eugênio nos conta que o homem está liquidado. Talvez não dure uma semana.

27 de maio

Chinita Pedrosa há vários dias vem insistindo para que eu lhe pinte o retrato. Encontro-a esta manhã na rua. Eu vou andando pela calçada e ela faz parar o seu carro junto de mim:

— Bom dia, Vasco. Então, quando é que sai o nosso retrato?

Aproximo-me dela, entro na sua zona de atração marcada por uma aura de perfume.

— Quando você quiser.

— Tem algum compromisso segunda? Às quatro da tarde... serve?

— Serve.

Ela descerra os lábios num sorriso que se esforça por ser ingênuo. É morena e dum bonito agrestemente provocante. Pena é que não saiba se pintar. Espalha o ruge sem arte nem medida e tem o mau gosto de passar creiom nas pálpebras.

— Bom. Já sabes o meu endereço. Edifício Glória, apartamento dezenove.

— Está combinado.

— O.k.

Outra vez o sorriso de Louise Rainer. (A última vez que a vi, faz um ano, era Joan Crawford).

O automóvel se vai. Fica nas minhas mãos um perfume de Nuit de Noel. Não sei que mau pressentimento me embacia os pensamentos quando os foco nessa visita.

O mundo é muito engraçado. Chinita diz "O.k." e segue, nas roupas e nas atitudes, os figurinos de Hollywood. O avô dela, um caboclo analfabeto e rude, começou a vida como ladrão de cavalos e creio que nunca chegou a entrar num cinema. Ao morrer deixou para o filho único, Zé Maria, duas léguas de campo e alguns milhares de cabeças de gado. Vadio e inábil, amigo da cidade, Zé Maria foi aos poucos perdendo a fazenda, numa sucessão de maus negócios. Com o auxílio da mulher — criatura econômica e tenaz — conseguiu mais tarde refazer-se financeiramente e estabelecer-se em Jacarecanga com uma modesta e pequena casa de secos e molhados. Foi lá que o conheci em mangas de camisa; atrás do balcão, pitando cigarros de palha e discutindo política ou rinha de galos com os fregueses. Lembro-me de Chinita, dos tempos em que ela ainda usava carpins e fita nos cabelos e ia passear com as amigas na calçada da praça, nas tardes de retreta. Manoel, o irmão, andava por esse tempo pelas salas de bilhar, com o chapéu no cocuruto e um ar arrogante. Estava nessa idade impossível em que o rapaz engrossa a voz e o buço e pensa que é dono do mundo só porque já fuma insolentemente o seu cigarro na frente dos mais velhos e em matéria de sexo já usa o artigo legítimo e não mais o seu melancólico sucedâneo manual.

Certo dia o pai de Chinita ganhou uma sorte grande e resolveu mudar de vida. Veio com a família morar em Porto Alegre, onde construiu um palacete no bairro residencial e passou a levar grande vida. Chinita entrou na sociedade, meteu-se em bailes, casas de chá elegantes, penumbrosas e discretamente eróticas. Acabou numa suave prostituição, que começou com o rapaz a quem se entregou decerto por amor misturado com curiosidade, e que depois continuou, sempre velada, em outras aventuras de que a gente apenas tem notícias através de comentários maliciosos.

Em pouco mais de três anos Zé Maria perdeu quase tudo quanto tinha. Um sócio desonesto, num negócio também pouco limpo, levou-lhe mais de duzentos contos. Teve Zé Maria Pedrosa de voltar para a sua Jacarecanga, retornando à vida humilde de antigamente. Manoel e Chinita preferiram ficar em Porto Alegre, ele a pretexto de continuar os estudos; ela, não sei por quê. Toma ares de menina cinematograficamente moderna, tem a sua baratinha, os seus bons vestidos, as suas jóias, o seu apartamento e não creio que possa manter essa situação com a modesta mesada que o pai lhe manda. Fala-se por aí que ela tem um amante casado e rico. Não sei nem me interessa saber se isso é verdade. O caso de Chinita para mim só tem importância pelo que vale como símbolo. Reflexões em torno de um tropeiro gaúcho e de Greta Garbo. Hollywood e Jacarecanga. A história social da América de 1914 para cá. Paralelos, profecias e o mais que segue.

29 de maio

Dez da manhã. Nova visita ao dr. Seixas. D. Quinota, a mulher dele, é quem me abre a porta: está com os olhos pisados — choro ou noite maldormida? Conta-me que o marido passou uma noite horrível, com muita falta de ar.

Aproximo-me da cama, seguro uma das mãos do doente e inclino-me sobre ele. Seixas fita em mim os olhos ansiados e balbucia:

— Sonhei de novo com os elefantes pretos.

Sorrindo lhe digo:

— Se estavam de tromba erguida é sinal de boa sorte. É que o senhor vai ficar bom.

Ele sacode a cabeça sobre o travesseiro, dum lado para outro. Sento-me ao lado da cama e quando d. Quinota entra no compartimento contíguo, sussurro:

— Sabe que tenho uma teoria sobre o seu sonho?

Seixas me olha: seus olhos brilham e é com uma volta da velha energia agressiva que ele me atira estas palavras:

— Não me venhas com essas bobagens de Freud, que eu nunca acreditei nisso. Passei muito bem trinta e cinco anos sem precisar desse charlatão.

Faço um gesto conciliador.

— Escute aqui... Lembra-se daquele nosso encontro, na véspera de minha partida para a Espanha?

— No corredor da casa da Fernanda... me lembro, sim.

— O senhor se queixou de doente e disse que os homens deviam fazer como os elefantes que se escondem para morrer. Nós ficamos imaginando o que seria uma colônia de velhos moribundos a esperar a morte, uns com vergonha dos outros... É que o senhor no fundo tem o seu orgulho e preferia que ninguém o visse doente... Acha que está incomodando os outros, que...

Calo-me temendo ser cruel. Sinto que não devia ter começado. Seixas está em silêncio e nos seus olhos de esclerótica amarelada brotam lágrimas.

Ele volta a cabeça para o outro lado e enxuga disfarçadamente os olhos com a ponta do lençol. Fica por alguns instantes com a cabeça virada para a parede. Depois, torna a me olhar de frente e diz:

— Estou escangalhado e tenho sofrido muito. Faz dois dias que vivo à custa de injeções. Eu já disse para o Eugênio que não adianta. É melhor eu ir embora duma vez. Melhor para mim e para os outros.

Quero dizer alguma coisa mas não encontro nenhuma palavra de esperança ou consolo.

O dr. Seixas prossegue:

— A vida é triste, amarga e safada. Há muita coisa ruim neste mundo. — Faz uma pausa. Seu rosto se anima um pouco. — Mas você quer saber de uma coisa? Se eu pudesse começar de novo com vinte anos... não sei... acho que fazia mais outra tentativa. — E por fim, com voz cansada: — Sou um velho muito desmoralizado...

E sorri um inexplicável sorriso, que fica quase encoberto pelos bigodões amarelecidos pelo fumo.

Quatro horas da tarde. No apartamento de Chinita. Móveis finos mas de mau gosto. Conforto novo-rico. Bibelôs desse *engraçadinho* convencional e fútil.

Chinita me recebe metida num chambre de seda azul. Quando ela caminha para mim, a perna metida em meia de seda cor de carne se escapa pela abertura do roupão e com ela vem um pedaço de coxa nua e morena. Doce e morno choque. Fico com a vaga desconfiança de que a história do retrato não passa dum pretexto... Ponho o rolo de papel e a caixa de tintas em cima da mesa e de repente me ocorre o estranho desta situação. Penso numa tarde de retreta em Jacarecanga. A banda do 8º Regimento de Infantaria tocando um fox "O mano de Minas", a Chinita de treze anos a mover as pernas esbeltas e muito queimadas, saltitando na calçada com as amiguinhas, em passo de dança. Eu, com ares de gênio, os olhos no céu, caminhando com andar duro ao lado de Almiro Cambará, muito preocupados ambos com a existência da alma, os mistérios da morte e os livros de Flammarion.

Sento-me numa poltrona. Diálogo tolo.

— Então? Bem instalada, não?

— Pois é.

Silêncio. Passeio o olhar em torno. Vejo na parede uma fileira de retratos de artistas de cinema. Clark Gable sorri para mim maliciosamente: decerto também já desconfiou de alguma coisa. Mas Louise Rainer lá está com aquele seu ar de esposa ingênua que ainda acredita que os bebês são trazidos pelas cegonhas.

Ao lado dela, Greta Garbo de pescoço esticado e lábios de comissuras muito caídas entrecerra as pálpebras com ar de quem diz: "I want to be alone".

Chinita:

— Tem sabido de Jacarecanga?

— Não. Não tenho.

— Quer fumar?

— Aceito.

Quando ela se inclina para a frente para me oferecer a cigarreira, as pontas do roupão escorregam para o chão, deixando-lhe as coxas à mostra. Ela não se dá pressa em esconder essa parte dos membros inferiores que uma misteriosa convenção determina que só se pode mostrar com certa impunidade nas praias de banho.

Acendo o isqueiro e aproximo-o do cigarro de Chinita. Tiramos as primeiras baforadas em silêncio. Uma mulher revela a sua raça no jeito como leva o cigarro aos lábios. Em vão tento descobrir nesta rapariga a chinoca rude que pita um cigarro de palha sentada num cepo na frente do rancho. A neta do ladrão de cavalos tem inegavelmente uma certa elegância. E belas pernas também.

— Como se foi de Espanha? — indaga ela.

— Bem... Voltei vivo, como vê.

— Foi ferido alguma vez?

— Fui.

— Onde?

— No setor do Ebro.

— Hem?

Chinita ergue ambas as sobrancelhas e enruga a testa numa expressão de surpresa. Pensará que setor do Ebro é alguma parte do corpo ou que eu estou usando um eufemismo para esconder alguma região vergonhosa da anatomia humana?

— Fui ferido duas vezes na perna e uma no pulmão.

— No pulmão? Credo! Doeu muito?

— Não.

Diálogo ocioso. No fim de contas eu vim para pintar um retrato...

— Bom. Como é que você quer esse retrato, Chinita? Cabeça só ou corpo inteiro?

— Que é que você acha?

— Cabeça.

— O.k.

Desenrolo o papel de desenho. Escolho para Chinita uma posição em que a luz lhe bata em cheio dum lado do rosto. Tomo do lápis e começo.

— Como vai a Clarissa?

— Bem, obrigado. Mas não se mexa agora.

Passam-se os minutos. Creio que o quarto vai ficando mais quente à medida que o tempo passa. Coados pela altura chegam abafados até nós os ruídos da rua.

Chinita faz uma observação que me desconcerta um pouco:

— Vasco, você está desenhando as minhas pernas ou a minha cara?

Ergo vivamente os olhos.

— É proibido olhar para isso? — indago, meio brusco.

— Claro que não. Ficou queimado?

— Ora...

Em dez minutos tenho o esboço pronto. Ficou horrível. Chinita se ergue e vem olhar. Posta-se atrás de mim, passa a mão pelo meu ombro e eu sinto contra o braço a rijeza elástica de seu corpo.

— Pois eu acho que ficou bem...

— Não me agrada. A mão hoje está ruim.

— Não há de ser nada. Vamos beber qualquer coisa.

Traz uma garrafa de uísque, dois copos e um jarro de água. E quando se inclina para me servir a bebida, seus seios me roçam pelo rosto numa provocação.

O Vasco que conheci uns tempos atrás já se teria arremessado selvagemente contra essa rapariga para extrair dela todo o prazer que ela fosse capaz de lhe proporcionar. Mas eu ando à procura do equilíbrio e descobri que o homem que traz o sexo exclusivamente na cabeça nunca poderá ser bem-sucedido nessa busca. Só há uma coisa mais absurda e tola que a continência sexual: é o abuso. A trincheira me ensinou muita coisa em matéria de castidade. Não tenho escrúpulos de caráter religioso — mas o meu sentimento de fidelidade às coisas belas e harmoniosas se revolta contra a fornicação indiscriminada.

— Salve! — digo, erguendo o copo e bebendo.
— Salve — responde ela, fazendo o mesmo.
Ficamos depois a nos entreolhar estupidamente.
— Então, Vasco, você agora virou santo?
— Eu? Por quê?

Ela encolhe os ombros. Seu sorriso é um desafio. Joan Crawford nos seus dias gloriosos. Bate com a palma da mão no assento do sofá.

— Sente aqui comigo.
Recusar será ridículo. Obedeço.
— Por que não disse logo que essa história de retrato era um simples pretexto?

Ela me joga nos olhos uma baforada de fumo.
— Como você está besta, rapaz.
— Conversar não adianta... — digo, meio às tontas.
— Tem medo que a Clarissa saiba?

Tomo-a nos braços e beijo-a violentamente na boca. Empurro-a depois contra o respaldo do sofá e me ergo rápido, dizendo:

— Você é muito bonita, muito apetitosa... mas isso não tem sentido nenhum.

Começo a fechar a caixa de tintas e a enrolar os papéis de desenho, de costas voltadas para ela. No fim de contas, eu já dei muitas cabeçadas na vida e é tempo de principiar a ter juízo. Clarissa já sofreu demais com as minhas loucuras. Quero agora ser-lhe fiel. Mas nada disso porém pode apagar esta verdade escaldante: o meu desejo, as têmporas latejando, o ritmo do coração alterado, um certo tremor de pernas. E, seja como for, a situação é grotesca.

— Adeus, Chinita. Vamos esquecer o que aconteceu.
Volto-me para ela. Chinita está de pé, séria.
— Vasco, você é um tipo muito convencido...

Bette Davis num momento de cinismo. Como o cinema tem feito mal a esta criaturinha! Ela podia estar em Jacarecanga, casada com um prático de farmácia, excelente esposa, doces de leite, macarronada aos domingos, filhos, tricô...

Caminho para a saída furioso comigo mesmo e com o mundo. Ela me acompanha em silêncio e, antes de fechar a porta, murmura:

— Agora não vá sair por aí se gabando de mim.

A única coisa que lhe digo é:

— Tome um banho frio.

E caminho para o elevador.

5

30 de maio

O dr. Seixas morreu pouco antes das três da madrugada. Conservou a lucidez até o último momento. Antes da meia-noite uma das irmãs de caridade lhe pediu para receber os santos óleos. Com voz estertorosa, que era pouco mais que um sopro, o doente perguntou:

— Para quê?

E a enfermeira, mansamente ingênua:

— Ora, doutor... Nós sabemos que o senhor vai sarar. Mas sempre é bom estar prevenido.

Seixas olhou-a bem nos olhos por alguns segundos.

— Prevenido? Mas eu sempre andei na vida desprevenido... e me dei... muito bem. Depois... lá em cima... eles me conhecem...

A irmã se retirou. Seixas chamou Eugênio e perguntou:

— E a Quinota?

— Mandei-a descansar um pouco.

— Eugênio... não deixe... não deixe elas virem... na hora... na hora... sabe?

Eugênio sacudiu a cabeça afirmativamente. Seixas pediu-me que escancarasse a janela. Obedeci. O ar fresco da madrugada invadiu o quarto.

A agonia começou pouco depois das duas. A irmã rezava ao pé da cama junto da imagem do Crucificado. Seixas morreu apertando a minha mão e querendo dizer qualquer coisa a Eugênio, que, com lágrimas a lhe escorrerem dos olhos, acariciava a cabeça do amigo. No silêncio só se ouvia a respiração arquejante do moribundo. Depois o corpo dele se imobilizou, a pressão de sua mão afrouxou e a vida se lhe apagou do corpo mansamente como a chama duma vela soprada pelo vento da madrugada.

Eugênio auscultou-lhe o coração e depois, com todo o carinho, trançou-lhe as mãos sobre o peito. Ergueu os olhos para mim e disse simplesmente:

— O sujeito mais decente que eu conheci.

Caminho até a janela. Eugênio se aproxima de mim e diz:

— Vou avisar a mulher.

Sem me voltar, digo-lhe:

— Por que não a deixa dormir? Seja como for não há mais remédio e é melhor que ela receba o choque quando estiver mais repousada.

— Você tem razão.

Ficamos ambos olhando a noite em silêncio. Um silêncio cheio de angústia e de interrogações. Lembro-me de nossas madrugadas nas trincheiras. Que pensamentos estarão cruzando a mente de Eugênio?

— Uma luta tão grande — murmura ele — para acabar nisso...

Sacudo a cabeça. Vem de longe o canto de um galo e o rolar dum bonde solitário.

— Valerá a pena? — pergunto, mais para mim mesmo do que para Eugênio.

— De qualquer modo — responde ele — a gente tem de ir até o fim.

— Mas onde é o fim?

— Ali... — Mostra o cadáver. — Ou mais além. — Faz um sinal para a noite. — Quem sabe?

— É indispensável que exista um mais além?

Eugênio hesita.

— Não é dolorosa a certeza de que nunca, nunca mais vamos tornar a encontrar as pessoas amadas que morrem?

Olhando para a lanterna de luz amarela, na ponta do mastro dum navio, lá longe no cais, replico:

— E não será inquietante a idéia de que a nossa consciência vai continuar e com ela possivelmente o sofrimento, a dúvida, o desejo de perfeição?

Silêncio. Sinto no ombro a pressão dos dedos de Eugênio. E ouço a sua voz junto de meu ouvido.

— Que é que a gente sabe? E, depois, não faz nenhum mal ter esperança.

Ruídos no quarto. Entram dois enfermeiros para lavar e vestir o corpo. Eugênio faz meia-volta e se aproxima deles para dar instruções.

Olho para o céu fosco da noite e imagino o rebanho de elefantes negros a correr, a correr ferido de morte para algum refúgio misterioso, levando consigo não só a alma do dr. Seixas, mas todas as almas que neste vasto mundo sofrem e sonham numa busca de libertação e paz.

31 de maio

Cinco da tarde. No cemitério. Estamos reunidos em pequeno grupo diante do carneiro onde acabam de alojar o caixão com o corpo do dr. Seixas. Um pedreiro de ar indiferente está barrando de tijolos a abertura do túmulo. Clarissa, de braço dado com Fernanda, soluça convulsivamente. Ao lado delas, Noel brinca com o chapéu, de cabeça baixa.

A esta mesma hora Chinita decerto mostra ao amante as suas coxas morenas. Em alguma casa da cidade o pe. Rubim está falando a alguém em santo Tomás de Aquino. Gedeão Belém compra uma gravata com listas verdes e vermelhas, que vai ficar muito bem com a sua última roupa azul elétrico. Almiro Cambará assina um contrato. D. Dodó entra na casa de um de seus pobrezinhos, levando cobertores para o inverno e roupinhas para as crianças. Alguém em algum quarto silencioso — provavelmente uma menina de óculos — está escrevendo uma carta de amor a Robert Taylor, ao passo que não muito longe dela, em outra casa, um moço do comércio está sonhando com a aviação sem motor. Quantas coisas diversas, absurdas, terríveis, grotescas, belas ou simplesmente cotidianas estão acontecendo no mundo neste mesmo instante?

O pedreiro termina o seu trabalho. Pôs entre o caixão do dr. Seixas e o resto do mundo uma parede de tijolos. O tempo terminará o trabalho de isolamento erguendo vagarosa e implacavelmente uma muralha muito maior de esquecimento.

O grupo se dispersa em silêncio.

Vamos caminhando os cinco por entre os túmulos.

— E a vida continua — diz Fernanda.

E Eugênio:

— Olívia costumava dizer que a vida começa todos os dias.

— Nossa reserva de esperança parece ser inesgotável — acrescento eu.

Eugênio se separa de nós pouco antes de chegarmos ao portão do cemitério:

— Bom... Eu ainda fico. Até logo à noite, Fernanda. Vou hoje à sua casa para resolvermos aquele assunto do hospital.

Afasta-se vagarosamente.

Acompanho-o por um momento com os olhos e depois digo:

— É curioso como uma pessoa morta pode exercer tanta influência na vida dum homem...

Noel:

— Talvez Olívia não esteja *morta*.

Fernanda toma-lhe do braço:

— E quem foi que disse que ela estava?

Clarissa se aproxima de mim como quem pede socorro e abrigo. Está com os olhos vermelhos de tanto chorar.

Entramos no automóvel. Ficamos por alguns instantes em tristonho silêncio. Ao cabo de algum tempo, já a caminho da cidade, Fernanda começa a contar histórias sobre o dr. Seixas. Anedotas. Esquisitices. Manias. Coisas que antes nos provocavam gargalhadas, mas que agora apenas nos fazem sorrir com certa melancolia.

— Que grande tipo!

— Conhece aquele caso da mulher que tinha um lobinho na cabeça? Não? Ah! É ótima.

E lá vem a história. Enquanto os outros falam, imagino o dr. Seixas a cruzar as estradas do céu, resmungando, de maleta na mão, a pedir fogo às estrelas para acender o cigarro de palha que a garoa apagou.

5 de junho

Dez da manhã. Misturo na palheta dois tons de azul para pintar os olhos de Roberta Erasmo. Imóvel e repousada, o busto ereto, ela está posando para mim, sentada numa cadeira de jacarandá de respaldo alto. Tem um belo sorriso que lhe acentua os zigomas e o oblíquo dos olhos. Não foi fácil obter o tom exato de seus cabelos, dum castanho-escuro quase negro, com reflexos de cobre. Já estou pensando na dificuldade que vou encontrar quando quiser trazer para a tela o marfim pálido de sua pele. Tem esta uma quente palpitação de vida, uma espécie de resplendor que vem de dentro para fora como se no interior do crânio dessa mulher de quase quarenta anos esti-

vesse acesa uma lâmpada. Se me pedissem para dar um nome ao quadro que estou pintando, eu não hesitaria um segundo: chamar-lhe-ia *Plenitude*.
 Roberta agita um lenço branco.
 — Peço paz! — diz ela.
 Largo palheta e pincéis.
 — A paz foi aceita sem condições.
 — Um aperitivo?
 — Nada mau.
 Sinto-me bem nesta sala de móveis escuros e rústicos, de cujas paredes pendem cópias de Cézanne, Manet, Gaughin e Degas. Lá está a "Olímpia" toda nua em cima do divã, com aquela detestável fita de veludo ao redor do pescoço — detalhe que vale por um retrato psicológico. E como é delicioso aquele seu gesto de pudor — a mão sobre o sexo —, quando a única coisa vergonhosa que ela devia esconder é a cara... Já na minha segunda visita Roberta dizia:
 — Você já reparou nessa coisa curiosa que se pode chamar a "localização do pudor"?
 Essas palavras nos levaram a distâncias inesperadas nos domínios da religião, do sexo e de conduta na vida. Estabeleceu-se aos poucos entre nós uma suave e natural confiança que nos permitia tratar de assuntos delicados dum ponto de vista menos eufemístico e impessoal. E, levados pela onda embaladora duma conversação tranquila e rara, num ambiente agradável, avançamos ambos desprevenidos e quando despertamos foi para ver que estávamos ao pé da fronteira desse território quase proibido onde habitam as nossas convicções íntimas sobre ética sexual. Houve pequena hesitação, entreolhamo-nos por alguns segundos e, depois, com pudor do pudor, saltamos ao mesmo tempo para o outro lado com passo decidido (e com que graça ela o fez!). Entramos num mundo de revelações suave e esquisitamente intoxicantes que nos levaram numa espécie de mansa embriaguez até os muros da cidade fechada, dentro da qual se acham entesouradas as nossas experiências sexuais efetivas, a lembrança das nossas ações secretas — às vezes tão diferentes de nossas convicções —, os nossos desejos recalcados e a memória dos desejos satisfeitos. Parei diante desses muros com a certeza de que não podia nem devia ir além. Sabia que Roberta não me viria entregar voluntariamente a chave da cidade vedada, cujos segredos eu só conseguiria vislumbrar em rápidos vôos da intuição.

A criada traz os aperitivos. Depois que ela se retira Roberta me diz:

— Sabe por que estimo você, Vasco?

— Não faço a menor idéia...

— Porque é dos poucos homens que se aproximaram de mim e não se julgaram na obrigação de me levar para a cama...

Antes de falar tomo um bom gole de uísque. É esquisito ouvir essas palavras de uma mulher treze anos mais velha que eu e mãe de uma filha de vinte e de um filho de dezoito.

— E eu gosto de você — respondo — por várias razões e também porque você não parece ofendida por eu não ter feito tentativas para conquistá-la.

Desvio os olhos do rosto dela para fixá-los no *Retrato do dr. Gachet*, de van Gogh. Lá está o velho médico com ar aborrecido, a face pousada na mão, a pensar decerto nos problemas da vida.

— Naturalmente você sabe que se contam a meu respeito as histórias mais fantásticas... Atribuem-me um amante...

Sacudo a cabeça afirmativamente. Ela continua:

— Vocês homens em matéria de amor são muito engraçados. Dividem as mulheres em duas categorias: as honestas e as prostitutas. Não admitem nuanças... Fica tão esquemático, tão elementar, tão tolo... E, depois, tenho a impressão de que quase todos vocês trazem o sexo na cabeça.

— E as mulheres... onde o carregam?

— Nós? Em todo o corpo.

— E há vantagem nisso?...

Roberta sorri. Os zigomas crescem, espremendo os olhos, que cintilam de malícia.

— Não será mais harmonioso?

Faço um gesto neutro e, levado por essa vaga de perguntas audaciosas que se vai a pouco e pouco avolumando, pergunto:

— E o seu marido? Até onde acredita ele nas *lendas* a seu respeito?... se é que as conhece.

Roberta tira um cigarro da cigarreira e começa a bater a ponta dele na guarda da poltrona. Estou muito esquecido do pouco que sabia das boas maneiras sociais, de sorte que deixo de saltar para oferecer-lhe o isqueiro aceso, como teria feito qualquer mancebo galante.

— Se ouviu falar alguma coisa — responde ela — não deixa perceber isso. Talvez não tenha tempo para cuidar desses assuntos. Vive demasiadamente ocupado com os negócios da companhia de petróleo, e nas horas de folga anda atrás das caixeirinhas do Sloper ou então vai para as casas de chá ou para a arcada da Galeria Chaves flertar com essas meninas de vinte anos que têm um fraco pelos cavalheiros cinqüentões com cabelos grisalhos nas frontes...

— Tenho outra teoria.

— Qual é?

— Ele sabe e finge não saber. Uma vez que tudo se mantém dentro de limites mais ou menos discretos... para que fazer barulho? Nele o comodismo e a ambição parecem dominar-lhe o amor-próprio de homem. E, depois, sente orgulho da esposa. É-lhe agradável a idéia de ser apontado como marido de uma mulher admirada e cobiçada.

Roberta franze a testa, séria. Seu olhar por um instante é inescrutável. Como lhe fica bem esta expressão!

— Mas você está falando como se *houvesse mesmo* um amante...

— E não há?

Fito os olhos intensamente no rosto dela procurando os efeitos de minhas palavras. Vejo a fisionomia serena e madura de alguém seguro de si mesmo e dos outros.

— Que é que você pensa?

Encolho os ombros.

— Penso que não há razão para que não haja...

— E por quê?

— Porque você é bonita, tem um corpo que suponho cheio de desejos e parece não ter encontrado no casamento a felicidade que esperava... e merecia.

— Lírico?

— Não. Cínico.

— E apesar de ter idéias como essa vai se casar?

— Acontece que não tenho idéias padronizadas e essas não são propriamente *as minhas idéias*. Na minha opinião cada pessoa tem a sua realidade. A sua é... essa. A de Clarissa, por exemplo, já é diferente. Todos nós somos ao mesmo tempo muito parecidos e muito diferentes uns dos outros. Na Catalunha encontrei um velho que gostava apaixonadamente de comer caracóis. Eu compreendo e justifico esse gosto dentro da realidade daquele catalão, mas nem por isso me sinto inclinado a comer caracóis.

Roberta sorri, ergue um pouco a cabeça e solta uma leve baforada para o teto.

— Sexo e caracóis da Catalunha. Você é impagável. Fique certo de

que eu acho uma delícia encontrar de vez em quando uma pessoa com as suas idéias.
— E montados num caracol lá vamos nós fugindo do assunto. A sorte é que as lesmas se arrastam muito devagar. — Faço uma pausa intencional. — Então... quer atacar os fugitivos e obrigá-los a voltar ao assunto?
— Por que não? Se alguém fugiu foi você. Estou onde estava. Como é que você explica o seu casamento burguês à luz dessas idéias cínicas em torno do que você chama a minha "realidade?"
— É que não acredito numa solução única, numa salvação em massa, mas sim em soluções e salvações individuais.
— E quem foi que lhe disse que no casamento não encontrei a felicidade que esperava?
— Descobri. Tenho o complexo de Sherlock Holmes.
— Dedução ou indução?
— Ambas.
— Pensei que Sherlock Holmes só se interessava em crimes.
— Mas há crime... Estrangulamento de desejos, dilaceramento de ideais, uma espécie muito sutil de infanticídio: sonhos que são asfixiados antes mesmo de nascer.
— Você é romântico.
— Não nego, mas isso não altera a situação.
— Senhor *detetive*, preciso de um outro *detetive* para decifrar os seus enigmas.
— Quer que eu fale claro?
— Não lhe peço outra coisa. Diga a que conclusão chegou a meu respeito. Estou curiosíssima.
E de repente eu tenho consciência duma situação singular em que a franqueza chegou paradoxalmente antes da familiaridade.
— Talvez seja melhor não falar.
— Agora é tarde. Você já meteu o ombro na porta... fica feio desistir, não acha? E de resto... não somos amigos?
— Falta-me saber se depois disto continuaremos amigos como antes.
— Talvez mais. As limitações da hipocrisia e das convenções sociais me causam irritação. Se as pessoas pudessem ser sinceras ao menos aos sábados...
Uma pausa breve.
— Está bem — concluo. — Você, o seu marido, a Norma e o Antonius formam o que eu chamo de "quarteto dos desencontros". Cada

qual toca a sua música para seu lado, numa espécie de autarquia espiritual. Não são uma família no sentido patriarcal, moram apenas na mesma casa e usam o mesmo nome. Estou exagerando?

Roberta amassa a ponta do cigarro no cinzeiro, apertando os olhos à fumaça que lhe sobe espiralada para o rosto.

— Continue.

— A nenhuma das duas partes convém o divórcio, mesmo porque não se aborrecem nem se odeiam suficientemente para isso. Há ainda o problema dos filhos. Depois... o dr. Aldo teme que a situação de divorciado lhe prejudique a bela carreira social e financeira. No fundo, ainda não dominou as ambições e esperanças políticas. Além do mais, ele a respeita e admira. Você não o respeita, não o admira nem o ama...

Roberta me olha com olhos vagos por um instante.

— Quanto à Norma... Bom, você deu a ela tudo que provavelmente não lhe deram quando você tinha a idade dessa menina. A consciência de seu corpo, a liberdade de idéias e de movimentos. Ela lê os livros que deseja, tem as amigas e os amigos que escolhe e você por princípio e seu marido por comodismo não interferem na vida dela. Por que é que está sorrindo?

— Nada. É que eu nunca imaginei que os Erasmos estivessem sendo objeto de tão cuidadosa análise.

— Você me forçou a falar...

— Continue. Estou gostando.

— Ainda há mais. Norma tem ciúme da mãe.

— Ciúme?

— É que quando ambas saem juntas os homens olham de preferência para você.

Roberta se ergue, aproxima-se do cavalete, contempla o seu retrato incompleto e murmura:

— Pode ir falando...

— Antonius... bom... o rapaz...

Ela se volta para mim.

— Que é que há com ele?

Hesito.

— Devo quebrar o sigilo do confessionário?

— Não acredito que o Antonius se tenha confessado.

— Você sabe... Nós conversamos às vezes.

— E ele lhe disse alguma coisa... a meu respeito?

— Nada de muito sério... Confessou apenas que fica de certo modo ofendido quando encontra o que ele chama de "O time de eunucos da mamãe". Disse isso com uma certa ironia entre amarga e esportiva. Referia-se à sua escolta...

— Que escolta?

— Esses rapazinhos espigados e vagamente homossexuais que a cercam, que a acompanham ao teatro ou às casas de chá, que lhe dizem galanteios, que lhe elogiam os vestidos, lhe trazem livros de André Gide, comentam pinturas de Matisse e recitam versos surrealistas em francês.

Roberta torna a sentar-se. Desconfio que me estou portando rudemente com ela. Quantos antepassados camponeses serão responsáveis por esse meu gesto de franqueza? Seja como for, não me arrependo, e, já que comecei, só me resta uma alternativa — continuar.

— Que é que Antonius lhe disse deles?

— Parece que já ouviu alguém comentar maliciosamente a história e teve de brigar... Ouviu decerto entre os amigos do clube algum comentário malicioso. Você compreende. Ele é esportivo, campeão de natação. Usa cabelo à moda dos oficiais prussianos e tem o delírio da velocidade. Vai às aulas de *catch* e usa e abusa do adjetivo macho. Não pode compreender nem aceitar os seus amiguinhos.

— Mais um aperitivo?

— Não, muito obrigado.

Uma pausa. O dr. Gachet continua aborrecido: as loucuras de Vincent van Gogh lhe dão que pensar.

— Conclusões... — pede Roberta.

— Uma moral para a fábula?

— Se tem alguma, quero ouvir...

— Vá lá! Se em vez de Aldo Erasmo se tivesse apresentado aos seus dezesseis anos um homem com outras qualidades de alma e intelecto... hoje tudo seria diferente.

— Diferente em que sentido?

— No sentido humano. Haveria nesta casa mais calor. E você seria feliz, ao passo que agora este quarteto dos desencontros tem apenas um valor literário. Mas de literatura falsa, dessa ao sabor dos seus mocinhos espigados que amam o surrealismo e o adjetivo *exquise*.

— De sorte que você acha falsa a nossa situação.

— Falsíssima.

Roberta me contempla com expressão enigmática. E, como se tivesse ficado todo o tempo a falar numa espécie de estado sonambúlico, desperto... Um grande embaraço se apodera de mim. É a sensação de quem entrou com coturnos de ferro numa casa de bonecas, esmagando seres delicados e violando intimidades. Só agora avalio a que profundidades de indiscrição desci e a que embriaguez nos pode levar a volúpia da franqueza.

Olho o relógio.

— Upa! Quase meio-dia... — Levanto-me e começo a arrumar as minhas coisas. — Acho que hoje não temos mais tempo para continuar o trabalho...

Roberta também se ergue. Caminhamos para o *hall*. À saída lhe digo:

— Quero que me desculpe.

Ela me envolve com um tépido olhar azul.

— Desculpar por quê?

— Porque fui indelicado.

— Qual! O que você fez foi apenas brincar um pouco de Sherlock Holmes. Fique certo de que achei divertido.

Não vejo a menor sombra de ressentimento nesse belo rosto sazonado.

— Acha então que não desvendei o mistério?

— Não há nenhum mistério.

— Quero dizer... não andei na pista certa?

Roberta Erasmo encolhe os ombros.

— Quem é que sabe a verdade das criaturas e das coisas?

Tenho de repente um absurdo e comovente desejo de beijá-la. Um beijo de ternura e de arrependimento, de gratidão e (por que não confessar?) de suave desejo. Mas uma estranha sensação de respeitosa inferioridade me tolhe. Nada mais faço do que apertar rapidamente a mão que ela me estende.

6

16 de junho

Oito da noite. Descemos do bonde à frente da casa de Fernanda e Noel. No jardim as murtas umedecidas de sereno desprendem um cheiro adocicado e agradável. Faz frio e Clarissa, muito junto de mim, enfiou ambas as mãos num dos bolsos de meu sobretudo. Entramos sem bater. No vestíbulo ouvimos vozes exaltadas que vêm do reduto dos Braga. Paramos um instante.

Ernestides: — ... não queres me levar ao cinema, não é? Tu vais te meter com a tua vagabunda... pensas que eu não sei? Pois sim, cheiroso... Não sou cega.

Pedrinho: — Cala a boca, não me amola.

— O que tu merecias era um bom par de guampas...

— Pois experimenta, engraçadinha. Experimenta só...

Murmuro para Clarissa, que está de respiração suspensa e olhos parados:

— Que casal distinto...

— Psiu!

Ernestides grita qualquer coisa que não consigo ouvir e em seguida a voz de Pedrinho eleva-se sobre a da mulher:

— Olha só quem quer falar! Tu vives na rua e nos cinemas e nem te importas com a tua filha... Se não fosse a velha Adélia ela andava por aí suja como uma porquinha.

— A filha é tanto minha como tua, fica tu sabendo.

— Ora... vá para...

E solta um palavrão. Clarissa fica de repente muito vermelha e começa a me puxar pela manga.

— É a tua mãe, ouviste? — berra Ernestides.

Começamos a subir a escada. A porta dos Braga se abre e Pedrinho aparece.

— Ué... vocês estavam aí? — pergunta ele.

Paramos:

— Boa noite — cumprimenta Clarissa. Por puro embaraço, muito contrafeita, pergunta: — Como vais, Pedrinho?

— Vai-se indo... como vocês vêem...

Pedrinho é um rapaz de vinte e dois anos, alto e esbelto. Veste-se com uma elegância um pouco suburbana. O bigode fino e escuro, o rosto moreno de grandes olhos castanhos e os cabelos muito crespos lhe dão um ar de galã de filme argentino.

Apanha o chapéu no cabide e fica a ajeitá-lo na cabeça, diante do espelho, fazendo muitos trejeitos com a boca.

Subimos mais alguns degraus. Vestindo a gabardine, a cabeça erguida para nós, Pedrinho grita:

— Case-se, Vasco, para ver com quantos paus se faz uma canoa.

Cá em cima vamos encontrar Noel lendo e Fernanda examinando uns papéis. Na vitrola, um disco de Mozart em surdina.

— Assistimos ao fim dum pugilato... — digo fazendo um sinal para baixo.

Fernanda se ergue para beijar Clarissa, e Noel fecha o livro com uma ruga de contrariedade na testa.

— É sempre assim... — diz ela, ao me apertar a mão.

Sentamo-nos. A luz aqui é suave: um quebra-luz junto da poltrona de Noel, perto do fonógrafo, e outra lâmpada velada em cima da mesa de Fernanda.

— E como é que você vai resolver esse problema? — indago.

Fernanda dá de ombros.

— É a dificuldade mais tola e sem graça de todas as que eu tenho no momento. Ainda não achei solução. Talvez não tenha.

Ficamos um instante a escutar a música.

— Mozart também teve dificuldades tolas e sem graça... — digo.

Saltamos de Mozart para Gedeão Belém e Almiro Cambará. Dentro de alguns instantes estou contando histórias das trincheiras. Do Ebro pulamos para o assunto Mussolini-Hitler. E a "Sonata dos adeuses", de Beethoven, forma agora um fundo musical para as nossas palavras.

Perto das nove horas Dejanira, filha de Modesto Braga, sobe para nos dizer que "o papai mandou pedir para todos descerem, que a Modestina vai cantar no rádio daqui a pouquinho". É uma rapariga de dezoito anos, robusta e bem-feita de corpo. Tem no rosto essa estupidez corada e fornida de carnes que vêm dum excesso de saúde animal e duma ausência absoluta de problemas morais.

Quando ela se retira Noel lança para Fernanda um olhar de súplica.

— Será que temos de descer mesmo? Já que não há outro remédio... não podíamos ouvir essa menina aqui em cima, no nosso rádio?

— Não adianta — responde Fernanda —, porque os pais fazem questão é de ver a nossa cara enquanto a menina estiver cantando. Se nós não descermos eles sobem. Precisamos aceitar o convite para evitar a invasão dos bárbaros.

Noel atira o livro em cima da mesa, agoniado. Tenho piedade dele e digo:

— O Noel pode ficar. Eu digo que ele está indisposto.

— Grande idéia! Faça isso, Vasco, por favor.

Descemos. No caminho vou dizendo:

— Não há de ser pior que um ataque aéreo com bombas de quinhentos quilos...

— A gente nunca sabe... — murmura Fernanda.

E, sorridentes e atenciosos, como convém às pessoas que se prezam de ter boa educação, entramos no arraial de Modesto Braga.

Retrato duma família da classe média inferior. Não basta uma tela, tinta e pincéis. Nem mesmo uma boa objetiva fotográfica. Eu quisera uma câmara cinematográfica que pudesse apanhar esta gente em plena atividade, que seguisse os movimentos de cada membro do clã, que o acompanhasse por todas as peças da casa... O ideal seria uma câmara mágica que lhes pudesse fotografar os pensamentos mais íntimos.

Os móveis são os do estilo conhecido. É claro que não falta a cadeira de balanço, nem um almofadão de cetim com a Esfinge e as pirâmides pintadas a óleo, nem guardanapos de crochê. Em cima da mesinha redonda vermelhejam rosas de papel, meio embaciadas de poeira.

A família Braga se compõe de Modesto, o chefe, de d. Adélia, a mulher, e das filhas: Ernestides, Dejanira e Modestina, a caçula. Vamos encontrar Dejanira sentada no sofá da sala, muito agarrada ao noivo, que é sargento do Exército e usa óculos, cabelos ondulados e costeletas. O que vejo num relance indiscreto, ao passar pela porta da sala de visitas, é um estranho monstro de duas cabeças coladas uma na outra e um emaranhamento de meias de seda e perneiras, veludo e brim oliva, dentes de ouro, divisas e balangandãs.

Ernestides nos recebe com frieza. Contaram-me que ontem ou anteontem teve uma discussão com Fernanda em torno de assuntos domésticos e conduta individual. A coisa terminou com o clássico: "Você não tem nada com a minha vida, ouviu?".

Sento-me ao lado de Clarissa e olho a cena. Modesto, um homem baixo e encurvado, calvo e de pincenê — está junto do rádio "manobrando o aparelho", como ele mesmo diz numa tentativa de humorismo.

— É na Rádio Continental que a Modestina vai cantar — explica ele com sua voz aflautada. — Mandei ela com as meninas do seu Alcíbio, porque eu e a Adélia gostamos mais de ouvir de casa.

D. Adélia, paquidérmica no tamanho e na pachorra, acha-se escarrapachada numa cadeira, junto da mesa, e lança para nós um olhar de simpatia por cima de seus vastos seios, que sobem e descem num compasso lento, farto e matriarcal.

Plantada na cadeira de balanço (mas sem se balançar), d. Eudóxia, que foi obrigada a descer antes de nós, mantém-se num mutismo e numa seriedade de tragédia. E o seu silêncio e a sua carranca são o único protesto que ela lança contra os Braga.

Ernestides folheia revistas com uma indiferença um tanto nervosa. É uma rapariga esgalgada, de rosto miúdo e pintado com exagero. Tem esse bonitinho adocicado e comum que é peculiar às mocinhas que ganham concursos de beleza nas vesperais dos cinemas de arrabalde.

Modesto Braga consulta o relógio e diz:

— Faltam só dez minutos. É no programa do Xarope Bronquialívio.

Ergue-se e caminha para mim com um número do *Correio do Povo* numa das mãos.

— Seu Vasco, vou lhe mostrar uma carta que escrevi para as "Queixas". Saiu hoje. Não leu?

— Não, senhor.

— Aqui está. É a segunda coluna. Sobre os bondes da Carris.

Tomo do jornal com a alma em agonia e passo os olhos pela coluna indicada. Braga julga que estou lendo, mas na verdade estou vendo apenas os meus pensamentos.

Pobres e melancólicos, os problemas de uma família como esta. Passam os dias com seus desejos, ansiedades e sustos concentrados no fim do mês. Problemas: pagar as contas principais, vestir a família, inventar desculpas para os credores impacientes, casar as filhas. Além desses, há ainda a necessidade de satisfazer os pequenos desejos, alimentar inelutáveis vaidades, ter a esperança na sorte grande. A mulher se preocupa com o tricô, com fazer doces, remendar as meias do marido, cuidar da arrumação da casa. O marido por sua vez decifra palavras cruzadas nas horas vagas, dá palpite sobre as corridas no prado ou sobre a política, vive a esperar durante a semana o almoço melhorado dos domingos e durante os anos, a aposentadoria e uma velhice tranqüila — vencimentos razoáveis, os filhos casados, o descanso, a paz...

Modesto e a mulher encorajaram o namoro de Pedrinho com Ernestides, pouco lhes importando que o rapaz tivesse apenas dezoito anos e um emprego abaixo de medíocre. Ele vinha conversar com a namorada à janela: fizeram-no entrar para que a brincadeira tomasse um caráter sério de compromisso. Consciente ou inconscientemente prepararam-lhe uma armadilha temperada com cafezinhos, doces de coco e indiretas. Davam ao par toda a liberdade. Pedrinho e Ernestides, com essa sensualidade fogosa e trepidante da adolescência, muito cheia de pruridos frenéticos e de curiosidades formigantes, entregavam-se a todas as espécies de masturbações a dois na penumbra dos cinemas ou da sala de visitas da casa dos Braga, onde um quebra-luz de cetim azul amaciava a claridade da lâmpada de cem velas, numa cumplicidade ao mesmo tempo romântica e safada. Houve um momento em que a sofreguidão dos jovens não se satisfez mais com os prazeres de superfície e, numa fúria, procurou os de profundidade. Casaram-se às pressas. No nono mês nasceu a filha. Deram-lhe o nome de Shirley Teresinha, contentando desse modo o cinemismo da mãe e o catolicismo de uma das avós.

Modesto Braga foi um dia aposentado compulsoriamente e ficou com vencimentos reduzidíssimos. Como podia sustentar a família com trezentos e cinquenta mil-réis mensais? Pedrinho por seu lado também ganhava pouco... Era uma situação difícil. Mas a morte de Honorato Madeira veio resolver o problema. E aqui está toda a família Braga sob a tutela (pelo menos econômica) de Fernanda, que ao bando dá casa e comida e a Pedrinho um ordenado que seu trabalho não vale.

Dobro o jornal. Clarissa murmura:

— Aposto como não leste...

— Fica firme.

Modesto avança para mim, com os óculos a fuzilar.

— Então... gostou? Não acha que é isso mesmo? A gente anda como sardinha em lata nesses bondes da Carris. O público tem direito de ser bem tratado. Pagamos ou não pagamos a nossa passagem? Esses americanos, seu Vasco, esses americanos!...

Ouve-se a voz do *speaker*:

— Vamos agora apresentar aos nossos ouvintes a "Pequena Prodígio". — E, com uma ênfase pernóstica, destacando bem as sílabas: Mo-des-ti-na Bra-ga, num programa do Xarope Bronquialívio, o melhor remédio contra a tosse. Prezados ouvintes, não se esqueçam: quando Romeu subiu ao balcão de sua amada numa noite de inverno e apanhou tremendo resfriado, teve suas declarações de amor interrompidas várias vezes por um acesso de tosse. E a bela Julieta lhe murmurou ao ouvido: "Meu amor, por que não tomas Bronquialívio?". — Com voz mais forte e gloriosa conclui: — Bronquialívio, o remédio que podia merecer um poema de Shakespeare!

Ouve-se no fundo a orquestra tocar em surdina uma valsa lenta. De novo o *speaker*, em tom dialogal:

— Modestina, você não quer dizer alguma coisa aos seus ouvintes?
— Cumprimento os meus queridos fãs. Para papai e mamãe, que estão me ouvindo, mando beijinhos.

Modesto Braga nos lança um olhar de orgulho e seu rosto se abre num sorriso de dentes postiços. D. Adélia sorri sonolenta por cima dos úberes. Dejanira e o sargento surgem à porta, de mãos dadas.

De novo o *speaker*:
— Diga aos nossos ouvintes, Modestina, que é que você vai cantar.
— Vou cantar o samba "Noite de orgia". — E num dengue: — Sapeca, maestro!

A orquestra rompe. E a voz de Modestina flui do alto-falante e se espraia na sala, amplificada, quente, pretensiosa e adulta:

> *Ai, ai, meu bem*
> *Requebra*
> *Rebola*
> *Me quebra*
> *Me aperta*
> *Ai que bola!*
> *Ai, ai, meu bem...*

Modestina tem dez anos e um par de olhos graúdos e maliciosos. Usa ainda carpins e vestidinho curto, mas quem não a conhece é incapaz de imaginar que é da boca de uma criança que sai essa voz safada, erótica, que às vezes se quebra sincopada num tremor de agonia e de gozo, a insinuar espasmos e sensações lúbricas. Porque a menina canta como uma mulherzinha depravada, não porque *conheça* a maldade e o vício, mas porque as outras, as mulatas do morro, as estrelas de rádio que ela ouve com delícia, cantam assim, e porque papai e mamãe querem que ela seja a "Aracy de Almeida dos Pampas". Modestina tem dez anos. Aos treze estará uma mulher feita. Não terá adolescência, como não teve infância. As letras dos sambas canalhas aos poucos lhe tirarão a virgindade espiritual. Algum cantor de valsas depois se encarregará do resto. Mas, seja como for, o orgulho paterno estará satisfeito, o retrato da Pequena Prodígio aparecerá nos jornais e nas revistas, despertando a inveja dos outros pais nesta curiosa época de delírio shirley-templista.

Termina o samba. Palmas no estúdio.
— Gostaram? — pergunta Modesto Braga, olhando para nós.

Que remédio senão sacudir a cabeça afirmativamente?

Quando Modestina ataca o segundo número de seu programa, ouve-se no quarto contíguo um choro de criança.

— É a Shirley Teresinha — murmura Clarissa.

O choro aumenta de intensidade. Modesto Braga, contrariado, volta-se para Ernestides e olha-a por cima dos óculos.

— Vá ver o que é que a criança tem...

— É manha, papai — responde Ernestides, de má vontade.

E como ela não faz o menor movimento, d. Adélia se ergue, gemendo, e sai a caminhar pesadamente na direção do quarto da neta.

A esta hora — penso — Pedrinho está na casa da amante, a quem deve dar a melhor parte de seu ordenado. Ernestides pensa decerto em Manoel, com quem provavelmente marcou um encontro no cinema: daí a sua irritação por ter ficado em casa. D. Eudóxia odeia os Braga, nos quais vê intrusos, exploradores sem escrúpulos que, não contentes de terem fisgado Pedrinho, vêm ainda viver nesta casa à custa de Fernanda. Lá em cima ficou Noel com os seus sonhos. Mundo doido! Como podem viver debaixo do mesmo telhado tantas almas diferentes, tantos desejos desencontrados? Comparemos, por exemplo, os ideais de Fernanda com os de Modesto Braga, os de Pedrinho com os de Noel, os de Ernestides com os de sua própria mãe. Não há conciliação possível. Noel quer ouvir Debussy ou Chopin, ao passo que Modesto Braga telefona avidamente para as estações de rádio, pedindo que transmitam na hora do ouvinte "O ébrio", de Vicente Celestino. Que estranho sentimento de dever moverá Fernanda, obrigando-a a ficar aqui a satisfazer as vaidades da família Braga? Por que manter unida uma tribo tão desigual e desordenada? Pedrinho não ama Ernestides. Ernestides não ama Pedrinho. Fernanda ama o irmão, mas não estima a cunhada e muito menos a família da cunhada. No entanto, no seu incompreensível salvacionismo, reúne-os todos à sua sombra protetora.

Noel não entende d. Eudóxia e a sogra por sua vez não entende o genro. No fundo talvez se detestem sem mesmo terem disso consciência nítida. Fernanda merecia outro marido. E, por falar nisso, outra mãe. Ninguém se entende e todos continuam a morar na mesma casa.

É a vida. Não serei eu quem a vá mudar. Refiro-me à vida dos outros. Mas... e quanto à minha? Terei achado o meu rumo? Cavado o meu nicho no universo — um nicho em que eu me sinta à vontade, abrigado e livre, contente e realizado? Um nicho que em nada lembre aquelas sórdidas covas em que nos metíamos no campo de concentração para nos defender das tempestades de areia e neve?

20 de junho

Estou de novo na trincheira e o vento me traz às narinas o cheiro dos cadáveres putrefatos. Vejo-os estendidos no campo, reconheço-os todos: Eugênio... Noel... Fernanda... Brown... Saio alucinado a procurar Clarissa. O dr. Seixas caminha a meu lado com uma lanterna na mão e ao mesmo tempo ele não é mais o dr. Seixas e sim o dr. Andrew Martin... Vejo Clarissa (ou Juana?) a me acenar do outro lado do Ebro, e uma força estranha me prende à terra, quero me mover e não consigo...

Acordo angustiado. A luz do luar se filtra pela vidraça. É singular: o cheiro enjoativo continua fora do sonho. Acendo a luz e olho o relógio: três da madrugada. Ouço um galo cantar. Atiro os pés para fora da cama e procuro vencer o torpor do sono. Agora compreendo. Cheiro de gás. Tomei um banho morno antes de deitar... Enfio os chinelos e o roupão e caminho para o quarto de banho. Realmente: está meio aberta a válvula do aquecedor. Fecho-a e volto para a cama.

Torno a me deitar. Apago a luz. Fico pensando no sonho. É com freqüência que meus amigos da Espanha me voltam à memória ou povoam o meu sonho. Às vezes parecem apenas fantasmas de um remoto pesadelo; em outras ocasiões torno a sentir o horror e a ansiedade daqueles dias duma maneira tão pungente, que minhas horas ficam como que embaciadas duma tristeza difícil de vencer.

22 de junho

— Que é que você quer que eu faça? — pergunta Norma com os olhos cálidos postos em mim. — Que vá para um convento? Que fique filha de Maria?

— Você sabe que não quero nada disso...

Estamos no fundo da Marajoara, uma casa de chá situada numa das lojas do Megatério. Cinco horas da tarde. Conversamos sobre essa fúria que parece ter-se apoderado das criaturas, que não têm fé em mais nada e que correm avidamente para o prazer, como numa véspera de fim de mundo.

— Já lhe disse que não acredito em nada... mas em nada mesmo! — repete Norma, com um crispar de seus lábios bem desenhados. — Só tenho certeza de uma coisa. É de que um dia a gente morre... e adeus, meu bem!... tudo se acaba.

— Você está certa de que não acredita mesmo em nada?

— Por que é que não hei de estar? De que é que está rindo?

Norma franze a testa ao fazer a pergunta. Continuo a sorrir e ela se irrita.

— Que tolice é essa, Vasco?

— Se na realidade você não acreditasse em nada, não estaria com essa cartolinha no cocuruto, só porque um bando de imbecis em Paris decretou que é de bom-tom usar essas caricaturas de chapéu.

— Ora! Isso não é argumento.

— É prova de fé em alguma coisa, de respeito a alguma convenção.

— Não me refiro a isso. O em que não acredito é nessas histórias de renúncia, oração, dedicação ao próximo, altruísmo e o mais que segue. A maioria das mulheres recalca os seus desejos. É o que eu procuro não fazer. Aí está.

Norma Erasmo leva uma torrada à boca e trinca-a com os belos dentes esmaltados e parelhos. O som das conversas abafadas flutua no ar morno e sonolento, de mistura com a música dum disco em surdina. Bebo o resto de meu chá.

— A que conclusão você chegou em matéria de conduta individual? — pergunta ela limpando a ponta dos dedos num guardanapo de papel.

— A gente acredita ou não na chamada "vida de além-túmulo". Se acredita, deve passar *esta* vida a se preparar para a *outra*, de acordo com os mandamentos da sua igreja, mesmo que eles impliquem em sacrifício da maior parte ou da totalidade de nossas inclinações naturais. Porque a nossa passagem pela terra é contada em tempo e a outra vida está no plano da eternidade. No segundo caso o remédio é procurar um jogo divertido que nos ajude a passar esta temporada terrena da maneira mais agradável, de acordo com as nossas tendências.

Norma Erasmo tira um cigarro da cigarreira e bate-o na mesa, num gesto que me faz lembrar Roberta.

— Pois o meu caso é o último.

— E acha que encontrou o jogo, o passatempo que lhe convém?

Com a pergunta passo-lhe também o isqueiro aceso. Ela aproxima da chama a ponta do cigarro, tira uma baforada com os olhos postos em mim e depois diz:

— Claro que encontrei.
— Não creio. É cedo demais para você ter a certeza disso.
Norma fita os olhos agora sérios no meu rosto.
— Curioso... Já me disseram exatamente essas palavras.
— Quem?
— Fernanda.
— Você a conhece?
— Talvez mais do que ela imagina...
Acendo o meu cigarro.
— E que pensa dela?
— Penso que está jogando fora a vida e o corpo que a natureza lhe deu. Convencida de que tem uma missão, passa o tempo preocupada em ajudar os outros e não se lembra de ajudar a si mesma.
— Quem sabe?
— Não acredito em histórias da carochinha.
Inclina-se sobre a mesa, avança a cabeça e pergunta, num sussurro entre gaiato e dramático:
— Você acha que Noel é *homem* para ela?
Fico meio desconcertado, durante alguns segundos, mas tenho de acabar confessando:
— Não acho... mas...
— Pois toda a capacidade de amor físico que ela tem é transferida para outras atividades. Aqueles olhos não me enganam. Fernanda pode amar Noel como uma mãe ama o filho, mas não com um amor de mulher para amante. Mas de que é que você está rindo?
— Da sua precocidade.
— Não há precocidade. Tenho vinte anos e não acredito nas cegonhas que trazem bebês. Você é que está tomando ares de conselheiro, de geração amadurecida na trincheira, só porque andou metido naquela revolução boba.
— Sabe o que estou pensando? É que decerto a sua bisavó era uma tranqüila senhora gorda que todas as manhãs ia à mangueira tirar leite de uma vaca malhada. Depois voltava para a casa da estância para fazer bolinhos de polvilho para o seu bisavô e para os filhos.
— E você acha que eu tenho de levar a mesma vida?
Sem responder, prossigo:
— Seu irmão, que tem o delírio da velocidade e é o que os jornais chamam um "ás do volante", talvez não se lembre que o avô podia ter sido um lento e paciente carreteiro.

— Chii... Quanta besteira, Vasco!

Ela me olha, séria, por um instante.

— Ou você está louco ou então veio da guerra com algum defeito físico.

— Por quê?

— Um homem que encontra uma mulher sã e moça e fica a filosofar diante dela... dá para fazer a gente desconfiar...

— Queria que eu convidasse você para ir a um *rendez-vous*?

— Não digo que queria, mas... esperava.

Olha o relógio de pulseira e acrescenta:

— Tenho um encontro. Por castigo você vai pagar o chá. Adeusinho.

Dá-me três palmadas rápidas na mão, ergue-se e sai. Acompanho-a com os olhos. É uma rapariga esbelta, de ombros largos, quadris um pouco escorridos e pernas bem modeladas.

Fico ainda por um instante entregue ao cigarro e aos pensamentos. O meu desejo de compreender a natureza humana, de descobrir o que é que há de errado nesta nossa pseudocivilização me leva a essas conversas especulativas e aparentemente doutrinárias. Porque a paz me tem estonteado quase tanto como a guerra. Dentro de algum tempo estarei casado. *Aventura* me paga um ordenado decente que pelo menos me livra de preocupações financeiras. Mas eu não consigo olhar as pessoas e as coisas com o mesmo que-me-importismo de outros tempos. Vi que a fúria desordenada com que eu andava pela vida não conduz a coisa alguma. Não tenho a vocação salvacionista de Fernanda, mas por outro lado não me conformo com ficar em uma atitude céptica e cínica diante do mundo. Não tenho a fé religiosa de Noel ou Clarissa, mas acho cada vez mais áridos e sombrios os caminhos do materialismo.

O perfume de Norma Erasmo ficou comigo, é uma presença espectral, envolvente e suave. Talvez todas as palavras que eu lhe disse tivessem o subterrâneo intento de turvar as minhas águas interiores, enganar o meu desejo de possuí-la, esconder essa realidade perigosa de que ela é bela e diabolicamente desejável.

A última vez que conversei com Roberta, levei o assunto habilmente para as andanças amorosas da filha. E antes mesmo de eu insinuar a pergunta, ela me respondia:

— A Norma é senhora de seu corpo.

Pago a despesa, apanho o chapéu e saio. Anoitece. Os peixes do Aquarium fazem serenas evoluções na água varada de feixes de luz multicores. As calçadas e a rua estão apinhadas de gente. Faz frio. No centro da praça os quatro jactos da fonte são como árvores cônicas de poeira luminosa e colorida.

    O perfume de Norma vai ainda comigo. Na minha mão... ou apenas na memória? Não sei. Talvez o melhor seja não pensar. Furo a multidão.

    Atravesso a praça para entrar numa rua mais sossegada. Ao chegar à calçada vejo a baratinha de Manoel Pedrosa, irmão de Chinita. Uma mulher vestida de escuro sai apressada de dentro dela e caminha na direção da parada de bonde. Ernestides. Finjo que não a vejo e continuo o meu caminho.

    Axel tinha razão. A vida é a mais estranha de todas as sagas.

26 de junho

Nove da manhã. Redação de *Aventura*. Fernanda repreende Pedrinho:

— Isso não se faz. Foi um abuso, teus vales ultrapassaram o ordenado. Vou dizer ao caixa que não te dê mais dinheiro sem ordem minha.

— Deixa disso, mana. Hoje em dia quem é que pode viver com um conto de réis? Ainda mais casado... — Volta-se para mim. — Não achas, Vasco?

— O que eu acho também, Pedrinho, é que em parte alguma do mundo encontrarias quem te pagasse esse ordenado. Talvez nem a metade...

— Não seja besta! Se eu quisesse... não me faltavam bons empregos. Fazia um concurso para fiscal de consumo e estava arrumado para o resto da vida.

— É — retruco —, mas antes precisavas aprender a ler.

Ele me lança um olhar hostil e vai debruçar-se à janela. Fernanda, porém, não o deixa em paz:

— Está claro que para quem sustenta *duas* famílias um conto de réis é pouco... — insinua ela.

Pedrinho volta-se, brusco.

— Já estás de novo te metendo na minha vida?

Fernanda contempla-o sem rancor, sorrindo. Esse menino de pouco mais de vinte anos tem já todos os problemas dum homem maduro. Mulher, filha, amante, dificuldades financeiras e um certo pessimismo com raízes apenas no fato de ele não possuir um automóvel, nem poder dar peles e jóias para a sua "nega". Ali está ele a fumar com uma das mãos a segurar arrogantemente o cigarro e a outra metida no bolso. Joga no prado, discute futebol e marcas de automóvel, cultiva o bigodinho cinematográfico, e todos os seus sonhos estão focados em assuntos de sexo, vaidade e nessa exibicionice de belas roupas e fumos de riqueza. Apesar de todos os esforços, Fernanda nunca conseguiu que o rapaz terminasse sequer o curso ginasial. Fico de novo a pensar que ela merecia outra mãe, outro irmão, outro marido... e talvez outros amigos. Lembro-me das palavras de Norma Erasmo e agora, olhando para Fernanda, pela primeira vez me ocorre que o diabo da rapariga talvez tenha razão. Enquanto Fernanda discute com Pedrinho a necessidade de mudar de vida, de abandonar a amante e preocupar-se mais com a família, fico a observá-la. Não é possível que uma mulher forte e cheia de vida como esta se satisfaça com o amor tíbio de elfo que o marido lhe dá.

Por que será que as criaturas em geral renunciam àquilo que mais amam? Por muito amar a vida, Fernanda não goza de seus prazeres mais efetivos e fortes: dissolve-se nesse salvacionismo quase inútil — pois não conseguiu incutir no marido sua filosofia da vida, nem dar um rumo seguro ao irmão, nem vencer o fatalismo derrotista da mãe, nem pôr um freio na cunhada. Por querer auxiliar os outros ela se sacrifica a si mesma numa mutilação injusta. Vi-lhe no rosto um dia a sombra duma nuvem a que não ousei dar nome. Dúvida? Tristeza? Angústia? Cansaço? Foi um momento perigoso em que algum sentimento que estava escondido na camada mais funda de seu ser subiu traiçoeiramente à tona, espiou a vida, ficou debruçado nos olhos como um prisioneiro que encosta o rosto nas grades da cela e olha ansioso para os campos verdes, para o céu livre... Ou estarei fantasiando?

Pedrinho atira o cigarro pela janela, atravessa a sala pisando duro e fecha a porta com estrondo.

Noel entra com um número de *A Ordem* na mão e vem me mostrar um poema de Gedeão Belém, na "Coluna Social".

Leio-o em voz alta:

> *Onde estão as cantigas doutrora*
> *Que os meninos da minha rua cantavam?*
> *Onde os brinquedos inocentes?*
> *E as cirandas da ilusão?*
> *Um vento mau levou a minha infância.*
> *Ó Deus, dai-me outra vez a pureza dos seis anos!*

Comentário de Noel:

— Acho que ele tem a nostalgia da bondade... um desejo de poesia.

Sacudo a cabeça numa negativa vigorosa:

— Na minha opinião o desejo de poesia nesse espécime humano é algo de superficial como a necessidade duma gravata colorida ou duma flor na botoeira.

No mesmo número leio um editorial perverso assinado por G. B., em torno "dum certo cinema de nossa capital que exibe de preferência filmes tendenciosos, solapadores do edifício cristão. Achamos que a polícia devia tomar as necessárias providências, a fim de que...".

Ergo-me, amasso o jornal e jogo-o no cesto:

— Ó Deus, dai-me outra vez a pureza dos seis anos! Que salafrário!

7

1º de julho

Onze horas da manhã. Cambará me telefona convidando-me para um aperitivo no Marajoara. Estranho o convite e o tom cordial da voz, mas aceito e desço.

Um aperto de mão: desconfiado da minha parte, decidido e caloroso da parte dele. Sentamo-nos frente a frente.

— Martíni... cubano? Que é que queres?

Depois que escolhemos, mudando o tom de voz, ele me diz:

— Então, homem? Parece mentira que a gente trabalha no mesmo edifício e passa meses sem se ver... Que é que tens feito?

— Desenha-se, pinta-se...

— Ouvi dizer que te encomendaram um retrato de dona Dodó Leitão Leiria para ser inaugurado na Creche da Santíssima Trindade. É fato?

— É...

— Então quer dizer que a coisa vai dando, não?

— Não posso me queixar.

Uma pausa. O garçom traz os aperitivos. Começamos a beber.

— Escuta aqui... Estão te pagando bem na *Aventura*?

— Mais do que valho.

Ele me olha sério.
— Não digas isso... Sabes por que pergunto? É porque, se quisesses, lá no escritório eu tinha um lugar formidável para ti... Chefe da publicidade. Dois pacotes por mês pra começar...
Sacudo a cabeça.
— Obrigado, Almiro.
— Pensa bem.
— Se você me chamou para isto... perdeu o seu tempo.
— Que diabo, rapaz! Acho que não vais ficar ofendido só porque te ofereci um emprego...
Encolho os ombros.
— A coisa não é tão simples assim. Você faz guerra à Fernanda.
— Guerra! O que acontece é que eles são meus concorrentes. Propus um negócio decente, vantajoso... não aceitaram, paciência... Querem abrir luta? Pois está bem. Aceito.
Emborca o copo num só gole. Faço o mesmo.
— Garçom! — grita ele. — Mais um. Queres também?
— Não.
Fico olhando para Almiro Cambará. Acho-o um pouco envelhecido, mais gordo e com ar preocupado. Com algum esforço de imaginação vejo por trás do desconhecido que tenho na minha frente um velho camarada dos dezoito anos — um rapazelho espigado e desinquieto que lia Flammarion e Victor Hugo e que queria saber se depois desta vida "a gente continua no imenso universo ou tudo apodrece com o corpo". Sinto uma ponta de ternura que me faz mudar um pouco a atitude rígida que assumi desde o princípio do colóquio.
— Escute, Almiro, como é que um homem pode mudar tanto como você?
Ele me contempla por alguns segundos com o sobrolho franzido.
— Mudar? Tu achas que eu mudei muito?
Olho para além dele, para além da parede desta sala com decoração em estilo marajoara. Vejo dois rapazes que sonhavam e as ruas duma pequena cidade...
— Naquele tempo você falava em "vil metal"...
Almiro se recosta na cadeira e tira um charuto do bolso.
— Coisas dos dezoito anos. Acho que não querias que eu passasse a vida a acreditar nessas besteiras.
— Talvez não sejam besteiras...

— No mundo de hoje esses sonhos não passam de besteiras. Que é que tu pensas que os outros fazem? Ganham dinheiro, firmam-se na vida. O sonho é para os coiós.

Sacudo a cabeça lentamente num aceno não de acordo, mas sim de quem lamenta um amigo morto.

— Enfim, Almiro, cada um sabe de sua vida e faz o que entende. Mas eu gostaria que os sonhos de antigamente lhe servissem ao menos para uma coisa...

— Para quê?

— Para você escolher armas mais decentes nessa luta...

Ele me olha com repentino rancor. Lembro-me de que Almiro Cambará era um rapaz de sangue quente e que por mais de uma vez estivemos prestes a nos atracar a sopapos por causa da imortalidade da alma ou do livre-arbítrio.

— Viraste moralista agora? — diz ele com um esgar de desprezo.

— Não virei coisa nenhuma.

Cambará acende o seu charuto e, após breve pausa, como que passando uma esponja em tudo que ficou para trás, amacia a voz:

— Vasco, eu quero um favor teu...

— Fale.

— Convença a Fernanda a me ceder o arrendamento do Aquarium. Dou uma luva de cinqüenta contos se *esta semana* ela me passar o contrato.

Faço um gesto negativo com a cabeça. Ele insiste:

— Cinqüenta contos, homem, de mão beijada. Amanhã talvez eu não ofereça nem vinte.

— É escusado, Almiro, não perca o seu tempo.

— Olha aqui, rapaz, tu levas cinco na transação. Passo-te a nota no dia em que estiver com o contrato no bolso.

— No seu mundo não se fala outra língua a não ser a do dinheiro?

Cambará faz um gesto de impaciência:

— Ora, não sejas idiota! Não me venhas com idealismos, que eu não nasci ontem. Conheço bem essas atitudes.

Sacudo os ombros.

— O que posso dizer é que Fernanda não cede o contrato por dinheiro algum.

— Pois vai se arrepender. Ano que vem não terá nenhuma companhia que lhe alugue filmes. Será obrigada a fechar o cinema com um prejuízo danado.

— Está bem, mas você não terá o Aquarium. O contrato só se vence daqui a quatro anos.

— No fim vamos ver quem pode mais.

Ficamos algum tempo em silêncio e há um instante em que nossos olhos se encontram, se fixam, e o rosto de Cambará se alarga num sorriso.

— Quem havia de dizer, hem? Eu e tu aqui transformados em homens de negócio...

E com essa deixa passamos a outros assuntos. O tempo. As construções da cidade. Mulheres. Projetos. E, finalmente, as agitações da Europa.

— Leste essa história de Dantzig? — indaga ele, batendo a cinza do charuto no pires. — Tomara que rebente a guerra. Quero ver se desta vez eu ganho alguma coisa com ela. Na outra eu era muito pequeno...

Olho para ele através da cortina de fumaça de seu charuto:

— Era? Não. Você ainda é pequeno, Almiro, tão pequeno que não avalia a barbaridade que acaba de dizer.

Ele se inclina para a frente:

— Não sejas ingênuo. A guerra é inevitável e se ela sai a culpa não é minha. Muitos vão tirar proveito dela, a troco de que santo vou eu ficar de braços cruzados?

Permaneço em silêncio por alguns minutos. Depois me levanto e, apertando a mão do *desconhecido*, digo-lhe:

— Faço votos para que um dia não nos encontremos em trincheiras contrárias...

Ele ergue os olhos e sem tirar o charuto da boca me diz:

— Acho que *já* estamos em trincheiras contrárias...

Lanço-lhe um olhar rápido e vazio, faço meia-volta e me vou.

10 de julho

O pe. Rubim é um sacerdote tão humilde e cheio de boas intenções, a sua fé é tão grande, simples e sincera que eu até tenho ímpetos de lhe pedir desculpas por não ser católico. Cá está ele sentado na minha frente com os seus olhos de criança, a sua tímida palidez de seminarista a contrastar singularmente com o nariz vermelho e lustroso, todo pintalgado de espinhas e cravos.

— Mas o senhor, um artista — me diz o bom homem —, tem todos os elementos para acreditar em Deus...
— Mas eu acredito, padre... Acontece apenas que às vezes eu desconfio...
— Desconfia de quê?
— De que Ele não existe.
— Não blasfeme.
Estamos fechados no escritório de Noel e é numa linda manhã de inverno. Pela janela entra o vento que cheira a orvalho, a café torrado e a fumaça de carvão de pedra.
Há uma pausa curta em que os olhos do pe. Rubim se detêm no meu rosto, num escrutínio manso e amigo. De repente:
— Qual é a sua opinião sobre o milagre? — pergunta ele.
— É que ele nunca me aconteceu.
O jesuíta sorri e sacode a cabeça como se acabasse de presenciar a travessura duma criança.
— Mas nem diga isso! — exclama ele, destacando bem as sílabas.
— O senhor atravessou um campo bombardeado, um verdadeiro inferno de fogo e morte, esteve duas vezes em camas de hospital e hoje se encontra aqui vivo e são... Isso não foi um milagre de Deus?
Olho-o intensamente e lhe digo estas palavras:
— Aqueles milhares de criaturas mortas estendidas no campo a apodrecer... as cidades bombardeadas... as mulheres e crianças estraçalhadas pelas bombas aéreas... tudo isso não seria por acaso um milagre de Deus?
Ponho-me de pé bruscamente e vou até a janela como se precisasse de ar, de muito ar puro para afastar da memória a lembrança pestilencial da guerra. Em breve o pe. Rubim está a meu lado e sua mão minúscula e leve pousa amiga no meu ombro:
— Não foi um milagre de Deus, não, meu amigo. Foi o resultado da insensatez dos homens que não seguem os mandamentos do Senhor.
— Tenha paciência, padre, mas o seu argumento não serve. Tudo que é bom e belo se atribui a Deus. Tudo que é mau e hediondo se joga para cima do Diabo. É um raciocínio muito simplista.
Ele suspira baixinho, e fica um instante calado.
— O senhor é muito moço. Tem ainda muito que aprender. — Pausa. — Já pensou na sua alma?
— Já.

— Por que não trata da salvação dela?
— Estou tratando... mas à minha maneira.
— Só há uma maneira.
— Há milhares, padre.
— Já pensou na morte?
— Muitas vezes.
— E não tem medo do destino que está reservado para a sua alma?
— Não.

Ele faz um gesto quase de desamparo.

— Então o senhor deve ser uma criatura excepcional. Não sente inquietação. Não tem medo da morte.
— Padre, às vezes eu tenho medo é dos homens... Leia os jornais... Veja o que está se preparando na Europa. Lá só se fala a linguagem da destruição... Há povos que se privam de manteiga para comprar canhões... canhões para destruir. O senhor poderá dar a isso o nome de milagre?

Torno a me sentar. O pe. Rubim me segue como uma sombra.

— Se acha brutal esta vida, renuncie a ela e prepare-se para a outra.

Tomo dum lápis e começo a fazer rabiscos distraídos numa folha de papel em branco.

— Mas no fim de contas — pergunto, após alguns momentos —, por que atribuir tanta nobreza e altruísmo ao homem que renuncia a esta vida, que é passageira, em benefício da outra, que é eterna? No fundo não passa duma troca comercial e muito vantajosa, em que a gente dá o efêmero para receber o eterno.

Parado atrás da cadeira, com as mãos segurando a guarda desta, o padre responde:

— Esse argumento, meu filho, é tão velho como o cristianismo, mas se esboroa contra a muralha da fé.
— Sabe duma coisa, padre? Eu podia amar e servir a Deus por Ele ter inventado as cores, os sons e ter criado as circunstâncias que tornaram possível o nascimento de Rembrandt, de Beethoven, da estátua de Davi e da Nona Sinfonia... Muito mais por isso do que por Ele poder me dar em troca de meu amor e da minha obediência a vida eterna.

O jesuíta sorri com os olhos postos na janela, como se estivesse a ver uma aparição beatífica para mim invisível.

— Por que é que está sorrindo? — indago.

— Porque o senhor já se encontra na metade do caminho. Tenho encontrado ateus empedernidos que acabaram se convertendo à Igreja.
— Pois creia que vontade não me falta.
— E isso é quase tudo, fique certo. O Espírito Santo há de descer um dia sobre a sua alma.
— Será recebido com festa, padre. Ninguém ficará mais alegre do que eu... Poder olhar as misérias do mundo com resignação... achar que nada, nada importa... Só isso já é o céu.
— Vou orar pelo senhor. Todas as noites antes de dormir hei de pedir a Deus que lhe conceda a Sua graça. Há meses que venho fazendo isso pela Fernanda.

Ergo os olhos do papel.
— Padre...
— Sim...
— Que logro... se Deus existe mesmo, hem?

Com o chapéu na mão e já a caminho da porta ele pára, volta-se e lança para mim um olhar de espantada incompreensão.

18 de julho

Três da tarde. Vou ver Eugênio no Hospital Infantil, que fica numa das mais altas colinas de Petrópolis. É um belo edifício em estilo californiano, todo branco com persianas verdes.

Subo o outeiro ao manso sol desta tarde de inverno de ar parado e céu limpo dum azul esmaltado.

— O doutor Eugênio? — pergunto na portaria.

Informam-me:
— Última porta à direita.

Dirijo-me para lá. Bato e mandam-me entrar.

De mangas arregaçadas e avental branco, Eugênio vem a meu encontro.

— Olá, Vasco... Você chegou mesmo na hora.
— Não vim atrapalhar? Diga com franqueza...
— Claro que não. Quero lhe mostrar o hospital. Espere um instante.

Senta-se a uma pequena mesa e começa a escrever qualquer coisa num bloco de papel de receitas.

É um sujeito simpático, de testa alta e olhos escuros e um pouco triste. Terá no máximo trinta e três anos e não é preciso ser muito agudo para ver logo que em sua vida existe um drama.

— Venha ver isto... — diz ele erguendo-se e me puxando pelo braço.

Passamos para a sala de espera onde umas vinte mulheres com crianças ao colo ou pela mão conversam e se agitam. São criaturas tristonhas cuja pobreza se evidencia nos olhos, na cor dos rostos emaciados, nas roupas que trazem e neste cheiro desagradável que enche o ambiente. Quando vêem Eugênio aparecer à porta, precipitam-se para ele erguendo os filhos ou a mão com um papel. Exclamações cruzadas: Doutor!... me atenda... olhe a receita, doutor!... o menino piorou... aqui, doutor!... pode me atender?

Eugênio acalma-as com um gesto.

— Tenham paciência, um momentinho...

Entramos numa pequena sala. Um dos assistentes está examinando uma criança.

— Que idade você dá para este pequeno? — pergunta Eugênio, mostrando-me uma criaturinha miúda, de rosto chupado e enormes olhos pretos.

— Seis meses... — arrisco.

— Dois anos.

— Mas como!?

O menino está no colo da mãe, uma mulherzinha baixa, de rosto chupado e pele muito manchada.

— Dispa o pequeno — ordena-lhe o médico.

A mulher obedece. Eugênio toma da criança e coloca-a em cima da mesa.

— Veja só o estado desta criaturinha...

Olho com uma sensação de pena. O tórax inchado, as pernas e braços muito descarnados, a criança lembra esses bonecos que se fazem espetando palitos numa batata-inglesa. A pele lívida está toda coberta de empolas vermelhas.

— Que é isso? — pergunto. — Alguma doença de pele?

— Não — diz Eugênio. — Percevejos.

— E de que é que sofre esse pequeno?

— Verminose e miséria.

— E não há remédio?

— Haveria se a mãe quisesse deixá-lo no hospital.

A mulher nos contempla com olhos fundos e espantados.

— A senhora não quer que seu filho sare? — pergunto.

— Quero, sim senhor.
— Por que não o deixa então aqui?
Ela baixa a cabeça e mantém-se num silêncio obstinado.
— Não quer?
Ela continua imóvel e muda.
— Mesmo que saiba que em casa ele pode morrer?
Silêncio. E Eugênio:
— É inútil. Já tentei mil vezes convencê-la. Não adianta. Não quer separar-se do filho. Vive na miséria. O hospital lhe dá os remédios que eu receito, mas ela não tem dinheiro para comprar as farinhas que precisa para o regime alimentar da criança.

Torno a examinar o pequeno. Ele fita em mim os olhos parados, fundos, duma expressão quase adulta, olhos de quem já conhece o sofrimento.

Passamos para outra sala.
— Intoxicação alimentar... — diz Eugênio mostrando-me uma criança que mais parece um feto. — Sempre a falta de recursos. Não é uma nem duas. Há milhares de crianças assim.

Saímos pelo corredor. Subimos ao andar superior e começamos a caminhar por entre os leitos de uma das enfermarias.
— Aqui estão os rapazes... — explica Eugênio.
Pára junto de uma das camas.
— Veja só esta figura...
Mostra-me um menino gordo, de dois anos de idade, que de pé, segurando a grade da cama, sorri para ele.
— Escrofuloso — diz Eugênio. — Está quase bom... mas ninguém sabe onde andam os pais dele. Trouxeram-no aqui logo que o hospital se inaugurou e até hoje ninguém veio reclamá-lo. Como este, há mais uns seis...
— Sempre a miséria.

Continuamos a andar. Dum lado e de outro vejo caras de crianças sem infância — todas duma cor de marfim, baça e tristonha. Alguns sorriem. Outros se limitam a olhar com uma expressão estuporada ou apenas vaga.

Passam por nós irmãs de caridade. Eugênio faz-lhes perguntas, examina papeletas.
— Verminose — diz ele, apontando para uma das camas.
Passamos para a seção dos lactentes, onde se alinham uns trinta berços.

— Uma corja! — exclama Eugênio. — Dão-nos um trabalho danado. Enfim... pode ser que daqui saia algum grande homem. Tudo é possível.

— O velho Madeira nunca sonhou que o dinheiro que ele ganhou com feijão e milho tivesse este destino...

Eugênio me olha por um instante e diz:

— Devemos tudo à Fernanda.

E no corredor acrescenta:

— O que ela fez, Vasco, é qualquer coisa de raro. O dinheiro empregado neste hospital vai muito além da metade da fortuna que o Noel herdou... Só Fernanda é que podia ter um gesto desses...

Andamos alguns passos.

— E Olívia... — Cala-se de repente e me olha, como se exatamente neste momento lhe ocorresse uma idéia. — Você quer saber duma coisa? Eu às vezes chego a achar uma parecida com a outra. Até fisicamente... É extraordinário. Como se fossem irmãs...

Continuamos a andar pelo hospital. Eugênio me apresenta a outros médicos, a algumas enfermeiras e ao administrador. Descemos à cozinha e à adega, e quando chegamos à lavanderia, meu companheiro me diz baixinho:

— Minha mãe pagava os meus estudos no ginásio lavando a roupa do internato... Era uma mulher corajosa.

Fica um instante em silêncio, o rosto triste, como se a mãe estivesse sepultada aqui.

No elevador me pergunta:

— Por que será que a gente só compreende o valor das pessoas depois que as perde?

Antes que eu ache uma resposta, o elevador pára, ele abre a porta, saímos a caminhar e eu me livro da pergunta fazendo outra:

— Você não tem parentes vivos?

— Só um irmão. Talvez *vivo* não seja bem o termo...

Não compreendo bem, mas fico calado.

— Vamos ao meu escritório. — E ao passar por um dos serventes, diz-lhe: — Juca, traz-nos dois cafezinhos.

Quando nos instalamos nas confortáveis poltronas de couro do gabinete de Eugênio, ele esclarece:

— Levei anos a procurar um irmão que tinha fugido de casa... Era um rapaz que gostava de beber, que vivia metido em badernas... Naquele tempo eu andava envaidecido com a minha qualidade de estudante de medicina e com a cabeça cheia de projetos orgulhosos. Um dia discutimos em casa. Eu lhe disse coisas duras... que ele estava me envergonhando, que não podíamos ficar sob o mesmo teto, que se ele não fosse embora, quem ia era eu...

Eugênio inclina-se para a frente, apóia os cotovelos nos joelhos e entrelaça as mãos. Sem me olhar, continua:

— Ernesto desapareceu e nunca mais ninguém soube dele. Antes da minha mãe morrer prometi que ia procurar o Ernesto. Encontrei-o há menos de um ano, aí num desses lugarejos do interior, num estado miserável. Inchado de tanto beber, barbudo, envelhecido, acabado... Trouxe-o para cá, fiz-lhe um tratamento rigoroso, internei-o num sanatório. O rapaz saiu de lá curado, parecia outro. Arranjei-lhe um emprego. Tudo correu bem durante dois meses. Um dia o Ernesto apareceu cheirando a cachaça e daí por diante tudo se foi águas abaixo.

— E não tem remédio?

Eugênio faz um gesto desesperançado:

— Acho difícil... Tornei a interná-lo e ele de novo saiu aparentemente curado. Mas nunca falta um amigo que o convide para beber. E assim vive o rapaz. Passa períodos de relativa sobriedade, mas lá um dia bebe até cair.

— Enfim, você fez o possível...

— Não acho que isso seja consolo.

— Há coisas superiores à nossa vontade.

Ele se ergue, enfia as mãos nos bolsos das calças, caminha dum lado para outro por alguns instantes e depois diz:

— Tudo isso é conseqüência duma série de erros... Eu sou um pouco culpado do que aconteceu.

— Não creio. Ninguém é culpado de nada.

Ele pára na minha frente:

— A gente nunca se livra do passado, em vão quer recomeçar uma vida nova e decente. Mas o passado não nos deixa, é como se vivêssemos cercados de fantasmas.

Sacudo a cabeça lentamente:

— E como eu sinto esses fantasmas... Acontece apenas que eles me cercam e influem nos meus gestos e nos meus pensamentos, mas não me deixam nenhum sentimento de culpa.

Entra o servente com os cafezinhos, depõe a bandeja em cima da pequena mesa circular e se retira. Servimo-nos.

— A sua vida é diferente... o seu temperamento é outro...

— Por que é que se sente culpado do que aconteceu a seu irmão?
Ele me olha, com a xícara a meio caminho da boca, e diz:
— Porque quando devia compreendê-lo e ajudá-lo disse-lhe palavras de ódio e obriguei-o a fugir de casa.
— Mas se hoje você não consegue emendá-lo com um tratamento médico, como poderia então desviá-lo do vício só com palavras?
— É que naquele tempo tudo seria mais fácil. Fazia pouco que ele tinha começado a beber. Depois, eu sempre fui o filho predileto: o melhor era para mim, tive oportunidades que ele não teve...
— Bom, seja como for, você está se reabilitando.
Eugênio fez um gesto de impaciência.
— Triste reabilitação. Agora é tarde.
Ponho-me de pé e vou olhar as lombadas de livros num armário. Sem me voltar, digo:
— Se você faz muita questão de ser culpado de alguma coisa, eu não o contrario.
Eugênio caminha para mim. Vejo-lhe o rosto refletido no vidro do armário.
— É muito fácil encarar as angústias alheias com esse desprendimento, Vasco. Eu não lhe desejo os problemas de consciência que me atormentam.
Volto-me para ele, tomo-lhe do braço com um carinho que a mim mesmo surpreende e arrasto-o para a cadeira.
— Olhe, Eugênio — digo-lhe —, tenho dado tremendas cabeçadas na vida. Mas uma coisa eu lhe afirmo com toda a sinceridade: não me arrependo de nada. Todos os erros que cometi me serviram de alguma coisa. Você já pensou em quantos soldados espanhóis, mouros, italianos e alemães eu posso ter matado naquela guerra estúpida com a qual eu de certo modo nada tinha a ver? Pois bem. Às vezes de noite fico pensando em que cada uma daquelas criaturas tinha uma mãe, irmãs, mulher, filhos e que eu cortei vidas que podiam ser preciosas. Isso é horrível, mas agora irremediável. O essencial é que eu não torne a cometer os mesmos erros.
Faço uma pausa. Eugênio me olha, com a testa franzida.
— Nós somos simplesmente arrastados — continuo — e não sabemos nada de nada. E se a questão é de procurar culpados, vamos ver primeiro quem é o culpado desta grande monstruosidade que se chama vida, esta mistura de coisas belas e medonhas, puras e sórdidas, cândidas e perversas.

— Palavras... — diz Eugênio. — Palavras com que a gente tenta apaziguar a consciência, atordoar os remorsos, mas quando elas cessam e vem o silêncio, vemos que não passavam de poeira...

Bato-lhe no joelho.

— Olha, homem, no fundo eu sou uma vaca sentimental e se dependesse de mim o mundo seria um vasto parque de diversões em que todos os homens confraternizassem sem preconceitos de raça, religião e crenças de qualquer outra espécie. Mas não devemos confundir a realidade com os nossos sonhos. O mundo é o que é. O remédio é a gente procurar satisfazer as suas inclinações da melhor maneira possível sem ferir os outros.

— Fácil de dizer.

— Sim, realizar esse programa é difícil mas não impossível. Depende da gente renunciar a uma boa quantidade de pequenos desejos para satisfazer de preferência os fundamentais. No fundo somos uns covardes. E damos à nossa covardia nomes como renúncia, ascetismo, desprendimento e assim por diante. Já cheguei à conclusão de que, quando eu digo que não posso, por exemplo, pegar uma tela e a caixa de tintas num dia como hoje e ir pintar paisagens ou tipos, de acordo com os meus desejos, é simplesmente porque não tenho coragem de sacrificar a pseudonecessidade de comprar uma gravata, um chapéu, um par de sapatos...

Caminho na direção da mesa em cima da qual vejo numa moldura cromada o retrato duma mulher. Olho para Eugênio em silêncio. Ele se aproxima de mim e sussurra:

— É *ela*.

Ficamos os dois a olhar para o retrato. Um rosto moreno e comprido, de olhos pensativos.

— Não achas parecida com Fernanda?

— Sinceramente, não acho. — E olhando-o bem nos olhos com uma fixidez de que depois me arrependo, pergunto: — Você não está procurando se iludir?

Eugênio fica muito vermelho e desvia o olhar de meu rosto.

25 de julho

No último número de *Aventura* apareceu o primeiro episódio de uma biografia do dr. Seixas que eu estou escrevendo e ilustrando para as crianças. Não sei se a história está interessante, mas o que posso garantir é que a escrevi com paixão.

Ao chegar esta manhã na redação, Fernanda me mostra *A Ordem*.

— Olhe só este *suelto*...

> É de lamentar que se conte às crianças a história de um materialista, de um homem que em toda a sua vida nunca entrou numa igreja e que nos seus últimos momentos se recusou conscientemente a tomar os Santos Óleos.
>
> Achamos que é um erro e, mais que isso, um crime transformar em heróis aos olhos das crianças...

Fernanda está na minha frente, sorrindo. Sinto um calor no rosto, a volta da velha fúria que eu julgava para sempre extinta. Amasso o jornal e atiro-o pela janela.

— Calma, capitão!

Corro para o telefone, procuro um número e disco.

Noel se aproxima:

— Que é que vais fazer?

— Agora você vai ver — respondo, meio engasgado.

— Alô! Redação da *Ordem*? Quero falar com o diretor. — Pausa. Ruído duma nova ligação. Uma voz: "Fala Gedeão Belém". E eu, mordendo as palavras, com uma calma trepidante: — Aqui fala Vasco, ouviu? Da redação da *Aventura*. Escuta, canalha, se disseres mais alguma coisa sobre o doutor Seixas, mesmo que seja elogio, amasso-te a cara, ouviste?

Cortam bruscamente a ligação. Ponho o receptor no lugar com um gesto violento. Noel e Fernanda avançam para mim.

— Você não devia ter feito isso, Vasco — censura-me ela. — Para essa gente a indiferença é a melhor arma...

— Cada qual luta com as armas de que dispõe.

— Mas é preciso que esse Gedeão Belém não pense que realmente está nos fazendo perder o sono. Seria dar uma ração gorda demais à sua vaidade.

Fico em silêncio, meio ofegante.

— Você procedeu mal... — diz Noel com uma expressão dolorosa no rosto.

— Quem procede mal é você...

Estas palavras me escapam sem que eu sinta.

— Vasco! — intervém Fernanda.

Levanto-me e, já que comecei, acho que devo acabar. Volto-me para Noel e digo:

— Você parece não compreender que Fernanda se acha envolvida numa luta desigual e atacada por todos os lados por gente sem escrúpulos. E está fazendo justamente o jogo que convém ao adversário.

— Cale a boca, Vasco! — ordena-me ela.

— Fernanda, você está perdendo o seu tempo, a sua mocidade, a sua vida...

Parado no meio da sala, com um maço de papéis nas mãos, Noel tem no rosto uma expressão que dá pena.

Calo-me de repente, sentindo que me excedi. Fernanda me volta as costas e vai sentar-se à sua escrivaninha.

Atravesso a sala meio estonteado, entro no elevador e subo até a sotéia.

Debruço-me ao parapeito e fico a olhar para a cidade, para o rio, para as ilhas, para as montanhas. Tudo isto é belo e estúpido. As paixões e as fraquezas daqueles estranhos animais que vejo lá na rua, pretos e minúsculos como formigas. As casas... Os bondes e os autos... Os vapores no cais... Os anúncios e as árvores... Essa mistura de sonho e de miséria, de inquietação e de marasmo, de alegria e tristeza, de gozo e de dor. Dir-se-ia um mundo de brinquedo a que um Deus excêntrico tivesse dado corda e posto em movimento para seu exclusivo deleite.

O vento frio me bate no rosto, me despenteia, me refresca a cabeça.

Já é tempo de ter juízo — penso. Recordo-me de meus dias na frente do Ebro, dos momentos em que eu pensava no Brasil e fazia votos de tranqüilidade e paz. Vim aqui encontrar outra forma de guerra. Tão desleal e insensata como a outra. Terei de me habituar a ela como me habituei à rotina das trincheiras?

Eu não devia ter feito aquela cena. Em atenção a Fernanda. No final de contas, que sou eu no meio deles senão um intruso? Agora o remédio é não voltar mais à redação.

Sinto que alguém está a meu lado. Fernanda. Acha-se também debruçada ao parapeito. Volta a cabeça para mim, sorri e pergunta:

— Olhando a paisagem?

— É...

— Ou pensando em suicídio?

— Escute, Fernanda, quero que você me desculpe pelo que eu disse e fiz lá embaixo...

— E você então pensa que eu não compreendi a sua intenção?
— Mas é que fui cruel com o seu marido.
— Você não disse que cada um usa das armas de que dispõe? Temos de nos compreender e tolerar uns aos outros se quisermos viver em sociedade.
— Sou um sujeito meio selvagem.
— Selvagem não é bem a palavra.
— Mal-educado...
— Qual! Você simplesmente é o que é. Vamos voltar como se nada tivesse acontecido... sim?

8

27 de julho

Duas da tarde. D. Dodó me recebe com sorrisos e sequilhos.
— Coma, que estão muito gostosos. Fui eu mesma que fiz.
Sirvo-me dum biscoito e ela manda me trazer um cálice de vinho doce.
— Como vai a noivinha?
— Vai bem, muito obrigado.
— Precisa trazer a Clarissa aqui em casa qualquer dia destes. Fiquei muito contente por saber que ela é católica praticante.
Esta sala é dum pesado conforto sem bom gosto. Jarrões bojudos com pinturas chinesas, grandes poltronas maciças de couro escuro, que lembram homens gordos sentados de pernas abertas. Nas paredes, maus quadros de autores mais ou menos famosos. O que mais aflige nesta sala são as cortinas de veludo cor de musgo — sufocam e dão arrepios.
— Podemos começar? — pergunto.
— Podemos, sim, meu filho.
D. Dodó vai sentar-se na sua cadeira, com um dos braços apoiado na mesa. Está metida num quimono de seda azul com ramagens verdes e flores vermelhas. É uma senhora gorda e baixa, muito amável e maternal. O hábito da caridade conferiu-lhe esse ar protetor, de sorte que ela dá sempre a cordial impressão de que nos quer levar para a sua creche. Preocupa-se muito com a sorte dos pobrezinhos no inverno (e

no verão também, é claro) e um dia destes me afirmou que quase sempre à hora das refeições mal belisca os alimentos, subitamente enfastiada ao pensar nos milhões de criaturas que através do mundo passam fome. Mas Vera, com o seu humor ácido, me assegurou ainda ontem que a mãe não come porque está fazendo dieta para emagrecer.

Vou ajeitar o rosto do modelo e meus dedos comprimem por um instante o duplo queixo da sra. Leitão Leiria.

— Fique nessa posição. Tenha paciência.

Começo a pintar. Devo fazer um retrato acadêmico desta matrona, pois do contrário as "Damas Piedosas", que me encomendaram o trabalho, não o aceitarão. Enquanto pinto o castanho dos olhos de d. Dodó, fico a pensar no que seria uma interpretação surrealista dessa dama de caridade. Vejo-a no primeiro plano, pairando no ar com asas de anjo e vestes brancas, tendo por cima do ombro uma *renard argentée* (ainda com a etiqueta e preço) e segurando com ambas as mãos gorduchas e faiscantes de anéis uma cornucópia de onde jorram moedinhas de tostões e palavras de esperança e fé. Estas caem para as mãos esquálidas e miseráveis que se erguem na parte de baixo da tela, brotando da terra como estranhas plantas humanas. No seio esquerdo, uma janela aberta, deixando ver o enorme coração enrolado num jornal em que aparece o retrato da própria Dodó, com uma legenda elogiosa. No fundo do quadro, Leitão Leiria, o marido, de fraque, colarinho de ponta virada e plastrão, tendo na cabeça um chapéu napoleônico de dois bicos. Está ele junto duma máquina caça-níqueis, piscando o olho para o observador.

A voz de d. Dodó:

— Não há como ser moço e estar apaixonado...

— Por quê?

— Faz tempo que o senhor está sorrindo... Aposto como nem tinha percebido.

Vera entra na sala e vem olhar o retrato.

— Você é muito cínico... — murmura ela.

— Por quê?

— Está protegendo a velha escandalosamente. Assim tivesse ela esses olhos para um dia de festa...

Dodó intervém:

— Que é que estás dizendo, Verinha?

— Nada.

A rapariga dá alguns passos na direção de uma das janelas. É fina de corpo, tem as pernas longas e o busto raso. Seus olhos verdes, duma dureza fria e penetrante, emitem uma luz que positivamente não pertence ao mundo das coisas normais. De resto, não se faz mistério em torno das inclinações lésbicas de Vera Leitão Leiria. Custa-me crer que nas respeitáveis entranhas de d. Dodó possa ter se formado esse curioso ser. E depois, temos de pensar ainda no pai... Teotônio Leitão Leiria é um homenzinho baixo, empertigado, vaidoso, amigo dos colarinhos e punhos engomados, das jóias e das idéias grandiosas. Julga-se autoridade principalmente em duas matérias: economia e história universal. Adora Napoleão, e por todos os cantos da casa encontramos testemunhos desse culto: um busto na sua mesa de trabalho, *Napoleão em Santa Helena*; uma oleogravura da sala de jantar, *A retirada da Rússia*, uma água-forte no *hall*, e assim por diante até o cãozinho de estimação de d. Dodó, que se chama Cambrone. Teotônio Leitão Leiria, apesar de seus cento e sessenta centímetros de altura, ou talvez por isso mesmo, cultiva os objetos e as palavras grandes. Seu tinteiro de granito rosado é de proporções monumentais, os charutos que fuma são dos maiores e os vocábulos "formidando", "colossal", "incomensurável", "dignidade", "honra" e outros do mesmo calibre lhe saem com freqüência dos lábios finos. Orgulha-se de sua "fantástica" biblioteca e de seu conhecimento da "epopéia napoleônica". Durante os últimos anos do velho regime, viveu acariciando um sonho de deputação. Adora as insígnias e a pompa, e creio que seria feliz se tivesse vivido no clima do Segundo Império. Trata os seus empregados com uma disciplina prussiana e já me afirmaram que andou muito inclinado pelo integralismo.

Cada vez compreendo menos que desse casal pudesse ter nascido Vera.

Fiz com ela boa camaradagem. Começou por me tratar agressivamente.

— Sabe que não simpatizo com a sua cara? — disse-me um dia.

— Que coincidência! — retruquei. — Eu também não gosto nada da minha cara... mas é a única que tenho.

Desde esse momento passamos a nos entender perfeitamente. E uma tarde em que d. Dodó faltou à pose por ter sido obrigada a sair às pressas, inesperadamente, no interesse da creche, fiquei a conversar com Vera.

Ela vê os pais com um olho sarcástico. Disse-me que a mãe tem feito os mais desesperados esforços para trazê-la ao catolicismo: sofre por vê-la indiferente à religião e amiga dos hábitos livres. Falou-me de

suas convicções e de seu absoluto desprezo pelos homens — que acha dum modo geral vãos, desengraçados e mais ou menos repugnantes. Animado por esse "elogio", lancei-lhe um dardo:
— Já me tinham dito que você prefere as mulheres...
A luz verde de seus olhos caiu gelada sobre mim.
— E que é que tem isso? Você é moralista?
— Não. Nem amoralista. Apenas um sujeito que cada vez fica mais encantado com o gênero humano.
— Que bisca!
Após uma breve pausa, perguntou-me:
— Não acha que cada um tem o direito de saciar os apetites que a natureza lhe deu?
— Resolvi não achar mais coisa nenhuma.
— É uma atitude cômoda que no fundo não passa de covardia.
— Upa!
Passamos a conversar sobre outros assuntos. Ela me pintou um retrato muito divertido da família. E eu notei no seu sarcasmo uma certa ponta de condescendência adulta para com as travessuras infantis. E rematou:
— Vivemos aqui à sombra de Napoleão Bonaparte e Santa Teresinha.
Preparando-me para uma reação violenta, acrescentei:
— E de Safo.
Ela me olhou duramente, entrefechando os olhos de gata, e depois murmurou com os lábios apertados:
— Cretino!

D. Dodó suspira, meio impaciente.
— Está cansada? — pergunto. Ela sorri.
— Não, estava só pensando... Temos a semana que vem aquele benefício no São Pedro... A Quininha Teixeira não tomou nenhuma providência para passar as entradas... — Sacode a cabeça, numa censura resignada. — Se eu não me mexo, não sai nada. É sempre assim.
Olho para Vera. Lá da janela ela me sorri com os olhos verdes e mordazes.

30 de julho

Onze da noite. A caminho de casa encontro Eugênio às voltas com o irmão, à porta dum café. Ernesto está terrivelmente embriagado a dizer incoerências com uma voz arrastada e lamurienta. É um espetáculo lamentável. O rosto inchado com uma barba de três dias, os olhos amortecidos, a boca mole a escorrer baba, o rapaz mal se pode manter de pé. Ajudo Eugênio a meter o irmão num automóvel e sigo com ambos.

— Você me desculpe, Vasco. Não pretendia dar-lhe este incômodo.

A cabeça atirada para trás no banco, Ernesto cantarola e as palavras incompreensíveis lhe saem da boca envoltas num bafio de cachaça. Eugênio está deprimido. Ficamos em silêncio durante todo o trajeto.

Em casa tratamos de fazer alguma coisa por Ernesto. Eugênio vai procurar um vidro de amoníaco e quando ele volta eu lhe digo:

— Devíamos mas era dar um banho frio nesse homem...

Ele me olha sério.

— Era capaz de morrer gelado.

— E não seria melhor?

Mal pronuncio estas palavras, arrependo-me. Mas arrependo-me de tê-las dito e não de tê-las pensado. No fim de contas, o que importa não é apenas viver, mas viver decentemente.

Eugênio me olha por um instante e murmura:

— Não acredito que você tenha dito isso sinceramente...

— Claro que não, homem.

— Olívia sempre dizia que nada está perdido. A vida começa todos os dias.

Sacudo a cabeça vagarosamente.

4 de agosto

Conheço hoje Mark Oppenheim, exilado alemão que foi obrigado a deixar a terra onde nasceu, a terra que ama apaixonadamente. Como tem meio sangue judeu, a vida na Alemanha se lhe tornou insuportável. É um homem grande e melancólico, de rosto comprido e olhos dum azul aguado. Tem a pele muito branca e oleosa e há na sua fisionomia uma expressão fixa de desânimo e triste presságio.

Alguém o recomendou a Fernanda e esta lhe tem dado algum serviço avulso na redação, pois o homem é um aquarelista bastante apreciável.

— Os senhores nem podem imaginar que bênção de Deus é ter nascido no Brasil... — diz-me ele.

Hoje ele nos aparece mais deprimido que nunca. Não se adapta, sente falta de sua casa, de seus livros, de seus móveis, relíquia de várias gerações de Oppenheim. Fala nos amigos que ficaram, na mulher, ariana pura, que, fanatizada pelo nazismo, não o quis acompanhar.

Mark Oppenheim entra como uma nuvem, contagia-nos com a sua tristeza e depois se vai. O ar fica mais escuro. E por mais que eu me esforce não posso evitar uma série de pensamentos pessimistas.

5 de agosto

Chove desde ontem à noite. Faz muito frio. O gerente de *Aventura* está desolado porque três boas firmas cancelaram os seus anúncios. Trabalho subterrâneo de Cambará.

— Que é que você diz a isso, Fernanda? — pergunto.

— Digo que o mundo não vai se acabar.

A chuva continua a cair sobre a cidade cinzenta.

8 de agosto

Aparece o sol pela primeira vez nestes três últimos dias. Ganho alma nova. Fernanda vem troçar comigo porque em *A Ordem* vem publicado o edital de meu casamento.

12 de agosto

Nestes últimos tempos tenho convivido mais intimamente com Eugênio Fontes. Saímos às vezes em longas vagabundagens noturnas pelo cais, pelas ruas da Cidade Baixa ou pelos Moinhos de Vento.

São onze horas da noite. Achamo-nos agora sentados no parapeito da ponte do Riacho, olhando o reflexo da lua na água parada e falando na vida, de um ângulo impessoal. Em dado momento percebo que meu companheiro se encontra à beira de uma confidência. Basta que eu faça um simples gesto para ele se precipitar... Faço esse gesto, não por um sentimento de maliciosa curiosidade, mas levado por um quente sopro de cordialidade humana. E ele me conta...

Filho de pais pobres, foi humilhado desde a escola. Fez o curso ginasial por entre dificuldades de toda a ordem e matriculou-se depois na faculdade de medicina. Ansiava por "ser alguém", por sair da sua condição anônima, poder gozar a vida no que ela tem de belo e confortável, subir na escala social e livrar-se para sempre do deprimente sentimento de inferioridade que o atormentava. Na academia conheceu Olívia, uma estudante pouco mais moça que ele. Nasceu entre ambos uma amizade que foi crescendo com o tempo. Andavam sempre juntos e ela o animava e assistia como uma espécie de irmã mais velha. De certo modo foi para ele o que Fernanda tem sido para Noel. Uma noite (foi em outubro de 30, a revolução tinha deflagrado e ouvia-se em toda a cidade o fragor da fuzilaria) ele teve de fazer uma operação sob grande tensão de nervos. Não conseguiu salvar o paciente, e isso lhe aumentou a sensação da derrota e miséria. Nessa mesma noite subiu ao quarto de Olívia, onde, com a cumplicidade do silêncio, da solidão, e guiado pelo seu desejo de calor humano, teve pela primeira vez a consciência aguda de que Olívia era uma *mulher*, e por sinal bastante atraente. Com a mesma naturalidade com que daria num paciente torturado de dores uma injeção sedativa, Olívia se entregou ao companheiro. Daí por diante a vida de ambos mudou. Mas ela aceitava serenamente a nova situação sem nunca falar em casamento: evitava qualquer comentário ao novo rumo que haviam tomado as relações entre ambos.

O tempo passou. Olívia foi convidada para trabalhar num hospital na região colonial italiana. Na sua ausência Eugênio conheceu Eunice Cintra, menina rica e esnobe, que tomou por ele um inesperado e inexplicável interesse. Passou a procurá-lo com insistência, a levá-lo a festas, a apresentá-lo a seus amigos, a projetá-lo enfim no mundo com o qual ele sempre sonhara. Em poucos meses, num estonteamento, Eugênio estava noivo de Eunice e com a perspectiva de mudar completamente de vida. Escreveu a Olívia, contando tudo: era mais fácil do que lhe falar frente a frente. Quando a amiga voltou, ele sofreu agonias na noite em que se encontraram a sós no quarto dela.

— Recebeste a minha carta?
— Recebi, sim. Tu me deste uma explicação... bastava um aviso. Seja como for, obrigada.

Foi fazer um chá para ambos, bem como nos velhos tempos. Eugênio achava a situação insuportável. Balbuciou desculpas. Não amava verdadeiramente Eunice Cintra. O que simplesmente acontecia era que ela tinha dinheiro e posição social e ele estava cansado daquela vida de humilhações, pobreza, empregos medíocres e dificuldades financeiras.

— Está tudo bem. Não te aflijas — disse Olívia.

E ainda nessa noite se entregou ao amigo. E ele notou em suas carícias um ardor desesperado de despedida.

No casamento Eugênio não encontrou a felicidade e a paz que esperava. A mulher pertencia a um outro mundo. Surgiram diferenças de temperamento. Ele se sentia tutelado, não se podia livrar da impressão de que era um intruso na casa dos Cintra. Tinha um carro, boas roupas, um consultório de luxo (os médicos de renome o protegiam em atenção ao sogro), não se preocupava mais com questões de dinheiro... mas a sensação de inferioridade ainda o acompanhava.

E uma noite, levado por grande nostalgia, foi procurar Olívia. Encontrou-a na mesma casa, no mesmo quarto. Ela o recebeu sorrindo, com estas palavras: "Eu sabia que tu vinhas...". E pela primeira vez naqueles dois anos Eugênio sentiu o conforto duma presença amiga, a certeza de que no mundo ainda existia alguém que o amava e compreendia. Contou o que tinha sido a sua vida de casado — um enorme erro já agora irremediável. E como lhe dissesse de seu arrependimento, do desejo de começar uma vida nova, sobre bases mais humanas, ela lhe murmurou:

— Eu nunca deixei de ter esperança em ti.

E nessa ocasião Eugênio teve uma revelação que o deixou todo trêmulo e alvoroçado. Daquela última noite de amor (com que abandono ela se lhe entregara!) havia nascido uma criança. Estava agora a dormir no outro quarto...

— Chama-se Anamaria — disse Olívia. — E já franze a testa e o nariz... bem como tu.

Eugênio atira na água o cigarro aceso. O vento frio cheira a folhagens úmidas. Cães ladram numa rua próxima.

— A morte de Olívia e essa criança mudaram definitivamente o rumo da minha vida — prosseguiu Eugênio. — Que era que me restava fazer?

— Escolher entre Anamaria e a sua mulher...

— Preferi ficar com minha filha. Ah... não pense que isso foi fácil. Mas Olívia mesmo morta me ajudou.

— Eu compreendo. Deixar uma vida confortável e rica para voltar a ser médico de gente pobre...

— E depois, enfrentar os mexericos, os comentários maliciosos...

Saímos a caminhar na direção do centro da cidade. Andamos alguns passos a fumar em silêncio.

— Agora felizmente tudo está bem — continua Eugênio. — Eu encontrei a paz...

Diz isso sem me olhar. Vamos andando sob as árvores duma rua deserta e sombria. É como se em todo o vasto mundo fôssemos as únicas pessoas vivas. Não sei que demônio malicioso me faz murmurar:

— Encontrou a paz? Não creio.

Ele volta vivamente a cabeça para o meu lado.

— Por que diz isso?

Arrependo-me de ter falado. Não quero abrir feridas que se estão cicatrizando. Mas eu sinto, eu vejo que Eugênio não encontrou a sonhada tranqüilidade. Está apenas procurando iludir-se. Atordoa-se de trabalho, julga encontrar, na certeza de estar fazendo o que Olívia quisera que ele fizesse, uma fonte de alegria e de serenidade. Mas Olívia é um fantasma. E ele tem trinta e três anos e um corpo acicatado de desejos.

E como o meu amigo não torna a repetir a pergunta, continuamos a marchar em silêncio.

Na mesma noite. No apartamento de Eugênio.

— Era aqui que ela morava... — diz-me ele logo que entramos.

É um interior simpático, dum bom gosto confortável e apaziguante. Sente-se aqui dentro um certo ar de intimidade e recolhimento. Vejo um retrato de Olívia em cima duma mesa, com um vaso de flores ao lado. Cromos pelas paredes. Uma poltrona, uma lâmpada com quebra-luz. Uma pequena prateleira com livros.

— Sente, Vasco. Toma alguma coisa?

— Não se incomode.

— Vou fazer um chá para nós...

Abre a gaveta da escrivaninha e tira de dentro dela uma caixa.

— Quero lhe mostrar uma coisa que só Fernanda e Noel conhecem. Senta-se a meu lado, no sofá, e abre a caixa.

— São cartas da Olívia — diz, apanhando um maço de papéis. —

Esta ela me escreveu antes de morrer. As outras foram escritas lá em Nova Itália. Quando estou muito triste ou um pouco desanimado, venho aqui para esta poltrona, acendo esta lâmpada e fico lendo. Às vezes chego a ter a impressão de que Olívia está a meu lado, viva, conversando comigo.

Ergue-se e me põe as cartas nas minhas mãos.

— Fique lendo enquanto eu vou preparar o chá.

São belas cartas, cheias de uma grande fé na humanidade, no espírito de gentileza e no destino das criaturas. Há nelas trechos que dificilmente esquecerei.

De que serve construir arranha-céus se não há mais almas humanas para morar neles?

Os homens deviam ler esse trecho da Bíblia em que Jesus fala dos lírios do campo que não trabalham nem fiam, e no entanto nem Salomão em toda a sua glória jamais se vestiu como um deles.

Se soubesses como tenho confiança em ti, como tenho certeza na tua vitória final...

Dia virá em que em alguma volta de teu caminho hás de encontrar Deus.

Eugênio volta após algum tempo trazendo uma bandeja com um bule de chá, duas xícaras e um prato de biscoitos.

Senta-se e começa a despejar o chá na minha xícara.

— *Deixo-te Anamaria e fico tranqüila* — diz ele, citando um trecho da última carta, como se estivesse a pronunciar uma oração. — *Já estou vendo vocês dois juntos e muito amigos, caminhando de mãos dadas...*

Tomo a xícara e sirvo-me de açúcar.

— Em alguma volta de teu caminho encontrarás Deus... Já chegou a esse ponto, Eugênio?

Ele olha para o retrato de Olívia e murmura:

— Talvez Deus seja uma idéia de bondade, assim como a memória de Olívia...

— Talvez. Mas você não respondeu à minha pergunta. Já encontrou Deus?

Ele sacode a cabeça com o ar dum homem atordoado que tenta lembrar-se de alguma coisa.

— Não sei... Certos dias tenho a impressão de que estou mais perto d'Ele do que antes... Outras vezes me volta a velha desconfiança, a incapacidade de acreditar. Vejo por exemplo o padre Rubim tão sere-

no na sua fé. Noel parece ter achado também o caminho de Deus. Mas por outro lado vejo Fernanda tão segura de si mesma nessa sua curiosa espécie de materialismo que às vezes me parece mais altruísta e nobre que muito espiritualismo fechado e egoísta... Não sei...
— Fernanda também não sabe.
— Oh... Não diga isso!
— E por que não?
— Você é cruel, Vasco.
— Todos somos cruéis.

Ele não responde. Seus olhos buscam os meus, meio ansiosos. E eu prossigo:
— Você, Fernanda, Noel, eu... somos todos cruéis uns com os outros e principalmente conosco mesmos. Não vivemos com todo o corpo, achamos prazer numa espécie de automutilação. Temos a volúpia do sacrifício, narcotizamo-nos com idéias de altruísmo, ascetismo e renúncia. Em matéria de felicidade nunca usamos o artigo legítimo e sim um mundo de pobres sucedâneos. É por isso que estamos assim deformados.

Ele me olha quase com rancor.
— Terá você descoberto uma maneira de viver com todo o corpo?
— Não. Porque antes de mim centenas de gerações através dos séculos estiveram empenhadas nesse trabalho lento e diabólico de deformação, repressão e limitação. De sorte que não podemos nos livrar nem da metade desses laços que nos prendem.

Sorvo o meu chá enquanto Eugênio vai fazer funcionar o rádio.

Estou furioso comigo mesmo. Tenho adquirido ultimamente o péssimo hábito da especulação. E quando fico a cavocar nas feridas alheias é porque nessa diversão perversa achei um meio indireto, mas sempre pungente, de mexer nas minhas próprias chagas. Porque eu sinto que chegou o momento de escolher um caminho.

A melodia dum violino se retraça no ar.
— Onde está a Anamaria? — pergunto, para desviar a conversa de terrenos perigosos.

Mas, como se não me tivesse ouvido, Eugênio caminha para mim perguntando:
— Como será que duas criaturas tão parecidas física e moralmente como Fernanda e Olívia podem tirar a mesma força e o mesmo sonho de fontes tão diferentes?

Com medo de ser novamente rude, limito-me a exprimir a minha ignorância num lento sacudir de cabeça.

Eugênio — eu o sinto há muito tempo — está na órbita de influência de Fernanda e completamente fascinado por ela. Percebo isso nas suas palavras, na maneira como a contempla quando estão juntos. Não sei até onde irá essa adoração. Só sei que para Olívia a luta é desigual. Porque ela está morta. Dela restam estes móveis, alguns objetos, essas cartas que ali estão em cima da mesa e uma lembrança que se vai esmaecendo com o passar do tempo, uma memória a que Eugênio tenta desesperadamente dar cores novas.

14 de agosto

Mark Oppenheim suicidou-se ontem à noite. Abriu as veias do pulso com a mesma navalha com que estivera a se barbear, deitou-se na cama com a mão tombada dentro dum balde e deixou o sangue escorrer.

Fomos hoje ao seu enterro. Uma dúzia de acompanhantes, no máximo. Voltamos do cemitério muito deprimidos. Não conhecíamos bem o pobre homem nem tínhamos por ele qualquer estima especial. Mas a enormidade de seu drama nos comove e abate. Através dele sentimos o horror dessa imensa e sombria complicação em que os homens se meteram e da qual parecem não poder mais sair.

Ao chegarmos ao centro da cidade encontramos o jornal da tarde cheio de notícias alarmantes. A Europa em pé de guerra por causa da questão de Dantzig. E como o céu por cima de nossas cabeças está também nublado, tudo toma um aspecto de drama e mau presságio.

— Parece o fim do mundo... — murmura Noel. E no seu rosto eu vejo o menino assustado.

Eugênio tenta pronunciar uma palavra de esperança:
— Pode ser que tudo se arranje... que não saia guerra.
— A guerra européia começou na Espanha em 1936 — digo eu. — Ou talvez a de 1914-1918 não tenha terminado ainda.

Eugênio me convidou para jantar em sua companhia no Edelweiss, um restaurante em estilo tirolês. E a primeira coisa que me diz quando nos instalamos a uma mesa:

— Era aqui que Olívia e eu costumávamos vir logo depois que nos formamos. Sentávamos bem neste lugar.

Uma senhora gorda que se acha junto da caixa registradora atira um beijo para Eugênio, que lhe faz um sinal amistoso com a mão. Ficamos a falar em Mark e no drama dos exilados.

— Sabes duma coisa? — pergunta Eugênio. — Eu queria ter fé como Noel ou como o padre Rubim. Porque este mundo está se tornando inabitável, e grande coisa é a gente ter esperança em outro mundo.

Não tenho mais que um silêncio soturno para todas essas palavras de inquietação e angústia. E este silêncio me fica a roer interiormente.

— Olívia tinha fé — acrescenta Eugênio. — Morreu tranqüila e confiante.

Num aquário de vidro, peixes decorativos nadam serenamente. A vitrola começa a tocar uma valsa vienense e os olhos de Eugênio se velam numa expressão de saudade.

16 de agosto

Nove da noite. D. Clemência na cozinha, fazendo um bolo. Aqui na sala, sentados à mesa, um na frente do outro, Clarissa e eu. Entre ambos, uma lâmpada velada que pinta na mesa um círculo luminoso dentro do qual nós dois nos abrigamos como náufragos numa ilha perdida. De resto nós não passamos de sobreviventes do naufrágio de uma família. Os Albuquerque eram senhores de latifúndios, de milhares de cabeças de gado e de muitas casas; ninguém tinha mais prestígio e fortuna que eles no município de Jacarecanga. Havia em redor desse nome lendas de coragem, bondade, retidão de caráter e tradição gaúcha. O avô de Clarissa, tio da minha mãe — como me lembro dele! —, era um desses velhos patriarcais, chefe de clã, dirimidor de todas as questões que surgiam na cidade, protetor dos pobres e coluna-mestra da família Albuquerque. Quando ele morreu, tudo se foi águas abaixo. De descalabro em descalabro os filhos foram perdendo os campos e os prédios, numa sucessão de hipotecas. E o casarão tradicional dos Albuquerque caiu nas mãos dum imigrante italiano que havia vinte anos chegara a Jacarecanga, praticamente na miséria. Anos mais tarde, quando mais duros eram os tempos, o pai de Clarissa foi assassinado por um bandido profissional, a mandado do chefe político local. Um dos irmãos morreu num sanatório, para onde fora levado em estado deplorável, para se curar do vício da cocaína. O outro, beberrão e inútil, ficou a arrastar uma vida animalizada e ociosa, morrendo em prestação, lamuriento e saudoso dos "bons tempos da família". Foi desse naufrágio que um dia pretendi salvar Clarissa. Éramos jovens e para nós havia esperança. Eu vivia asfixiado em Jacarecanga, tinha a impressão de que se continuasse lá por mais tempo acabaria também arrastado pela enxurrada. Custou-nos convencer d. Clemência a deixar o seu chão. Viemos para Porto Alegre, onde, depois de muitas tentativas frustradas, Clarissa conseguiu a sua nomeação de professora. Quanto a mim, numa fúria informe, andei numa série de ocupações precárias até que um dia resolvi saltar o risco de giz, num desejo de aventura...

Sim, somos náufragos. Poderemos nos considerar salvos? Para que rumo fica a terra firme? Haverá continentes na vida ou apenas ilhas perdidas?

Dentro da ilha luminosa Clarissa lê e eu faço rabiscos num papel — nomes, perfis, animais fantásticos. De quando em quando ela ergue os olhos para mim e eu julgo ver neles uma expressão de ansiedade. Parece que ela me quer dizer alguma coisa e hesita.

O silêncio, porém, continua e, dentro dele, o tique-taque do relógio e o chiar manso da chuva lá fora. Meu lápis traça no papel inesperadamente o perfil de um soldado que conheci em Besalú — o nariz abatatado, o queixo prognata, um calombo na testa: lembro-me de que o perfil me impressionou no momento em que o vi, mas depois me fugiu da memória completamente e só agora, meses e meses depois, emerge do fundo do inconsciente e pela ponta do lápis desce para o papel. Torno a erguer a cabeça. Os olhos de Clarissa estão postos em mim. Espicho o braço e tomo-lhe da mão. Seus lábios tremem.

— Que é que tens para me dizer? — pergunto.

Ela fica um instante sem falar e depois, quase num cicio:

— Vasco, tenho medo de te perder outra vez...

— Mas tu nunca me perdeste...

— Por mais que eu faça não consigo tirar isso da cabeça. Eu sei, eu sinto que não andas contente.

Vou sentar-me ao lado de Clarissa. Puxo-a para mim e beijo-lhe os cabelos.

— E tu sabes... tu sabes que se eu te perder... — continua ela. Não consegue terminar. A voz se lhe quebra.

— Nada de choro. Deves ter confiança em mim.

— Mas é um pressentimento... mais forte que eu.

Não encontro palavras para a tranqüilizar. E como fico calado, Clarissa levanta o rosto para mim e pergunta:

— Gato-do-Mato, fala com sinceridade. Tu nunca me mentiste. Que é que tens?

— Nada. Fica descansada.
— Tu andas inquieto, eu noto...
Acaricio-lhe a cabeça. Quisera ter palavras para lhe dizer da minha ternura e do desejo que tenho de levá-la para longe, para algum lugar em que possamos viver vidas limpas e decentes, sem sermos compelidos a nos atufar nessa luta irritante de todo o dia, na busca de dinheiro e posições, cegos e empedernidos, acotovelando a multidão, espezinhando os mais fracos, oferecendo, por outro lado, aos outros homens também cegamente agressivos a superfície vulnerabilíssima de nossa sensibilidade e de nossos sonhos.

D. Clemência entra com o bolo e nos diz com o seu ar terra-a-terra e casual:
— Que é isso, meninos? Deixem essas coisas para depois do casamento.

22 de agosto

Fernanda sabe de tudo a respeito de Ernestides e Manuel. Chama-me em particular e me expõe o caso.
— Eu já sabia.
— Por que não me contou?
— Achei inútil. Você já tem problemas e dificuldades de sobra.
— Mas acontece que temos de dar um jeito nisso. Reconheço que Pedrinho tem um pouco de culpa.
— Ninguém tem culpa. As coisas acontecem. Ernestides tinha essa história escrita na cara.
— Você conhece esse tal Manuel Pedrosa?
— Conheço. É irmão da Chinita.
Fernanda fica um instante pensativa.
— Quer me prestar um serviço?
— Diga.
— Fale com o rapaz. Convença-o de deixar a Ernestides e eu depois me encarrego dela e do resto. O casamento do Pedrinho já começou errado...
— Acho que é inútil... mas já que você me pede...
— Quando vai procurar o Manuel?
— Hoje mesmo.

Cinco horas. Procuro Manuel no apartamento mas não o encontro. Às seis, porém, vejo-o entrar no Marajoara e vou sentar-me à sua mesa. O rapaz não esconde a surpresa:
— Ué... Que milagre é esse? Pensei que não me conhecesses mais...
— Não é milagre. Apenas um assunto besta.
Ao lado da mesa o garçom espera.
— Que é que tomas?
— Cianureto.
— Um martíni seco para mim e um copo de cianureto para ele.
— Traga dois martínis.
— Mas que é que há?
Moreno, de cabelos pretos e corridos, boca carnuda e olhos sonolentos, Manuel traz no rosto a marca de grandes e contínuas farras. Terá no máximo vinte e dois anos, mas aparenta trinta e cinco.
— É esse teu assunto com Ernestides...
— Que assunto?
— Não adianta fingir. Eu vi a rapariga entrar no teu apartamento.
— Ah... Viraste investigador?
— Não mudes de assunto.
O garçom traz os martínis.
— Também andas metido com ela?
— Não é isso. Fernanda, a cunhada, me pediu que te falasse. Sabe de tudo e quer ajeitar a coisa.
Manuel bebe o seu aperitivo, calmamente.
— E que é que eu tenho com isso?
— É que se tu deixasses a rapariga...
Ele me corta a palavra:
— Não fui eu quem procurou...
— Esse detalhe não interessa. O importante é acabar.
— Achas?
— Para mim pouco importa. Mas é que o marido pode vir a saber...
— Pois o marido que venha: quero quebrar-lhe os cornos.
— Não se trata de quebrar coisa nenhuma. Não acredito que estejas apaixonado pela Ernestides...
Manuel faz um gesto de indiferença.
— Mas que adianta eu não procurar, se ela me procura? Eu seria muito bobo se não aproveitasse.
Encolho os ombros e emborco o cálice.
— Quer dizer que não te interessas por terminar a história?...

— Tu sabes como são as coisas...
— E se o Pedrinho vier a saber?
— Se ele vier, encontra homem.
— Está bem.
Levanto-me e saio, um pouco envergonhado do papel que fui obrigado a fazer.

9

24 de agosto

Foi Fernanda quem me convenceu a vir à reunião com que os Erasmos festejam o aniversário do dono da casa.

Na véspera Roberta me havia explicado:

— Idéias do Aldo, que leva a sério essas coisas... E como ele convidou os seus amigos, que por sinal são uns terríveis cacetes, eu quero convidar os meus para equilibrar. Espero que você não falte.

Nove da noite. Confesso que me sinto pouco à vontade no meio de tanta gente e de tanta luz. O meu desconforto aumenta quando vejo Gedeão Belém junto de uma das portas, todo metido numa roupa dum intenso azul, a fumar com suprema elegância o seu cigarro numa atitude de anúncio norte-americano.

Lá no fundo da biblioteca, sentado numa poltrona orelhuda de veludo cor de vinho, acha-se Almiro Cambará a conversar com Leitão Leiria.

Norma me toma do braço e me puxa através da sala na direção dum vulto verde.

— Gracinda, este é o Vasco.

Um aperto de mão e as palavras convencionais.

Gracinda Aveiro, cuja crônica não desconheço, é uma criatura vivaz, de cabelos cor de fogo, olhos escuros, narinas dilatadas e lábios arregaçados. Alguém já ma havia descrito como um tipo rabelaisiano, vibrátil, explosivo e de apaixonadas anedotas picantes. O nosso primeiro diálogo é breve, descosido, e há de ambos os lados uma espécie de cautelosa desconfiança.

Aldo Erasmo me avista e caminha a meu encontro.

— Ó Vasco! Então, como é? Venha cá, quero lhe apresentar a uns amigos...

Arrasta-me consigo.

— Já conhecias o doutor Gedeão Belém? Uma bela cultura... Já conhecias o Vasco, Gedeão?

O diretor de *A Ordem* está vermelho como um tomate.

— Já nos conhecemos — murmuro, enquanto Aldo Erasmo, com a mão protetora sobre o meu ombro, vai dizendo:

— O Vasco é um pintor muito interessante. Já viu o retrato da Roberta que ele pintou? Está na outra sala...

Gedeão Belém nada mais faz que sacudir a cabeça repetidamente, num gesto nervoso. Passamos adiante:

— Cambará, vou te apresentar... Ah... já se conhecem? Aqui é o senhor Leitão Leiria... Pelo que vejo você conhece todo o mundo...

O marido de d. Dodó me estende a sua mão de menino rosada e fresca, e faz uma curvatura prussiana.

— Senta, Vasco — diz Aldo Erasmo, apontando para uma cadeira.

Cambará e Leitão Leiria reatam a conversa. Monopólios. Empregos de capital. Aldo Erasmo faz um sinal à criada, que entra trazendo uma bandeja com taças de champanha.

Servimo-nos.

— Essas leis de trabalho são absurdas... — diz Leitão Leiria, mordiscando o charuto. — Agora o patrão trabalha para o empregado. Está tudo subvertido.

Aldo Erasmo bebe um gole de champanha e, depondo a taça no braço da poltrona, inclina um pouco o busto para a frente e diz:

— Não há dúvida que existem absurdos, mas não deixemos de reconhecer que os tempos mudaram... Nós podemos nos gabar da nossa legislação social, que é uma das mais avançadas do mundo.

Olha para mim como a pedir aplauso. Já descobri que ele tem a volúpia de agradar. Quando está entre as meninas, fala em Robert Taylor e Ann Sheridan para se mostrar moderno. Nas rodas de Antonius discute Joe Louis, Leônidas, marcas de automóveis e recordes de velocidade. Sempre que me encontra põe-se a citar pintores e ainda um dia destes confundiu Manet com Monet. Agora está fazendo o papel de homem de idéias avançadas.

— Coisas do comunismo — diz Leitão Leiria com uma santa indignação a brilhar-lhe nos olhos. — Não sei aonde vamos parar com essas idéias. Francamente, eu às vezes chego a ficar com vontade de trocar a posição de patrão pela de empregado. — Faz uma pausa para bater a cinza do charuto. — Prepare-se, Cambará, porque qualquer dia vou lhe pedir um emprego.

A conversa resvala para o petróleo, salta depois para Dantzig e acaba por se deter no Estado Novo.

Roberta vem em meu socorro.

— Saia daí, Vasco — diz-me ela com o seu sorriso cativante. — Você está em má companhia.

Esse vestido preto lhe fica muito bem. Não posso saber como foi que Aldo Erasmo perdeu uma mulher tão encantadora.

Vera caminha a nosso encontro, sorrindo (num traje branco de caráter um pouco masculino), e, fuzilando raios verdes sobre nós, diz:

— Esse homem é perigoso, Roberta. Cuidado com ele.

Roberta sacode a cabeça:

— Eu já sei, não se impressione.

Dirigimo-nos para um grupo de senhoras que conversam a um canto. D. Dodó se espalha num sorriso acolhedor, quando me vê.

— Olha o meu filho! — E me mostra às amigas, com um orgulho que me comove. — Esse é o Vasco. Pintor, sabem? O que fez o meu retrato para a creche. Então, como vai?

Estende a mão, que aperto com uma vontade quase irreprimível de beijá-la e dizer: "A bênção, minha madrinha".

— Você chegou bem a propósito, Vasco. Nós estávamos falando no Tito Schipa.

— Ah!

— Ele passou por Porto Alegre de avião um dia destes.

Roberta faz um aceno de cabeça na direção dum homem que se acha à porta da sala e me abandona. Uma das amigas de d. Dodó segue-a com o rabo dos olhos, ao passo que sorri um apagado sorriso de malícia para a companheira a seu lado.

— Pois quando passa um desses negros jogadores de futebol, o aeródromo fica apinhadinho de gente. Quando se trata de um artista como Schipa não vai ninguém. É uma vergonha para a nossa capital, não acha?

— Pois é... — concordo.

— O povo gosta mas é de circo — afirma, pessimista, uma das amigas de d. Dodó. — Eu sempre digo ao Domingos.

— Quantos anos faz que não temos lírico no São Pedro? — pergunta a sra. Leitão Leiria. — Tenho loucura por ópera. Os senhores que são artistas — acrescenta, olhando-me bem nos olhos — é que deviam escrever alguma coisa para os jornais a esse respeito.

— Qual é a sua ópera predileta? — indago, numa dolorosa falta de assunto.

— Ah, meu filho, gosto de todas. Principalmente da Traviata e do Rigoletto. — E bruscamente, sem mudar de voz:

— Por que não trouxe a noivinha?

— Ah... A Clarissa não gosta de festa...

E antes que ela enverede por outro assunto peço licença e me retiro. Roberta me apresenta o dr. Abel — um sujeito de quarenta e cinco anos presumíveis, alto, de rosto comprido e testa alta. Simpático, duma maneira talvez um tanto sombria e sonolenta. Veste-se com uma agradável elegância despretensiosa. É meio caladão — verifico, ao cabo de alguns instantes. Lembro-me de que se fala que o dr. Abel é amante de Roberta. Deixo-os em paz logo que encontro um pretexto para me afastar. Tropeço em Vera:

— Você não acha isto um pouco desanimado? — pergunto.

E ela:

— Deixe os fósseis saírem... Vai ver que farra.

— Que fósseis?

— Mamãe, papai, essas senhoras, o Cambará, aquele belo Brummel de bigodinho... não sei como é o nome dele.

Norma está sentada no sofá ao lado de um rapaz magro e pálido, de gestos um pouco efeminados. Ambos se riem convulsivamente.

Estou meio desamparado. Olho em torno. A um canto da sala maior vejo três jovens a soltar risadinhas nervosas, na frente duma poltrona na qual se acha sentado um homem forte, velhusco e malvestido, de cara enorme, feições angulosas e queixo prognata. Tenho a impressão de que o conheço de alguma parte.

Roberta me traz um copo de uísque com soda.

— Quem é aquele tipo? — pergunto, fazendo um sinal com a cabeça na direção da poltrona.

— É o coronel Jango Jorge. Nunca ouviu falar nele?

— O "Chacal da Serra", como lhe chamavam os jornais da oposição?

— Em pessoa.

E depois, como quem lava as mãos, acrescenta:

— Devo avisar que são relações do Aldo...

Dá-me duas palmadas ligeiras no braço e se afasta na direção das damas de caridade.

Tomo um grande gole de uísque. Norma acende o rádio: a melodia duma marchinha brasileira inunda o ar, que parece ficar dum momento para outro mais brilhante.

Os moços espigados abandonam o cel. Jango Jorge, que fica a enrolar um cigarro de palha. Obedecendo a um impulso, que não procuro analisar, aproximo-me dele e, apresentando-lhe a carteira de cigarros, ofereço:

— Não quer um feito?

Ele ergue os olhos para mim e responde:

— Não, *gracias*. Prefiro fazer um crioulo.

E depois de uma pausa:

— Donde é que le conheço, moço?

Arrasto uma cadeira e sento-me.

— Acho que de parte nenhuma.

Seus olhos cor de mel queimado se fixam em mim, meio vagos. A cara tostada, dum lustroso avermelhado, se destaca contra o estofo claro da poltrona. Parece talhada toscamente em madeira. E de repente os lábios gretados do coronel se abrem, deixando aparecer os dentes graúdos e escuros. Faz com a cabeça um sinal na direção dos rapazes, que agora cercam Norma, e me diz:

— Estive contando umas lorotas para aqueles mocinhos...

Baixa os olhos para o côncavo da mão onde vão caindo as lascas de fumo que ele tira cuidadosamente com a folha do canivete:

— Como é mesmo o seu nome? — pergunta.

— Vasco Bruno.

— Bruno... Donde é a sua família?

— De Jacarecanga.

— Ah... Conhece lá os Mouras, os Albuquerques, os Teixeiras?

— Conheço, sim. Sou dos Albuquerques.

— Da gente do velho Olivério?

Sacudo a cabeça afirmativamente.

Amassando o fumo na palma da mão, Jango Jorge diz com sua voz pausada e seca:

— Gente direita. Tive muito negócio com o velho Olivério. Homens como esse existem poucos hoje. — Mostra com o beiço os amiguinhos de Norma. — Onde é que o país vai parar com uma gentinha como essa, toda afrescalhada e cheia de pulseirinhas? — E, tirando uma palha do bolso, num súbito entusiasmo, exclama: — Os homens estão se acabando, seu!

— E na sua opinião — pergunto, como quem atira uma isca — por que é que os homens se acabam?...

Ele me contempla por um momento, com olhos sem emoção, e depois responde:

— Modernices... Cinemas, máquinas, pinturas, moleza, conforto. No tempo da escravatura não havia negro bodoso que não tivesse o seu pé-de-meia cheio de patacões. Hoje quase não se encontra branco endinheirado, quanto mais negro... São esses calhambeques, máquina para fazer tudo. Ninguém sabe mais andar a cavalo. É automóvel para tudo, aeroplano, trem... Você viu aquele desastre o outro dia com o Tancredo Osório? O avião se espatifou no chão. Pois eu conheci o pai dele, o Chico Osório. Era carreteiro, nunca teve pressa em chegar... e chegou sempre. Morreu na cama.

— Mas morreu...
— Todos morrem, moço.

Termina de enrolar o cigarro e leva-o à boca. Ofereço-lhe o isqueiro, que nega fogo, uma, duas, três vezes.

E o cel. Jango Jorge, malicioso:
— Os meus avios de fogo nunca falharam.

Aos poucos me vêm à memória as histórias que ouvi contar desse caudilhote nos tempos anteriores a 30. Mandonices, arbitrariedades, violências, crimes...

Um dos amiguinhos de Roberta atravessa a sala, bamboleando, e vai apanhar um croquete no prato de vidro azul em cima da mesa. Vera e Gracinda somem-se numa das portas. A voz exaltada de Leitão Leiria chega até nós e, sorrindo para d. Dodó, Aldo Erasmo caminha na nossa direção:

— Mas que é isso, coronel? Já está com sono? — E, voltando-se para mim: — Que foi que ele esteve lhe contando, Vasco?

Tirando uma baforada de seu cigarro de palha, com a sua voz cadenciada Jango Jorge diz:

— Ind'agorinha estive ensinando àqueles meninos como é que se degola um homem. — Pausa. Conclusivo e sério, acrescenta: — Ficaram brancos de susto. São uns pés-frios. Também... quanto tempo faz que não temos uma revoluçãozinha das boas?

A seguir passa a nos contar causos — cenas da revolução de 93, da de 23. São histórias em torno de atos de coragem e dedicação; em muitas delas nota-se a intenção de cercar de uma aura de simpatia os bandidos e de respingar o pó dourado da lenda na figura dos degoladores.

* * *

Juca Dente-de-Ouro foi chamado uma noite à casa do cel. Ramão.
— Olha, Juca, tenho um trabalhinho para você...
— Diga, patrão.
— Quero que você faça o serviço no Manuel Tarumã. Eu lhe passo cem mil-réis. Está aqui o dinheiro.
— Está bem, coronel, o senhor pode confiar na minha palavra. Faço serviço limpo, o senhor vai ficar satisfeito.
O tempo passou. Juca Dente-de-Ouro rondava Manuel Tarumã, entretanto nunca o apanhava desprevenido para passar-lhe a faca. Mas com as idas e vindas da política local o cel. Ramão fez as pazes com o seu inimigo e um dia chamou Juca Dente-de-Ouro em particular e lhe disse:
— Olha, Juca, desista daquele negócio. Não faça nada para Tarumã. Já somos amigos outra vez!
O bandido sacudiu a cabeça.
— Não senhor. Eu lhe garanti que matava e mato mesmo. Palavra é palavra. E depois... já gastei os cem mil-réis.
— Mas eu já disse que não quero, homem! Não precisa me devolver o dinheiro.
O capanga estava empedernido. E o cel. Ramão deixou-o ir em paz, na esperança de que ele pensasse no assunto e visse o absurdo de sua obstinação.
Neste ponto da narrativa o cel. Jango Jorge faz uma pausa para dar uma tragada.
— E que foi que aconteceu, coronel? — pergunto.
Ele deixa o olhar aguado passear pela sala, pachorrento, e, deitando fumaça pelas narinas, remata a história assim:
— O Manuel Tarumã está enterrado no cemitério de Santa Rita, bem à direita de quem entra...
E ante o nosso silêncio acrescenta, com um ar quase sonhador:
— Juca Dente-de-Ouro... Homem de palavra.
— O coronel Jango Jorge é bem o símbolo de um momento que passou — digo mais tarde ao dr. Abel, quando ficamos a sós, junto de uma janela a beber e a fumar.
— Passou... mas continua de certo modo — replica o médico.
— De que modo?
— Conhece o filho do Jango Jorge? Pois é advogado. Usa na advoca-

cia dos mesmos métodos que o pai usava na política. O caudilho era uma espécie de gângster, e gângster é também o doutor Miguel Jorge. Emprega a fraude, a coação, o suborno. Vive de golpes de audácia e de negociatas. Tem uma organização muito bem-feita, uma espécie de sindicato da patifaria: nada lhe escapa. É um pequeno Al Capone da advocacia.

A visão que o dr. Abel tem do mundo é bastante céptica. Não acredita que a toleima humana tenha remédio. Acha que o melhor é cada qual tratar de atravessar a vida da maneira mais cômoda, agradável e fácil.

O ambiente aos poucos fica mais cálido. A música. As bebidas. Estes corpos desprendendo calor. A lembrança da noite fria lá fora, a se denunciar pelas vidraças embaciadas.

— Veja só essa curiosa dança... — sussurra o dr. Abel abrangendo a sala com um gesto da mão peluda. — Procure penetrar no espírito de cada uma dessas pessoas que estão aqui dentro. Seria divertido descobrir suas intenções e desejos. Para começar, Aldo Erasmo quer vender ações de petróleo ao Leitão Leiria...

— E o Cambará?

— Interessado na companhia de petróleo e por sua vez querendo vender um terreno ao Erasmo e outro ao Leiria.

— O Gedeão Belém apojando dona Dodó para que ela pense que ele é um católico sincero e faça boas referências dele ao arcebispo.

— E dona Dodó por sua vez agradando o Gedeão para que ele continue a publicar no seu jornal reportagens sobre os seus atos de caridade e artigos elogiosos em torno do casal Leitão Leiria.

— E o coronel Jango Jorge?

— Veio do interior tratar de assuntos de seu interesse na Secretaria da Fazenda. E como sabe que o Aldo Erasmo tem boas relações com o secretário...

— Como é que você pode estar tão bem informado?

— Não é que eu seja penetrante... Eles é que são transparentes. E depois o clínico, seja como for, não passa de uma espécie de *detetive*...

Vera vai ao encontro da criada que entra com pratos de frios numa bandeja.

— E Vera? — indago.

— Posso lhe afiançar que não tem interesses comerciais... mas tem interesses.

— Norma?... — arrisco.

Abel ergue as grossas sobrancelhas, fita os olhos em mim e depois, sorrindo, sacode a cabeça devagarinho, numa confirmação.

— E quanto a nós? — pergunto.

O médico toma um gole de uísque, põe o copo em cima duma pequena mesa e conclui:

— Nós devemos ter também os nossos interesses. Bom. Até já...

Depois que se vão os Leitão Leiria (deixando Vera para trás), Gedeão Belém, Jango Jorge, Cambará, a mulher e mais as companheiras de d. Dodó, a festa toma outro rumo.

Roberta senta-se numa poltrona e os seus amiguinhos a cercam. Um deles se acomoda entre almofadas, no chão, apoiando as costas no sofá. Abel fica sentado a pequena distância da dona da casa, fumando indolentemente um cigarro.

O meu sexto copo de uísque faz que o nevoeiro que começa a erguer-se no meu cérebro passe para o exterior. Ouço o zunzum das conversas. Tudo muito confuso. Parece que um dos moços está recitando baixinho em francês. Detesto-me. Sinto que nada tenho a fazer nesta casa. Mas vou ficando. Olho o relógio. Vejo os ponteiros desmaiados no meio da névoa. Duas horas. Risadas.

— Com sono, Vasco?

— N... não.

Quem foi que falou comigo? Vera ou Norma? Cerro os olhos. Por que não me vou? Tudo isto é estúpido. A cabeça me pesa, cai, tonta.

Um período de esquecimento. Terei dormido?

Gracinda vai para o piano e começa a cantar uma canção rasgada, gemida, indecente. Por que não me deixam dormir em paz? Batem palmas. Sinto a pressão duns dedos no meu braço.

— Vasco, que é que você tem?

Entreabro os olhos.

— N... nada.

Norma me diz ao ouvido:

— Venha comigo, rapaz.

Puxa-me pelo braço.

— Nada de escândalo — gaguejo. — Respeite a minha inocência.

— Não seja bobo. Vamos.

Aéreo, como se caminhasse nas montanhas da lua, eu me deixo levar.

Norma me conduz à cozinha, onde me dá uma xícara de café bem forte.

— Você é fraco para bebida. Já tomei seis uísques e três taças de champanha e estou aqui firme.
— Isso é prosa.
— Passa um cigarro.
Ficamos a fumar sentados à mesa da copa. A voz rouca e canalha de Gracinda Aveiro chega até nós.
— Tua amiga é uma vaca... Aquelas ventas dela me fazem mal. Onde foi que vocês descobriram essa maravilha da natureza?
Norma me olha dum modo estranho, como se nunca me tivesse visto.
— Nunca me viu? — pergunto.
— Com essa cara, nunca. O outro dia você estava fazendo o moralista. Como o uísque muda as pessoas! Uma boa dose de Old Parr é o suficiente para derreter essas máscaras...
Deixo cair a cinza do cigarro na xícara de café. Gracinda continua a mugir. O mundo é indecente. Olho para a cara maliciosa de Norma. Não: o mundo é deliciosamente absurdo. Decerto o Destino me poupou a vida na Espanha, só para que esta noite eu pudesse estar aqui sentado na frente dessa rapariga.
Erguemo-nos para voltar ao salão. No corredor Norma me faz parar:
— Você está todo despenteado. Parece um selvagem.
Passo a mão pelos cabelos. Puxando-me pelo braço, ela me diz:
— Vamos ver um pente no quarto do Antonius.
Entramos numa das portas no fundo do corredor.
Norma acende a luz. Uma cama de solteiro, um pequeno armário com livros, quadros pelas paredes. Tudo meio esfumado.
Norma apanha um pente de cima de uma mesinha e, pondo-se na ponta dos pés, começa a me pentear. O calor e o perfume de seu corpo me envolvem e penetram. Meus braços por breves instantes ficam caídos ao longo do corpo. Mas dentro de alguns segundos, obedecendo a uma misteriosa ordem, eles se erguem e enlaçam Norma pela cintura. Ouço o ruído do pente que cai. E as mãos dela não querem mais pentear, e sim arrancar meus cabelos. Nossos lábios se procuram, se acham, se esmagam. O bafo cálido do inferno nos envolve, e eu sinto uma fúria ofegante e dilaceradora apoderar-se de mim.
A porta se abre de repente e um vulto branco aparece. Vera. Separamo-nos.
— Ah! Vocês estavam aí?...

Norma faz meia-volta e caminha para ela. Trêmulo e desconcertado deixo-me ficar onde estou.

Voltamos para o salão em silêncio. Atmosfera enfumaçada e tépida.

A criada sonolenta anda dum lado para outro com uma garrafa de uísque em cima de uma bandeja. Aldo Erasmo, grisalho, empertigado e impecavelmente vestido, como o Lewis Stone dos bons tempos, acha-se recostado ao piano, dizendo não sei que ao ouvido de Gracinda Aveiro, que solta risadas convulsivas, ao mesmo tempo que tira do teclado acordes dissonantes que são como acompanhamentos para as suas gargalhadas.

Um dos mocinhos encontra-se deitado de todo o comprimento em cima do tapete, ressonando, ao passo que outro deles cita trechos do *Corydon* de Gide para o dr. Abel e Roberta, que estão sentados no sofá.

Vera arrasta Norma para o *hall* e eu me vou instalar numa das extremidades da sala.

Pouco depois soa a campainha da porta. E Antonius, descabelado e pálido, com a gravata desamarrada, e quase em estado de coma, é trazido para dentro por dois amigos. Aldo limita-se a olhar para Roberta com ar contrariado e, afastando-se do piano, vai ajudar os rapazes a levar o filho até o quarto. Pouco depois Roberta o segue. Voltando a cabeça e dando comigo, o dr. Abel ergue-se e se aproxima de mim.

— Com sono? — pergunta.

Faço um sinal afirmativo.

— A Roberta esteve me falando em você...

— Sim?...

— Quero que pinte o meu retrato. Não é vaidade, não. É para mandar a uma tia velha que me quer bem e que tem ilusões a meu respeito.

Sacudo a cabeça, sem entusiasmo, ao mesmo tempo que abafo um bocejo. E ficamos a combinar a data da primeira pose.

Os amigos de Antonius voltam para a sala e aderem à festa através do uísque e da palestra. Ficam a discutir não sei que com Gracinda Aveiro. O jovem admirador de André Gide se encaminha para nós e sem o menor prelúdio começa a fazer a defesa da pederastia. Está com a voz um pouco arrastada e seus olhos são lânguidos. O belo-adormecido acorda, levanta-se e, estremunhado e esgalgo, vem retomar uma discussão interrompida pelo sono. E diz, provocante, na cara do nosso interlocutor:

— O Gide é uma besta.

Gracinda começa a cantar uma rumba lúbrica e suas ancas dançam em cima da banqueta do piano, suas narinas inflam e, de cabeça erguida, olhos revirados, ombros a subir, a descer e a colear, ao ritmo da música, ela fica a mugir em espanhol.

E quando os dois rapazes nos deixam em paz, o dr. Abel, oferecendo-me um de seus ótimos cigarros, pergunta:

— Que é que acha da festa?

— Acho que é a melhor imagem do mundo moderno. Ninguém acredita em nada. A ordem do dia é — gozar, gozar a qualquer preço. Todos querem aproveitar o momento que passa, cada qual se move levado pelos apetites, pouco importando o que possa vir depois.

O dr. Abel sacode a cabeça lentamente. Seus olhos sonolentos brilham fracamente sob as sobrancelhas espessas.

— E o que acho mais estranho — diz ele, pausadamente — é esses meninos estarem aí a beber, a discutir *Corydon*, Gide, Matisse e o surrealismo, como se representassem um fim de raça, numa terra em que a raça ainda nem principiou.

— É de bom-tom discutir problemas franceses, principalmente os de arte e literatura...

— E nós com tantos problemas palpáveis por aí...

Roberta torna a entrar na sala.

— Não viram a Vera e a Norma? — pergunta ela.

E como respondemos negativamente, a dona da casa se afasta de nós na direção do *hall*, dizendo com a cabeça voltada para trás:

— Aposto como foram lá para a sotéia.

Estou cansado, com a boca e a alma amargas. Não posso esquecer o que se passou entre mim e Norma no quarto de Antonius. A chegada de Vera talvez me tenha salvo de futuras complicações. Mas apesar disso eu sinto a irritação que vem do desejo súbita e violentamente despertado e não satisfeito.

Às quatro e meia deixo a casa dos Erasmos. Saio a caminhar pela rua fria e deserta. Ao atravessar uma praça, julgo vislumbrar um vulto familiar. Um choque... Alto, encurvado, passos arrastados, a maleta na mão... Impossível. O dr. Seixas está morto e os mortos não voltam. Seja como for, sinto que o ritmo de meu coração se altera e eu paro. Ilusão. Foi a sombra duma árvore. Continuo a andar. E penso: Que faria eu se encontrasse a alma do dr. Seixas? Provavelmente seguiríamos os dois lado a lado através desta madrugada de agosto, e eu lhe contaria das minhas dúvidas, das minhas inquietações, e do meu grande desejo de encontrar um caminho firme na vida — um caminho de beleza e de bondade, livre dos velhos erros e dos velhos ódios.

Venta. Ergo a gola do sobretudo. O céu está enfumaçado e plúmbeo. As folhagens farfalham. E um a um os meus espectros vêm chegando. Amigos mortos de Jacarecanga. Os companheiros das trincheiras. Marcham a meu lado encolhidos e calados, como se também sentissem frio, como se também levassem consigo o peso de remorsos e decepções.

10

25 de agosto

Amanheceram sombrios os horizontes domésticos. Clarissa sabe da hora em que cheguei à casa ontem e está enciumada. Principiou por não querer que eu fosse à festa. Não disse isso claramente, mas insinuou através de perguntas isoladas, feitas com ar casual "Será que a festa termina muito tarde?" — "Achas que vais te divertir?" — "Dizem que essa Roberta é muito grã-fina... Tu te sentirás bem no meio daquele pessoal?". Tratei de convencê-la com os mesmos argumentos que Fernanda usou comigo. Fazendo relações com os amigos dos Erasmo eu podia conseguir a encomenda de alguns retratos...

Saio da cama às dez e meto-me num banho morno. Quando entro na sala de jantar encontro a mesa posta para o café.

— Com leite ou sem leite? — pergunta Clarissa com voz um pouco velada, sem me olhar.

— Sem leite. E sem ciúme também.

Ela se fecha num mutismo sombrio.

Sento-me à mesa. Clarissa me despeja o café na xícara. É uma manhã cinzenta de chuva.

— A Fernanda telefonou perguntando se estás doente...

— Ah... sim?

— Eu disse que não, que estavas dormindo porque tinhas chegado a casa quase de manhã.

— Cinco horas — corrijo-a. — O dia não tinha clareado ainda.

Ela faz meia-volta, séria, e caminha até a janela. Fica ali com o rosto encostado na vidraça, enquanto eu tomo o meu café. Ergo-me e me aproximo dela.

— Zangada?

Clarissa sacode a cabeça negativamente, sem se voltar.

— Não tem confiança no Gato-do-Mato?

Ela torna a sacudir a cabeça.

— Não quero ir embora sem te ver sorrir.

Silêncio.

— Vamos, Clarissa, não há razão para ficares assim...

Ela continua imóvel.

— Está bem... — digo, com ar conclusivo.

Enfio o impermeável e apanho o chapéu. Torno a me aproximar dela e com a voz mais dramática que meu talento teatral permite, murmuro:

— Terás remorsos quando souberes que acharam o meu cadáver boiando no rio.

Atravesso a sala quase correndo na direção da porta. Ganho o patamar e quando me preparo para descer a escada, ouço ruído de passos apressados atrás de mim e a voz de Clarissa:

— Vasco!

Volto-me. Abro os braços para recebê-la. Sinto seu coração bater descompassado contra o meu peito.

— Oh, Vasco, por que é que tu fazes assim? Por que é?

Há um tom de funda queixa em sua voz. Acaricio-lhe os cabelos e lhe murmuro ao ouvido:

— Pensaste que eu estava falando sério?

— A gente... a gente contigo nunca sabe. Pode ser brinquedo... e pode ser sério. — E com veemência, me apertando os braços: — E eu não quero te perder!

Agora quem está emocionado e arrependido sou eu. Comecei um brinquedo que quase termina em lágrimas. E é com voz perturbada que eu lhe digo:

— Tu não me perderás... Nunca.

Ela se afasta um pouco, ergue o rosto para mim e diz:

— Já ias sair com a gravata torta, Vasco. Pareces uma criança que a gente tem de andar sempre arrumando.

Dez e quarenta. Na redação. Fernanda e Noel discutem os destinos de *Aventura*, cujas tiragens aumentam de número para número. Centenas de pequenos leitores escrevem cartas dizendo de suas preferências. Alguns pedem as proezas de Popeye, outros de Flash Gordon, Mickey Mouse, Branca de Neve e os 7 Anõesinhos. Uma sensível maioria prefere as histórias de guerra e as aventuras fantásticas. Noel está decepcionado diante do desamor que as crianças de hoje revelam pelos contos de fadas. Só parecem aceitá-los quando eles são reavivados, adaptados ao gosto moderno por um Disney ou um Fleischer.

— Já começaste as ilustrações para a Vida de Cristo? — pergunta-me Noel logo que me vê.

— Já. Fiz uma imitação de gravura em madeira. Não sei se vais gostar.

Caminho até a mesa, abro a gaveta e tiro dela um punhado de desenhos em preto-e-branco, que mostro a Noel. Ele os examina longamente, com o sobrolho franzido e, depois de visível relutância, me diz:

— Não achas um pouco... como é que vou dizer?... um pouco realista demais?

Fernanda toma dos desenhos.

— Não sei... Acho que estão muito bem.

Noel faz um gesto vago.

— Falta... falta espiritualidade. Não te zangues, Vasco, eu não digo que não estejam bem desenhados. Estão, sim. Sob o ponto de vista puramente artístico, acho-os admiráveis. Mas eu preferia uma ilustração colorida em meios-tons. E quanto ao rosto de Jesus, queria que fizesses uma fisionomia menos macerada, menos pálida e dolorosa. Esse Jesus aqui, por exemplo... que expressão de tristeza, de sofrimento, de decepção...

Apanho um jornal de cima da mesa e olho os cabeçalhos. Os alemães ameaçam Dantzig. A Europa está em pé de guerra.

— Provavelmente Jesus está assim deprimido porque leu os jornais de hoje...

E passamos a falar na situação européia. E de novo voltamos aos temas das histórias infantis.

— Estamos respirando violência e ódio — diz Fernanda. — Há vinte anos que o mundo se prepara moral e materialmente para a guerra. Por isso não admira que essas pobres crianças prefiram as histórias de gângsteres, conquistadores e guerreiros. A culpa é dos mais velhos.

E Noel, depondo os desenhos em cima de sua mesa:

— Eu sempre achei que as histórias de fadas não lhes fariam nenhum mal.

— Mas é preciso não abusar do maravilhoso — avança Fernanda.
— Refiro-me ao fantástico arbitrário. Para quê, se a cada passo na vida real estamos encontrando maravilhas sem precisar recorrer às fadas e ao sobrenatural?

O programa de Fernanda é bem claro. Ela deseja dar aos pequenos leitores de *Aventura*, através de histórias atraentes, o que há de belo e de romanesco na realidade: os mistérios da física, da química, da biologia. O mundo que existe numa simples gota de água, o fino tapete de cores e bordaduras fantásticas que é a asa duma mosca vista ao microscópio. A vida das abelhas e das formigas. A sabedoria dos animais. A grande e comovente aventura do homem na Terra. Acha que é um erro acenar para os espíritos infantis com fantasias que são uma contrafação da realidade. Isso só pode tornar maior e mais contundente o choque que eles vão ter com o mundo quando se puserem em contato mais direto com ele.

— Mas matar as fadas — diz Noel em dado momento — é o mesmo que matar a poesia, e sem poesia a vida se torna intolerável.

— De acordo, meu filho — replica Fernanda. — Mas é um erro pensar que só existe poesia nos contos de fadas ou no reino da pura imaginação. A grande e profunda poesia encontra-se na vida. É a única duradoura e fecunda. Nós aceitamos, por exemplo, a chuva, os astros, a mudança das estações, o crescimento das plantas, a regeneração dos tecidos, o sistema solar como sendo partes duma realidade prosaica, material e cotidiana e achamos que a poesia mora no reino dos gnomos de Branca de Neve e da Menina do Chapelinho Vermelho. Que é a radiotelefonia senão pura magia? E a televisão? E a célula fotelétrica?

De contos de fadas saltamos para a literatura chamada séria. Ficamos ainda a dançar em torno dos termos *real* e *irreal*. Noel refere-se ao seu livro no qual, a conselho de Fernanda, procurou fugir do mundo ideal, descendo para a terra.

— A verossimilhança — diz ele, batendo de leve com um lápis na palma da mão — é o maior obstáculo para o artista.

E eu, que estou agora a desenhar Jesus na cena da ressurreição de Lázaro, detenho-me para dizer:

— Quando a gente diz que uma personagem ou situação de romance é impossível, fala de seu ângulo individual limitado. Cada homem tende a achar impossível tudo quanto se encontra fora do campo de sua experiência.

— A vida é limitada... — diz Noel.

— Não diga isso — retruco. — Talvez a sua experiência é que seja estreita.

— Não digo o contrário. Mas... tomemos por exemplo um pedaço da nossa realidade cotidiana. A família do Modesto Braga, o velho sentado junto do rádio ou lendo o jornal, dona Adélia fazendo tricô, Dejanira conversando com o noivo na sala, Ernestides a mudar os cueiros da filha, Modestina ensaiando no piano do vizinho um samba para cantar na sua próxima audição no rádio. Isso é realidade.

Fernanda salta de seu canto:

— Passe a unha nessa camada superficial de tranqüilidade e veja o que é que aparece. O passado do velho Braga, as suas angústias e inquietudes, a preocupação de casar as filhas. Que é que há por trás desse passatempo inocente de escrever cartas às "Queixas do Público" senão um desejo muito natural de afirmação? O homem que quando moço sonhou com a literatura... ou com a prefeitura municipal. Veja a história de Ernestides e o que representa aquela pobre criança, a Shirley Teresinha, que vai carregar pela vida em fora não só esse nome como também o erro dos pais. Acompanhe o sargento até o quartel, trate de averiguar seu passado, de descobrir seus sonhos. Não, Noel, a realidade não é tão limitada como você pensa.

E, resolvido a esmagar as teorias de Noel, proponho-me a contar uma história que tem todos os característicos de coisa arranjada, preparada e falsa.

— Ouça esta, Noel. Um dia na minha companhia lá no Ebro descobri um polaco horroroso, com cara de macaco, que era um notável pianista. Pois bem. Passávamos ao anoitecer pela rua de uma pequena cidade bombardeada, quando de repente vi o polaco largar o fuzil e precipitar-se na direção de uma casa em ruínas.

Era um edifício de dois pisos e a fachada estava completamente destruída. Via-se o andar superior, com o soalho pendido, cai não cai e, numa das salas, um piano... O diabo do polaco subiu pela escada que ainda estava intata e se aproximou do piano. Gritamos-lhe que descesse, pois havia o perigo do desabamento. Mas o homem estava quase louco. Abriu o piano e começou a tocar, a tocar furiosamente a "Polonaise militaire" de Chopin. Era impressionante. A cidade destruída e deserta, ao anoitecer, e os sons do velho piano espalhando-se no ar. O soalho rangeu. Desça! — gritávamos nós. Mas o homem estava como que cego e surdo. Continuava a bater no piano. E de repente uma coi-

sa horrível aconteceu. Ouviu-se um estalo mais forte, as tábuas do soalho se quebraram e lá se veio o piano rolando, levando o polaco por diante. Caiu com um baque nas pedras do calçamento, um baque seco e ao mesmo tempo estranhamente musical. Corremos...
Noel e Fernanda me olham, interessados, esperando.
Concluo:
— O corpo do polaco achava-se intato, não tinha um único arranhão... Mas sua cabeça estava esmagada debaixo do piano.

27 de agosto

Manhã de domingo no jardim da casa de Noel. Quando entro, Anabela vem correndo para mim de braços abertos e com os olhos cheios de lágrimas. Acocoro-me para a abraçar e aperto-a contra o peito.
— Que é isso, querida? — pergunto.
Com a voz entrecortada de soluços, minha afilhada aponta para Shirley Teresinha, que está sentada num dos degraus do alpendre e diz:
— Pa... padrinho... e... ela tirou o m... meu... cachorro.
— Não é nada, Anabela, eu vou falar com a Shirley. Como é o nome do teu cachorro?
— To... totó.
— Tu gostas muito dele?
— Gosto.
De olhos arregalados, Shirley Teresinha nos contempla meio assustada. E Anabela, puxando-me pela orelha, o nariz franzido, o beicinho trêmulo, as lágrimas a lhe escorrerem pelo rosto, suplica:
— Pe... pede pra ela me... me dar o Totó.
O problema é grave. Que faria o sábio rei Salomão no meu lugar? Porque a dificuldade maior é que esse Totó não existe, é um ser imaginário criado pela fantasia de Anabela. No seu mundo de faz-de-conta existem muitos outros habitantes. A Geni, uma menininha de cachos que todos os dias vem brincar de comadre. Um elefante sem tromba que se chama Pipa. Um negrinho de carapinha azul que atende pelo nome de Mingau. São todos seres invisíveis e um dia destes eu ia caminhando distraído pela sala da casa de Fernanda quando Anabela se pôs a chorar sentidamente, exclamando:
— O padrinho pisou na Geni. O padrinho machucou a Geni.
Sinto-me perdido no mundo de Anabela. E como ela ainda soluça,

pedindo o seu Totó, ergo-me, aproximo-me da outra criança, inclino-me sobre ela, finjo agarrar alguma coisa do chão, e volto para a minha afilhada, trazendo-lhe o animalzinho imaginário.

— Está aqui o Totó. Agora não chore mais.

Ela me estende os braços, sorrindo, com as lágrimas a faiscarem nos olhos muito pretos, e fica a acariciar o seu amigo peludo e invisível, enquanto eu caminho para o alpendre, a pisar muito de leve, com medo de esmagar algum habitante do reino fantástico da menina Anabela.

31 de agosto

Quatro e meia da tarde, na casa do dr. Abel. Aproveito este resto de luz para esboçar-lhe o retrato.

— Não pinte os meus pés-de-galinha — recomenda-me ele. — E procure dar ao meu rosto uma expressão angélica. A velhota ficará satisfeita, porque faz de mim uma imagem muito lisonjeira.

— O que não parece acontecer com você mesmo.

Ele encolhe os ombros.

— Não acredito em mim. Nem nos outros.

— É curioso. "Não acredito" é a expressão que mais tenho ouvido. Parece que ninguém mais tem fé.

— E é pena, porque não se pode negar que as coisas mais belas da Terra foram erguidas pela fé.

O dr. Abel está bem instalado. Nota-se que é amigo do conforto. Há nesta sala de estar uma boa quantidade de poltronas fofas, recantos com lâmpadas veladas, tapetes, pequenas estantes com livros e revistas.

— Leu os jornais? — pergunta ele. — A Alemanha vai invadir a Polônia, não tenho a menor dúvida a esse respeito. É o princípio duma tremenda guerra... — E, depois duma curta pausa, acrescenta com um ar meio sonhador: — Eu sou do *avant-guerre*.

— Que *avant-guerre*? Não se esqueça que agora estamos noutro...

— Refiro-me ao anterior a 1914. Eu tinha dezessete anos, mas senti bem essa época. Estava estudando em Paris... As criaturas viviam despreocupadas. Havia ainda carros puxados por cavalos e homens que sabiam fazer galanteios. Ia-se aos teatros, aos cafés-concerto, lia-se literatura de *boulevard*. Vocês rapazes de hoje não compreendem isso. O "meu" mundo estava apenas em lua-de-mel com o progresso mecânico. A aviação ainda se achava na primeira infância. Havia tempo para viver. Hoje não há. Não há tempo para nada. Veio a guerra e depois o mundo entrou num ritmo acelerado. Parecia que estava caminhando para alguma coisa decente. Puro engano. Estava mas era correndo para outra guerra. Para essa que vai estourar dentro de poucos dias. Não sei o que virá depois da catástrofe. Acho que a derrocada de tudo.

— Quem sabe? Talvez das ruínas surja alguma coisa nova e decente.

Penso no mundo socialista com que sempre sonhei.

Meu carvão continua a passear na tela, deixando nela o seu rastro negro, que vai tomando a meu ver a semelhança do dr. Abel.

— Não sei... — Suspira ele. — Se depender de mim, o mundo está perdido.

E, remexendo-se um pouco na cadeira, confessa:

— Vou lhe dizer o que se passa comigo. No fundo o que sou é um grande preguiçoso. Quando rapaz, tinha planos. Ia me formar em medicina e depois dedicar o meu tempo a pesquisas bacteriológicas. Talvez descobrisse algum micróbio engraçado e essa descoberta pudesse ser de alguma utilidade para o mundo. Mas qual! Mal me pilhei com o diploma, atirei-me a uma vida descansada. Livros, conforto, mulheres. Fui uma vez mais à Europa. Sabe o que me aconteceu? Quando estava viajando tinha vontade de voltar, voltar para ficar parado, pensando...

— Um contemplativo...

— Essa palavra é bonita. Mas preguiçoso é o adjetivo exato. Um bom cigarro, uma boa poltrona, um bom livro ou então uma boa prosa fiada.

— Ainda bem que tem recursos para isso...

— A verdade é que eu tenho mais dinheiro do que desejava e merecia.

— É a primeira vez em toda a minha vida que ouço alguém dizer isso. Resta saber se está falando com sinceridade.

— Estou, sim. Ser insincero dá mais trabalho do que ser sincero.

— Alguma herança?

— Exatamente. Vários antepassados meus se esfalfaram no trabalho do campo, conduziram tropas, domaram potros, lavraram a terra e fizeram rigorosas economias durante anos e anos, só para que um descendente vadio e inútil pudesse levar esta vida fácil.

— Meus avós também foram homens do campo.

— No fundo nós somos uns renegados. Fugimos da terra.

Largo o carvão e me levanto.

— Sabe que tenho pensado muito nisso ultimamente?
Acendemos cigarros.
— O nosso mal — diz Abel — é que vivemos amontoados nas cidades, a nos agitar nesta civilização imitativa de arranha-céus e máquinas. Somos um povo sem raízes no solo. Olhe a nossa sociedade. Que é que vemos por trás dessa ostentação de *renards argentées*, automóveis de luxo, palacetes, jóias e o mais que segue? Nada mais nada menos que fazendas hipotecadas, letras vencidas e uma fuga da terra, a renegação dum passado que podia ser um princípio de tradição.

Pouco antes das seis levanto-me para ir embora e o dr. Abel me diz:
— Você janta comigo. Espere um pouco, que eu vou me vestir.

Quando descemos para a rua os combustores se acendem. Há tons de verde no céu de cristal frio, na fachada das casas, nas pedras da rua e na cara dos transeuntes.

Abel enfia o braço no meu e diz:
— Vamos ali no Jamaica. É onde se janta melhor. Não sei se já lhe disse. Gosto muito de comer bem.
— Pois eu gosto de gente que não tem o menor constrangimento em confessar que se preocupa com a mesa.

De repente o dr. Abel me faz parar:
— Sabe onde é que está o mal da vida moderna, a fonte principal de inquietação de toda essa pobre gente que vemos na rua, a correr e a brigar, assombrada pelo relógio e convencida de que tempo é mesmo ouro?

Olho para o meu interlocutor em silêncio, esperando que ele mesmo dê resposta à pergunta que formulou. O dr. Abel aponta para a parede dum alto edifício onde se vê pintado um refrigerador de proporções gigantescas encimado por estas palavras: *ACME, O Campeão dos Refrigeradores*. Logo abaixo, em letras vermelhas: *Adquira hoje mesmo o novo modelo, agora com fecho de metal cromado!*

— Temos ali um símbolo da nossa época, Vasco. *Agora com fecho de metal cromado*. Estas palavras dizem bem da temível e habilíssima organização comercial moderna que abarca o mundo e que de certo modo é responsável pelo delírio aquisitivo que se apoderou das criaturas. Os industrialistas por meio de seus agentes de publicidade criam necessidades artificiais. Por exemplo, o Anacleto tem em casa um bom refrigerador comprado há dois anos. Os anúncios publicados nos jornais, berrados nos rádios ou pessoalmente por meio de vendedores renitentes convencem a esposa de Anacleto de que ela precisa ter um novo refrigerador *com fecho de metal cromado*. Inventam uma nova espécie de vergonha: a de não ter em casa um refrigerador com esse "novo dispositivo". Ora, madame Anacleto acaba vencida e passa a azucrinar os ouvidos do marido. Eu quero um refrigerador com fecho de metal cromado. Fulana tem. Todo o mundo tem. O nosso está feio, antiquado, é modelo antigo. E lá sai o nosso Anacleto desesperado para a rua... Precisa arranjar dinheiro para comprar o novo Acme. Hipoteca a alma ao diabo e passa a viver no futuro através das prestações, atormentado de compromissos que lhe roubam todo o puro prazer de viver...

Entramos no restaurante e vamos nos sentar a uma mesa que fica ao fundo, entre dois biombos. O garçom, que parece ser velho conhecido do dr. Abel, vem trazer-lhe o cardápio, sorrindo. Deixo a escolha ao meu companheiro, que parece ser um técnico em assuntos de culinária.

— Mas... voltando ao nosso Anacleto. Não é só o caso do refrigerador. O mesmo se passa com o rádio, com o aspirador de pó, com o automóvel...

— Bom. Você está lidando com termos de caricatura, mas no fundo tem razão. É isso mesmo.

— E note mais o seguinte. Quem está falando aqui não tem dificuldades de dinheiro. Mas acontece que no meu consultório de moléstias nervosas aparecem homens cansados, deprimidos... Quando não são de fundo sexual, todos esses distúrbios têm sua origem em questões de dinheiro, excesso de trabalho, preocupações com o fim do mês, desejos não satisfeitos, noites mal dormidas. Há sempre no fundo da consciência dum homem da classe média um refrigerador Acme. Preste atenção nisso.

— E quando o pobre Anacleto termina de pagar o refrigerador — digo... — lá surge à porta de sua casa outro vendedor a lhe oferecer uma nova espécie de escravidão...

— ... que ele aceita — continua Abel — porque já acredita piamente nessas necessidades artificiais. Depois, o excesso de conforto nos amolece a vontade. Não dispensamos mais a bebida gelada nem o cinema quase diário, nem o rádio, as boas roupas e as belas gravatas, o automóvel e os perfumes estrangeiros. Eu, por exemplo, estou lhe dizendo estas coisas e sou incapaz de abraçar uma vida mais simples. E sabe por quê?

— Preguiça.

— Exatamente.

O garçom chega com o primeiro prato. O dr. Abel pede um vinho e fica depois a me fazer uma preleção de sabor literário sobre o Borgonha.

A mastigar com gosto o seu frango feito com um molho esquisito, ele confessa pouco depois:

— Sou um sujeito perfeitamente inútil para a coletividade. E o pior é que não tenho nenhum remorso disso...

— A primeira vez que eu vi você, julguei-o um *poseur*. As suas primeiras palavras foram as de um céptico, a dum homem que olha a vida com cinismo, numa atitude a que ele faceiramente dá o nome de *anatoleana*.

— Continua achando que sou um céptico?

— Sim, mas uma espécie muito estranha de cepticismo.

Uma pausa.

— Você é solteiro?

Minhas palavras me saem da boca tintas de vinho:

— Por pouco tempo. Caso-me dentro de duas semanas.

Abel sorri por cima do prato de risoto.

— Passará o resto da vida trabalhando para os acionistas da Acme Co. de New Jersey. Sua mulher há de querer sempre o último modelo.

Olho o reflexo das lâmpadas na superfície vermelha do Borgonha.

— Quem sabe?

— Por que não reage enquanto é tempo? É uma pena que você com menos de trinta anos vá engrossar o exército cinzento dos homens melancólicos e apressados que andam pela rua atrás do dinheiro. Dentro de algum tempo estará desenhando bonecos horrendamente vulgares para anúncios de sabonetes ou banha de porco. Deixará de pintar quadros a seu gosto para satisfazer o gosto do anunciante. Em menos de dez anos estará velho, cansado, triste e terá perdido todo o prazer de viver. Um dia irá ao meu consultório para dizer: doutor Abel, você tinha razão. E eu porei a sua cabeça no raio X e descobrirei lá, numa de suas circunvoluções, rádios, refrigeradores, aspiradores de pó, fatiotas, automóveis, sapatos...

Fico em silêncio por algum tempo. O dr. Abel bebe o seu segundo cálice de vinho. O garçom traz outro prato.

Começo a falar nas minhas experiências da Espanha e do que eu julgo ter sido a minha reeducação sentimental.

— A que conclusão chegou? — pergunta o meu companheiro.

Sacudo a cabeça, meio indeciso.

— Para principiar, cheguei à conclusão de que o meu lugar era aqui e não lá. Se eu tinha coragem para a luta, devia lutar as lutas de minha terra e não comprar brigas alheias.
— Não há a menor dúvida. Mas o risoto está esfriando. E depois?
— O doutor Martin, graças a quem estou aqui vivo na sua frente, devastando este prato, me disse palavras reveladoras. Não há uma solução geral, uma salvação para todos os homens...
— Claro. Podemos massacrar os homens em massa, mas é difícil oferecer-lhes uma salvação em massa.
— Cada um de nós tem de procurar o seu caminho de acordo com as suas inclinações.
O zunzum das conversas no ar enfumaçado. O calor reconfortante do vinho.
— No hospital conheci um velho professor espanhol que me citou as palavras dum clássico de sua terra. Mais ou menos assim: "A beleza da vida está em cada um proceder de acordo com a sua natureza e o seu ofício".
O dr. Abel me olha com ar interessado.
— Quanto às minhas observações, verifiquei que dentro de mim tenho algo de inviolado, um território que se manteve puro apesar de toda a sujeira da guerra e do campo de concentração... Um desejo de beleza, de bondade, de harmonia. É um território de esperança, algo que a gente pode comparar com a luz duma lanterna na proa dum navio desarvorado em alto-mar, numa noite escura de tempestade. O sinal de que ainda pode haver salvação...
O meu interlocutor sacode a cabeça devagarinho. E descascando com ar meio abstrato o rótulo da garrafa, diz:
— E se você quiser conservar intato esse território de esperança, beleza e não sei mais quê... salve-se enquanto é tempo.
— Sim... Reunindo as palavras do doutor Martin, com as de dom Miguel e com as minhas observações, creio que posso formar um quadro nítido...
— E que é que você vê nesse quadro?
E eu lhe respondo simplesmente:
— A velha terra.

11

3 de setembro

Domingo à tarde, na casa de Noel e Fernanda. Acabamos de ouvir pelo rádio as últimas notícias da Europa. A guerra foi declarada. Estamos deprimidos. Sete caras sombrias. Fernanda, Noel, Clarissa, d. Eudóxia, d. Clemência, Eugênio e eu. Mas cada qual exibe um tom diferente de sombra. O rosto de d. Eudóxia parece estar velado pela sombra das asas do anjo da morte. Ela sofre e ao mesmo tempo goza estranho gozo. Há um pouco de vitória na sua tristeza, e um elemento de exaltação no seu abatimento. No fim de contas, o pior sempre acontece e quem tem razão sou eu — deve pensar a mãe de Fernanda. Tenho visto muita desgraça. Brigas e revoluções, desastres e mortes. Eu sempre digo que a gente deve desconfiar quando tudo anda muito calmo. É que alguma desgraça está se preparando. Vai haver guerra, mortandade, peste e fome. Quem sempre tem razão sou eu.

Mas Fernanda luta por desanuviar o rosto, quer esconder a sua preocupação, os seus temores, a dolorosa decepção da idealista que sempre sonhou com um mundo de ordem e justiça. Ela vive a se ralar, empenhada em salvar meia dúzia de pessoas que não querem ser salvas e, no entanto, agora milhões de criaturas vão morrer a mais estúpida e horrenda das mortes. De que serviu a propaganda da paz? Os livros que se escreveram em torno dos horrores da guerra? E as filosofias pacifistas? E a Liga das Nações? E a memória da carnificina passada? Mundo dos desacertos, de ódios e violências! E é nesse mundo que Anabela vai crescer. Que horrores o futuro lhe reservará? Fernanda me contempla, grave, e há um momento em que julgo ler uma pergunta angustiada nos seus olhos. Vejo surpresa, dor e pânico no rosto de Noel. Decerto descobriu de repente que não só teme a vida como também a odeia. Áspero e árido mundo, esse em que nossos melhores sonhos não podem florescer! Crescemos e nos fazemos homens no meio de mentiras e ilusões. Os mais velhos falam à nossa infância em justiça e liberdade, contam-nos histórias que têm uma moral, fábulas em que no fim o mau é castigado e o bom premiado. Enchem-nos a cabeça de palavras e idéias grandiosas e nobres, prometem-nos um mundo harmonioso e limpo, e, no entanto, nada mais fazem do que nos preparar pavorosa armadilha. Atiram-nos de olhos vendados contra os canhões.

D. Clemência não compreende bem a guerra. Tem um argumento simplista: "Guerra é coisa de gente louca". Ela se lembra de 93, de 23. Quando menina viu um homem degolado perto dum poço... A imagem de horror não lhe saiu mais da memória. Ela se lembra também das gravuras da outra guerra. E na sua tristeza há muito de estonteamento e incompreensão. Como é que os homens querem viver e vão para a guerra?

Clarissa não tira os olhos de mim. Todos os seus temores se concentram decerto no Gato-do-Mato, cujos gestos "a gente nunca sabe". E se ele "inventa" de ir para esta guerra como foi para a da Espanha? Ó meu Deus, eu tenho confiança em vós, fazei que o Vasco tenha juízo, que essa guerra horrível acabe logo, que não morra muita gente e que as cidades não sejam bombardeadas. Ó meu Deus, eu tenho esperança em vós.

E trêmula e silenciosa ela aperta a minha mão e — verdade ou ilusão? — fico a escutar as batidas descompassadas de seu coração.

Eugênio talvez esteja pensando em Olívia, nos seus sonhos de paz e bondade, no que há de dolorosamente absurdo no trabalho dos médicos que protegem a saúde das crianças, fazem tudo para que elas cresçam sadias e belas só para que um dia, num campo de batalha, sirvam de alvo às metralhadoras. Não será melhor fazer como essas criaturas despreocupadas que só pensam no momento que passa e se entregam freneticamente aos prazeres dos sentidos? Um médico sofre quando não pode salvar a vida de um octogenário, e no entanto a esta hora na Polônia morrem aos milhares jovens de vinte anos. E nas ruas de Varsóvia bombardeada pelos aviões alemães caem mulheres e crianças. De que servem a palavra e o exemplo dos idealistas se o que triunfa é a força? E Deus? Deus onde está?

Quanto a mim estou pensando em Axel, De Nicola, Green, Sebastian Brown, naqueles cadáveres que ajudei a enterrar, nos milhares de homens que vi tombarem...

A vida, a mais estúpida de todas as sagas. Mas fascinante, apesar de tudo. E outra vez sinto dentro de mim arder um novo ódio, um ódio sem nome, uma força agressiva e impetuosa que não sei contra quem dirigir. Tenho vontade de sair correndo pela rua gritando contra os homens e contra o céu...

O silêncio pesa nesta sala das sete caras sombrias.

6 de setembro

Duas da tarde. Vou andando pela calçada, perdido nos meus pensamentos, quando o súbito trombetear da buzina dum automóvel rasga o meu devaneio de alto a baixo. Sobressalto. Uma limusine pára junto da calçada a meu lado. Volto a cabeça. Antonius e Norma. Faço alto e ficamos a conversar. É a primeira vez que encontro a rapariga depois da festa dos Erasmo e ela se porta como se entre nós nada tivesse havido. O irmão me conta que vai tomar parte no Circuito do Cristal e que a sua Bugatti — o Pássaro de Alumínio — já está num dos armazéns do cais.

— Ou eu levanto o prêmio ou me esborracho.

Suas mãos finas e pálidas apertam o guidom do carro e seus olhos se projetam para a frente, num sonho de velocidade.

Passamos a falar da guerra e Antonius não pode esconder a sua admiração por Hitler e seus métodos:

— Isso é que é macho. Com ele é só na pancadaria. Enquanto o Parlamento inglês toma uma resolução, Hitler toma um país. Democracia é conversa mole para boi dormir.

Norma me olha agora dum modo muito estranho. A princípio julgo ver em seus olhos um lustro de desejo. Depois, um fulgor de malícia e finalmente uma expressão que se avizinha da piedade.

— Eu não te disse? Para que todas essas besteiras de sonhos e ideais, quando o mundo vem abaixo? Vamos aproveitar enquanto é tempo. Mete o pé no fundo, Antonius, deixa esse anjo.

Dá duas pancadinhas breves nas costas das minhas mãos que seguram a porta do carro. E a *limousine* arranca. Fico a acompanhá-la com os olhos, com uma sensação não sei se de inferioridade, de orgulho ou de pena.

11 de setembro

A campanha de Cambará contra Fernanda tem recrudescido nestes últimos dias. Ontem, ao voltar da missa, escandalizada e triste, Clarissa me contou que logo após o sermão o padre aconselhou aos católicos a leitura assídua de *A Ordem*, "jornal que defende os interesses cristãos", e recomendou veementemente aos chefes de família que não dêem a ler aos filhos *A Aventura*, "revista que está a serviço das forças do mal".

É fácil descobrir nisso o dedo de Gedeão Belém, que ainda ontem escreveu um florido artigo sob o título "A Redação de *Aventura* é um Ninho de Comunistas".

Fernanda continua impávida. Noel se debate numa tremenda luta de consciência. Mas uma visita do padre Rubim o deixa apaziguado. O bom homem reprova os métodos de Belém, que reputa de anticristãos, mas dá a entender que nada procurará fazer, para não "criar casos".

— Que Deus perdoe a esse mau católico — conclui ele.

Depois que ele sai digo a Fernanda:

— Isso não resolve nada. Precisamos reagir.

— Mas como? — indaga Noel com olhos assombrados. — É uma luta desigual. E depois, devemos ser justos... — Faz uma pausa, como quem reluta. Fernanda e eu fitamos os olhos nele, esperando. De cabeça baixa, ele murmura: — Não quero dizer que Fernanda deva desistir... mas é que... é que não podemos negar que a nossa revista de certa maneira vai contra os interesses católicos...

Abro a boca para dizer então alguma coisa violenta e agressiva, mas Fernanda me faz um sinal. Contenho-me.

12 de setembro

Os jornais estão cheios do que aconteceu ontem à noite no Cinema Aquarium. A segunda sessão ia em meio e a platéia estava completamente cheia. De repente alguém grita: "Ratos!". Zunzum de vozes e um grito... Outros gritos. Os espectadores se erguem e no escuro começa o tumulto. Vozes desencontradas, arrastar de pés, gente que procura apressadamente a saída, atropelos, pragas. Quando a luz acende, o pânico é geral. O povo se precipita pelos corredores, força as portas laterais, se acotovela e espezinha, numa nevrose pavorosa ante um perigo que ninguém sabe de onde vem. Não há mais como contê-lo.

Resultado: cinqüenta pessoas feridas, sendo que duas bastante seriamente. Vários desmaios. Crianças extraviadas.

Passamos esta manhã, Fernanda, Noel, o gerente do cinema e eu às voltas com a polícia. Foi aberto um inquérito e interrogadas cerca de trinta pessoas. A maioria, no fim de contas, não sabe por que deitou a fugir. Quase todos pensavam que se tratasse de incêndio. "Julguei que era briga", afirmou um senhor de meia-idade, desses que gostam de ver filmes em que Ginger Rogers aparece de costume de banho. Um fã furioso de Greta Garbo afirmou que na realidade tinha visto um rato passar por baixo de sua cadeira. Uma rapariga oxigenada, dessas que escrevem cartas a Tyrone Power, pedindo retrato, jura que sentiu "uma coisa" passar-lhe roçando pelo tornozelo.

Funcionários do Departamento de Saúde varejaram todo o cinema e não encontraram o menor vestígio dos famosos ratos nem lugar de onde pudessem ter saído, pois se trata dum edifício novo, de cimento armado.

Perdemos todo o dia nessa agitação vã. Noel está abatido e aflito. Fernanda, apreensiva. Quando saímos da Chefatura de Polícia e entramos no carro, eu exclamo:

— Isso foi coisa do Cambará.

Atirado no banco, com a cabeça recostada no respaldo, Noel responde sem me olhar:

— Não se pode fazer uma afirmação dessas sem provas.

E como Fernanda permanece silenciosa eu resmungo:

— Nunca ninguém achava provas contra Al Capone. Por isso o governo federal norte-americano criou os *G-men*.

— Que é que você quer dizer com isso? — pergunta Fernanda olhando-me com desconfiança.

— Nada.

Quando chegamos à redação, ao anoitecer, o gerente vem nos mostrar o jornal da tarde que traz um anúncio de página inteira das casas de Cambará. Proclama a excelência dos cinemas da "famosa linha ERCA", que exibem filmes das principais companhias norte-americanas e européias, "cinemas higiênicos onde as exmas. famílias e cavalheiros podem ir sem perigo de suas vidas".

Noel e eu ficamos lendo o anúncio por cima dos ombros de Fernanda.

— Que é que vocês dizem? — pergunta ela, muito calma. Noel atira-se numa poltrona e suspira:

— Digo que é perder tempo, dinheiro e energia em continuar com esse cinema...

Fernanda se volta para mim:

— E a sua opinião, Vasco?

Encolho os ombros.

— Eu sou *G-man*. Não tenho opinião. Espero ordens.

Ela sacode a cabeça, sorrindo.

— Mas fique certo de que não darei ordem para nenhum ato de violência.

Noel se empertiga na cadeira.
— Vasco, por favor, não nos comprometa.

Seis e meia. Clarissa, d. Clemência e eu estamos reunidos em torno da mesa do jantar.
— Por que é que estás tão sério, Vasco? — pergunta a primeira.
— Nada.
— Mas é que... é que tu estás calado, triste...
E, servindo-se de tutu, d. Clemência me olha com o rabo dos olhos e diz com o seu cepticismo sereno e familiar:
— Decerto está planejando uma das dele...
Clarissa deixa cair os talheres e, de testa enrugada, fica a me olhar numa expressão de súplica.

13 de setembro

Nove da manhã. O telefone tilinta. Fernanda pega do fone e eu noto que há uma mudança brusca na sua fisionomia. Noel está fechado na outra sala com o pe. Rubim.
— Sim... — responde Fernanda. E há uma pausa longa em que ela escuta. — Diga... — Outra pausa. — Sabe duma coisa? Mais uma vez a minha resposta é *não*... Quê? Você perde o seu latim... Não adianta... Pois faça... Não temos medo... Quê? Não seja ingênuo.
Bota o fone no lugar, decidida.
— O Cambará? — pergunto.
Ela sacode a cabeça afirmativamente.
— Que foi que ele disse?
— Tolices. Fez nova oferta. Diz que é a última. Repetiu as ameaças... Que eu não posso lutar, que tenho de acabar me entregando... Um bobo.
Tento retomar o meu trabalho. Jesus no Sermão da Montanha: é a ilustração principal para a história seriada de Noel em torno da vida do Salvador. Lembro-me das palavras de Jesus repetidas por Olívia em sua carta a Eugênio: *Olhai os lírios do campo*. Sim, é um belo programa de vida. Outra coisa não queria eu fazer senão viver uma vida despreocupada de paixões e bens mundanos. Andar por aí ao acaso, sem cuidados, a trocar sorrisos e gestos de bondade com as outras criaturas. Mas isso é um sonho. Enquanto olhamos os lírios desarmados e iner-

mes, os lobos vêm e nos devoram. É preciso primeiro dar combate sem trégua às feras para que depois os homens de boa vontade possam olhar o que há de belo e puro na natureza. Odeio a violência, talvez tanto quanto a odeiam Fernanda, Noel ou Eugênio. Mas como não exercê-la contra aqueles que não conhecem outros meios senão os da agressão e da brutalidade?

Não posso trabalhar. Tenho de fazer alguma coisa com relação a Almiro Cambará. Nada posso esperar de Noel senão a oração, a dúvida ou o puro "desejo" de paz. Quanto à Fernanda, prosseguirá na sua marcha desassombrada, apesar de tudo, mas continuará a oferecer para o seu adversário um alvo desabrigado e fácil.

Levanto-me e apanho o chapéu.

— Aonde vai? — pergunta Fernanda. — Olhe lá, capitão... — adverte ela. — Nada de criancices.

Os escritórios da ERCA ficam no 10º andar. Aproximo-me do guichê e digo a um funcionário que desejo falar com Almiro Cambará. Ele me faz sinal na direção de uma porta. Entro. Sala de espera. Junto de pequena mesa uma rapariga. Quando entro, ela se levanta e pergunta:

— Que é que o senhor deseja?

— Quero falar com o Cambará.

— Tem hora marcada?

— Não.

— Como é a sua graça?

Digo-lhe o meu nome e acrescento:

— Pode dizer que é urgente.

A moça dirige-se para a sala contígua e volta depois de alguns instantes dizendo que posso entrar.

Cambará se encontra entrincheirado atrás de um grande e pesado *bureau* de madeira preta lavrada, em cima do qual se vêem dois telefones, um tinteiro de bronze e papéis em desordem. Pelas janelas entra a algazarra das crianças e dos pardais da praça fronteira.

— Então, Vasco?

Felizmente não me estende a mão. Aproximo-me da mesa, seguro-lhe as bordas, inclino-me um pouco para a frente e pergunto:

— Quando é que você vai deixar a Fernanda em paz?

Cambará brinca com a corrente do relógio sem me responder. E como meus olhos não deixam os seus, ele tenta desconversar:

— Que seriedade é essa, rapaz? Sente aí, não seja bobo.
Torno a perguntar, mordendo as sílabas:
— Quando é que você vai deixar a Fernanda em paz?
Cambará franze a testa, endireita o busto na cadeira e engrossa a voz:
— Você sempre foi desordeiro, Vasco. Mas comigo a coisa é diferente. Olhe que eu posso mandá-lo para a cadeia.
— Os da sua laia acham que tudo na vida se pode resolver na polícia.
Cambará se ergue.
— O melhor é você ir embora antes que eu perca a paciência.
Uma pausa ofegante.
— Eu vou. Mas antes quero dizer o que há muito eu tenho atravessado na garganta. Tenho conhecido tipos baixos, sujos e indecentes... mas você, Cambará, é único em seu gênero. Merece um lugar no museu dos salafrários.

Com a cara congesta e os olhos chispantes, ele contorna a mesa e, investindo contra mim, procura agarrar-me a lapela do casaco, nesse gesto clássico das brigas a respeito das quais o herói mais tarde conta — "Abotoei o patife e disse-lhe meia dúzia de desaforos na cara". Com um forte empurrão faço Cambará cair de costas sobre a mesa. Mas ele torna a se pôr de pé e, o rosto contorcido de raiva, faz um gesto hereditário — leva a mão à cava do colete e tira o punhal.

— Eu te mostro, capanga sem-vergonha! — rosna ele. E precipita-se na minha direção. Quebro o corpo num movimento instintivo, ao mesmo tempo que sinto o braço esquerdo rasgado por uma dor aguda. Desfecho um soco na mandíbula de Cambará, que tomba de todo o comprimento, deixando cair o punhal. Atiro-me em cima dele, cego de dor e de ódio.

O sangue quente me escorre pelo braço, não vejo diante de meus olhos mais do que uma mancha informe, minhas mãos apertam com força a garganta de Cambará... Mas de súbito eu sinto o horror de tudo quanto está acontecendo. A pressão de meus dedos afrouxa e eu me levanto, arquejante, tonto. A porta se abre e duas caras humildemente assustadas aparecem.

Eugênio termina o curativo.
— Doeu muito? — pergunta.
— Não.

— O talho é largo mas pouco profundo.
De braços cruzados na minha frente, Fernanda me censura:
— Vasco, você é impossível.
Sem olhar para ela, respondo sombrio:
— Sinto muito, Fernanda. Foi uma estupidez o que aconteceu. Mas não me arrependo. Peça também ao Noel que me desculpe.
Ergo-me e visto o casaco manchado de sangue.
— Já avisaram Clarissa? — pergunto. — Se eu chego a casa assim de surpresa ela vai se assustar.
— Eu já a avisei — declara Fernanda. — Ela está calma.
Sacudo a cabeça e caminho para a porta. Enxugando as mãos, Eugênio nos segue até o corredor.
— O Cambará não irá explorar essa história? — pergunta ele.
— Não creio. No fim de contas ele me agrediu armado de punhal. É bastante hábil para não se meter em apuros.
Despedimo-nos de Eugênio e entramos no carro.
— Fernanda, não posso trabalhar mais com vocês...
— Deixe de dizer tolices. Essa história não tem importância. Você pensa que fiquei muito zangada? Qual!
O auto rola. Cai do céu cinzento uma garoa esfarelada e fria. O vento sacode as folhagens, move as nuvens.
— Dentro de alguns dias mais vocês se casam... — diz Fernanda com as mãos no volante e os olhos na estrada. — Vão passar um mês na nossa granja lá na serra e na volta a sua cabeça estará desanuviada para recomeçar a luta...
Uma breve pausa.
— Eu estive pensando numa coisa, Fernanda...
— Sim...
— Em não voltar... Ficar junto da terra, numa vida mais simples...
— Ela me olha com a testa franzida e eu prossigo. — Eu já lhe disse uma vez... Aquela aventura na Espanha serviu para que eu me conhecesse melhor, para que eu visse o que tenho de bom e de mau dentro de mim...
— E que é que isso tem a ver com a sua ida para a terra?
— É que eu cheguei à compreensão de que a vida na cidade, com as suas complicações, faz que a todo momento esteja subindo à tona esse lodo que dorme no fundo de cada um de nós, ao passo que numa vida simples e natural eu poderei conservar em estado de pureza as qualidades boas que sinto existirem em mim...

Fernanda me escuta em silêncio. Entramos na rua da Independência. A garoa cessou. Para os lados do poente se abre uma clareira azul no céu.

— Você vê... — continuo. — Que fazemos todos nós, senão viver numa constante renúncia das coisas que mais amamos? Às vezes tenho vontade de sair com os meus petrechos e ir pintar as barcas de frutas que vêm das ilhas e ficam atracadas nos cais menores ou então desenhar tipos da rua, tudo pelo puro prazer artístico... No entanto não faço isso porque preciso ir pintar um retrato acadêmico e bem lambidinho de dona Dodó porque trabalhos assim me dão dinheiro... dinheiro para comprar essas bugigangas que a vida moderna tornou indispensáveis. Ora, contrariando esse meu desejo de liberdade artística e me obrigando a mim mesmo a um trabalho desagradável, eu recalco alguma coisa, cometo uma espécie de autotortura. Ao cabo de algum tempo, fico por aí cheio de mutilações e aleijões interiores, com reflexos exteriores na cara, nas mãos, nos gestos, nas palavras. O trabalho sem alegria envelhece... Acha que estou exagerando?

Fernanda sacode a cabeça.

— Claro que não está...

— Quanto tempo faz que não ouço música? Há quantas semanas não pego num bom livro para ler? E, pior que tudo isso, estou cansado de ver tanta máquina, tanta pedra, tanto metal. Sinto saudade do campo, dum bom banho na sanga... Acho que tenho sangue de bugre. Você compreende... Não adianta eu conversar, explicar...

— E Clarissa?

— Adora o campo. Criou-se na fazenda e seus antepassados, tanto do lado materno como do paterno, nunca foram gente de cidade.

— Mas você está certo de que achou mesmo o seu caminho?

— Sem dúvida.

— E se um dia lhe voltar a fúria, o desejo de luta, de agitação? Não creio que você seja homem para a paz...

— Mas não haverá paz nesse sentido de marasmo, sonolência e inatividade. Empregarei todo o meu ímpeto combativo contra os formigueiros, no trabalho da terra, na construção duma represa, na derrubada dum mato... em trabalhos assim.

— Está bem, capitão, está bem. Faça a experiência. Vá e veja se não se enganou. Depois conversaremos.

Desço do automóvel na frente de casa e me despeço de Fernanda.

— E não se esqueça de deixar crescer a barba, senhor Robinson Crusoé! — grita-me ela quando o carro se põe de novo em movimento.

Subo as escadas alvoroçado. Clarissa se acha à minha espera no patamar. Felizmente está serena. Tenho de lhe contar com minúcias o que aconteceu.

D. Clemência aparece em meio do raconto e só quer saber se não há perigo de o talho "arruinar". Como lhe digo que o ferimento não tem a menor importância, ela fica a me olhar com uma expressão estranha.

— Já sei... — resmungo. — Já sei o que a senhora está pensando. Que eu sou um sujeito impossível, maluco e incomodativo que acabo de fazer mais uma das minhas...

Mas ela sacode a cabeça, sorrindo:

— Não estou pensando nada disso. Acho que esse menino andava enticando muito com a pobre da Fernanda. O que ele merecia era mesmo uma sova.

Diz isso e anuncia que vai me fazer um bom café.

12

25 de setembro

As coisas estúpidas sempre acontecem. Uma sombra de repente escureceu nossas vidas de um modo tão inesperadamente absurdo, que nos deixou atordoados.

É noite e na casa de Noel estamos velando um morto. Pedrinho foi assassinado esta manhã por Manuel Pedrosa. Tudo se passou com uma simplicidade cruel. Não podendo sufocar o ódio pela nora nem guardar por mais tempo um segredo que lhe ardia no peito — d. Eudóxia contou ao filho da ligação de Ernestides com Manuel. O rapaz maltratou a mulher e saiu em seguida para a rua à procura do amante para a clássica "satisfação". Encontrou-o dentro de um café e, depois duma troca exaltada de palavras, esbofeteou-o. Como única resposta Manuel tirou do revólver e meteu-lhe uma bala no peito à queima-roupa. Pedrinho baqueou morto.

É nos meus braços que seu corpo entra na casa de Noel. Sempre ansiei pelo dia em que pudesse dar alguma coisa a Fernanda como prova de reconhecimento por tudo quanto ela tem feito por Clarissa e por mim. Pois bem. O destino deu-se pressa em me satisfazer esse desejo. Aqui estou eu para entregar à amiga este presente ensangüentado...

D. Eudóxia acha-se parada no meio do vestíbulo, os olhos secos e de expressão dura. E quando, mudo e aflito, eu me detenho a seu lado, ela contempla longamente o filho sem o menor gesto e depois, como se ele a pudesse escutar, balbucia:

— Um tiro no peito... Bem como o teu pai, bem como o teu pai...

Seus olhos trágicos se erguem para mim e se fixam no meu rosto cheios de ódio, como se eu fosse o culpado de tudo quanto aconteceu. Aqui estou eu com o cadáver de Pedrinho nos braços, cercado do clamor lamuriento dos Braga, dos gritos histéricos de Ernestides, que abraça e beija o marido freneticamente, num desespero adoidado.

D. Eudóxia se encaminha para a escada e, voltando-se para mim, diz com voz surda:

— O lugar do Pedrinho é lá em cima. Ele não tem nada que fazer aqui embaixo.

Começa a subir a escada devagar. Sigo-a penosamente, zonzo e arquejante, os braços doloridos, os passos pesados. Lá embaixo o choro e as lembranças continuam.

Dez minutos depois chega Fernanda, e sua reação diante do corpo do irmão é para mim inesperada. Julguei que ela se contivesse, como em tantas outras ocasiões igualmente difíceis... Mas ao ver Pedrinho estirado na cama, ela rompe num choro desatado e convulsivo, que se prolonga por muito tempo. Creio que Fernanda não chora apenas o irmão perdido, mas também todas as antigas dores recalcadas. É como se de repente se partisse a represa da vontade e as águas adormecidas, retomando o ímpeto de outros tempos, se precipitassem também pela brecha. De súbito tenho a impressão de que o mundo treme, de que alguma coisa no universo se quebra, só porque Fernanda chora. Tenho vontade de descer as escadas correndo, ganhar a rua e fugir... Mas Noel está abatido e inerme. D. Eudóxia se mantém numa imobilidade de pedra. Lá embaixo Ernestides continua a gritar e os Braga dão largas ao talento histriônico, entregando-se a teatrais exibições de pesar. É indispensável que alguém conserve a cabeça fria, domine os nervos e a situação. Fico.

Agora aqui estamos num silêncio de tristeza, desânimo e decepção. Eu quis evitar toda a habitual encenação dos velórios, mas um terror supersticioso fez que toda esta gente, a principiar por Noel, se voltasse contra mim. Fernanda achou que não devíamos interferir... Que se fizesse a vontade da maioria. Assim, nada falta nesta sala onde ainda ontem Fernanda e Noel escutavam Mozart, liam e faziam alegres planos otimistas. O caixão rico, os longos círios nos castiçais prateados, o grande pano negro com franjaduras de ouro, flores, muitas flores e coroas. E mais os vizinhos e conhecidos que vêm trazer pêsames, e as conversas meio cochichadas que formam essa espécie de alegre tristeza que é em geral o tom predominante dos velórios.

Fico a me lembrar da noite em que o corpo do pai de Clarissa estava sendo velado na sala grande do casarão dos Albuquerques, em Jacarecanga. Um momento para mim decisivo e inesquecível.

Imóvel ao pé do caixão, d. Eudóxia parece uma estátua talhada em granito negro e cinza. Mas não... Agora a dureza desapareceu-lhe do rosto, e nos olhos foscos há uma tristeza profunda — mas uma tristeza sem orgulho, submissa, desesperançada, vil...

Modesto Braga desempenha as funções de mestre-de-cerimônias. É ele quem acolhe e acompanha os que chegam. Recebe os pêsames com o devido ar penalizado. Dir-se-ia que esta morte lhe confere uma certa importância. Neste momento ele é alguém: o sogro da vítima. Uma personalidade antes apagada, mas posta de súbito em destaque por uma moldura fúnebre.

Clarissa e d. Clemência acham-se na outra sala fazendo companhia a Noel e Fernanda. Modestina, os olhos maliciosos a saltar dum lado para outro, presta-se a pequenos serviços e parece muito contente por estar envolvida num assunto de adultos. D. Adélia, que tem prática de muitos outros velórios, manda servir cafezinhos. Chegam até aqui as risadas histéricas de Ernestides em quem Eugênio há pouco foi aplicar uma injeção calmante. Dejanira e o seu sargento acham-se sentados a um canto da sala, de mãos dadas e cabeças muito juntas.

Olho em torno — o caixão coberto de flores, os círios ardendo e despedindo um cheiro nauseante, os "convivas" bebericando gostosamente o cafezinho, os noivos muito agarrados — e começo a achar este conjunto vagamente pornográfico. A morte é indecente — penso — indecente e vulgar; não tem a menor dignidade. Digo isso ao pe. Rubim, que está a meu lado. Inclinando a cabeça ele murmura:

— Pode ser, quando a gente olha apenas o aspecto material da morte. Sim, o corpo apodrece, é comido pelos vermes, mas existe algo de puro e luminoso que não perece com a carne, mas sobe para o céu onde toda a fealdade e todo o sofrimento do mundo desaparecem para sempre.

— Padre, se ao menos eu pudesse acreditar...

Ele sorri:

— Mas você pode, Vasco. Talvez o seu orgulho seja o único empecilho. A hora da revelação divina há de chegar também para a sua inteligência, para o seu coração.

Fica a contemplar o caixão.

— Eu encaro essas coisas com a maior serenidade — prossegue ele. — Não há razão para choros, foi o que estive dizendo há pouco ao Noel. Os que morrem são felizes. Tenho pena é dos que ficam neste mundo de pecado e maldade.

E como eu me mantenho num silêncio reflexivo, ele acrescenta:

— O mal de quase todos os viventes é que eles dão demasiado apreço à vida terrena. — Volta-se para mim e aperta-me o braço. — Meu filho, pense bem, arrependa-se enquanto é tempo. Amanhã pode ser tarde demais... Eu lhe peço, eu... eu...

No seu rosto há uma expressão de ânsia, de urgência, de perigo iminente... Depois, mais calmo, torna a falar: — Ponha a sua mocidade, a sua força, a sua arte, o seu coração a serviço de Deus. Fora da religião não há paz possível.

Fico calado. Modestina vem me oferecer uma xícara de café. Digo que não, com um movimento de cabeça. Dum modo misterioso eu associo o café ao velório, ao defunto, à morte. E me recuso desesperadamente a entrar em comunhão com esses elementos sombrios de destruição. Mais do que nunca eu quero viver.

Dentro de dois minutos surge Eugênio e me convida para sair.

Estamos no jardim a caminhar de um lado para outro, fumando em silêncio.

— Tudo isso é tão estúpido — diz Eugênio após algum tempo — que a gente nem acha jeito de comentar.

Sacudo a cabeça num silencioso acordo. Passamos o portão e saímos a andar lentamente pela calçada. Passa um bonde iluminado e barulhento. Algumas crianças brincam na praça fronteira. Sentimos no rosto a brisa fresca da noite, carregada do perfume de flores de laranjeira.

— É bom respirar ar puro — digo. — Há pouco lá dentro estive pensando no que a morte tem de vulgar...

— Como foi vulgar também o que aconteceu... — acrescenta Eugênio. — O tipo da história tola, do lugar-comum...

— O mais horrível e ao mesmo tempo o mais besta é que tanto o Manuel como o Pedrinho não passavam de crianças que estavam brincando de gente grande.

— Mas como usavam das mesmas armas que os adultos usam, o que podia ser apenas uma comédia se transformou numa tragédia.

— Que fica ainda mais trágica — completo eu — quando a gente pensa no que ela tem de gratuito, de imaturo e absurdo.

Paramos a uma esquina.

— Veja bem a situação... — digo, apertando o braço de meu companheiro. — Pedrinho não ligava a menor importância à mulher, enganava-a sempre que podia, tinha uma amante com quem gastava a maior parte do ordenado. Manuel, por sua vez, não sentia nenhuma afeição especial por Ernestides, via nela apenas "mais uma conquista", que nesse caso tinha o sabor da coisa proibida: era a mulher de outro...

— Aí estão todos os dados de uma farsa. Como foi que isso virou drama de uma hora para outra?

— Nesse ponto entram os fantasmas.

— Os fantasmas?

— Sim, todos os nossos antepassados, os que nos precederam, aqueles cujo sangue corre nas nossas veias, cujos erros estão na nossa carne e cujas superstições se arraigaram no nosso espírito.

Continuamos a andar, como se quiséssemos ambos nos afastar o mais possível da casa do morto. Avistamos as colinas de Petrópolis, com suas vivendas de janelas iluminadas. Uma lua cheia amarelada e grande sobe no horizonte e à luz fluida e fria o verde dos outeiros ganha uma tonalidade misteriosa.

— Em primeiro lugar — prossigo — havia em Pedrinho essa coisa a que podemos dar o nome de "a vergonha de ser corno", que é a pior das humilhações para quem tem o orgulho da masculinidade. É um sentimento humano, não há dúvida, mas muito estranho quando a gente pensa em que Pedrinho não tinha vergonha de enganar a sua mulher ou de "ornamentar" os outros maridos.

— E depois, a idéia primitiva de que essa vergonha só se pode apagar com uma agressão física...

— Exatamente. Pedrinho fez o que antes dele fizeram ou teriam feito em igualdade de circunstâncias dezenas de antepassados seus. É que foi educado, como você, eu e milhares de outros homens, num meio em que todas as questões dessa natureza são resolvidas a facadas ou a tiros.

— Esbofeteou o Manuel talvez mais para dar uma satisfação aos outros, que podiam julgá-lo um pusilânime, do que para apaziguar algum sentimento íntimo.

— E Manuel, por sua vez, tinha sido educado na mesma escola. Cresceu ouvindo dizer que "homem não traz desaforo para casa", "homem que leva um tapa na cara responde com um tiro ou uma punhalada". É um código primitivo em torno do qual poetas e escritores têm feito poemas e romances, e dito palavras de exaltação. Como se masculinidade dependesse apenas dessa coragem animal de dar ou receber tiros.

— Todos nós fomos educados nessa escola. Só nos ensinaram essa espécie de coragem.

— Pedrinho e Manuel são produtos da mesma fábrica, feitos do mesmo material, vítimas dos mesmos erros.

— Nada mais fizeram que representar na vida um papel que os mais velhos lhes meteram na cabeça, influenciados por sua vez pelos fantasmas de que você fala.

— Isso! Repetiram no palco, como pobres papagaios, as palavras que um ponto invisível lhes ditava. E não compreenderam, pobres-diabos, que estavam representando um drama velho, cediço, batido e triste.

— O resultado foi essa situação... Duas vidas cortadas.

— Duas? Pense em Ernestides e na posição de Fernanda com relação a ela e à família Braga, principalmente por causa da filha de Pedrinho. Como resolver o problema?

Eugênio sacode a cabeça lentamente, olhando para a própria sombra na calçada.

— Tudo começou no casamento errado — sussurra ele.

— O princípio do erro — replico — está muito mais longe, tão longe que se perdeu no tempo.

— E o pior é que outros dramas como esse continuarão a se representar...

— E nenhum espectador terá coragem de se erguer na platéia para vaiar, para mostrar que na peça não há lugar para tiros nem mortes, que tudo é uma questão de bom senso.

— É que eles são feitos do mesmo estofo dos artistas...

— E por sua vez são atores de outros dramas.

Voltamos sobre nossos passos. As colinas estão tranqüilas ao luar. Penso na calma dos campos, das montanhas e dos vales e sinto um desejo de contatos puros e simples.

— Dentro de um mês espero mudar de vida...

E Eugênio, que sabe de meus planos, murmura:

— Invejo a sua coragem...

— Coragem? Estive pensando em se isso não será apenas covardia, uma fuga...

Ele sacode a cabeça.

— Estou certo de que é um ato de coragem. Eu, mais que ninguém, compreendo isso. Porque um dia sacrifiquei o que tinha de melhor em mim pela posse de todos esses confortos artificiais do progresso. Eu só desejo que você encontre a paz que procura.

Andamos alguns passos em silêncio. Nossos pés esmagam brotos verdes e flores na calçada. Anda no ar um cheiro vernal de seiva. É bom estar vivo.

— Fernanda diz que a sua luta é aqui... — diz Eugênio após alguns instantes. — Parece achar que a procura de qualquer solução individual na vida é um ato demasiado egoísta. Tem a esperança de que venham melhores dias para a humanidade.

— Mas eu também tenho, Eugênio. Uma secreta e absurda esperança, apesar de toda a miséria que presenciei e da vaga desconfiança que me inspiram os homens.

À medida que sobe no céu, o disco da lua diminui de tamanho e empalidece. O perfume das flores se faz mais pungente agora que passamos ao longo do muro de um pomar.

— Mas o nosso trabalho não é só na cidade, Eugênio. Precisamos conquistar a terra, povoá-la, cultivá-la. Enquanto não fizermos isso ela não nos pertencerá, seremos apenas forasteiros nela. É necessário deitar raízes neste solo para que possamos um dia dizer com um singelo orgulho "a nossa terra".

Tornamos a entrar no jardim da casa de Noel. Vemos dois vultos à sombra de um pinheiro. Dejanira e o noivo, enlaçados num abraço, lábios colados num prolongado beijo. Eugênio me olha com uma expressão entre surpresa e divertida e eu lhe digo:

— Que é que queres? A vida tem de continuar.

Jogamos fora os nossos cigarros e entramos em casa.

10 de outubro

Estive fazendo reflexões sobre o tempo. Cheguei à conclusão de que ele tem uma curiosa semelhança com a água. São ambos incolores e inodoros e se quisermos levar mais longe a fantasia poderemos dizer que, como a água, o tempo toma a forma do vaso que o contém. No caso do tempo o continente pode ser o nosso espírito, os nossos desejos, os nossos sonhos. Como a água, o tempo é dissolvente, purificante e cristalizante e se pode comparar o passar do tempo com o correr de um rio.

Passam-se quinze dias após a morte de Pedrinho e aos poucos se vai dissipando a nuvem que obscurecia o nosso território sentimental. Nossas vidas voltam a seguir o seu curso normal. Fernanda retomou o seu trabalho com a serenidade e a esperança de sempre. Os Braga mudaram-se para outra casa e quanto ao destino de Shirley Teresinha ainda nada está resolvido em definitivo.

Estivemos ontem à noite — Clarissa e eu — visitando Fernanda e Noel. Lá estava o velho Mozart a falar através da vitrola a sua linguagem consoladora e de serena beleza. D. Eudóxia, como protesto ao fato de estarem ouvindo música apenas quinze dias após a morte do filho, fechou-se no quarto e não apareceu durante duas sonatas e um concerto.

Falamos pouco, deixamos que a música ocupasse quase todo o tempo e todo o espaço tanto interior como exterior. Entre um disco e outro Fernanda nos contou:

— Sabem da última? Mamãe virou espírita...

Clarissa arregalou os olhos.

— Mas como?

— Coisas duma vizinha... Fazem sessões aí na casa ao lado. Contou-me ela que ontem conversou com papai e com Pedrinho.

— E que é que você diz a isso? — pergunto.

— Não digo nada. Que cada qual siga o seu rumo.

Eu me preparei para replicar, mas lá estavam os violinos com sua voz consoladora e sábia. Calei-me. Mas ao ritmo do adágio fiquei a pensar na estranha situação daquela casa. Noel católico, d. Eudóxia espírita, Fernanda céptica quanto aos destinos da alma, mas crente nos destinos humanos na Terra... Impossível que ela não tenha qualquer fé extraterrena!

Quando o disco terminou e Noel se ergueu para o substituir, abri a boca com intenção de fazer uma pergunta, mas Fernanda se antecipou na resposta:

— O mundo tem de ser assim, Vasco. Repare nessa orquestra. Cada grupo de instrumentos tem a sua voz, a sua natureza, a sua missão. Pode o oboé revoltar-se pelo fato de os violinos não serem instrumentos de sopro? Não se esqueça de que a harmonia é feita também de um pouco de tolerância...

21 de outubro

Clarissa e eu nos casamos com toda a simplicidade no cartório e na igreja das Dores. Fernanda, Noel, d. Clemência e Eugênio são nossos padrinhos. Por mais que eu me queira convencer de que estamos agora diante de um padre de verdade, não consigo. Tenho a impressão de que esta cerimônia não passa de mais uma das nossas brincadeiras do quintal do casarão de Jacarecanga em que o negro Xexé botava um cobertor velho nas costas e fazia as vezes de sacerdote, enquanto Clarissa com os cabelos enfeitados de flores de laranjeira e eu com um bigodinho pintado a carvão ficávamos ajoelhados na sua frente.

Quando chega o momento de enfiar as alianças, vejo que os dedos da noiva estão trêmulos. Clarissa ergue para mim os olhos muito escuros e lustrosos e eu de repente, mais que nunca, acredito na vida. Não sei que é que o padre está resmungando, mas desconfio que estou comovido.

À porta da igreja, Fernanda me diz ao ouvido:

— Capitão, aconteceu um desastre... eu vi na hora em que você se ajoelhou.

Sinto um pequeno desfalecimento:

— Estou com as calças rasgadas? — cochicho, enquanto a noiva sai dos braços da mãe, que está com os olhos úmidos, para receber os parabéns de Eugênio.

— Não... — responde Fernanda. — Os seus carpins estão trocados, um é bege e o outro marrom.

Olho para baixo e puxo um pouco as calças.

— Oh! Isso é grave.

Saímos. Estamos agora no alto da grande escadaria. É um dia de sol, de ar parado e céu límpido. Quando tomo do braço de Clarissa ela diz:

— Agora em Jacarecanga os pessegueiros devem estar floridos...

Sacudo a cabeça. Os outros vão descendo. Nós nos deixamos ficar.

— Vamos sentar um pouco? — convido.

— Sentar? Onde?
— Ora... aqui na escada.
Clarissa me olha, surpreendida, mas como eu me sento no degrau de pedra ela me imita, resignada.
— Só um pouquinho... — tranqüilizo-a. — Para a gente pensar um pouco.
— Pensar em quê?
— Em nada... Só saborear melhor este momento.
Eugênio volta-se, lá embaixo, e grita:
— Alô! Vocês não vêm?
Ergo a mão e sacudo-a no ar, num gesto negativo.
Noel entra no automóvel. D. Clemência se volta para nós a fazer sinais interrogativos. Mas Fernanda, sacudindo a cabeça, compreensiva, puxa a mãe de Clarissa para o carro. O bando se vai. E aqui estamos nós na frente da igreja, sozinhos e casados.
— Vamos fazer uma viagem de núpcias...
— Viagem?
— Até o parque da Redenção. Feito?
— Feito.
— De automóvel?
— Oh, Vasco, já começas a gastar dinheiro à toa!
— Mas hoje é um grande dia!
Puxo-a pela mão e descemos a escadaria quase a correr.

Estamos junto do lago do parque dando de comer às carpas que surgem, às centenas, na superfície da água parda. Abrem as bocas rosadas, espadanam, chapinham, saltam, disputando as pipocas que lhes atiramos. Lisos, viscosos, dum verde sujo e frio, esses peixes sempre exerceram sobre mim um esquisito fascínio. Gosto de ver como eles se precipitam uns contra os outros na disputa das migalhas que os homens lhes lançam. Fico a pensar na absoluta falta de hierarquia que parece haver entre eles, a tremenda promiscuidade em que os pais não conhecem os filhos e os filhos não conhecem os pais. Uma força misteriosa os impele e o que eles "querem" é durar. Bem como aquelas carpas da praia de Argelès-sur-Mer. Mas... para o diabo as reflexões filosóficas ou amargas! Estou festejando o meu casamento.
— Vamos embora, Clarissa!
Um garoto descalço e esfarrapado dorme estendido em cima dum

banco ao lado do pequeno quiosque onde se alugam barcos e bicicletas. Tomo duma cédula de dez mil-réis, dobro-a e ponho cuidadosamente no bolso do garoto, sem despertá-lo.

— Quando ele acordar... que surpresa!
— Vai ser lindo! — exclama Clarissa. — Quando eu era menina sempre tive desejos assim... Abrir os olhos e ver nos pés da cama o presente com que eu sonhava.
— Eu também... Meter a mão no bolso e encontrar uma prata de dois mil-réis...
— Como é bom o milagre, não é mesmo?

Enlaço-lhe a cintura e digo-lhe baixinho:

— Isto é um milagre. O dia calmo, nós dois casados, juntos, livres...

De repente Clarissa tem um estremecimento, afasta-se de mim, segura-me ambos os braços com força.

— Vasco! Tive uma idéia. Vamos andar de bicicleta!

Como única resposta puxo-a pela mão e precipitamo-nos para o quiosque. Dentro de alguns minutos estamos a pedalar ao redor do lago.

— Faz meses que não ando nisto! — grita Clarissa.
— E eu... anos!
— A nossa viagem de núpcias!

Seus cabelos esvoaçam ao vento e ela tem no rosto um resplendor de felicidade. Aos poucos vou sentindo a volúpia da velocidade e em breve é como se as rodas da bicicleta não tivessem mais contato com o chão.

— Princesa do Figo Bichado! — grito. — Mais depressa!
— Vamos embora, Gato-do-Mato!

Começamos a gritar como selvagens. Árvores, moitas, gente, cercas, bancos, casas, cachorros, flores e veículos — tudo rodopia. Fazemos a primeira volta. Pedalamos desesperadamente. É um momento vertiginoso e grave. De repente Clarissa grita:

— Vasco! Sabes duma coisa?
— Não.
— Estou com vontade de chorar...
— Por quê?
— De contente.
— Boba!
— Tenho medo de parar... sabes?
— Por quê?

— Parando... tudo muda... temos de voltar... pode acontecer... alguma coisa...

— Ooooh!

Segunda volta. O lago lampeja, frio. A paisagem continua a girar. O vento me provoca lágrimas. De súbito compreendo, Clarissa tem razão. Quando a corrida cessar temos de remergulhar na vida. Voltar para a terra firme. Para o convívio das outras criaturas. Para um mundo de guerras e violências. Para a expectativa ansiosa do futuro. Para as dificuldades do futuro. Para as dificuldades e aflições de todas as horas.

Mas que importa, se este momento é bom e estonteante?

E, lado a lado, escabelados e vitoriosos, continuamos pedalando, pedalando...

Pastoral

O arado é o meu carro de vitória, e quem marca o ritmo desta marcha triunfal são dois lerdos e plácidos bois oscos, bons e vigorosos como o chão que estamos a preparar para as próximas sementeiras.

Fevereiro de um novo ano. O verão vai forte, mas o sol é dourado e benigno no vale de Águas Claras, a quase oitocentos metros acima do nível do mar.

Aqui estou eu de torso nu e cabeça descoberta, a segurar orgulhosamente a rabiça de um velho arado, virando a terra que já amo e que um dia há de ser minha e de meus filhos.

Todos os tons imagináveis de verde e azul parecem ter marcado encontro neste recanto do Rio Grande, para minha delícia e tortura. Vivo na alvoroçada ânsia de querer levar para a tela o azul dessas montanhas, céus, sombras e lagunas; o verde dessas árvores, colinas, roças, relvas e florestas; a transparência dessas águas, distâncias e neblinas; e o tépido ouro deste sol.

Os bois marcham. Meus pés descalços afundam na terra avermelhada, fofa e fresca. O vento cheira a mato e a lonjuras límpidas. As montanhas longe, contra o poente, são sutis pinceladas dum violeta desmaiado, lembram a pintura dum biombo chinês. Para as bandas do nascente se erguem dois morros gêmeos, de cumes pontudos — parecem os seios empinados de uma virgem deitada. Pelas encostas dos outeiros os milharais se estendem em ondulações dum verde oleoso e gaio, as hortas e as pastagens são remendos rútilos cor de limão ou de esmeralda no verde-escuro dos matagais onde aqui e ali apontam telhados de telha vermelha ou zinco. E a uns cem metros de onde me encontro agora, lá embaixo junto da sanga, a corticeira toda coberta de flores cor de coral marca o limite de nossos domínios.

Moramos no sítio de veraneio de Noel e Fernanda, a duas horas de carro motor de Porto Alegre, numa bela casa rústica em estilo missão espanhola, com horta, pomar, jardim e boa aguada.

Clarissa leciona durante as manhãs na escola da colônia próxima; à tarde cuida da casa, das nossas roupas, das galinhas, dos patos, dos pintos e de mim. D. Clemência é quem nos faz a comida; ordenha as vacas de manhã bem cedo e passa o resto do dia entretida na cozinha a fazer bolos, doces, queijo, manteiga ou a encher lingüiça. Seu Antônio, que era o caseiro de Fernanda antes de virmos para cá, toma conta do pomar e da horta. Quanto a mim, divido o meu tempo entre o trabalho da roça, o cuidado dos bichos do quintal, a pesca, a pintura, a leitura, a música e uma coisa que agora reputo de importância capital — a contemplação. Porque descobri que não basta viver intensamente e *fazer coisas* — é necessário também pensar em calma nas coisas feitas, ruminar as emoções experimentadas para melhor apreciá-las e compreendê-las. O ócio inteligente enriquece a alma.

Agora, sim, eu sinto que vivo plenamente com o corpo e com o espírito, e tenho a consciência segura de que meus dias não mais se escoam vazios e perdidos.

O prazer de fazer coisas com as nossas próprias mãos... Cercas, peraus, cestos, galinheiros, esteiras, porteiras... Aprendi agora uma nova arte — a cerâmica. Em parte num manual e muito com o velho instinto. Modelo em argila, vasos, bilhas, pratos e outros objetos, que depois pinto e decoro. Tento um dia as primeiras figuras com um êxito medíocre mas animador. Nas horas de folga vou para baixo de um toldo onde instalei o meu "estúdio" e ali fico entretido a brincar com o barro e a dar-lhe forma ou cor. E às vezes me lembro da quadra de Omar Khayyam: "A argila segredou baixinho ao oleiro que a trabalha: Não esqueças que já fui como tu... Não me maltrates".

Tenho uma plantação de acácia e girassol. A acácia tem grande procura para fins industriais. Dentro de quatro anos as árvores estarão todas crescidas. Dão pouco trabalho: a terra se encarrega de tudo. O essencial é que o plantador combata as formigas e o cupim. Desencadeio contra os formigueiros uma violenta guerra química, mas sempre que empunho o fole não posso fugir a um sentimento de piedade ao pensar no mundo socialista das formigas laboriosas, na cidade exemplar que vou destruir. Sinto-me bem como um gigante perverso, quando estou derramando gases asfixiantes pelo buraco de um formigueiro. Enfim, concluo, esta parece ser a lei do mundo: as criaturas vivem umas da morte das outras...

Em quatro meses os girassóis estão crescidos e flamejam à claridade deste magnífico verão. Logo que deitei as sementes à terra, um vizinho me advertiu, pessimista:

— Olhe, moço, plantar girassol não é negócio. Plante outra coisa que dê maior resultado.

Encolhi os ombros.

— O resultado não me interessa tanto como o efeito decorativo das flores — retruquei. — Planto girassol porque acho bonito. O resto... pouco se me dá.

E o colono ficou a me mirar com ar desconfiado...

Cheguei à conclusão de que na vida devemos fazer coisas úteis, sim, mas sempre que possível de uma maneira agradável.

Eu poderia, por exemplo, usar dum arado mais leve e moderno, puxado apenas por um cavalo. Prefiro, porém, um arado de tipo primitivo tirado por uma junta de bois, porque acho nisso um sabor rústico e bíblico, que me dá uma serena e benéfica alegria.

Sete da manhã. Clarissa vai para a escola montada num burrico. Parece uma colona. Quando se inclina para me beijar, digo-lhe ao ouvido:

— Toma cuidado com os solavancos. Agora tens de pensar no nosso rapaz.

Ela sacode a cabeça e as amplas abas de seu chapéu de palha bamboleiam, fazendo mover-se a sombra que lhe projetam no rosto.

Lá se vai o burrico no seu trote manso, levantando a poeira da estrada. Uma cigarra canta no pomar. Uma libélula de asas de um azul-elétrico entra no jardim e fica a voejar em torno de uma dália amarela. Da chaminé da casa sobe para o céu um fio tênue de fumaça: d. Clemência está fazendo pão. Calma e sol no vale de Águas Claras.

Penso em meu filho, que vai chegar logo após as primeiras geadas.

Pela primeira vez compreendo a profunda beleza de uma horta. Deixemos de lado por um momento as vitaminas científicas e detenhamo-nos nas formas, nas cores, nos contrastes e na humilde e misteriosa poesia dos legumes e das verduras. O quadrilátero de terra escura e úmida, o cetinoso verde-esmeralda dos pimentões, o verde-aguado dos chuchus, o cinzento-esverdeado dos repolhos, com vagos toques de azul, o vermelho dos tomates, o amarelo-alaranjado das cenouras, o pardo-avermelhado das berinjelas e assim por diante. Esse conjunto lembra a poesia da vida brotando pura da terra, ao alcance de todos os homens.

A semana passada pintei uma tela: d. Clemência na horta, de chapéu de palha enterrado na cabeça, encurvada sobre um pé de alface. Seu vulto branco contra o céu azul-da-prússia. Efeitos de luz e sombra. No primeiro plano, uma grande abóbora, imóvel, tranqüila e pesada, como uma matrona grávida.

Tenho pensado freqüentemente nas coisas belas e mais ou menos inúteis que aprendemos na escola. Palavras sobre hipotenusa e cateto, informações sobre Júlio César e Alexandre, figuras e histórias da mitologia. Ensinam-nos cantigas, fórmulas, fazem-nos decorar poemas e nomes de cabos da Escandinávia, mas se esquecem de nos revelar coisas simples como estas:

Para conseguir repolhos de cabeças graúdas devemos plantá-los em janeiro ou fevereiro. O tomate, o chuchu e os pimentões são plantas de verão. Podemos cultivar em nossa horta três variedades de cebola: a cebolinha de-todo-o-ano, a cebola das Canárias e a cebola chata, da Madeira...

Está claro que frases como essas têm um áspero sabor prosaico para o adolescente, que naturalmente prefere erguer-se na aula, inflar o peito e declamar:

Waterloo, Waterloo, lição sublime,
Esse nome revela à Humanidade
Um oceano de pó, de fogo e fumo...

Eis um quadro que me deixa estranhamente comovido. Deitada numa poça de lodo, no fundo do quintal, uma porca dorme à claridade do meio-dia. Duas moscas azuis lhe esvoaçam em torno do focinho. O ventre do animal peludo e cor de ratão sobe e desce ao compasso duma respiração tranqüila. As mamicas rosadas e lustrosas estão semimergulhadas na água do charco em que o sol põe cintilações de ouro. Um pintainho arrepiado, que mais parece uma pluma de algodão amarelo com duas pernas, aproxima-se pipilando, bica o lodo por um instante e depois se vai...

Fico a contemplar a porca adormecida, e a expressão de imbecil e abandonada calma de seu focinho me dá uma súbita — e inexplicável — esperança nos destinos do mundo e uma profunda fé na vida.

Um divertimento adoravelmente simples: contemplar o brinquedo das nuvens no céu. Elas tomam a configuração de *icebergs*, castelos, pássaros, perfis humanos, balões, cidades fantásticas e veleiros.

— O céu é a nossa tela de cinema — diz Clarissa.

Sentados no alpendre dos fundos da casa ficamos às vezes a olhar o céu do crepúsculo contra o qual se recorta a nítida silhueta dos pinheiros. Nessa hora o horizonte ganha uma fresca limpidez de vidro, sugerindo coisas hígidas, mágicas e intocáveis. Às vezes ele tem aquele verde impossível que a gente encontra em certos impressionistas — um verde aguado e cristalino. Um dia, depois de assistir ao espetáculo cromático do ocaso, volto-me para Clarissa e murmuro, ofendido:

— Diante dum pobre troca-tintas, essa exibição de cores chega a ser até uma provocação!

No alto duma colina, a dois quilômetros de nosso sítio, num chalé em estilo bávaro, mora um alemão alto, louro, barbudo e silencioso, que vive solitário entre seus livros e seus cães de raça. É um apaixonado da música e muitas vezes pela manhã ou ao entardecer, quando o vento sopra do sul, chegam até nós os sons de seu órgão. E é bem estranho sentir a gente que a alma de Bach anda perdida pelo vale de Águas Claras, assombrando estas montanhas e florestas, penetrando os chalés dos colonos e entrando pelos ouvidos dessas criaturas simples, encardidas e de olhos vazios.

O mês passado fiz relações com o meu vizinho solitário, que é um homem bastante cultivado. Trouxe-o à minha casa e mostrei-lhe meus livros e quadros. Ele gostou tanto de uma natureza-morta, que acabei dando-lhe a tela de presente. O homem relutou em aceitá-la, mas como eu insistisse, acabou cedendo. Quando lhe falei em Beethoven com entusiasmo, a sua rendição foi completa.

Fomos um dia retribuir-lhe a visita. Quando entramos no chalé, foi como se entrássemos na Alemanha. Os móveis, os tapetes, os objetos e até o cheiro que andava no ar tinham um toque marcadamente germânico. Fiquei a admirar uma grande Bíblia antiga, com iluminuras. Nas paredes havia retratos de Lutero, Bismarck, Goethe e Schiller.

Resolvi aprender música com o dr. Winkler e espero poder um dia compor alguma coisa. O desconhecimento técnico da arte musical é uma de minhas maiores deficiências. Porque não cheguei ainda (nem desejo chegar) ao estado de simplicidade em que o homem aceita o mundo como um bom animal que não procura fixar na tela as cores do céu nem transformar em melodia os seus sentimentos íntimos. Acho que a vida só vale pelas impressões de beleza e bondade que nos pode proporcionar.

E por falar nisso... Fernanda nos mandou um presente precioso: a "Pastoral" em discos de gramofone. Creio que nunca ninguém deu ao mundo mais bela mensagem do que Beethoven na *Sexta Sinfonia*.

À noite faço a nossa vitrola funcionar. Clarissa fica a fazer tricô a um canto, eu me enrosco em cima do sofá depois de apagar a luz. E na penumbra nasce um mundo. Para mim é esse o momento que mais se aproxima da perfeição. Felizmente ele dura pouco e ainda existem os chiqueiros e os queijos.

Uma das minhas melhores telas: Clarissa no meio dos girassóis. Ela tem uma flor vermelha enfiada nos cabelos negros e está sorrindo. Por trás dela, os discos amarelos contra o fundo dum azul-metálico, intenso e liso. Este é o minuto glorioso dos girassóis. Porque amanhã eles estarão esmagados, andarão pelo mundo em forma de azeite e de forragem.

A vida é bela!

Só agora é que vou descobrindo aos poucos a delícia profunda que certos atos e coisas simples nos podem proporcionar. Creio que eles compensam plenamente a falta dos pequenos confortos e divertimentos que o progresso mecânico criou.

Aqui vai uma pequena lista dos novos prazeres que descobri:

Pescar... Atirar a linha e ficar sentado à beira d'água, pensando na vida, imaginando coisas, recordando ou simplesmente preguiçando ao sol...

Beber no côncavo da mão ou através duma flauta de bambu (com um verde gosto de seiva) a água que nasce na serra e escorre cantante pela rocha.

Ficar estendido numa rede, à hora da sesta, olhando as cores das sombras — azuladas, morenas, esverdeadas, lilases, negras — e ouvindo o inhé-inhé preguiçoso duma cigarra ou lendo uma boa novela em cujas páginas dança a silhueta móvel e recortada das folhas e ramos da árvore que nos dá sombra.

Ver a lua nova surgir por trás dos morros gêmeos, como uma jóia luminosa a enfeitar os seios da virgem. Ou então ir para o alpendre à noite, olhar para o vulto dos pinheiros contra o céu escuro e imaginar que eles são enormes árvores de Natal e que as estrelas são enfeites pendurados nas extremidades de seus galhos.

Erguer Clarissa nos braços para atravessar um córrego ou banhado e pensar nesse momento em que dentro dela está germinando a semente de uma alma.

Comer frutas frescas deitado na relva a conversar sobre coisas simples, abstratas e concretas. (As concretas: os bichos do quintal, as árvores do pomar, os bolinhos de coalhada de d. Clemência, a vaca brasina, as flores do jardim. As abstratas: as colheitas do futuro, a cor dos olhos de nosso filho, os nossos sonhos).

Sair a andar ao sol da manhã nu da cintura para cima, cantando qualquer coisa absurda ou compondo mentalmente uma sinfonia e ao mesmo tempo pedindo humildemente desculpas a Beethoven, Mozart, Bach.

Imaginar que os amigos mortos voltaram para o nosso lado e ficar conversando com eles sobre coisas do presente como se eles estivessem vivos, pudessem ver os frutos do nosso pomar, sentir o perfume de nossas flores e provar do nosso pão. (D. Clemência, que me surpreendeu mais de uma vez nesses diálogos fantásticos, afirma que estou ficando louco.)

Deitar no sofá, após um dia de trabalho braçal cansativo, repousar a cabeça no colo de Clarissa (o que já agora não é mais possível, porque outra criatura vai aos poucos tomando conta desse colo) e ficar de olhos cerrados, num estado de madorna, ouvindo todos os ruídos da casa e os murmúrios da noite lá fora — grilos, aves noturnas, a chuva ou o vento.

Termino outro quadro. A guardadora de patos. Quem me serve de modelo é Angelina, uma menina de quinze anos, a filha dum colono italiano vizinho. A composição da tela é muito simples. É de manhã e pela estrada cor de ocre caminha uma rapariga descalça, vestida de branco, com um lenço vermelho passado em torno da cabeça e amarrado debaixo do queixo. Na frente dela marcham cinco patos brancos com bicos e patas cor de laranja. A estrada está orlada de pinheiros dum verde-grave. As cores do fundo são esfumadas e ingênuas, há muito sol e a menina vai cantando.

Minúcias que deram trabalho: pintar a sombra dos patos e da guardadora no chão. Pôr distância entre as figuras e os pinheiros e entre os pinheiros e o último plano.

Tenho lido muitos livros e pintado muitos quadros. Vou progredindo nas lições de harmonia e contraponto. Mandei buscar um concerto de Tchaikóvski para piano e grande orquestra. Mas não vivo entregue apenas a coisas de arte. Pelo contrário. Ocupo a maior parte de meu tempo com trabalho braçal. É um prazer largar os pincéis ou fechar um livro e ir, por exemplo, enterrar os pés no lodo do chiqueiro, pegar numa enxada, sujar as mãos na terra do pomar ou então empunhar o machado para rachar lenha. Com isso faço uma como que moldura rústica e sólida para a música, a pintura, a leitura e os outros prazeres do espírito.

Quando o outono chega compro um *dogcart* e um cavalo. Todas as manhãs vou levar Clarissa à escola. É curioso observar as crianças que se reúnem nesta sala acanhada e pobre. Meninos e meninas de sete a quinze anos, filhos de brasileiros e de colonos italianos, alemães e polacos. Cabecinhas loiras, ruivas, castanhas, negras, ruças... Olhos também em várias tonalidades de azul, verde e pardo. Tipos nórdicos, meridionais, indiáticos, mulatos e negros puros. Ali está por exemplo uma carapinha de moleque junto da cabeleira dum branco quase prateado de uma coloninha polaca. E Clarissa, entusiasmada no seu trabalho de nacionalização, faz que todas as manhãs esse pequeno bando, que lembra a Brigada Internacional, se ponha de pé e cante o Hino Brasileiro. São vozes desafinadas e comoventes. Olhando essas criaturinhas fico a pensar no futuro do Brasil e da América com inquietação, ternura e cálida fé.

Volto para o sítio a pensar ainda nessas coisas. Sim, algo de grandioso e belo há de acontecer no futuro neste mundo novo. Por esse tempo estarei morto debaixo da terra, e do meu peito sairão decerto as raízes duma grande árvore copada, a cuja sombra o meu filho moreno e forte, ao voltar do trabalho, se há de sentar um instante para descansar. Essa idéia me enche duma exaltação que é a um tempo gloriosa e melancólica.

Um observador indiferente classificaria com displicência o quadro — "uma medíocre natureza-morta". Vemos uma mesa tosca em cima da qual se acha um grande prato de barro com frutas. Mas acontece que não se trata de um prato e de frutas comuns, comprados e sem história: o prato foi modelado por mim, as frutas são de nosso pomar, nasceram duma terra que Clarissa e eu amamos. Quem tiver olhos para ver além da superfície colorida perceberá que elas têm uma alma, estão envoltas numa atmosfera de promessa, sonho e desejos. Falam de paz e esperança, de bondade e graça. Chegam a ter uma qualidade quase humana.

Não sei se consegui fazer que o quadro diga todas essas coisas. Mas não importa. Ele está pendurado na parede da nossa sala, e Clarissa sabe do segredo. E quando alguém olhar indiferente para a tela e passar de largo, nós dois trocaremos olhares significativos e sorriremos um para o outro, como quem diz: "O pobre homem passou por um tesouro e não compreendeu...".

Fico muito tempo no quintal a observar os bichos. Bem curioso, este mundo habitado por galos e galinhas, frangos, pintainhos, patos, angolistas, perus, bois, vacas e porcos. Cada animal tem características especiais e a todo o instante estão a lembrar o mundo dos humanos.

Quando Clarissa, vendo-me entretido em meio do terreiro, pergunta se perdi meu anjo da guarda, respondo-lhe que estou "observando tipos".

Continuo a mandar trabalhos para *Aventura*, a ilustrar histórias que Fernanda me envia de lá e a escrever contos em torno dos animais domésticos. As aventuras do Galo Godofredo, da Vaca Genoveva, do Leitão Ganimedes e do Burro Indalécio andam por muitos jornais do país, numa série distribuída por *Aventura*. Isso me traz um bom dinheiro, que, somando ao que espero obter com a venda de algumas telas, irá engrossar as economias com que dentro de dois anos pretendo comprar estas terras.

Entretenho diálogos imaginários com o Galo Godofredo, que de todas as minhas personagens parece ter sido a que conseguiu maior popularidade. É um galo preto muito gordo que lembra esses senhores pançudos e graves, que usam corrente de ouro no relógio, flor no peito aos domingos, bengala e colarinho de ponta virada. Vaidoso, suficiente, amigo de pompas e exibições, Godofredo se julga a figura mais importante do terreiro. Apesar de madurão, tem-se na conta de ótimo partido e imagina que todas as franguinhas o querem para marido. Um dia destes me disse o herói com a sua voz conspícua:

— Que é que você pensa, seu Vasco? Sou um *self-made man*.

Conta-me que quando menino ganhou a vida vendendo de porta em porta os ovos da sua progenitora. E como eu lhe perguntasse se ele não tinha escrúpulos de vender os próprios irmãos, respondeu-me simplesmente:

— Eu era malthusiano.

E um dia, como eu pusesse em dúvida a boa qualidade de seu *pedigree*, Godofredo alçou a crista de lacre e exclamou soberbo:

— Quer saber duma coisa? Minha família é muito distinta, moço! Sou descendente do Ovo de Colombo.

Fico longo tempo acocorado a dizer coisas para seu Godofredo, enquanto Genoveva, a vaca, nos lança seus olhares maternos e o burro Indalécio sacode as orelhas espantando as mutucas...
Sou feliz no meio dos brutinhos do meu quintal.

Creio que tenho mesmo sangue de bugre, porque à hora do banho no poço fico tomado duma alegria selvagem. Banho-me às cinco da tarde e às vezes pouco antes do meio-dia, na pequena bacia que fica logo abaixo da Cascata do Coqueiro. A água ali é parada, verde e límpida — tão transparente que a gente chega a ver os peixes nadando no fundo. A cascata tem quinze metros de altura, a água cai como um véu feito de poeira branca, contra as rochas limosas e pardas, onde a gente descobre, como incrustações móveis e vivas, pequenas rãs que tomam de tal modo a cor da pedra, que nela se tornam quase invisíveis. O poço está cercado de mato e as avencas, as corticeiras, os salgueiros e os jacarandás inclinam os seus galhos e folhas sobre a superfície tranqüila e polida da laguna. A água aqui está sempre muito fria e é um prazer mergulhar e nadar ouvindo o ruído sonolento da cascata.
Gosto de ficar boiando à superfície d'água, com os músculos relaxados, olhando o céu, pensando em coisas passadas, ou a conversar com Clarissa, que sentada numa pedra à beira do poço faz tricô ou lê.

Trecho duma carta de Fernanda:

O Galo Godofredo parece ter conquistado o público. Já se diz por aí "É o tipo do Godofredo" — "Conheces a última do Godofredo?" Isso é a glória, rapaz! Mas eu sei que você agora está exclusivamente bucólico e não se interessa por essas coisas.

Como já contei em outra carta, o Aquarium não exibe mais filmes, mas em breve (talvez no fim deste outono) vamos ter lá bom teatro. Meu plano é manter permanentemente, com exceção dos três meses de verão, uma boa companhia de comédias. Estamos organizando uma coisa inédita no Brasil, uma associação que se chamará Clube dos Amigos do Teatro. Já temos perto de mil sócios e tudo me leva a crer que a idéia já está vitoriosa.

Cambará ultimamente nos tem deixado em paz, anda metido agora em grandes negócios.

Outro grande acontecimento: aumentamos a tiragem de Aventura. *A única dificuldade com que lutamos no momento diz respeito ao papel, agora muito escasso por causa da guerra.*
A propósito: Estive ainda ontem conversando com o Noel, que anda triste por causa do rumo que os acontecimentos estão tomando na Europa. Acha que os cristãos ainda vão ser obrigados a voltar para as catacumbas. Procurei tirar-lhe da cabeça essa idéia negra. O que sinto, meus amigos, é que algo de novo está para vir. Porque ninguém em bom juízo pode afirmar que o mundo tal como tem sido até agora é um mundo decente, justo e belo. É preciso fazer uma melhor distribuição da riqueza, uma organização mais racional da produção. Os horizontes estão negros neste momento de sangueira e destruição, mas por trás das nuvens a gente pode pressentir o novo sol. E eu me sinto orgulhosa por estar viva numa hora grandiosa como esta. Receberei com coragem o sofrimento que no momento nos possa vir, porque estou certa de que o mundo de d. Dodó e de Teotônio Leitão Leiria está prestes a ruir. Quero ajudar com o meu pouco, contribuir com o meu tijolo para o erguimento do novo edifício. E vocês aí em Águas Claras de certo modo estão contribuindo também para esse trabalho. Porque é preciso conquistar ou, melhor, reconquistar essa terra que é nossa e que será de nossos filhos. Vou terminar porque estou ficando tão retórica como aqueles deputados e senadores do velho regime. Vocês se lembram? Talvez não, pois isso se passou na pré-história.

Na última carta que escrevi à Fernanda eu lhe dizia:

Sim, eu espero e desejo uma nova ordem de coisas, um mundo reorganizado sobre bases socialistas, um mundo de justiça e harmonia em que não haja mais lugar para a caridade exibicionista de d. Dodó e para as velhacarias político-comerciais de Teotônio Leitão Leiria ou Almiro Cambará. Mas devo dizer também que não posso acreditar em qualquer reforma que venha dos adoradores da violência e da guerra, dos frios exaltadores da máquina e do racismo.
Por outro lado não levo tão longe os meus ideais coletivistas, que chegue a esquecer que a maioria dos benefícios tanto morais como materiais de que a humanidade hoje goza foram obra de indivíduos isolados que quase sempre tiveram de lutar contra a incompreensão da massa e a intolerância das instituições.
Acho que dentro de cada homem existem territórios invioláveis em que o Estado não deve procurar intervir.
Não creio que na vida tudo se possa reduzir a uma questão de comer, vestir e procriar. A bondade, a poesia e a tolerância são elementos que não devem

faltar na construção do "novo edifício". Um mundo de máquinas e idéias estandardizadas só pode ser um mundo rígido e triste.

Falamos com demasiado orgulho nas "conquistas do progresso" e já encontramos por aí quem cante hinos de glória à moral do lobo e pregue com impiedosa veemência a extinção dos cordeiros, a fim de que a terra se transforme num imenso campo de parada onde haja lugar apenas para heróis e atletas, bandeiras, clarins, tambores e arrogância.

Li não me lembro onde os versos duma canção hindu milenar cujo espírito devemos ter sempre em mente: "As nações vêm e se vão, os reis sobem e tombam, os milionários se fazem e são destruídos da noite para o dia, mas nós, a Terra e o povo, continuamos para sempre".

Foi em meados de maio e os nossos serões ao pé do fogo eram cálidos e calmos. Mas uma noite todo o horror da guerra nos entrou em casa e na alma através do noticiário do rádio e dos jornais.

A Holanda e a Bélgica invadidas e dominadas... O rolo compressor germânico a avançar esmagador e invencível... Cidades bombardeadas em chamas... Populações civis em fuga pelos caminhos e metralhadas impiedosamente... A França à beira do maior colapso de sua história... Os pára-quedistas tombando dos céus, como anjos da morte... Aviões aos milhares escurecendo o céu, a lembrar os gafanhotos de aço do Apocalipse...

Os olhos de Clarissa e de d. Clemência estão fitos em mim. Foram os homens que inventaram a guerra; são os homens que se matam na Europa; eu sou homem, logo cabe a mim dar-lhes uma explicação... Fecho-me num silêncio de constrangimento e vergonha. Nada mais posso fazer senão jogar no fogo os jornais e arrancar e quebrar as lâmpadas do rádio. Ao menos a paz deste vale deve ser preservada. De nada serve para os que sofrem e morrem a nossa aflição ou a nossa piedade. Não deixarei que os jornais continuem entrando nesta casa ou que o rádio todos os dias aí esteja a narrar os horrores da guerra. Porque não quero que o meu filho antes de nascer comece já a sofrer, através da mãe, as dores de um mundo sombrio e doido.

Onze da noite. A morna penumbra do quarto. Clarissa dorme a meu lado, sinto no rosto o seu bafo quente e úmido. Tenho a mão espalmada em cima de seu ventre roliço que de quando em quando se agita numa ondulação de vida. Fico a pensar no que será o nosso filho e ligo-o misteriosamente às árvores que vão nascer no pomar, às flores que estão para desabrochar no jardim. E pela primeira vez me ocorre que Clarissa é como a terra. Os homens maltratam a terra, desprezam-na, esquecem-na, mas ela sempre está pronta a recebê-los de volta: guarda para os filhos pródigos tesouros de beleza e bondade. Enquanto eu andava em minhas aventuras insensatas, Clarissa esperava e sofria em silêncio: quando voltei, derrotado e arrependido, encontrei-a de braços abertos para mim, com dádivas de ternura, compreensão e paz. Clarissa dorme. Lá fora a terra também está adormecida. Se eu encostasse o ouvido no solo talvez sentisse também o rumor subterrâneo das plantas que dentro dela germinam. Sim, Clarissa é a terra. Fecundei-a com o meu desejo e o meu sonho e dentro dela agora se agita o princípio de um mundo. Beijo-lhe a testa de mansinho e cerro os olhos, humildemente feliz.

Imagens escuras atravessam o meu sono. Abro os olhos com uma sensação de angústia. Sonhei que Clarissa tinha morrido e que havia guerra e devastação no vale de Águas Claras. Da terra brotavam fontes de sangue e eu andava no meio dos destroços a procurar meu filho.

A opressão que tenho no peito é tão grande, que não posso continuar deitado... Salto da cama, enfio os chinelos de lã, visto o roupão e me dirijo na ponta dos pés para a sala de estar. Acendo um cigarro. O sono se foi.

Olho o relógio: cinco e meia. O dia não tarda a raiar. O remédio é ficar lendo, à espera do sol. Apanho um livro, mas em breve verifico que minha atenção está vaga e a sensação de angústia continua. Saio para o alpendre e o ar frio da madrugada me envolve. A cerração esconde o cimo de montes e outeiros e para as bandas do nascente o horizonte começa a empalidecer.

Ponho-me a caminhar através do jardim. Uma aflição gelada me toma conta do corpo e do espírito e em vão eu luto para recobrar a tranquilidade. Talvez o melhor seja voltar para casa e acender o fogo... Mas não sei que força me impele e eu continuo a andar. Passo o portão, ganho a estrada. Nesta hora cinzenta é que eu sinto com mais pungência o mistério da vida. É o momento dos mortos. Um a um os meus amigos que se foram começam a surgir das sombras, a descer das nuvens, a emergir do nevoeiro, e em breve estou cercado de espectros. Eles não falam, apenas caminham comigo em silêncio e muitos destes rostos pálidos não têm fisionomia. Aqui a meu lado caminha João de Deus, pai de Clarissa, com o olho sangrando. Sebastian Brown arrasta o pobre Axel sem pernas. Quem é aquele afogado que ali vai com o rosto carcomido e as mãos enredadas em algas?

Ergo a gola do roupão, sinto no rosto e nas mãos uma umidade fria. Para onde vamos nós? Esta é a pergunta que milhões de criaturas estão fazendo em todo o mundo neste momento.

E de súbito uma voz humana corta o ar da madrugada.

— Vasco! Onde estás? Vasco!

São gritos desgarrados. Volto-me e vejo um vulto no alpendre da casa. Clarissa... Saio a correr na direção dela.

— Vasco!

— Minha filha, que é que tens?

Envolvo-a nos meus braços e toda trêmula ela conta:

— Sonhei que estavas na Europa... na guerra. E de repente tu... tu não eras só tu, mas também o nosso filho... Acordei aflita... não te vi na cama... pensei... pensei... nem sei que foi que pensei...

Cala-se, ofegante. Acaricio-lhe os cabelos.

— Será que o nosso filho... — balbucia ela. — Será que o nosso filho... vai viver num mundo melhor?

É com voz incerta que eu lhe digo:

— É impossível que o sofrimento e o sacrifício desses milhões e milhões de criaturas seja inútil, fique esquecido... Os homens têm de compreender, têm de compreender... Eu tenho fé na América... — acrescento, apertando Clarissa contra o peito.

Godofredo cocorica no quintal. Outros galos respondem longe. Aos poucos um calor de confiança e de coragem se apodera de mim. É algo de profundo e essencial que me vem de Clarissa, da criatura que ela tem nas entranhas, algo que surge das plantas e dos animais domésticos, que brota da terra...

O ar está mais claro. Os bicos dos seios da virgem deitada estão emplumados de nuvens e por trás dos morros gêmeos o céu vai ganhando aos poucos uma tonalidade dourada.

Imóveis e abraçados, Clarissa e eu aqui ficamos em silêncio, com os olhos postos no horizonte, a esperar o novo dia com um secreto temor e uma secreta esperança.

Censo de personagens do ciclo de Porto Alegre

Reunimos aqui informações sobre os principais personagens dos seis romances que compõem o ciclo de Porto Alegre:

Clarissa (CL)
Caminhos cruzados (CC)
Música ao longe (ML)
Um lugar ao sol (LS)
Olhai os lírios do campo (OC)
Saga (SG)

Nenhum personagem aparece ou é citado em todos os romances. Mas há alguns que se sobressaem nas obras, como a dupla Clarissa e Vasco Bruno, que aparece em quatro dos seis romances; Noel, Fernanda e o dr. Seixas, que figuram em três, e Eugênio Fontes, em dois.

Restringimos esta lista aos personagens que têm relação direta com os que compõem as vigas mestras do ciclo de romances. Os personagens estão identificados pelo nome mais citado nas obras, e eventuais apelidos estão entre parênteses.

ALBUQUERQUE (general Albuquerque, general José Pedro Albuquerque, general Zé Pedro) (*ML*)
Bisavô de Clarissa, é uma presença marcante, obsessiva, em *ML*. Também é lembrado em outros romances do ciclo. Lutou e morreu na Guerra do Paraguai.

ALMIRO CAMBARÁ (*SG*)
Empresário inescrupuloso que persegue Fernanda (*SG*), fazendo-lhe concorrência desleal para destruir seu cinema e sua editora. Na juventude, foi amigo de Vasco Bruno.

ÁLVARO BRUNO (*ML, LS*)
Pai de Vasco Bruno. Pintor italiano, leva uma vida errante e boêmia. Abandonou a mulher, Zulmira, logo após o nascimento do filho (*ML*). É dado por desaparecido ou morto, mas reaparece em *SG*. Mora com Vasco por um tempo, para depois desaparecer de novo.

ALZIRA FONTES (*OC*)
Lavadeira, mãe de Eugênio e de Ernesto Fontes.

AMÂNCIO ALBUQUERQUE (*ML, LS*)
Tio de Clarissa, irmão de João de Deus. Viciado em cocaína (*ML*), é levado para um sanatório em Porto Alegre, onde morre (*LS*).

AMARO TERRA (*CL, LS*)
Bancário, pianista e compositor frustrado. Em *CL* mora na pensão de tia Eufrasina. Nutre uma paixão temporã e secreta por Clarissa. Em *LS* reaparece, ainda com a mesma paixão, mas termina amasiado com dona Docelina (dona Doce), sua nova senhoria.

ANABELA (*LS, SG*)
Filha de Fernanda e Noel.

ANAMARIA (*OC, SG*)
Filha de Eugênio Fontes e Olívia Miranda.

ANDREW MARTIN (doutor) (*SG*)
Médico canadense que opera Vasco Bruno em Barcelona e o salva.

ANGÉLICA (tia) (*CC*)
Babá da família Madeira, cuidou de Noel e de seu pai, Honorato.

ÂNGELO FONTES (*OC*)
Alfaiate pobre e humilde, é pai de Eugênio e Ernesto Fontes.

ANNELIESE (*LS*)
Jovem alemã, amiga do conde Oskar von Sonnenburg. Vasco Bruno tem um envolvimento passageiro mas intenso com a moça (*LS*).

BRAGANÇA (major Anaurelino) (*LS*)
Prefeito da cidade de Jacarecanga, manda matar João de Deus, o pai de Clarissa.

CABELUDO (Zé) (*LS*)
Apelido do assassino de João de Deus, pai de Clarissa.

CASANOVA (*LS*)
Cachorro vira-lata que Vasco recolhe da rua.

CHINITA PEDROSA (*CC*, *SG*)
Jovem da família Pedrosa (*CC*), leva uma vida fácil de namoros convenientes (*SG*).

CLARIMUNDO ROXO (professor) (*CC*)
Professor de matemática, latim e línguas, mora numa pensão da rua das Acácias. Rigoroso, mas um pouco alienado, manifesta obsessão por conhecimentos científicos vulgarizados. Em *A volta do gato preto*, Erico escreve ao personagem uma carta sobre seu desalento com a ciência e a humanidade, ao fim da Segunda Guerra Mundial.

CLARISSA (*CL*, *ML*, *LS*, *SG*)
Personagem central do ciclo de Porto Alegre. Normalista, mora na pensão de sua tia Eufrasina, em Porto Alegre (*CL*). Retorna à cidade natal, Jacarecanga, no interior do Rio Grande do Sul, onde se torna professora e sustenta a família (*LS*). Depois do assassinato de seu pai (*LS*), muda-se para a capital com a mãe e seu primo Vasco Bruno, por quem se apaixona. Acaba se casando com o primo, em 1940 (*SG*), depois que ele volta da Guerra Civil Espanhola. Termina o romance esperando um filho dele.

CLEMÊNCIA (dona) (*ML*, *LS*, *SG*)
Mãe de Clarissa. Severa, tenta manter a unidade da família Albuquerque, em decadência (*ML*). Desamparada depois do assassinato do marido, torna-se dependente de Clarissa e Vasco (*LS*, *SG*).

CLEONICE (tia) (*ML*, *LS*)
Irmã de dona Clemência, mãe de Clarissa. Mantém noivado de doze anos com Pio Pinto (*ML*), com quem afinal se casa (*LS*).

COUTO (tio) (*CL*, *LS*)
Tio de Clarissa, marido de tia Eufrasina, dona da pensão onde Clarissa mora (*CL*). Desempregado, é bonachão e dorminhoco.

CRISTÓVÃO ALBUQUERQUE (*ML*)
Irmão caçula de João de Deus, pai de Clarissa. Poeta, dândi, suicidou-se por ter roubado dinheiro do pai, falsificando-lhe a assinatura (*ML*).

DELICARDENSE (*LS*)
Menino que Vasco Bruno recolhe da rua para viver com ele e dona Clemência. Foge depois de furtar dinheiro de Clarissa e alguns objetos da casa.

DOCA MASCARENHAS (dona) (*ML*)
Senhora da alta sociedade de Jacarecanga. Clarissa a considera a mulher "mais cacete" da cidade. É ela a primeira a prever o casamento de Clarissa com Vasco Bruno (*ML*), que se realiza em *SG*.

DOCE (dona) (Docelina) (*LS*)
Senhora que aluga quartos, em cuja casa Amaro Terra vai morar. Termina amasiado com ela.

DORA LOBO (*OC*)
Filha de Filipe e Dora Lobo, namorada de Simão Kantermann, jovem repudiado pelos Lobos. A moça engravida e morre num aborto feito em más condições.

ERNESTIDES BRAGA (*LS, SG*)
Jovem seduzida por Pedro, irmão de Fernanda. Casa-se com ele e vai morar com a família (pai, mãe e irmã) na casa de Fernanda. Envolve-se com o jovem Manuel Pedrosa, que termina assassinando Pedro (*SG*).

ERNESTO FONTES (*OC, SG*)
Irmão de Eugênio Fontes. Alcoólatra, vive sob os cuidados do irmão médico.

EUDÓXIA (dona) (*CC, LS, SG*)
Mãe de Fernanda e Pedro. É uma senhora sombria, sempre acompanhada de maus presságios e de uma visão pessimista da vida. Acaba encontrando consolo no espiritismo (*SG*).

EUFRASINA COUTO (tia) (dona Zina) (*CL, LS*)
Tia de Clarissa, irmã de dona Clemência. Mulher enérgica, é dona da pensão em que Clarissa mora (*CL*), em Porto Alegre, e para onde vai com a mãe e o primo Vasco Bruno, depois do assassinato do pai (*LS*).

EUGÊNIO FONTES (*OC, SG*)
Jovem pobre que estuda medicina (*OC*) e, apesar de amar Olívia Miranda, se decide por um casamento rico com Eunice Cintra. Desiludido com o casamento e a vida burguesa, reencontra Olívia, quando descobre que tem uma filha dela, Anamaria. Depois da morte de Olívia, abandona o casamento e vai viver uma vida dedicada aos pobres e à filha. Em *SG*, conhece Fernanda e Vasco Bruno, de quem fica grande amigo.

EUNICE CINTRA (*OC*)
Jovem rica e frívola, filha do industrial Vicente Cintra, que se casa com Eugênio Fontes. Depois da separação, une-se a Acélio Castanho, intelectual conservador que nutria platônica paixão por ela.

FERNANDA (Madeira, depois de casar-se com Noel) (*CC, LS, SG*)
Jovem mais madura do que sua idade faria supor, leva uma vida árdua sustentando a mãe e o irmão. O pai, Lucas, foi assassinado numa luta política no interior do Rio Grande do Sul (*LS*). Herdou dele o gênio idealista. Foi colega de escola de Noel Madeira, advogado que não exerce a profissão e acaba tornando-se escritor (*CC*). Casa-se com ele, sustentando todos os seus dependentes, material e espiritualmente. Torna-se amiga e vizinha de Clarissa (*LS*). Tem uma filha com Noel. Em *SG*, depois de seu marido receber uma herança do pai, funda uma editora de grande repercussão, para quem Vasco trabalha fazendo ilustrações.

FILIPE LOBO (*OC*)
Engenheiro civil e empresário de sucesso, empreende a construção do primeiro arranha-céu de Porto Alegre, o Megatério. Obcecado pelos negócios, não dedica atenção à família. A mulher, Isabel Lobo, torna-se amante de Eugênio Fontes. A filha, Dora, engravida do namorado judeu, Simão Kanterman, e morre ao fazer um aborto.

FRIDA FALK (*OC*)
Senhora alemã que toma conta de Anamaria, filha de Olívia e Eugênio Fontes. É madrinha da menina, com o marido Hans.

GAMBA (*ML, LS*)
Família de imigrantes italianos que se estabelece em Jacarecanga. O patriarca, Vittorio, recebeu ajuda de Olivério Albuquerque, avô da Clarissa, quando era padeiro pobre (*ML*). Ao enriquecer, toma as ca-

sas da família Albuquerque, com o filho Gustavo, por meio de hipotecas (*ML, LS*). Gustavo foi companheiro de infância de Clarissa e Vasco Bruno.

GATO-DO-MATO
Apelido de Vasco Bruno.

GENOCA
Apelido de Eugênio Fontes.

GUERRA CIVIL ESPANHOLA (*SG*)
A própria Guerra Civil (1936-39) tornou-se "personagem literário", presente em narrativas, poemas, peças de teatro, filmes, além de pinturas e esculturas. Em sua viagem fictícia, Vasco Bruno encontra uma galeria variada de personagens, como o negro norte-americano Sebastian Brown, o também norte-americano Paul Green, o palhaço italiano Pepino Verga e o comandante dom José, seu oficial superior. Mas os únicos que Erico chegou a aprofundar foram Juana, catalã que Vasco conhece em Barcelona, e o doutor Andrew Martin, que o opera no hospital.

HANS FALK (*OC*)
Marido de Frida Falk, ajuda Olívia e depois Eugênio Fontes a tomar conta da filha Anamaria. Sente-se desterrado no Brasil, com a ascensão dos nazistas na Alemanha.

HENRIQUETA ALBUQUERQUE (dona) (*ML*)
Avó paterna de Clarissa, esposa de Olivério Albuquerque, mãe de João de Deus, é evocada em *ML*.

HONORATO MADEIRA (*CC, LS, SG*)
Rico comerciante de cereais, pai de Noel (*CC*), visita o filho de vez em quando depois do casamento com Fernanda (*LS*), que é repudiada pelos Madeiras. Ao morrer, deixa grande fortuna ao filho (*SG*).

ISABEL LOBO (*OC*)
Mulher do industrial Filipe Lobo, mãe de Dora. Torna-se amante de Eugênio Fontes após o casamento deste com Eunice Cintra.

JACARECANGA (*ML, LS*)
Cidade fictícia do interior do Rio Grande do Sul, terra natal de Clarissa e da família Albuquerque. Como a mítica Santa Fé em *O tempo e o vento*, torna-se também personagem de Erico Verissimo.

JOÃO BENÉVOLO (*CC, LS*)
Depois de trabalhar nas empresas de Leitão Leiria, fica desempregado (*CC*). Lê romances de aventura, é sonhador e completamente destituído de senso prático. Vive na miséria com a mulher, Laurentina, e o filho, Napoleão. Inspira o personagem João Ventura (*LS*), do romance que Noel escreve sob inspiração de Fernanda.

JOÃO DE DEUS ALBUQUERQUE (*ML, LS*)
Pai de Clarissa, chefia o clã familiar decadente. Vive às custas do trabalho da filha e do dinheiro de hipotecas. Vai perdendo as propriedades da família, mas não consegue trabalhar, por não saber fazê-lo. Envolve-se em política (*LS*) e é assassinado pelo pistoleiro Zé Cabeludo, a mando do prefeito, major Anaurelino Bragança.

JOSÉ MARIA PEDROSA (*CC, SG*)
Pobretão que enriqueceu ganhando na loteria (*CC*). Vai a Porto Alegre com a família, onde perde tudo (*SG*).

JOVINO ALBUQUERQUE (*ML*)
Tio de Clarissa, irmão de João de Deus. Alcoólatra, não consegue trabalhar, como os irmãos.

JUANA (*SG*)
Mulher com quem Vasco Bruno tem um caso na Espanha, durante a Guerra Civil. Ao partir, Vasco suspeita que ela está grávida dele.

LAURENTINA (dona) (*CC*)
Esposa de João Benévolo e mãe de Napoleão, sustenta a família pobre com suas costuras.

LEITÃO LEIRIA (*CC, SG*)
Família de posses, formada por Teotônio, empresário, homem fátuo e vaidoso, a esposa dona Dodó, mulher carola e caridosa, e Vera, sua filha, que mantém distância afetiva dos pais.

LEOCÁDIO SANTARÉM (*ML*)
Tipo excêntrico de Jacarecanga, amigo da família Albuquerque, em especial de Clarissa e Vasco, a quem encanta com truques mágicos e objetos fantásticos. Cortejou tia Zezé, avó materna de Vasco Bruno. Vive só e morre em 1935.

LUCAS (*LS*)
Pai de Fernanda, aparece apenas na memória da jovem. Figura inspiradora da filha, foi idealista e corajoso, denunciou desmandos e casos de corrupção. Foi assassinado a mando de políticos descontentes.

LU (Luciana) (*LS*)
Jovem revoltada, vizinha de Fernanda e Clarissa, filha de pai com câncer (Orozimbo) e mãe compassiva. Tem um namoro com Olívio, amigo de Vasco Bruno, viciado em jogos de azar.

MAGNÓLIA (dona Mag) (*LS*)
Vizinha de Fernanda e Clarissa, cuida do marido doente (Orozimbo) e da filha Lu, que não se conforma com a pobreza dos pais.

MANDARIM (*CL*, *LS*)
Papagaio que mora na pensão de tia Eufrasina.

MANUEL PEDROSA (*CC*, *SG*)
Jovem mais perdulário do que rico, torna-se amante de Ernestides, mulher de Pedro, irmão de Fernanda. Numa briga de bar, assassina o marido traído, que o desafia (*SG*).

MARIA LUÍSA (*CC*)
Mulher de José Maria Pedrosa, mãe de Chinita e Manuel.

MERCEDES (*LS*)
Mulher de don Pablo Bermejo, anarquista espanhol, a quem sustenta com suas costuras.

MICEFUFE (*CL*, *LS*)
Gato que mora na pensão de tia Eufrasina. Tem o nome do gato da fábula de La Fontaine em que uma assembléia de ratos decide atar-lhe um guizo no pescoço.

NOEL MADEIRA (*CC*, *LS*, *SG*)
Filho de uma família rica, repudia a riqueza dos pais. Formado em direito, não exerce a profissão (*CC*). Foi colega de escola de Fernanda, por quem se apaixona (*CC*) e com quem se casa (*LS*). Torna-se jornalista, mas quer ser escritor. Consegue afinal escrever um romance (*LS*). Atormentado, depressivo, converte-se ao catolicismo (*SG*). Herda grande fortuna do pai, o que possibilita uma série de iniciativas por parte de Fernanda. É grande amigo de Vasco Bruno.

OLIVÉRIO ALBUQUERQUE (*ML*)
Estancieiro rico e pródigo, avô paterno de Clarissa. Não consegue educar os filhos para o trabalho. A perda do caçula, Cristóvão, que se suicida por ter-lhe tomado dinheiro às escondidas, abate seu ânimo para sempre.

OLÍVIA MIRANDA (*OC*, *SG*)
Jovem estudante de medicina, tem uma filha de Eugênio Fontes, Anamaria (*OC*). Formada, vai para o interior do Rio Grande do Sul para trabalhar. Enquanto Eugênio, desejando ascender socialmente, fica noivo de Eunice Cintra, filha de rico empresário. A moça vive só durante algum tempo, mas reencontra Eugênio e deixa-lhe a filha ao morrer. Eugênio a conhece melhor nas cartas que ela lhe deixa (*OC*, *SG*).

OLÍVIO (*LS*)
Amigo de infância de Vasco Bruno, é viciado em jogos de azar. Namora Lu, vizinha de Clarissa e Fernanda.

OROZIMBO (*LS*) (seu Zimbo)
Pai de família pobre e doente de câncer, vizinho de Clarissa e Fernanda. Marido de dona Mag, mulher abnegada, e pai de Lu, que lhe é motivo de grande preocupação, por causa das atitudes revoltadas. É tratado pelo doutor Seixas.

OSKAR VON SONNENBURG (conde) (*LS*)
Personagem enigmático e atraente. Aristocrático, desencantado do mundo, torna-se amigo de Vasco Bruno e uma espécie de seu iniciador em Porto Alegre. Consta que foi inspirado em personagem da vida real (segundo depoimento de Antonio Candido, que chegou a conhecer o próprio, a Flávio Aguiar).

PABLO BERMEJO (*LS*)
Anarquista espanhol, mais na retórica do que na ação. É sustentado pela mulher. Torna-se vizinho de Clarissa e Fernanda e faz grande amizade com Álvaro Bruno, pai de Vasco, quando este reaparece.

PÁDUA CARDOSO (tenente Candido) (Candoca) (*ML*, *LS*)
Marido de tia Zezé, tia de João de Deus. É também o avô materno de Vasco Bruno. Morreu degolado na Revolução Federalista, em 1893.

PAULO MADRIGAL (*ML*)
Pseudônimo poético de Anfilóquio Bonfim, poeta por quem Clarissa tem grande admiração. Ao conhecê-lo pessoalmente, decepciona-se com sua vaidade.

PÉ DE CACHIMBO (*ML*, *LS*)
Apelido de Gustavo Gamba.

PEDRO (Pedrinho) (*CC*, *LS*, *SG*)
Irmão de Fernanda (*CC*). Jovem inexperiente e vaidoso, é seduzido por Ernestides e sua família (*LS*). Casa-se com ela, mas é infeliz. Termina sendo assassinado pelo amante da mulher (*SG*).

PEDROSA (*CC*, *SG*)
Família de Jacarecanga cuja história é narrada no *CP*. O pai, José (Zé) Maria, é um pobretão que enriquece ao ganhar na loteria. Vai com a família — a mulher, Maria Luísa e os filhos Manuel e Chinita (*CC*) — para Porto Alegre, onde leva vida de ostentação. Roubado por um sócio, volta a Jacarecanga com a mulher. Os filhos ficam em Porto Alegre, onde levam vida fácil e turbulenta (*SG*). Chinita tenta se aproximar de Vasco. Manuel termina assassinando Pedro, irmão de Fernanda, num crime passional.

PIO PINTO (*ML*, *LS*)
Noivo de Cleonice, tia de Clarissa pelo lado materno (*ML*). Casa-se depois de um noivado de doze anos (*LS*).

PRINCESA DO FIGO BICHADO
Apelido de Clarissa, dado por Vasco Bruno.

QUINOTA (dona) (*OC, SG*)
Mulher abnegada do doutor Seixas.

ROBERTA ERASMO (*SG*)
Mulher da alta sociedade porto-alegrense, tem amizade com Vasco Bruno, num clima de confidência e sedução. Ela, o marido Aldo, o filho Antonius e a filha Norma formam uma família curiosamente desencontrada.

SALUSTIANO (*CC*)
Namorado boêmio e fútil de Chinita Pedrosa.

SEIXAS (doutor) (*LS, OC, SG*)
Um dos principais personagens de Erico Verissimo e confessadamente de sua predileção. Médico, mistura idéias céticas, conservadoras, inovadoras e um humanismo solidário mas desiludido. É uma espécie de consciência impiedosa das mazelas da sociedade burguesa que se afirma na Porto Alegre dos anos 1930.
Atende Fernanda e seus vizinhos (*LS*) e torna-se amigo e mentor de Eugênio Fontes (*OC*). Morre pobre mas cercado pelos amigos fiéis (*SG*), deixando uma memória positiva e indelével.

SHIRLEY TEREZINHA (*SG*)
Filha de Pedro, irmão de Fernanda, e Ernestides.

SIMÃO KANTERMANN (*OC*)
Jovem judeu, namorado de Dora Lobo. É repudiado pela família da moça.

TATÁ BARBOSA (dona) (*CL*)
Mãe de Tonico, o menino entrevado por quem Clarissa tem especial carinho.

TONICO (Antonio da Conceição Barbosa) (*CL*)
Menino que perdeu a perna, atropelado por um bonde. Vive doente, e sua morte inicia Clarissa nos grandes impactos emocionais da vida.

UM LUGAR AO SOL (*LS*)
Nome do romance de Erico Verissimo e também do livro que Noel

conclui ao fim dele. O autor usou o mesmo expediente em *O tempo e o vento*, em cujo final o escritor Floriano Cambará começa a escrever a própria trilogia.

VASCO BRUNO (*CL, ML, LS, SG*)
Personagem central do ciclo de Porto Alegre, ao lado de Clarissa. Citado em *CL*, aparece em *ML* como um jovem revoltado e insubmisso. Muda-se com a prima, Clarissa, e a mãe dela para Porto Alegre (*LS*), onde faz amizade com o conde Oskar von Sonnenburg e procura desesperadamente emprego. Tem um caso com a jovem alemã Anneliese, que o abandona. Pintor, termina ganhando a vida como ilustrador. Parte para a Espanha, para lutar na Guerra Civil Espanhola do lado republicano (*SG*). Volta ao Brasil desiludido e casa-se com a prima, com quem se muda para um sítio na serra gaúcha. Erico escreve-lhe cartas em seu livro *A volta do gato preto*, e em suas memórias diz que o personagem deve ter escapado dessa vida bucólica para continuar a luta por um mundo melhor.

VIRGÍNIA MADEIRA (*CC, LS, SG*)
Mãe de Noel, não aceita o próprio casamento por decepção com o marido (*CC*) nem o de Noel porque Fernanda é pobre (*LS*). Quando o marido Honorato morre (*SG*), vai viver no Rio de Janeiro, onde leva uma vida considerada "devassa", o que atormenta o filho Noel.

XEXÉ (Praxedes) (*CL, ML, LS*)
Companheiro de infância de Clarissa e Vasco, evocado em *CL* e em *ML*. Em *LS*, já adulto, soldado do Exército, enfrenta os capangas do prefeito de Jacarecanga para salvar Vasco Bruno e morre baleado.

ZÉ CABELUDO (*LS*)
Assassinou João de Deus, pai de Clarissa, a mando do prefeito major Anaurelino Bragança.

ZEZÉ (tia) (Maria José Albuquerque) (*ML, LS*)
Avó materna de Vasco Bruno, irmã de Olivério, o avô paterno de Clarissa. É madrinha de Clarissa, com seu sobrinho Jovino (*ML*). Foi cortejada por seu Leocádio, mas acabou casando-se com o tenente Pádua Cardoso, com quem teve a filha Zulmira. Um dia amanhece morta na cama (*LS*).

ZINA (tia) (*CL, LS*)
Apelido de Eufrasina, tia de Clarissa, dona da pensão onde a jovem mora.

ZULMIRA (tia) (tia Zuzu) (*ML, LS, SG*)
Mãe de Vasco **Bruno**, filha de tia **Zezé** e do tenente Pádua **Cardoso**. Foi cortejada por João de **Deus**, pai de Clarissa, sem sucesso. Casou-se com o pintor italiano Álvaro **Bruno,** pai de Vasco. Mudou-se para Porto Alegre, mas depois, abandonada pelo marido, voltou a Jacarecanga, onde se suicidou aos 20 anos (*ML*). É continuamente lembrada nos outros romances.

Crônica literária

Com *Saga*, Erico Verissimo encerra o mundo de personagens que criou no ciclo de Porto Alegre, iniciado com *Clarissa* (1933). O romance *O resto é silêncio* (1943) se passa no universo de Porto Alegre e é associado ao ciclo, mas os personagens nada têm a ver, do ponto de vista biográfico, com os das obras anteriores. Trata-se de uma obra de transição entre o ciclo de Porto Alegre e *O tempo e o vento*.

No fim de *O resto é silêncio* o escritor Tônio Santiago está no Teatro São Pedro, ouvindo a *Quinta Sinfonia* de Beethoven, depois de tentativas inúteis de decifrar o segredo da jovem Joana Karewska, que se suicidara no dia anterior. Diante do fracasso e dos acordes iniciais da peça, "de pressaga majestade" e "ameaçadores", a narração registra: "o destino batia à porta". Curiosamente, "O destino bate à porta" abre a parte de *Saga* em que Vasco Bruno, sentindo-se derrotado e humilhado após a participação na Guerra Civil Espanhola, volta a Porto Alegre para casar-se com Clarissa e ir viver em um sítio na serra gaúcha, entregue à pintura, aos cuidados de campo e ao filho que vai nascer.

Em *O resto é silêncio*, Tônio, envolto pela música, começa a visualizar a história do Rio Grande do Sul como uma sinfonia: enquanto Beethoven imaginara aquelas notas na Europa, nas terras gaúchas índios, portugueses e espanhóis lutavam por demarcação de fronteiras e posse do território. Em uma imensa pauta imaginária, ajustam-se as notas que no futuro vão compor o majestoso *O tempo e o vento*: a povoação, as guerras civis, as imigrações, as lutas políticas, os conflitos de geração. *O resto é silêncio* é a pedra fundamental de um novo mundo, o da mítica Santa Fé, onde vicejarão as disputas entre as famílias Cambará e Amaral, entre Bibiana e Luzia, Maria Valéria e a dissolução do clã.

Saga, portanto, finaliza um mundo que começou com três vertentes. A primeira é o romance *Clarissa*, no qual se menciona pela primeira vez o clã familiar dos decadentes Albuquerques, e também o personagem Vasco Bruno, que num crescendo torna-se protagonista do ciclo de Porto Alegre, ao lado da prima, Clarissa.

A segunda é *Caminhos cruzados* (escrito em 1934, publicado em 1935), cujos protagonistas são Fernanda, professora de família pobre, e Noel, de família rica, formado em direito embora não exerça a profissão, jovem escritor que não consegue escrever.

A terceira vertente é *Olhai os lírios do campo* (1938), primeiro grande sucesso literário de Erico Verissimo no Brasil e no exterior, e provavelmente sua obra mais vendida até hoje. Os protagonistas são Eugênio Fontes, jovem médico de família pobre, que deseja subir na vida a todo custo, e Olívia Miranda, colega de faculdade com quem ele mantém um romance e tem uma filha.

A linhagem de Clarissa prossegue em *Música ao longe* (1935) e *Um lugar ao sol* (1936), no qual ela e Vasco encontram-se com Fernanda e Noel e tornam-se amigos do casal. Em *Saga* é a vez de reaparecer Eugênio Fontes. O jovem trabalha em hospital patrocinado por Fernanda e Noel (que, devido a uma herança, ficaram ricos) e se torna amigo de Vasco. Olívia, que morrera em *Olhai os lírios do campo*, permanece uma lembrança viva em Eugênio. Em *Um lugar ao sol* comparece um dos personagens preferidos de Erico, o casmurrento e resmungão dr. Seixas, dono de um humanismo cético e desiludido, que cuida dos pobres e invectiva os ricos. O dr. Seixas também está em *Olhai os lírios do campo* e termina sua trajetória em *Saga*: morre pobre, cercado pela família, pelos amigos e por uma aura de dignidade e afeto.

Pode-se dizer que esse ciclo de Porto Alegre foi uma fase de formação e afirmação de Erico entre o público e a crítica. Na década de 30, o público leitor do Brasil aumentava, em número e exigência. Fundavam-se universidades e as mulheres começavam a ingressar no ensino superior e no mercado de trabalho, em postos antes reservados aos homens (como no caso de Fernanda, que se torna editora). Novos costumes tomavam conta das cidades, impulsionadas pela industrialização. Uma burguesia em expansão modificava seus hábitos, tornando-se mais cosmopolita e exigente. As classes médias disputavam espaço político; o proletariado aumentava as reivindicações.

Erico respondeu a esse mundo em transformação com a técnica da narração em contraponto — inspirado em *Contraponto*, romance de Aldous Huxley que ele traduziu em 1933 —, focalizando simultaneamente diferentes grupos sociais e histórias de vida para pintar painéis vívidos da cidade e do estado em que vivia, Porto Alegre e o Rio Grande do Sul. Nesse período, tornou-se tradutor, secretário da *Revista do Globo*, conselheiro editorial da Livraria do Globo e animador de programa de rádio para crianças. Teve problemas com a polícia política e as mentes reacionárias; conheceu os principais escritores do momento e começou amizade duradoura com alguns deles. Ganhou dois prêmios nacionais de crítica, o Machado de Assis, da Companhia Editora Nacional, por *Música ao longe*, e o da Fundação Graça Aranha, por *Caminhos cruzados*.

Nos romances desse período, criou personagens que se tornaram indeléveis na memória literária brasileira: Clarissa, Vasco Bruno, Fernanda, Noel, dr. Seixas, conde Oskar von Sonnenburg, Eugênio Fontes, Olívia Miranda e professor Clarimundo Roxo, ao lado de caricaturas sociais de grande relevo. Sem ser panfletário, denunciou a miséria social e a indiferença dos mais abastados. Combateu preconceitos sociais e raciais, tornando-se uma referência — sempre com seu jeito discreto — dos movimentos antifascistas em Porto Alegre e no Brasil.

Biografia de Erico Verissimo

Erico Verissimo nasceu em Cruz Alta (RS), em 1905, e faleceu em Porto Alegre, em 1975. Na juventude, foi bancário e sócio de uma farmácia. Em 1931 casou-se com Mafalda Halfen von Volpe, com quem teve os filhos Clarissa e Luis Fernando. Sua estréia literária foi na *Revista do Globo*, com o conto "Ladrões de gado". A partir de 1930, já radicado em Porto Alegre, tornou-se redator da revista. Depois, foi secretário do Departamento Editorial da Livraria do Globo e também conselheiro editorial, até o fim da vida.

A década de 30 marca a ascensão literária do escritor. Em 1932, ele publica o primeiro livro de contos, *Fantoches*, e em 1933 o primeiro romance, *Clarissa*, inaugurando um grupo de personagens que acompanharia boa parte de sua obra. Em 1938, tem seu primeiro grande sucesso: *Olhai os lírios do campo*. O livro marca o reconhecimento de Erico no país inteiro e em seguida internacionalmente, com a edição de seus romances em vários países: Estados Unidos, Inglaterra, França, Itália, Argentina, Espanha, México, Alemanha, Holanda, Noruega, Japão, Hungria, Indonésia, Polônia, Romênia, Rússia, Suécia, Tchecoslováquia e Finlândia. Erico escreve também livros infantis, como *Os três porquinhos pobres*, *O urso com música na barriga*, *As aventuras do avião vermelho* e *A vida do elefante Basílio*.

Em 1941 faz uma viagem de três meses aos Estados Unidos a convite do Departamento de Estado norte-americano. A estada resulta na obra *Gato preto em campo de neve*, o primeiro de uma série de livros de viagens. Em 1943, dá aulas na Universidade de Berkeley. Volta ao Brasil em 1945, no fim da Segunda Guerra Mundial e do Estado Novo. Em 1953 vai mais uma vez aos Estados Unidos, como diretor do Departamento de Assuntos Culturais da União Pan-Americana, secretaria da Organização dos Estados Americanos (OEA).

Em 1947 Erico Verissimo começa a escrever a trilogia *O tempo e o vento*, cuja publicação só termina em 1962. Recebe vários prêmios, como o Jabuti e o Pen Club. Em 1965 publica *O senhor embaixador*, ambientado num hipotético país do Caribe que lembra Cuba. Em 1967 é a vez de *O prisioneiro*, parábola sobre a intervenção dos Estados Unidos no Vietnã. Em plena ditadura, lança *Incidente em Antares* (1971), crítica ao regime militar. Em 1973 sai o primeiro volume de *Solo de clarineta*, seu livro de memórias. Morre em 1975, quando terminava o segundo volume, publicado postumamente.

Obras de Erico Verissimo

Fantoches [1932]
Clarissa [1933]
Música ao longe [1935]
Caminhos cruzados [1935]
Um lugar ao sol [1936]
Olhai os lírios do campo [1938]
Saga [1940]
Gato preto em campo de neve [narrativa de viagem, 1941]
O resto é silêncio [1943]
Breve história da literatura brasileira [ensaio, 1944]
A volta do gato preto [narrativa de viagem, 1946]
As mãos de meu filho [1948]
Noite [1954]
México [narrativa de viagem, 1957]
O senhor embaixador [1965]
O prisioneiro [1967]
Israel em abril [narrativa de viagem, 1969]
Um certo capitão Rodrigo [1970]
Incidente em Antares [1971]
Ana Terra [1971]
Um certo Henrique Bertaso [biografia, 1972]
Solo de clarineta [memórias, 2 volumes, 1973, 1976]

O TEMPO E O VENTO

Parte i: *O Continente* [2 volumes, 1949]
Parte ii: *O Retrato* [2 volumes, 1951]
Parte iii: *O arquipélago* [3 volumes, 1961-1962]

OBRA INFANTO-JUVENIL

A vida de Joana d'Arc [1935]
Meu ABC [1936]
Rosa Maria no castelo encantado [1936]
Os três porquinhos pobres [1936]
As aventuras do avião vermelho [1936]
As aventuras de Tibicuera [1937]
O urso com música na barriga [1938]
Outra vez os três porquinhos [1939]
Aventuras no mundo da higiene [1939]
A vida do elefante Basílio [1939]
Viagem à aurora do mundo [1939]
Gente e bichos [1956]

Copyright © 2006 by Herdeiros de Erico Verissimo
*Texto fixado pelo Acervo Literário de Erico Verissimo (PUC-RS) com base
na edição* princeps, sob coordenação de Maria da Glória Bordini.

CAPA E PROJETO GRÁFICO Raul Loureiro
FOTO DE CAPA © Cornell Capa Photos © 2001 by Robert Capa/ Magnum Photos
IMAGENS DO CADERNO Fotos da família (Acervo Literário de Erico Verissimo)
FOTO DE ERICO VERISSIMO Leonid Streliaev
SUPERVISÃO EDITORIAL E TEXTOS FINAIS Flávio Aguiar
ESTABELECIMENTO DO TEXTO Ana Letícia e Maria da Glória Bordini
PREPARAÇÃO Maria Cecília Caropreso
PESQUISA PARA O CENSO DE PERSONAGENS Anita de Moraes
REVISÃO Carmen S. da Costa e Marise Simões Leal

*Os personagens e as situações desta obra são reais apenas no universo da ficção;
não se referem a pessoas e fatos concretos, e sobre eles não emitem opinião.*

1ª edição, 1940
8ª edição, 1976
19ª edição, 1987
20ª edição, 2006

Dados Internacionais de Catalogação na Publicação (CIP)
(Câmara Brasileira do Livro, SP, Brasil)

Verissimo, Erico, 1905-1975.
 Saga / Erico Verissimo ; ilustrações Rodrigo Andrade ; prefácio Flávio
Aguiar — 20ª ed. — São Paulo : Companhia das Letras, 2006.

ISBN 85-359-0935-4

 1. Romance brasileiro I. Andrade, Rodrigo. II. Aguiar, Flávio. III. Título.

06-8002 CDD-869.93

 Índice para catálogo sistemático:
1. Romances : Literatura brasileira 869.93

[2006]
Todos os direitos desta edição reservados à
EDITORA SCHWARCZ LTDA.
Rua Bandeira Paulista, 702, cj. 32
04532-002 — São Paulo — SP
Telefone: (11) 3707-3500
Fax: (11) 3707-3501
www.companhiadasletras.com.br

Esta obra foi composta em Janson
por Osmane Garcia Filho e impressa
pela RR Donnelley Moore em ofsete
sobre papel pólen soft da Suzano Papel
e Celulose para a Editora Schwarcz
em novembro de 2006.